MÖRKT URSPRUNG

Mörk urban fantasy om jakten på monster – och rädslan att bli ett

CARYSSA COLE

SHENANIGANS PRESS

INNEHÅLLSFÖRTECKNING

Kapitel Två

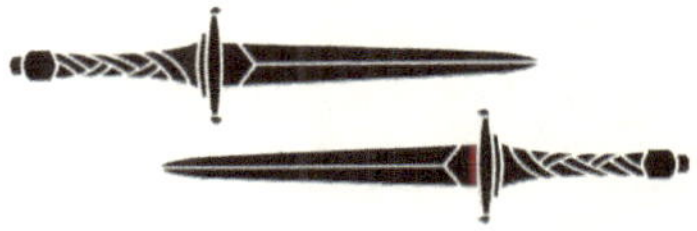

Patetiskt", fnyser jag och snärtar bort spektral aska från mina klingor medan jag överblickar det nu tomma rummet. Den stickande känslan av osynliga observatörer har dragit sig tillbaka, men en kvardröjande oro knyter sig i magen. Det finns långt mer i denna förfallna herrgård än vad man kan se vid första anblicken. Och min mystiska uppdragsgivares motiv verkar alltmer suspekta.

Jag tar ett andetag för att lugna mina rusande tankar. "Håll fokus, Artemis", muttrar jag för mig själv. "Du har ett jobb att göra här. Och du ger dig inte av förrän det är klart."

Jag smyger djupare in i den dunkla herrgården, och mina steg dämpas av de dammiga golven, medan jag metodiskt söker igenom varje rum efter kvarvarande hot. Den unkna luften hänger tung med doften av sedan länge begravda hemligheter och långsamt förfall. Jag undertrycker en rysning när jag går in i en sal fylld med möbler övertäckta av gulnade lakan, som spöken frusna i tiden.

"Usch, inte läskigt alls", suckar jag och himlar dramatiskt med ögonen åt ingen särskild. En plötslig vindpust får de spruckna fönsterrutorna att skallra, vilket får mig att ofrivilligt rycka till. "Skärp dig, Blackwell", tillrättavisar jag mig själv. Jag har inte råd att bli uppskrämd och jaga skuggor när något mycket farligare kan lura i närheten.

Medan jag letar efter någon ledtråd till var mitt mål befinner sig, lägger jag märke till ett färskt spår av fotavtryck som skär genom det gråa dammet. De leder ut ur rummet och ner i en mörk korridor längre bort, och det krossade glaset som ligger spritt över golvet vittnar om en panikartad flykt.

Jag tillåter mig ett litet leende och ökar takten för att följa spåren. "Nå, nå. Vad har vi här?" Ingen människa har gjort dessa märken, med sina kloavtryck som rispar i de gamla golvplankorna. Men ingen skuggvarelse heller. Något annat är i görningen här.

Spåret slutar abrupt vid en sidodörr som leder ut i den dystra skogen som omger egendomen. Bortom den sönderfallande tröskeln tränger träden på som en mörk mur, med grenar som sträcker sig som gripande fingrar under den avtagande månen. Om mitt byte har flytt dit ut kommer det att bli betydligt svårare att hitta spåret igen i den mörka skogen.

Jag svär tyst för mig själv och vänder mig tillbaka mot herrgårdens inre. Det måste finnas ledtrådar här till den sanna naturen hos detta ovanliga villebråd jag jagar. Målets identitet, deras motiv för att gömma sig här, alla användbara detaljer som kan hjälpa i jakten. Denna förfallna gamla egendom är en skattgömma av hemligheter som väntar på att grävas fram.

Jag rensar metodiskt varje rum och letar efter allt som inte passar in, ett dolt utrymme som döljer svar. Det är inte förrän jag når biblioteket som jag hittar det – en dold ingång, sömlöst förklädd i bokhyllan. Adrenalinet rusar genom mina ådror. "Jackpott", viskar jag.

Bortom den ligger ett litet arbetsrum, endast upplyst av en enda fladdrande oljelampa. Ett skrivbord överbelamrat

KAPITEL ETT

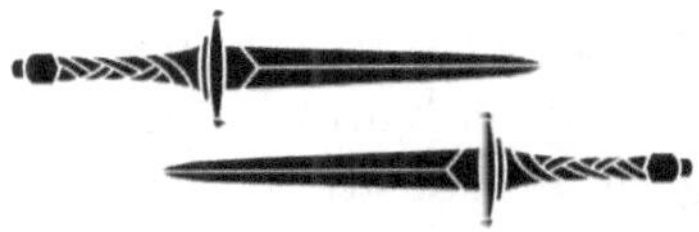

DEN UNKNA LUFTEN I min trånga etta är kvävande och stinker av gamla takeaway-lådor och den sliskiga blomdoften från billigt smink. Jag är ensam, som vanligt, och smuttar på ett glas billig whiskey medan jag skannar de senaste jobberbjudandena på min krypterade laptop. För någon som jag, en ensamvarg som jagar övernaturliga varelser mot betalning, finns det sällan en lugn stund.

"Artemis Blackwell", sprakar en obekant röst oväntat i min öronsnäcka när jag trycker på "SVARA" på ett nytt, spännande inlägg. "Jag har ett välbetalt jobb till er."

Jag höjer på ett ögonbryn, tar en långsam klunk whiskey till och njuter av den brännande känslan nerför strupen. "Jaså, minsann, en anonym klient", replikerar jag sarkastiskt. "Ni måste verkligen tro att jag bara är en annan billig frilansare som tar ett jobb utan att göra en bakgrundskoll på uppdragsgivaren."

Det blir tyst en stund, sedan fortsätter rösten och låter redan otålig. "Okej. Ni kan kalla mig Mr. Smith tills vidare. Jag kan ge er fler detaljer när ni har accepterat jobbet. Nå, är ni intresserad eller inte?"

Jag lutar mig tillbaka i min knarrande skrivbordsstol och låter spänningen hänga i luften mellan oss. Annonsen antydde en ansenlig utbetalning, så trots mina farhågor är jag fortfarande nyfiken. "Det beror på de exakta detaljerna ... och pengarna, förstås, Mr. Smith."

"Ert mål är en sällsynt övernaturlig varelse – närmare bestämt en hamnskiftare med en unik förmåga att manipulera skuggor. Detta gör den nästan omöjlig att upptäcka, till och med för erfarna jägare som ni själv."

"Toppen, en skugglik hamnskiftare", muttrar jag och himlar med ögonen. "För att jaga en svårfångad hamnskiftare ensam låter ju inte omöjligt nog som det är."

Mr. Smith ignorerar min sarkasm. "Betalningen är femtio tusen dollar vid lyckat tillfångatagande och leverans av varelsen. Levande och oskadd, om möjligt."

Jag visslar lågt för mig själv. En sådan löning är svår att ignorera, oavsett hur tvivelaktigt jobbet är. "Okej, ni har min uppmärksamhet. Vilka ledtrådar har jag att arbeta med för att spåra den här saken?"

"För det första tyder våra underrättelser på att varelsen föredrar att vistas på mycket avlägsna platser, långt från all mänsklig befolkning eller nyfikna blickar. För det andra är den känd för att lämna ett distinkt spår av mörk, övernaturlig energi i sitt kölvatten. Ni kommer att behöva ha alla era sinnen på helspänn för att uppfatta det."

Jag suckar och förbereder mig redan mentalt för den långa, ansträngande jakten som väntar. "Avlägsna vildmarksområden och spår av mörk energi. Jag fattar. Något annat jag bör veta innan jag ger mig ut på denna hopplösa jakt?"

"Tiden är av yttersta vikt, Ms. Blackwell", svarar Mr. Smith kortfattat. "Jag förväntar mig snabba resultat."

Innan jag hinner svara bryts linjen. Trevlig typ. Jag reser mig långsamt från skrivbordet och grimaserar när mina blåslagna muskler värker i protest. Ett tidigare jobb med att rensa ut ett vampyrnäste hade lämnat mig mörbultad och sliten. Men den ansenliga lönen som det här nya jobbet utlovar är för lockande för att tacka nej till. Ändå är det något med hela situationen som inte känns rätt. Det ligger definitivt mer bakom detta kryptiska uppdrag än att bara fånga någon sällsynt hamnskiftare. Och en sak är säker: Jag litar inte på den här Mr. Smith längre än jag kan kasta honom.

Men hallå, femtio papp är femtio papp. Och jag har lyckats mot sämre odds förr.

Jag är redo för utmaningen. Jag lever för jaktens spänning. Och om jag kan fälla denna svårfångade varelse kommer lönen att vara väl värd ansträngningen.

Låt jakten börja.

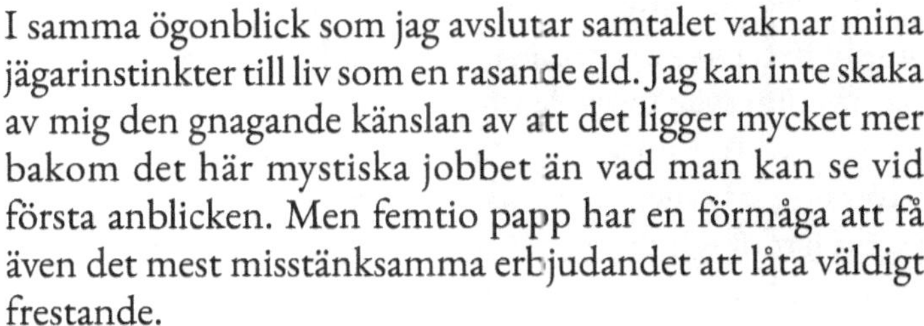

I samma ögonblick som jag avslutar samtalet vaknar mina jägarinstinkter till liv som en rasande eld. Jag kan inte skaka av mig den gnagande känslan av att det ligger mycket mer bakom det här mystiska jobbet än vad man kan se vid första anblicken. Men femtio papp har en förmåga att få även det mest misstänksamma erbjudandet att låta väldigt frestande.

"Nåväl, dags att rusta sig", muttrar jag och går mot den dolda vapenkammaren som är gömd bakom en falsk vägg i min lägenhet. Jag trycker handflatan mot en oansenlig del av panelen och ser den glida upp och avslöja en imponerande samling specialanpassade vapen, utformade specifikt för att nedgöra övernaturliga hot.

Mina ögon vandrar över de minutiöst organiserade hyllorna och ställen medan jag mentalt katalogiserar mina alternativ. "Ska vi se, silverkulor för varulvar ... vigda järnkulor för demoner ... vigvattensflaskor för vampyrer ...", mumlar jag och väljer noggrant ut och lastar olika vapen i en tung väska.

Mina fingrar snuddar vid ett par utsmyckade silverdolkar, vars blad är etsade med uråldriga änglarunor. Jag sticker ner dem i hölstren som är fastspända på mina lår. "Kan inte glömma er två." Dessa dolkar har räddat skinnet på mig fler gånger än jag kan räkna. Jag känner mig naken om jag går på jakt utan deras familjära tyngd vid höfterna.

"Avlägsen vildmark och spår av mörk energi", funderar jag högt och drar igen dragkedjan på den utbuktande väskan. "Låter som en jäkla fest." Jag slänger väskan över axeln och tar min signaturjacka i blodrött läder från kroken och rycker på mig den. Det släta innerfodret döljer en pistol i svanken. Mellan mina dolkar, pistoler och väska full av knep känner jag mig redo för vilka faror som än väntar.

Jag tar mig ner till garaget där min ögonsten väntar – en specialbyggd, kolsvart motorcykel byggd för snabbhet och smidighet. Dess kraftfulla motor mullrar till liv under mig när jag drar iväg ut på de myllrande stadsgatorna.

"Okej, Mr. Smith", muttrar jag för mig själv medan jag väver mig fram genom trafiken. "Ska vi se vad för sorts soppa du har dragit in mig i." När den livliga staden övergår i avlägsna landsvägar kan jag inte ignorera blandningen av förväntan och misstänksamhet som rörs upp inom mig. Det finns inget som riktigt slår jaktens spänning, men den gnagande känslan av att jag blir lurad solkar den vanliga upphetsningen inför ett jobb.

Ju längre jag kör, desto mer kuperat och isolerat blir landskapet. Skyskrapor förvandlas till täta skogar, och snart är de enda ljuden dånet från min motor och vinden som susar förbi.

"Ja, det här kvalar definitivt in som en avlägsen plats", muttrar jag för mig själv och saktar in till ett stopp vid mynningen av en igenvuxen grusväg som nästan svalts av växtligheten. Enligt klientens underrättelser ska det finnas en dold stig som leder djupare in i vildmarken här någonstans. Efter att ha lyssnat uppmärksamt efter några livstecken stänger jag av den mullrande motorn.

Tystnaden som sänker sig är tung, endast bruten av vindens viskningar genom träden. Jag sluter ögonen, sträcker ut mina sinnen och letar efter spår av övernaturlig energi. Där – precis vid gränsen för min varseblivning, ett svagt pulserande i luften. Mörka krafters omisskännliga visitkort. Och det kommer från skogen framför mig.

"Hittade dig", viskar jag, oförmögen att undertrycka ett rovdjurslikt leende. Jag säkrar min motorcykel och kontrollerar mina vapen en sista gång. Väskan vilar tungt på min axel när jag följer spåret av mörker som slingrar sig in i skogen, mot vad som än väntar vid dess slut.

Bland träden ser jag min destination – en uråldrig övergiven herrgård, som ter sig nästan spöklik mot den livfulla gröna skogen. Även i dagsljus utstrålar den förfallna byggnaden en påtaglig aura av dysterhet. En varnande kyla rinner längs min ryggrad, men jag tvingar mig själv framåt.

"Charmigt ställe", muttrar jag sarkastiskt och tar in det sönderfallande murverket, de spruckna fönstren och den flagnande färgen. Hela byggnaden verkar sjunka ihop under tidens tyngd, en stark vindpust från att kollapsa. Icke desto mindre är det uppenbarligen hit jakten har lett mig.

Jag närmar mig den imponerande huvudentrén och är inte förvånad över att finna de väderbitna ekdörrarna låsta. "Inget varmt välkomnande? Jag känner mig sårad." Behändigt tar jag fram mitt dyrkset och mina fingrar sonderar expertmässigt de invecklade låshakarna tills det tillfredsställande klicket av underkastelse ekar genom den tysta skogen. Den tunga dörren gnisslar och öppnas och avslöjar endast virvlande damm och spindelväv bortom tröskeln.

"Första utmaningen avklarad", tillkännager jag för ingen särskild och kliver in i den unkna foajén. Herrgårdens insida matchar dess förfallna yttre. Lager av smuts och lort täcker varje yta, och spindelväv höljer kristallkronorna som invecklad spets. Det är svårt att föreställa sig att något, naturligt eller övernaturligt, skulle bosätta sig här.

"Hallå?", ropar jag trevande och min röst studsar mot väggarna innan den sväljs av den kvalmiga luften. Inget svar, inte för att jag hade förväntat mig det. Med ett stärkande andetag påminner jag mig själv om varför jag är här. "Dags att bli allvarlig nu, Artemis."

Jag drar en pistol i ena handen och en dolk i den andra, förlitande mig på den familjära tyngden av mina vapen. De känns som förlängningar av mig själv och ger mig mod och beslutsamhet. "Visa dig", viskar jag till den tysta herrgården. "Jag är redo för dig."

Jag vågar mig djupare in, rensar metodiskt varje dammfyllt rum, med sinnena på helspänn för varje krusning av rörelse eller energi. Ljusstrålar tränger igenom springor i de förspikade fönstren och skär genom mörkret. Ju djupare jag utforskar, desto starkare hänger den mörka energin i luften och får de fina håren på min nacke att resa sig. Jag är nära nu.

När jag svänger runt ett hörn får jag syn på en slingrande trappa som leder upp i ett skuggigt mörker. Kraftens pulserande verkar dra mig mot dessa trappsteg och utmana mig att gå upp. Jag vet att det vore självmord att konfrontera det okända i så trånga utrymmen. Men jag har kommit för långt för att vända om nu. Jag kontrollerar mina vapen en sista gång och stålsätter mig. Där uppe i trappan väntar mitt mål.

"Redo eller inte, här kommer jag", tillkännager jag djärvt och tar det första knarrande steget. Trappan stönar under min vikt, men håller. Med hjärtat bultande mot revbenen klättrar jag långsamt, metodiskt, redo för vad som helst. Mörkret sväljer mig hel, men jag tvekar inte. Jag är en jägare på spåret, och mitt byte är nära.

Högst upp sträcker sig en lång korridor in i svärtan. De torra trägolvplankorna protesterar mot varje fotsteg och avslöjar min närvaro. Dörrhandtagen jag passerar är täckta av tjocka lager smuts, vilket antyder att rummens innehåll har varit ostört länge.

Den stickande känslan av att vara iakttagen vägrar att ge med sig. Gåshuden sprider sig över min kropp när de fina håren i nacken ställer sig rakt upp. Visst, den här förfallna herrgården osar av en kuslig atmosfär. Men denna oro som gnager i magen beror på mer än bara stämningen. Något osynligt förföljer mig i dessa skuggor och iakttar varje rörelse jag gör.

"Skärp dig, Artemis", muttrar jag för mig själv och försöker få min skenande puls att lugna ner sig. Men den kvävande tystnaden som omsluter mig som en svepning förstärker bara den lurande rädslan.

"Vem är där?" Min skarpa fråga ekar obesvarad genom de övergivna salarna. Den iakttagande närvaron verkar närma sig vid min utmaning, hungrig och tryckande. Detta är ingen paranoia – mina finslipade instinkter skriker att fara lurar precis utom synhåll.

"Visa dig!", skäller jag, och fingrarna sluter sig om fästet på en dold silverdolk. Klingan väser svagt när jag drar fram den, den familjära dödliga tyngden ger mig mod. "Jag är inte här för att leka."

"Leka? Ånej, min lilla vän. Det här är ingen lek." Den raspiga rösten som dryper av illvilja sänder en kyla längs min ryggrad. Jag virvlar runt mot ljudet när förvridna, skugglika gestalter smälter fram ur mörkret. Deras skrumpna lemmar slutar i knotiga klor, och ihåliga ögon glöder av rovdjurshunger. Mindre varelser, förbrukningsbara spejare.

”Wow, ni är verkligen fula”, hånar jag, och min bravado döljer min oro. ”Okej, missfoster, vem skickade er?”

”Skickade oss? Ingen. Vi bara ... iakttar.” Varelsens läppar dras tillbaka och avslöjar nålliknande tänder i en gräslig imitation av ett leende.

”Jaså, smygtittare, va?” Jag himlar dramatiskt med ögonen och köper tid för att bedöma hotet. ”Tråkigt att behöva säga det, kryp, men ni har valt fel jägare att förfölja.”

Med blixtens hastighet kastar jag mig framåt och silverklingan borrar sig in i talarens bröst. Den sönderfaller till strimmor av illaluktande rök och löses upp i intet. Så mycket för att ta en levande. De här sakerna är uppenbarligen inte byggda för att hålla.

”Är det där verkligen allt ni har?” retas jag med de återstående monstren och vinkar dem närmare. De morrar unisont, med gula ögon som lyser av rovdjurslystnad när de samlas runt mig. Men deras klumpiga attacker är en barnlek att undvika för någon med min skicklighet. Jag dansar och snurrar, och klingorna ristar dödliga bågar genom mörkret. På några ögonblick ligger varelserna i rykande högar vid mina fötter.

med märklig rekvisita vaktar över en invecklad cirkel inristad i golvplankorna. Och där, halvt dold under en hög med esoteriska böcker, ligger det jag har letat efter – en läderinbunden dagbok.

Medan jag bläddrar igenom de åldrade sidorna spärras mina ögon upp när innebörden börjar framträda, långt mer förvriden än jag hade förväntat mig. Dessa febriga anteckningar beskriver bisarra experiment på övernaturliga varelser, rubbade mystiska ritualer, och hur jägaren sakta faller offer för en mörk besatthet.

"Vad i helvete är det som pågår här?" muttrar jag, medan en isande knut bildas i min mage. Jag vill inte ha något med det här vansinnet att göra, och ändå... det är omöjligt att inte bli fascinerad. Dagboken antyder något mycket mer ondskefullt än en enkel varelse att fånga.

Namn, datum, platser tyder på att mitt mål inte är det första som fallit offer för de dolda intriger som i hemlighet utspelar sig här. Denna egendom är en del av något mycket större och mörkare.

Jag svär tyst för mig själv och trycker ner dagboken djupt i min väska. Om det finns någon chans att min uppdragsgivare är kopplad till dessa depraverade experiment, måste jag avslöja sanningen. Men varelsen är min prioritet för tillfället. Jag kan reda ut resten av detta vansinne när mitt villebråd är säkrat.

Jag stålsätter mig och smyger tillbaka ut mot den dunkla skogen, med sinnena skärpta för varje rörelsevåg i skuggorna. "Okej, din förvridna galning", ropar jag djärvt mot de vakande träden. "Låt oss se vad du verkligen döljer för mig."

Skogen delar sig motvilligt när jag tränger djupare in och följer det lilla spår som finns kvar. Splittrade grenar och fåror av uppriven jord leder mig till en klipphäll dold i snåren. Mörkret samlas mellan stenarna, perfekt för att dölja något... eller någon.

Skogen sluter sig omkring mig, levande med ljuden från osedda nattliga varelser. Jag kan inte skaka av mig den krypande känslan av att vara iakttagen, av ovänliga ögon som följer varje rörelse jag gör. Det svaga spåret slingrar sig framåt mellan träd som verkar luta sig inåt, med grenar som griper efter mig som knotiga händer. Det kväljande mörkret bär på en oroande känsla av förebud som får de fina håren på min nacke att resa sig.

"Skärp dig, Artemis", viskar jag, lika mycket för att lugna mina egna skakiga nerver som för att undvika att varna eventuella dolda lyssnare. "Du har överlevt mycket värre än det här." Men min svaga tapperhet faller platt, uppslukad av den ruvande skogen.

När jag smyger längre in i det tryckande mörkret vägrar den paranoida känslan av lurande fara att avta. Det är som om skogen själv konspirerar mot mig och döljer outsägliga fasor precis utom synhåll. Väntande. Vakande.

Jag tvingar fram ett stramt leende trots den isande strömmen av fasa längs ryggraden. "Fint försök, men det krävs mer än några läskiga träd för att skrämma bort mig." Det falska modet låter löjligt även i mina egna öron.

Ett plötsligt knakande av kvistar och gutturala morranden krossar den tunga tystnaden och bekräftar att jag inte är ensam här ute. Jag vänder mig mot ljudet, och två silverdolkar tycks materialiseras i mina händer, instinktivt dragna från sina dolda skidor uppför mina ärmar.

"Visa er!" Mitt skarpa krav verkar väcka själva skogen. Väldiga varglika bestar smälter fram ur snåren, med ögon som glöder i en onaturligt giftgrön färg i dunklet. De stryker omkring i en vid cirkel och omringar mig med blottade tänder i hungriga morranden.

Jag andas långsamt ut och intar en balanserad ställning med klingorna redo. "Okej Fido, låt oss dansa."

De anfaller i en störtflod av päls och raseri. Med blixtsnabba reflexer, finslipade genom år av träning, duckar och snurrar jag undan från smällande käftar och hugger ut i mjuka bågar med mina klingor. Jag slåss mer på instinkt än medveten tanke och förlorar mig i den dödliga dansen, en virvelvind av silver som pressar tillbaka flocken.

Men ett odjur med tur får tag på min arm bakifrån i ett krossande bett. Jag biter ihop tänderna mot den svidande smärtan och vägrar att skrika ut när dess huggtänder med motbjudande lätthet sliter sönder läder och kött. En djurisk myskdoft klamrar sig fast vid dess toviga päls, inte alls likt den sanna stanken av lykantropi. Inte varulvar alltså, utan något värre.

Jag ignorerar den klibbiga värmen som rinner nerför min arm, och min syn blir knivskarp av adrenalin och smärta. "Är det verkligen allt ni har?" Mitt hån kommer fram mellan sammanbitna tänder.

Efter ändlösa spänningsfyllda minuter kollapsar den sista varelsen i snåren och lämnar mig flämtande och dränkt i blod och svett, omgiven av kropparna av mina onaturliga angripare. Jag tillåter mig några andetag för att lugna min rusande puls innan jag vänder min uppmärksamhet mot det ymnigt blödande såret som rivits upp längs min arm.

"Fantastiskt. Precis vad jag behövde", muttrar jag med falsk lättsamhet och river en tygremsa från min söndertrasade ärm för att göra ett provisoriskt bandage. Jag drar åt linnet med tänderna och kväver ett väsande.

När jag inventerar skador och kvarvarande vapen dyker oroande frågor upp. Varför hade dessa bestar gett sig på mig med sådan våldsamhet? Oprovocerade attacker från en vild vargflock är knappast normalt. Och de var uppenbarligen inga varulvar, då de saknade de avslöjande kännetecknen. Något mycket mer ondskefullt är i görningen här.

"Det här går inte ihop alls", muttrar jag och spanar av den omgivande skogen efter nya hot. Mina tankar återvänder till den fördömande dagboken som ligger undanstoppad i min väska. "Och om de där sjuka experimenten är någon ledtråd, är detta bara toppen av ett isberg."

Fast besluten att avslöja sanningen bakom dessa förvridna händelser, och min uppdragsgivares potentiella inblandning, tränger jag djupare in i den gripande skogen. Vilka andra depraverade fasor som än väntar i dessa skogar, måste jag fortsätta framåt. Liv beror på att dessa okända skurkar äntligen ställs inför rätta.

En isande tanke kristalliseras och framkallar ett glädjelöst skratt från min spända strupe. "Vilken sorts uppdragsgivare skickar mig efter ett mål med noll användbar information, om de inte ville att jag skulle snubbla blint in i detta vansinne?" Jag skakar argt på huvudet åt min egen naivitet. "Skämtet är på min bekostnad som inte insåg det tidigare."

När jag smyger genom de tätt stående träden kan jag inte undkomma den kvävande känslan av osedda ögon som följer mig från alla håll. Men jag vägrar att vända om nu. Om jag inte avslöjar sanningen, vem kommer då att göra det?

"Lita inte på någon, Artemis", påminner jag mig själv bistert, medan fingrarna krampar runt de läderlindade fästena på mina återstående klingor. "Särskilt inte mystiska uppdragsgivare med misstänkt djupa fickor."

Skuggorna klamrar sig allt tätare fast, men ändå tvingar jag mig själv att sätta den ena foten framför den andra. Den som iscensätter detta förvridna spel tror uppenbarligen att jag bara är en simpel bonde, för dum för att se hela spelbrädet. Men de kommer att upptäcka att jag inte är så lätt att skrämma eller lura.

Jag kommer att nysta upp de hemligheter som ruttnar i detta mörker. Jag kommer att se till att alla inblandade betalar ett passande pris för sina vidriga handlingar. Och jag kommer inte att vila förrän balansen är återställd, oavsett den blodiga kostnaden.

Låt dem skicka sina fasor. Jag är redo.

Den kväljande stanken av förruttnelse hänger tung i luften, en tryckande påminnelse om liv förvridet till något vanskapligt och groteskt. Jag smyger försiktigt genom den gripande skogen och följer det svaga spår som mitt gäckande byte har lämnat efter sig. Skuggorna verkar viska precis utom hörhåll och antyda olycksbådande hemligheter som det inte är meningen att jag ska avslöja. Tecknen på att något har gått fruktansvärt fel här är omöjliga att ignorera.

"Du är ute på djupt vatten den här gången, Artemis", muttrar jag för mig själv och spanar på den lövtäckta marken efter tecken på nylig passage eller kamp. Spåret förblir frustrerande otydligt.

"Uppenbarligen", kommer det torra svaret inifrån. "Men det är inte som att du bara kan gå härifrån nu."

Jag suckar och tränger mig förbi de lågt hängande grenarna som skymmer min väg. "Tack för det inspirerande peptalket."

"Det är vad jag är här för", svarar min inre röst sardoniskt. "För att hålla oss engagerade i fruktansvärda livsval."

Jag räddas från att svara på min egen sarkasm av ett sken av rörelse längre fram. Jag duckar, med kroppen spänd och redo för konfrontation. Men det är bara en ekorre som nervöst pilar över skogsmarken innan den försvinner upp i ett träd. Jag släpper ut ett skakigt andetag och tvingar motvilligt fötterna framåt igen.

”Något är allvarligt fel med hela den här situationen”, tänker jag högt och försöker dränka den tryckande tystnaden omkring mig. ”Oetiska experiment, hemliga labb... vad i helvete har jag trasslat in mig i?”

”Inget bra, det är då ett som är säkert”, replikerar jag bistert. ”Men jag kommer inte att låta den som ligger bakom detta vansinne undkomma konsekvenserna. Inte så länge jag är med i leken.”

Som om de kallats fram av mina tankar, snubblar jag in i en liten glänta beströdd med kasserat medicinskt avfall – sprutor, glasflaskor, kirurgiska verktyg som glänser grymt i det bleka ljuset. Den kväljande metalliska doften av blod krockar våldsamt med den jordiga doften av fuktiga löv och mylla.

”Herregud”, viskar jag och undertrycker en våg av illamående. ”Vad gjorde de här ute? Det ser ut som någon depraverad galen vetenskapsmans lekplats.” Jag ryser och föreställer mig vilka nya fasor dessa instrument har åsamkat. ”Fast det här är ingen B-skräckfilm. Det är på riktigt.”

Jag plockar upp en fläckad skalpell, och gallan stiger i halsen när jag vänder på den med handskbeklädda fingrar. ”Det här är farligt. Och jag har en hemsk känsla av att tiden håller på att rinna ut för att stoppa det.”

”Du låter som en klyschig detektivroman”, tillrättavisar jag mig själv och kastar ifrån mig den smutsiga klingan. ”Sluta berätta och fokusera på ledtrådar som leder tillbaka till psykopaten bakom dessa experiment.”

”Okej, okej”, muttrar jag och ser mig vaksamt omkring i den stilla gläntan, rensad på alla spår förutom dessa fördömande rester som slarvigt övergivits. En isande rysning av onda aningar kryper ner längs ryggraden. ”Men allt i mig skriker att den här situationen kommer att gå åt helvete fort. Och inte bara för att jag leker CSI i världens läskigaste pop-up-operationssal.”

”Lita på de instinkterna då”, påminner jag mig själv bestämt och smyger förbi det komprometterande medicinska avfallet. ”De har hållit dig vid liv så här länge.”

”Ja, rakt in i den här mardrömscirkusen”, påpekar jag torrt, med pulsen dundrande när jag lämnar det provisoriska operationsrummet bakom mig. ”Nu reducerad till att prata med mig själv mitt i skogen som en stereotyp från en skräckfilm.”

Min inre röst fnyser. ”Hallå, att ifrågasätta sina livsval är en del av det roliga med att nästan dö regelbundet. Omfamna galenskapen.”

Jag tvingar fram ett stramt leende trots att fasan får det att vända sig i magen. ”Med sådana pepptalk är det inte konstigt att jag känner mig så självsäker.”

En spänd tystnad faller när jag sveper över området för att hitta någon indikation på vart jag ska gå härnäst. Träden tränger sig närmare, skuggorna blir djupare och döljer outsägliga faror. Jag borde vända om, avbryta detta dumdristiga uppdrag innan det är för sent.

Men jag kan inte sluta nu. Något ont frodas på denna plats, bakom normalitetens slöja. Och om jag flyr, kommer det bara att spridas okontrollerat, ospårbart tills det är för sent. Jag måste fortsätta följa detta spår, oavsett vart det leder eller vilka fasor jag avslöjar.

Jag lägger handen mot den betryggande tyngden av mitt sidovapen och finner tröst i ritualen. Ingen återvändo nu. Svaren ligger någonstans framför mig i dunklet. Och på ett eller annat sätt kommer jag att dra fram den smutsiga sanningen i ljuset.

”Då kör vi igen”, muttrar jag och störtar in i skuggorna. ”Bara en vanlig dag på jobbet.”

KAPITEL TRE

"SPÅRET ÄR HETT IGEN", mumlar jag och känner en svag doft av svavel i den kyliga nattluften. Jag har smugit genom den täta skogen, där månskenet silas ner och fläckar den mossbeklädda marken under mina kängor. Den här svårfångade jäveln har lett mig på en riktig katt-och-råtta-lek i timmar, och har hela tiden legat ett steg före.

Men jag är Artemis Blackwell, och jag ger aldrig upp under en jakt. Aldrig någonsin.

Mitt byte kan uppenbarligen ett och annat knep för att undkomma. Det är ingen överraskning att spåret kallnar på vissa ställen. Men jag har ett par egna knep. Och jag använder varje färdighet jag besitter för att hålla mig hack i häl på honom.

"Okej, då kör vi", viskar jag och ställer in alla mina sinnen på omgivningen. Jag känner vibrationerna i jorden, virvlarna i vinden, hemligheterna som viskas bland de prasslande löven. Jag stänger ute alla störningsmoment och fokuserar helt på bytet.

Jag är djupt inne i vildmarken nu, med stadens betryggande ljus långt bakom mig. En isande vindpust skär genom träden och jag kurar ihop mig i min läderjacka för att skydda mig mot kylan. Mina ögon skannar oavbrutet de hotfulla skuggorna efter minsta rörelse.

Den skarpa svaveldoften försvinner och ersätts av lukten av fuktigt, jordigt förfall. "Fan också", svär jag lågt, frustrerad men inte avskräckt. Mitt byte är bra, utan tvekan. Men jag kan absolut inte låta honom komma undan den här gången.

När jag smyger djupare in i det kvävande mörkret sänker sig en kuslig tystnad som skickar rysningar längs ryggraden. Jag känner mig iakttagen, jagad, trots att jag vet att det är jag som är rovdjuret här.

"Skärp dig, Artemis", muttrar jag och gnuggar ärret på kinden, en påminnelse om tidigare misslyckanden som jag vägrar att upprepa. Jag tvingar mig själv att skaka av mig den gnagande oron och fokusera på nytt.

Det krävs varenda uns av min skicklighet för att hitta spåret igen, men till slut lyckas jag – den allra svagaste antydan till svavel som nästan helt sväljs av skogens frodiga dofter. "Nu har jag dig", ler jag vildsint, och blodet pulserar av jaktens spänning. Jag störtar framåt, med varje sinne på helspänn efter mitt svårfångade villebråd.

Ett plötsligt, överjordiskt skri krossar tystnaden och får mig att frysa till is. Det isande ljudet skär rakt in i märgen, olikt allt jag någonsin hört förut. Bytesdjurets instinkter väller upp och skriker åt mig att fly från detta osedda hot.

Jag tvingar fram ansträngda andetag och försöker höra något förbi min egen bultande puls. "Håll ihop det, Blackwell", morrar jag mellan sammanbitna tänder och kämpar mot den överväldigande lusten att springa. Inte en chans att jag låter någon skrämseltaktik avskräcka mig nu.

"Visa dig!" ropar jag vårdslöst ut i skuggorna, med handen svävande nära min hölstrade pistol. Min dumdristiga tapperhet faller platt och ekar hånfullt mellan träden innan den återigen sväljs av den kvävande tystnaden.

”Okej, var som du vill”, fräser jag och tvingar mina blytunga fötter framåt mot varje självbevarelsedrift. Om något vill iaktta mig från mörkret, låt det göra det. Jag tänker inte överge jakten nu.

Längre fram ser jag ett stort område med ödelagd skog, där träd har slitits upp med rötterna och splittrats med våld. Det ser ut som om en tromb har dragit fram här och bara lämnat förödelse efter sig.

Jag visslar lågt för mig själv medan jag tar in vidden av den beräknade förödelsen. ”Jaså, minsann. Så du kan dina saker.” Detta måste vara mitt måls verk. Den första solida ledtråd jag har hittat, och jag tänker inte förlora den nu.

”Ganska snyggt jobbat där bak, chefen”, ropar jag sarkastiskt med ett ryck i mungipan. Men det här är inte rätt tid för lättsamheter. Jag är nära, jag kan känna det. Dags att avsluta det här.

Medan jag tar mig fram genom bråten vägrar den krypande känslan av osedda ögon som följer varje steg jag tar att försvinna. Jag anstränger alla mina sinnen mot de tysta träden, beredd på ett bakhåll. Men ingenting rör sig.

”Jag blir inte lättskrämd, min vän”, ropar jag högt ut i det vakande mörkret. ”Och jag backar aldrig från en strid.”

Mina modiga ord försvinner ut i tomheten. Ingen rörelse, inget svar. Bara den disharmoniska symfonin av mitt eget bultande hjärta som håller takten.

”Sista chansen att göra det här enkelt för dig”, varnar jag, med handflatorna hala av svett mot mina vapen. ”Tvinga mig inte att skrämma fram dig som en rädd kanin. Kom bara fram.”

Tystnaden fortsätter obruten. Bra. Då gör vi det här på den hårda vägen. Jag lämnar inte den här skogen utan mitt byte i förvar. Och inget här ute skrämmer mig längre.

Jag sluter ögonen och ställer in mig helt på min omgivning – doften av uppriven jord, det frenetiska hjärtslaget som pulserar genom träden, det svaga sprakandet av energi

som ligger mogen i luften. Allt pekar på en konfronta-
tion som närmar sig med stormsteg.

En del av mig viskar att jag ska springa, att jag ska
lämna detta vansinne bakom mig. Men jägaren i min
själ vet: det finns ingen återvändo nu. Jag kommer att
se detta till sitt blodiga slut. Och mitt byte kan inte
undkomma mig för evigt.

"Nu kommer jag, vare sig du är redo eller ej", fräser
jag som ett löfte och kastar mig utan tvekan in i striden.
Den sanna jakten börjar ikväll.

*

Jag skannar intensivt den skuggiga skogen och letar
efter minsta antydan till rörelse i stillheten. Mitt hjärta
bultar oroligt, rädd för att jag kan vara för sent ute. Om
mitt svårfångade byte smet undan medan jag var distra-
herad och inte lämnade något annat än detta blodbad
bakom sig ...

"Fan också", svär jag lågt och sparkar i frustration till
en bruten gren.

"Vilket språkbruk", säger en irriterande bekant röst
förmanande. "Och se dig för, raring."

Jag virvlar runt och en kniv materialiseras i min
handflata. "Declan? Vad i helvete gör du här?"

Declan Reed, min olidligt arroganta rival, lutar sig
nonchalant mot ett träd och ser alldeles för avspänd ut.
"Jag skulle kunna fråga dig samma sak. Men jag slår vad
om att vi båda jagar samma sällsynt farliga byte."

Jag tvingar mig själv att slappna av mitt krampaktiga
grepp om bladet och döljer snabbt min förvåning. "Vad
får dig att vara så säker på det?"

Declan skjuter ifrån trädet och strosar närmare med
sitt karaktäristiska skälmska leende. "Äsch, kom igen
nu, vi har cirklat runt varandra tillräckligt länge för att
jag ska känna igen när du är ett färskt spår på spåren."

Jag blänger och vägrar låta mig distraheras av hans plötsliga närhet. "Eller så kanske du bara förföljer mig, ditt kryp."

Hans leende blir bara bredare av min skarpa ton. "Tro vad du vill. Men vi slösar dyrbar tid, min kära."

Jag tar ett långsamt andetag och knyter nävarna. Hur mycket jag än avskyr att erkänna det så har han en poäng. "Okej. Låt oss säga att vi båda är ute efter samma byte. Vad händer nu?"

Han rycker slarvigt på axlarna, men hans ögon följer varje rörelse jag gör. "Enkelt. Vi får se vem som är skicklig nog att fånga det först."

"Usch, allting är bara en lek för dig." Jag himlar med ögonen i avsmak. "Gör mig en tjänst och håll dig för helvete ur vägen för mig."

"Vad vore det roliga med det?" skrattar han hånfullt. "Men kom inte och tig om min hjälp när du hamnar på efterkälken."

I ett försök att medvetet ignorera honom riktar jag mitt fokus tillbaka mot den förstörda skogen och letar efter ledtrådar. Jag måste hitta spåret igen före Declan. Att fånga det här bytet först handlar om mer än bara stolthet – jag behöver svar som bara bytet kan ge.

När jag letar bland bråten känner jag Declans irriterande blick som följer varje rörelse jag gör. Men jag vägrar att låta hans utmanande närvaro bryta mitt fokus. Jag stänger ute allt utom jakten.

"Nu kommer jag, vare sig du är redo eller ej", mumlar jag och bekräftar min beslutsamhet. Jag kommer att lösa det här kontraktet före Declan, kosta vad det kosta vill. Misslyckande är inte ett alternativ.

Jag rör mig tyst som en gengångare genom förödelsen och letar efter någon indikation på mitt bytes riktning. Declan följer mig på avstånd, iakttar och väntar på att jag ska avslöja nästa ledtråd. Jag tänker inte ge honom den tillfredsställelsen.

Jag går ner på knä och undersöker ett ovanligt avtryck i den fuktiga jorden – tre långa fåror med ett omänskligt mellanrum. Kloavtryck. Min puls rusar iväg, men jag tvingar mig själv att förbli utåt sett oberörd. Den första solida ledtråden sedan spåret kallnade. Jag lägger mönstret på minnet innan jag reser mig och går vidare utan att se tillbaka på Declan. Låt honom lista ut det själv.

Jag ökar takten, fylld av energi vid tanken på att återuppta jakten. Träden verkar böja sig närmare, skuggorna blir djupare. En pirrande medvetenhet säger mig att Declan är nära, men jag stänger ute hans närvaro. Bara jakten har betydelse nu.

Längre fram visar en knotig ek tecken på skada, de övre grenarna är sönderrivna som om något stort hade slitit sig fram genom dem i ett raseriutbrott. Jag tillåter mig själv ett stramt leende. Spåret är färskt, de brutna ändarna sipprar fortfarande sav. Jag är nära nu.

Jag drar mitt sidovapen och smyger framåt, med sinnena på helspänn för minsta lilla rörelse, minsta ljud som avviker från det normala. Den omgivande skogen har blivit dödstyst, som om den håller andan kollektivt. Spänningen stegras för varje steg ... tills jag slutligen, längre fram, får en glimt av något onaturligt som rör sig mellan träden.

Jag fryser till, med pistolen höjd och stadig. Där, genom de skelettlika grenarna. En klumpig, missformad skugga som flimrar in och ut ur synfältet. Obekant men vagt människoliknande.

"Declan", väser jag lågt. Han dyker upp vid min sida, med blicken fäst på samma punkt. För tillfället är vi enade i fokus.

"Är det vårt byte?" viskar han, knappt hörbart. Hans hand svävar nära hans eget dolda vapen.

Jag ger en kort nick, varje muskel spänd till bristningsgränsen. "Ingen tvekan."

"Okej, då. Låt leken börja." En dumdristig upphetsning blixtrar till i Declans ögon. I jakt på samma pris, sida vid sida istället för mot varandra. Men jag vet att det bara är tillfälligt.

Jag drar min andra pistol och glider närmare den rörliga figuren, skoningslös och fokuserad. Spänningen inför den kommande konfrontationen rusar genom mina ådror. Dags att avsluta den här jakten. På ett eller annat sätt.

En bitande vind tjuter genom de kala träden och kyler mig in i märgen. Jag ryser till och blänger på Declan, irriterad på hans medvetna flin.

"Sedan när tar vi jobb från konkurrerande intressen?" fräser jag, och en oro kryper längs ryggraden som iskalla tentakler.

"Sedan vi uppenbarligen arbetar med motstridiga syften", svarar Declan, och hans nötbruna ögon smalnar. "Fast jag är förvånad över ditt märkliga val av arbetsgivare."

"Vem jag arbetar för har inte du med att göra", spottar jag fram, och fingrarna kliar efter mina klingor. "Tror du att du har någon exklusiv rätt till det här bytet bara för att du blev anlitad först?"

"Det kan du ge dig fan på att jag har." Han korsar armarna arrogant. "Och jag tänker inte heller avslöja min klients identitet, så bry dig inte om att fråga."

"Skulle inte drömma om det", muttrar jag mellan sammanbitna tänder, medan tankarna rusar. Kan jag lita på min egen arbetsgivare? Vet de att Declan är inblandad? Ställs vi medvetet mot varandra? Vad i helvete är det som egentligen pågår här?

Declans medvetna flin gör mig nervös. "Du borde oroa dig mer för vad som händer om jag når vårt byte först."

”Fortsätt drömma, Reed”, fräser jag och skannar området efter något spår av vårt villebråd. ”Det kommer inte att hända.”

Hans låga skratt får håren på min nacke att resa sig. ”Det får vi se, Blackwell.”

Medan vi försiktigt fortsätter att spåra genom skogen gnager paranoian i mig. Om både Declan och jag blev anlitade för att hitta samma byte, vem är det då som egentligen drar i trådarna? Och, mer oroande, vem är den verkliga fienden i detta förvridna spel?

Jag tvingar undan spekulationerna för att fokusera på uppgiften. Oavsett vem som har iscensatt den här röran vägrar jag att låta Declan besegra mig. Och om det blir en strid kommer jag att vara redo.

”Akta dig, Reed”, viskar jag när de tryckande träden sluter sig omkring oss. ”Du är inte den enda som har ett rykte att förlora här.”

Hans blick borrar sig in i mig, smal och farlig, som om han försöker läsa mina tankar. ”Tror du verkligen att du kan hinna före mig till priset, Artemis?” Han fräser mitt namn som en förbannelse. ”Du är bra, raring, men inte så bra.”

”Snälla du”, fnyser jag föraktfullt. ”Jag spårade vår hala vän långt innan du fick nys om det. Det kommer att vara jag som slutför den här jakten.”

”Stora ord från någon som tappat spåret”, replikerar han och hans blick flackar mot platsen där det försvann.

Hettan stiger i mina kinder, men jag döljer ilskan som hans pik väcker. ”Jag vet vad jag gör, Reed. Jag har inte tappat någonting.”

”Är det så?” Han höjer ett arrogant ögonbryn. ”För härifrån ser det ut som om vi båda jagar luft.”

”Nu räcker det!” fräser jag mellan sammanbitna tänder, med nävarna knutna för att motstå lusten att dra blankt.

”Bara för att vi har kört fast betyder det inte att jag inte kan hitta spåret igen.”

Declan lutar sig in, och hans varma andedräkt rör om i mitt hår. ”Eller så kanske vi borde slå ihop våra färdigheter, bara tills spåret är återfunnet.” Hans ton är förvånansvärt allvarlig. ”Två spårare är bättre än en mot ett listigt byte.”

Jag ryggar tillbaka i avsky. ”Sedan när har jag någonsin litat på dig, Reed? Vi är rivaler, inte allierade.”

”Hur det än må vara med den saken så har vi ett gemensamt byte”, påpekar han förnuftigt. ”Det ligger i bådas vårt intresse att samarbeta. För stunden.”

Jag hatar hans logik, men vi har hamnat i ett dödläge. ”Okej då”, biter jag fram. ”Men så fort spåret är funnet är den här tillfälliga vapenvilan över.”

”Skulle inte vilja ha det på något annat sätt.” Declans leende antyder framtida svek. Men för tillfället arbetar vi motvilligt som ett team.

Det går emot varje instinkt att lita på honom. Men desperata tider kräver okonventionella allianser. Jag påminner mig själv om att vara vaksam. I samma ögonblick som vårt byte hittas blir Declan fienden igen.

Men för tillfället är vi obekväma allierade, förenade av ett gemensamt mål. Tanken lämnar en bitter smak i munnen. Men att misslyckas här är inte ett alternativ. Jag måste lösa det här kontraktet före Declan.

Kosta vad det kosta vill.

KAPITEL FYRA

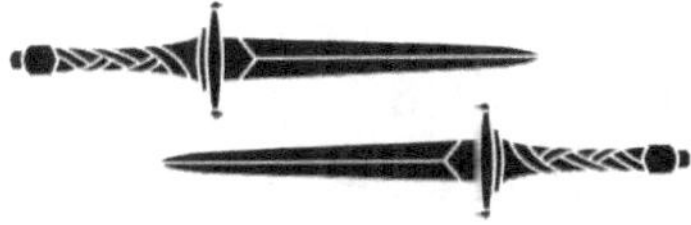

DEN SKARPA STANKEN AV svedd jord och bränt timmer slår emot mina sinnen när vi närmar oss det ödelagda området. Den en gång så grönskande skogen har reducerats till en pyrande ödemark, och jag kan inte låta bli att undra vilken ogudaktig makt som kunde ha åstadkommit en sådan total förödelse.

"Skulle du se på den här röran", muttrar Declan och granskar de förkolnade resterna med en imponerad vissling. "Tror du att vår hala vän passerade här?"

"Verkar troligt", svarar jag och hukar mig för att undersöka en förvriden metallklump som knappt går att känna igen som en del av ett staket eller en grind. "Uppenbarligen hände något stort här."

"Hände, flög i luften, sprängdes i småbitar", flinar Declan och gestikulerar mot de förkolnade och splittrade trädtopparna.

Jag motstår frestelsen att himla med ögonen åt hans nonchalans. "Mycket skarpsinnig iakttagelse. Gör dig nyttig nu och leta efter spår eller ledtrådar medan jag säkrar området."

Jag lämnar honom att söka av området och gör en för-siktig runda strax innanför trädgränsen, i jakt på tecken på liv eller kvardröjande hot. Men allt förblir stilla och tyst, den sotiga marken saknar hjälpsamma spår eller teck-en. Vad som än orsakade denna lokala apokalyps är borta sedan länge.

Declans skarpa vissling får mig att gå bort till där han knäböjer vid ett halvbegravt föremål i askan. "Nåväl, vad har vi här då?"

Jag hukar mig bredvid honom och betraktar mis-stänksamt den metalliska cylindern. Intrikata runor är in-ristade längs dess yta och glöder fortfarande svagt av kvar-varande energi. Definitivt av övernaturligt ursprung.

Declan flinar. "Ser ut som en av de där magiska prylarna som ni mysteriejägare alltid håller på med."

"Vad tekniskt av dig", replikerar jag vasst och rycker den ur hans grepp. En kyla ilar genom mig vid beröringen. "Men ja, vårt villebråd skulle vara väldigt intresserat av den här."

"Inte Byrån då?", frågar Declan med intresse och borstar av sina händer.

En våg av ilska väller upp i magen på mig vid anklagelsen. "Jag är inte en av de där lönnmördarna från hemliga upp-drag." Byrån för paranormala affärer betalar bra för mina tjänster, men de är korrupta svikare. Jag vägrar att bli en av dem.

Declan känner av min irritation och håller upp händer-na i en låtsad kapitulation. "Mitt misstag. Jag kunde ändå inte bry mig mindre om vem du jobbar för. Så vilket håll stack vår 'vän' förmodligen åt efter det här?"

"Låt mig kolla min spågummelinje", säger jag spydigt och sveper med blicken över det karga landskapet. Inget tydligt spår framträder ur den kvardröjande förödelsen. Jag nickar mot de illa tilltygade resterna av en pickup. "Hjälp mig att sopa rent flaket."

Tillsammans borstar vi aska från lastbilsflaket, vilket ger mig utrymme att rulla ut en karta över den omgivande regionen. Declan lutar sig fram, med sina nötbruna ögon fokuserade. "Okej, om vi antar att vårt villebråd flydde från området, vilka är de närmaste alternativen?"

Jag drar ett finger tankfullt längs kartan. "Tja, om man följer den här vägen leder den raka vägen till närmaste stad. Inte särskilt diskret."

Declan ger ifrån sig ett instämmande ljud. "Så om målet är att undvika uppmärksamhet, vad återstår då?"

Min blick faller på en bergskam som omger staden i norr. Tät skog genomkorsad av nätverk av avskilda grottor och alkover. "Bergskedjans fot", förklarar jag beslutsamt. "Ett lätt ställe att försvinna på."

Declan nickar. "Och få nyfikna blickar. Jag skulle slå vad om att det är vår bästa väg att följa."

Jag känner ett sting av oro över hur lätt vi halkade in i detta tillfälliga partnerskap. Men spåret följer inte sig självt. "Då rör vi oss. Vi förlorar dagsljus."

Vi ger oss av mot bergen, med spöket av vårt gemensamma villebråd hängande över oss. Den isiga vinden biter i mitt ansikte och understryker den inneboende faran i denna tillfälliga allians. Utåt sett verkar Declan oberörd, men jag anar en matchande vaksamhet gentemot mig som sjuder bakom hans nonchalanta övermod. Ingen av oss litar helt på den andres motiv.

Mina lungor brinner med varje iskallt andetag när vi klättrar högre, de steniga sluttningarna pudrade med snö. Den bitande kylan tränger in i märgen, även om jag vägrar att visa svaghet. Särskilt inte för Declan Reed. Jag noterar att han utan ansträngning matchar mitt tempo, den förbannade tävlingsmänniskan. Kan inte ens unna mig ett försprång i uthållighet.

”Förväntade mig inte att du var typen som uppskattar naturvandringar”, anmärker jag spydigt, med andedräkten som en rökplym framför mig.

Declan flinar. ”Likaså, Blackwell. Men jag antar att vi båda har dolda djup.”

Jag motstår att nappa på betet. ”Låt oss bara fokusera på uppdraget, Reed.”

Vi fortsätter framåt, tystnaden bryts endast av vindens sorgsna ylande genom tallgrenarna. Den stickande känslan av att vara exponerad, av osedda ögon som följer oss, vägrar att avta. Jag söker oavbrutet av vår omgivning efter tecken på ett bakhåll. Men ingenting rör sig. Endast det förflutnas spöken hemsöker dessa sluttningar.

Tills slutligen, längre fram, en struktur framträder ur den karga terrängen. Ett imponerande betongkomplex inbäddat mot den stigande klippan, med fönster som är mörka och livlösa. Men dess syfte är omisskännligt.

”Nåväl, vad har vi här då?”, funderar jag högt. ”Avskilt forskningslabb?”

”Verkar onekligen så”, instämmer Declan. ”Får en att undra vad vårt villebråd gjorde hela vägen här ute.” Hans hand glider ner mot sitt hölstrade handeldvapen.

Jag bemödar mig inte med att spekulera. ”Bara ett sätt att ta reda på det. Låt oss gå in och se vilka hemligheter som finns kvar att avslöja.”

Vi närmar oss byggnaden försiktigt, sinnena skärpta för den minsta antydan till rörelse innanför de många skuggiga fönstren som gapar som tomma ögonhålor. En massiv ståldörr blockerar ingången, men det elektroniska låset är ingen match för Declans färdigheter.

Med ett dämpat pip kopplas låsbultarna ur och dörren svänger upp med ett olycksbådande stön. Declan gjorde en hånfull bugning. ”Damer först.”

Jag ignorerar honom, knäpper på min ficklampa och kliver in i det unkna mörkret. Declan muttrar under andan och följer efter, hans ljuskägla förenas med min för att tränga undan mörkret. Sida vid sida igen, osäkra allierade förenade endast av ett gemensamt mål. Vad vi än upptäcker här är en sak säker – saker och ting mellan Declan och mig kommer snart att ställas på sin spets. Och bara en kan lyckas.

Men för tillfället fokuserar vi på att avslöja vårt villebråds hemligheter. Svaren är nära. Jag känner det i den tunga stillheten som genomsyrar anläggningen, ända ner i stenarna. Jakten har lett oss hit av en anledning. Och, redo eller inte, väntar vårt mål någonstans i djupet.

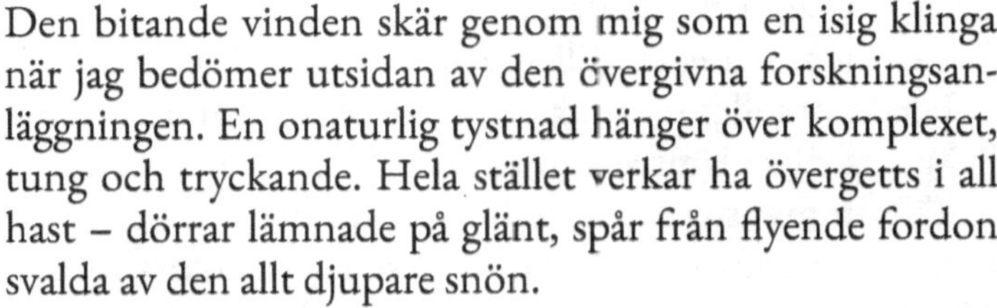

Den bitande vinden skär genom mig som en isig klinga när jag bedömer utsidan av den övergivna forskningsanläggningen. En onaturlig tystnad hänger över komplexet, tung och tryckande. Hela stället verkar ha övergetts i all hast – dörrar lämnade på glänt, spår från flyende fordon svalda av den allt djupare snön.

”Något känns fel här”, mumlar Declan, hans andedräkt som ett moln i den iskalla luften. ”Tror du att de blev tipsade om att vi var på väg?”

”Låt oss hoppas inte”, svarar jag bistert, en sjuk känsla som vrider sig i magen. ”Men var på din vakt oavsett.”

Vi närmar oss vad som ser ut att vara en kontorsbyggnad, med fönster krossade av något tidigare våld. Jag sparkar upp den splitterdörren och vi kliver försiktigt in. Interiören är plundrad – papper och möbler ligger utspridda över golvet, arkivskåp är rensade och välta.

”Ser ut som att någon verkligen inte ville att något skulle hittas här”, anmärker jag frustrerat och letar efter ledtrådar som undgått förstörelsen.

”Eller så är de bara väldigt passionerade när det gäller att inreda om”, skämtar Declan med ett avslappnat flin.

Jag ger honom en kall blick. ”Fokus, Reed. Det här är allvar.”

Tillrättavisad blir Declan allvarlig och följer mig djupare in i byggnaden. Men det är mer av samma sak – varje rum är rensat, alla spår utplånade. Varje återvändsgränd drar åt min frustration hårdare. Vi är för sena, spåret har kallnat för länge sedan.

Tills Declan ropar skarpt: ”Artemis, här borta.” Jag hittar honom i vad som en gång var en sjukvårdsavdelning, de isiga stålborden glänser fortfarande under flimrande lampor. Han pekar ordlöst mot en mörk fläck på de smutsiga kakelplattorna. Blod. Färskt.

”Fan också”, väser jag, pulsen skjuter i höjden. ”Vårt villebråd kan fortfarande vara här någonstans.”

Declan grimaserar. ”Eller så går vi rakt in i ett bakhåll.”

Jag kontrollerar mina vapen och samlar nerverna. ”Oavsett vilket lämnar vi inte utan svar. Vi fortsätter.”

Tillsammans tränger vi djupare in, med sinnena förberedda på minsta ljud eller rörelse i den unkna luften. Mina fingrar stryker över det betryggande greppet på mitt handeldvapen, redo att dra vid första tecken på liv. Eller död.

I vad som verkar vara ett labb bränner den skarpa kemiska stanken i mina näsborrar. Bänkarna bär fortfarande en uppsättning vetenskaplig utrustning och halvfulla provrör med okänt innehåll. I ett hörn tornar en enorm glasbehållare upp sig, rör som slingrar sig från dess skuggiga djup som metalliska rankor. Olycksbådande former tycks vrida sig precis utom synhåll bakom det ogenomskinliga glaset.

Declan visslar lågt. ”Skulle du se på den här freak-showen.” Han plockar upp ett trasigt dokument, pannan rynkas. ”Det är en forskningsrapport. Ta en titt.”

Jag skannar snabbt sidorna, ögonen vidgas. De utförde experiment på övernaturliga exemplar och pressade deras förmågor till onaturliga gränser. Inklusive vårt mål.

"De sjuka jävlarna", spottar jag ur mig, vreden drar ihop sig hårt i bröstet. "De använde honom som en jävla försökskanin."

Declans uttryck hårdnar. "Det här är mycket större än vad någon av oss insåg. Den som anlitade oss ville inte bara att varelsen skulle hittas." Hans ögon borrar sig intensivt in i mina. "De ville att vi skulle hitta allt det här."

Innebörden börjar sjunka in, och jag mår illa. "Du har rätt. Vårt villebråd var bara lockbete för att leda oss till deras verkliga byte." Jag möter Declans blick. "Så vad nu? Vi var bara brickor i deras spel. Fortsätter vi uppdraget eller drar vi?"

Declan grimaserar med avsmak. "Skämtar du? Vi kan inte låta de här galningarna komma undan med det här. Vi hittar den som är ansvarig för de här experimenten och får dem att betala."

Trots våra olikheter känner jag en våg av uppskattning för hans övertygelse. "Kunde inte hålla med mer. Våra problem får vänta – just nu har vi en gemensam fiende."

Declan nickar. "När vi väl har stängt ner den här mardrömmen kan vi återgå till att vara rivaler." Ett skälmskt flin rycker i hans mungipa. "Det blir precis som förr i tiden."

"Ser fram emot det", replikerar jag syrligt och vägrar låta mig charmas. "Tills vidare, låt oss nysta upp den här förvridna operationen."

Vi söker igenom komplexet grundligt och hittar otaliga halvfärdiga experiment och forskningsanteckningar utspridda. Varje steg tar oss djupare in i en värld av grymhet och exploatering, där offrade liv reducerats till blotta datapunkter. Och varje avslöjande stärker bara min beslutsamhet att förgöra de ansvariga.

I ett kontor med utsikt över labben upptäcker vi personalakter och fraktsedlar som antyder en massiv organisation bakom dessa brutala ansträngningar. Denna enda anläggning är bara toppen av ett isberg.

”Denna operation är enorm, Declan”, mumlar jag, med tankarna rusande för att ta in vidden av avslöjandena. ”Och vi har snubblat rakt in i getingboet.”

Declan flinar skarpt, med ögonen upplysta av beslutsamhet. ”Låter som att det börjar bli intressant. Vi gör bäst i att spänna fast oss – det kommer att bli en jävla åktur.”

Trots vår osäkra allians är vi i detta ögonblick förenade av rättfärdig vrede mot en gemensam fiende. Vägen framåt är fortfarande oklar, men jag vet en sak bortom allt tvivel – dessa monsters välde slutar idag. Genom mina händer om inga andras.

Jag möter Declans vilda blick och ser min egen obevekliga beslutsamhet återspeglas. Tillsammans kan vi störta jättar, eller dö i försöket. Men misslyckande är inte ett alternativ. Alltför många oskyldiga liv har redan offrats.

Det är dags för en rättvisa som borde ha skipats för länge sedan. Och må Gud ha nåd med dem som står i min väg ... för jag kommer inte att ha någon.

KAPITEL FEM

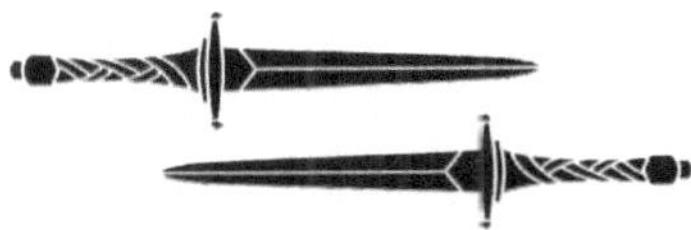

DOFTEN AV ANTISEPTISKA MEDEL och det kusliga surrandet från lysrören omger mig när jag följer efter Declan genom den öde forskningsanläggningen i jakt på ledtrådar. Varför skulle vårt mål komma tillbaka hit?

"Det här är löjligt. Vi kommer inte att hitta någonting", muttrar jag vresigt.

"Sluta klaga", säger han och knuffar upp en dörr märkt "Behörighet krävs". Det var ju effektivt.

Vi slingrar oss fram genom tomma korridorer och laboratorier, och tystnaden vilar tungt över mig. Gåshud knottrar sig på huden under min skinnjacka, och inte bara på grund av kylan i luften. Jag kan inte skaka av mig känslan av att vi är iakttagna.

"Känns som att vi har publik, eller hur?", säger jag till slut och försöker låta oberörd.

"Håll fokus, Artemis", snäser Declan. "Vi måste hitta något som kan ge oss en ledtråd."

"Visst, för att blint följa mystiska tips slutar ju alltid så bra för oss." Men trots min spydighet vet jag att vi inte har mycket till val.

”Har du några bättre idéer?”, Han stannar och vänder sig mot mig med armarna i kors över bröstet.

”Okej då”, medger jag och himlar med mina gröna ögon. ”Men om vi blir anfallna av någon lössläppt paranormal varelse så skyller jag på dig.”

”Avtalat”, säger han med ett litet flin när han knuffar upp ännu en dörr.

Jag känner hur håren i nacken reser sig när vi fortsätter djupare in i anläggningen. Rummen är fyllda med övergiven utrustning, provrör och underliga maskiner. Det här stället stinker av hemligheter och förbjuden kunskap. Pulsen slår snabbare medan vi letar efter svar – eller åtminstone något som kan hjälpa oss att förstå den sanna naturen av vad som har pågått här.

”Declan, här borta”, ropar jag, med en röst som knappt är mer än en viskning. Jag har genomsökt vad som ser ut att vara ett hastigt övergivet kontor och hittat en trave mappar märkta ”Hemligstämplat”. Byråns stämplar på dem avslöjar äntligen exakt vem anläggningen tillhörde – men varför skulle Byrån ha övergett den?

Kom något ut härifrån, något de skapade och sedan inte kunde kontrollera?

”Snyggt jobbat”, säger han, kommer fram till mig och bläddrar igenom dokumenten. ”Ska vi se vad de gömde.”

”Eller vem”, tillägger jag och tänker på de mänsklig-paranormala hybriderna som vi misstänker skapades i just den här anläggningen.

”Oavsett vilket är vi något stort på spåren.” Han tittar upp från papperen och hans bruna hår faller ner i ögonen. ”Och farligt.”

”Våra liv i ett nötskal”, suckar jag medan mina fingrar följer ärret på min vänstra kind, en påminnelse om tidigare strider – och de som ännu inte kommit.

Jag rycker åt mig en mapp från traven, och fingrarna glider på den dammiga ytan. Etiketten på omslaget lyder PROJEKT CHIMERA med feta, röda bokstäver. Jag gillar inte klangen av det. Det vrider sig i magen när jag slår upp första sidan och snabbt skummar igenom sidor av teknisk jargong och vetenskapliga diagram.

"Lyssna på det här", säger jag och fångar Declans uppmärksamhet. "Det står här att de utförde experiment på paranormala entiteter – de använde deras krafter till Gud vet vad."

"Mot Byråns regler?", frågar Declan och hans nötbruna ögon smalnar.

"Helt och hållet", svarar jag och känner ilskan koka inom mig. "De ska skydda folk från dessa varelser, inte utnyttja dem."

"Vem kunde ha anat att de vi arbetar för skulle vara så ... korrupta?" Han ger ifrån sig ett bittert skratt, men det finns ingen humor i det. Bara avsmaken över vår egen naivitet.

"Är det inte alltid så?", muttrar jag och skannar ett annat dokument. "Vad som är värre är att vissa av dessa entiteter är märkta som 'kan inte klassificeras'. De skulle kunna vara vad som helst."

"Toppen", mumlar han och drar en hand genom sitt rufsiga hår. "Så vi har Byråforskare på glid som leker med elden, och vi sitter i kläm."

"Verkar så", medger jag och flyttar vikten från den ena kängförsedda foten till den andra i ett försök att dämpa det krypande obehaget. "Vi måste hitta fler bevis och ta dem till min klient – det enda jag är säker på är att han inte är från Byrån. De döljer inte sin identitet när de anlitar mig. Kanske kan han hjälpa oss att lista ut vem som ligger bakom allt det här."

"Förutsatt att han inte är inblandad i något ännu värre", tillägger Declan mörkt, och jag kan inte låta bli att rysa vid tanken.

”Declan”, börjar jag och tar ett djupt andetag, ”vi måste lita på någon.”

”Förtroende är en lyx vi inte har råd med just nu, Artemis”, invänder han med ansträngd röst. ”Vi måste vara försiktiga med vem vi inviger i det här.”

”Okej”, snäser jag, alltmer frustrerad över hans paranoia. ”Men vi kan inte göra det här ensamma. Vi kommer att behöva hjälp – oavsett om vi litar på dem eller inte.”

”Du har väl rätt”, medger han med en tung suck. ”Låt oss bara hoppas att våra så kallade allierade inte hugger oss i ryggen innan vi hinner avslöja de här experimenten.”

”Hoppas på det bästa, förbered dig på det värsta”, påminner jag honom, och tillsammans fortsätter vi att gräva bland de fördömande bevisen, med hjärtan tunga av svekets börda.

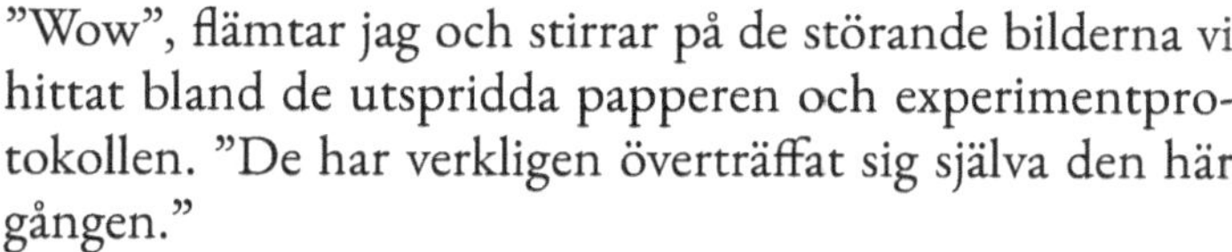

”Wow”, flämtar jag och stirrar på de störande bilderna vi hittat bland de utspridda papperen och experimentprotokollen. ”De har verkligen överträffat sig själva den här gången.”

”Artemis, kolla här”, ropar Declan från andra sidan det svagt upplysta rummet, med en röst som är en blandning av avsmak och fasa. Jag går bort till honom, och mina kängor ekar genom det övergivna laboratoriet, och kikar på skärmen han pekar mot.

”Är det där ...?” Mina ögon blir stora när den fruktansvärda insikten slår mig. Forskarna hade mixtrat med mänskligt DNA och blandat det med olika paranormala arter – och skapat vidunder som inte borde existera.

”Verkar som om de har kokat ihop några verkliga mardrömmar”, grimaserar Declan och skrollar igenom fler groteska bilder av de förvridna varelserna. "Det här är bortom all sans."

"Säg inget", ryser jag och försöker skaka av mig den ihållande kylan som kryper längs ryggraden. "Vem skulle någonsin tro att någon skulle vara galen nog att försöka sig på det här? Och Byrån? De ska skydda och bevara paranormala som utrotningshotade arter, inte ... vad fan den här skräcken nu är!"

Declan suckar och drar en hand genom sitt rufsiga hår. "Frågan är: varför? Vad är slutmålet?"

"Makt, kontroll, sadistisk nyfikenhet ... välj och vraka", svarar jag bittert, och min hjärna rusar för att försöka förstå den kaotiska röra vi har snubblat över. "Oavsett deras anledningar måste vi sätta stopp för det här. De här hybriderna är tickande bomber som väntar på att explodera."

"Håller med", nickar Declan, och hans nötbruna ögon är fyllda av beslutsamhet. "Men vi kommer att behöva förstärkning. Det går inte att veta vilken eldkraft de här naturvidriga monstren har."

"Eller om de ens går att kontrollera", tillägger jag, och det vänder sig i magen vid tanken på att möta en av de monstruösa skapelserna öga mot öga. Lukten av kemikalier och förruttnelse förstärker bara min känsla av obehag.

"Okej, låt oss samla så mycket underrättelser vi kan och sticka härifrån", säger Declan med fast och beslutsam röst.

"Låter som en plan", instämmer jag och tvingar undan mina växande rädslor. Tillsammans söker vi igenom laboratoriet och avslöjar fler mörka hemligheter för varje minut som går.

Medan vi arbetar i spänd tystnad kan jag inte låta bli att undra vilka andra fasor som väntar oss – och om vi kommer att kunna överleva dem. Det står klart att det inte finns någon återvändo nu. Sanningen måste fram i ljuset, och det är upp till oss att se till att det sker.

Jag plockar upp en bunt papper, bläcket är utsmetat och knappt läsligt. Mina ögon skannar sidorna i jakt på något som kan vara användbart. Det är då jag ser det – ett PM undertecknat av ingen mindre än direktör Hawthorne själv. Mitt hjärta stannar.

"Declan", väser jag med låg och angelägen röst, "titta på det här."

Han kliver fram och rycker papperet ur mina darrande fingrar, och hans nötbruna ögon vidgas när han läser. "Helvete", svär han tyst för sig själv. "Det här går raka vägen till toppen?"

"Verkar så", säger jag, och gallan stiger i halsen. Jag gillar inte Byrån, men tanken på att de skulle vara inblandade i sådana grymheter gör mig illamående.

"Artemis", börjar Declan försiktigt med plågad min. "Det är något jag måste berätta för dig."

"Okej, skjut på", svarar jag och gör mig redo för vilken bomb han än är på väg att släppa.

"Agent Diana Foxberry", börjar han och sväljer hårt. "Hon har utpressat mig. Hon hotar att avslöja vissa ... misstag jag gjort i det förflutna om jag inte hjälper henne med ... någonting."

"Hjälper henne med vad?", kräver jag, och min puls ökar. "Declan, du måste berätta allt."

"Tro mig, det skulle jag om jag visste", insisterar han, och hans nötbruna ögon bönfaller mina. "Men hon har hållit sina kort tätt intill bröstet. Allt jag vet är att hon sa åt mig att hålla ett öga på dig om jag stötte på dig här ute. Hon tror att du kommer för nära något."

"För nära vad? Det här?", jag viftar med det komprometterande PM:et i hans ansikte, och min ilska växer. "Hon är från Byrån! Försöker hon skydda de här jävlarna?"

"Eller förgöra dem", föreslår Declan, med en röst präglad av tvivel. "Kanske använder hon oss bara för att göra det."

”Oavsett vilket så är hon en fiende”, snäser jag, och det drar ihop sig i bröstet. ”Och vi kan inte lita på henne. Vi måste hitta ett sätt att sänka henne utan att utsätta dig för risk.”

”Håller med”, nickar Declan, och hans käke är spänd av beslutsamhet. ”Men först, låt oss fokusera på den här jävla röran vi har avslöjat. Diana kan vänta – de här hybriderna kan det inte.”

”Visst”, muttrar jag och skjuter undan tankarna på vedergällning för tillfället. Det kommer att finnas gott om tid för det senare. För stunden har vi större fiskar – eller snarare paranormala missfoster – att steka.

”Låt oss sticka härifrån”, säger jag medan vi stoppar på oss bevisen. ”Vi är lätta byten på det här stället, och något säger mig att vi har stannat för länge.”

<hr>

Luften i forskningsanläggningen hänger tung och instängd, som om stället har hållit andan alldeles för länge. Jag sneglar på Declan, hans ögon är smala av koncentration när vi tar oss fram genom vrakresterna av omkullvälta möbler och krossat glas.

”Men seriöst”, säger jag mellan sammanbitna tänder, ”hur mycket värre kan det här bli? Byråforskare på glid, olagliga experiment, paranormala hybrider – och nu Diana som spelar dockmästare med dig.”

”Tro mig, jag njuter inte av det här mer än du”, muttrar han och sneglar på en halvöppen dörr som leder in i ett mörkt rum. ”Men hon har mig i ett järngrepp. Hon har utpressat mig ända sedan hon fick reda på mina ... tidigare snedsteg.”

”Vilka var ...?”

”Det har inte du med att göra”, snäser han med spända käkar. ”Poängen är att hon använder mig för att främja sin egen agenda. Och nu när vi vet vad de här jävlarna har sysslat med här, så förstår jag varför.”

”Just det”, Jag drar fingrarna genom mitt långa silverhår och känner hur situationens tyngd pressar ner oss. ”Om de här hybriderna blir kända för allmänheten kommer det att orsaka kaos. Byrån kommer att avslöjas för sin del i allt det här, och Diana kommer att vara precis där och röra om i grytan.”

”Exakt”, nickar Declan med bister min. ”Hon vill bränna ner alltihop, och hon bryr sig inte om vem som hamnar i skottlinjen.”

”Klassisk Diana”, fnyser jag och skannar den öde korridoren framför oss. ”Spelar alltid på båda sidor och går segrande ur striden.”

”Då får vi väl se till att hon inte gör det den här gången”, svarar han med ett stålaktigt glitter i sina nötbruna ögon.

”Håller med”, säger jag och känner en plötslig våg av beslutsamhet. ”Ingen använder oss som spelpjäser och kommer undan med det.”

”Det kan du ge dig fan på”, grymtar Declan och handen söker sig instinktivt till vapnet vid hans sida.

”Okej, en sak i taget”, säger jag och försöker få grepp om vårt nästa drag. ”Vi måste se till att de här experimenten inte fortsätter. Vi har bevisen, men vi måste förstöra anläggningen också.”

”Låter som en plan”, nickar Declan, med en fokuserad och orubblig blick.

”Då kör vi”, säger jag, och hjärtat bultar i bröstet när vi rör oss framåt genom den kusliga tystnaden i den övergivna forskningsanläggningen, redo att sätta stopp för de monstruösa skapelser som lurar innanför dess väggar. Och när allt är sagt och gjort borde agent Diana Foxberry se sig om över axeln – för då kommer vi efter henne.

KAPITEL SEX

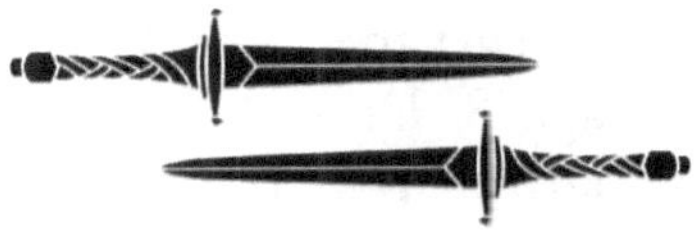

EN RYSNING LÖPER LÄNGS ryggraden på mig när vi går genom den övergivna forskningsanläggningen. Luften är tjock av en känsla av fasa, och jag kan inte skaka av mig känslan av att vi är iakttagna.

”Är du säker på att Dianas underrättelser är pålitliga?”, frågar jag Declan, med en röst som knappt är mer än en viskning. Han ser på mig med smalnad blick.

”Pålitlig är inte direkt ett ord jag skulle använda för att beskriva henne”, svarar han och drar en hand genom sitt rufsiga bruna hår. ”Men hon berättade om det här stället – inte för att hon gav mig den exakta platsen – och jag tror inte att hon skulle ha gjort det om det inte fanns något här som var värt att hitta.”

”Om hon inte”, avbryter jag, med hjärtat bultande i bröstet, ”använder oss för att främja sin egen agenda. Du vet hur hon arbetar – ställer till med oreda och lutar sig sedan tillbaka för att se kaoset utvecklas.”

Märks det att jag har ett förflutet med agent Diana Foxberry?

Declan suckar och hans nötbruna ögon möter mina. "Jag vet, Artemis. Men vilket val har vi? Vi måste stoppa de här experimenten innan de går längre."

"Fint", muttrar jag, inte övertygad. "Men låt oss inte glömma vem vi har att göra med. Hon kanske bara försöker splittra oss, få oss att vända oss mot varandra."

"Skulle inte vara första gången", medger Declan, och hans mungipor dras nedåt i ett bittert uttryck. "Hon har alltid varit bra på att spela ut folk mot varandra."

"Exakt", säger jag. "Så låt oss hålla oss på tårna. Hålla garden uppe. Vi har inte råd att låta henne komma in i huvudet på oss igen."

"Håller med", nickar Declan, med blicken fokuserad och orubblig. "Vi håller ihop, vad som än händer. Vi låter henne inte manipulera oss mer."

"Det kan du lita på. Vi har ett jobb att göra – och vi ska göra det tillsammans."

Medan vi fortsätter att slingra oss genom de tomma korridorerna kan jag inte låta bli att känna en känsla av obehag. Diana har alltid varit en mästare på att vilseleda, och jag oroar mig för att hennes sanna avsikter fortfarande kan vara dolda för oss. Men för tillfället har Declan och jag inget annat val än att lita på varandra – och hoppas att vi inte går rakt i hennes fälla.

Det avlägsna ljudet av metall som skrapar mot metall ekar genom anläggningen och får mitt hjärta att hoppa över ett slag. Jag utbyter en panikslagen blick med Declan, som redan spänner sig.

"Hörde du det?", frågar jag, med en röst som knappt är mer än en viskning.

"Något stämmer inte", svarar han, och hans ögon sveper över vår omgivning med växande oro. "Jag har en dålig känsla om det här."

"Toppen", muttrar jag sarkastiskt och griper ännu hårdare om vapnet vid min sida. "Precis vad vi behövde – fler överraskningar."

Som på en given signal utbryter en serie gutturala morrningar och vrål från bakom en tidigare obemärkt dörr till vänster om oss. Ljuden är nervkittlande, överjordiska och skickar en rysning längs min ryggrad.

"Verkar som att vi hittade försökskaninerna", säger Declan dystert och drar sitt eget vapen. "Redo för det här?"

"Låt oss bara få det överstökat", svarar jag och stålsätter mig för vilka paranormala varelser som än lurar bakom dörren.

Med en nästan synkroniserad rörelse sparkar vi upp dörren, med vapnen dragna och redo för strid. Synen som möter oss är direkt tagen ur mina mardrömmar. Rummet är fyllt av burar, och i varje bur finns en förvriden hybrid av människa och övernaturlig varelse, med ögon som glöder av en vildsint hunger. Och hälften av burdörrarna är redan uppbrutna, varelserna strövar fritt.

"Seriöst?!", utbrister jag och försöker dölja min rädsla med en stor dos sarkasm. "Det här börjar bara bli löjligt."

"Fokusera, Artemis", fräser Declan, redan i färd med att angripa en av varelserna som lyckats ta sig ur sin bur. "Vi har inte tid för skämt."

"Fint, fint", muttrar jag, tar ett djupt andetag och kastar mig in i striden. Mitt vapen skär genom luften och möter den tjocka huden på den första varelsen jag stöter på. Den vrålar av smärta och raseri, men jag har inte råd att ge upp. De här sakerna är dödliga, och jag tänker inte bli deras nästa måltid.

Medan vi slåss kan jag inte låta bli att lägga märke till hur bra Declan och jag arbetar tillsammans – trots våra olikheter och kvardröjande misstro. Vi rör oss som en, en sömlös enhet, förutser varandras handlingar och ger välbehövligt stöd. Det är nästan som om vi var skapade för det här, förutbestämda att stå sida vid sida inför faran.

"Artemis, till vänster!", ropar Declan och rycker mig ur mina tankar precis i tid för att undvika en inkommande attack från en av varelserna.

"Tack", erkänner jag motvilligt, hugger efter varelsen och får den att störta till marken. "Du är inte så pjåkig själv."

"Ska vi spara komplimangerna till senare?", svarar han, med en antydan till ett leende på läpparna. "Vi har fortfarande en del jobb kvar här."

"Sant", instämmer jag, skjuter undan mina tvivel och fokuserar på uppgiften framför oss. "Låt oss städa upp den här röran – tillsammans."

Mitt hjärta rusar när jag skär genom ännu en grotesk varelses skinn och känner det tillfredsställande motståndet ge vika under mitt blad. Den kraschar till marken, och för en bråkdels sekund tillåter jag mig själv att känna en gnutta tillfredsställelse.

"Artemis!", ropar Declan, och hans röst skär genom kaoset. Jag kastar en blick åt sidan, bara för att se honom brottas med ett av monstrerna. "Lite hjälp?"

"Ugh, fint då", muttrar jag, rusar mot honom och kör mitt vapen i ryggen på besten. Den ylar i plågor innan den sjunker livlös till golvet.

"Tack", grymtar han och torkar svetten från pannan. Den där antydan till tacksamhet irriterar mig, men jag sväljer det. Det här är inte tid för smågnabb – inte när våra liv står på spel.

"Vad som helst", replikerar jag och spanar av området efter fler hot. Hur mycket jag än hatar att erkänna det, börjar vi bli ett slagkraftigt team, där våra individuella styrkor kompletterar varandra perfekt.

"Bakom dig!", skäller Declan, och jag duckar instinktivt och undviker med en hårsmån ett brutalt svep från en varelse som smugit sig på mig bakifrån. Jag rullar åt sidan och studsar upp på fötter och driver mitt blad genom dess bröst.

"Snygg räddning", säger jag motvilligt och rycker loss mitt vapen från kadavret.

"Detsamma", svarar han och nickar mot den jag hade avfärdat ögonblicket tidigare. Vi utbyter en spänd blick, vår ömsesidiga misstro sjuder under ytan. Men för stunden skjuter vi den åt sidan – vi har större problem att hantera.

"Låt oss fortsätta", föreslår jag och gestikulerar nerför den svagt upplysta korridoren. "Det kan finnas fler av dem som lurar här."

"Håller med", nickar Declan och tar plats bredvid mig. Våra fotsteg ekar kusligt genom den övergivna anläggningen, tystnaden avbryts endast av våra ansträngda andetag och de avlägsna skriken från varelserna vi jagar.

"Vem kunde ha trott", funderar jag mörkt, "att du och jag skulle sluta med att slåss sida vid sida?"

"Livet är lustigt på det sättet", svarar han med en bitter ton i rösten. "Men låt oss inte bli sentimentala. Vi är inte vänner, Artemis. Bara ... allierade. För tillfället."

"Mig gör det inget", fräser jag, och mitt humör blossar upp vid hans raka avfärdande. Men trots min ilska kan jag inte låta bli att erkänna att han har rätt – för tillfället behöver vi varandra. Och tillsammans kanske vi har en chans mot de fasor som väntar oss på denna fördömda plats.

"Då kör vi", säger jag och stålsätter mig för striderna som komma skall. Sida vid sida tränger Declan och jag framåt i mörkret, vår skakiga allians smidd i blod och nödvändighet.

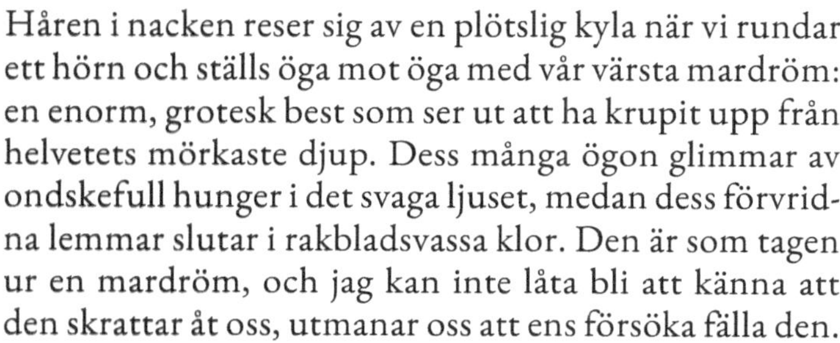

Håren i nacken reser sig av en plötslig kyla när vi rundar ett hörn och ställs öga mot öga med vår värsta mardröm: en enorm, grotesk best som ser ut att ha krupit upp från helvetets mörkaste djup. Dess många ögon glimmar av ondskefull hunger i det svaga ljuset, medan dess förvridna lemmar slutar i rakbladsvassa klor. Den är som tagen ur en mardröm, och jag kan inte låta bli att känna att den skrattar åt oss, utmanar oss att ens försöka fälla den.

”Fan”, muttrar Declan tyst för sig själv och ekar mina egna tankar. ”Vad föreslår du att vi gör åt den här?”

”Öh, inte dör?”, skjuter jag tillbaka sarkastiskt, även om jag vet att vi behöver en bättre plan än så. Jag ser mig omkring i den smala korridoren och letar efter någon fördel vi skulle kunna utnyttja. ”Tror du att du kan distrahera den tillräckligt länge för att jag ska kunna cirkla runt bakom?”

”Låter som ett självmordsuppdrag”, fnyser han. ”Men visst, varför i helvete inte? Jag ger det ett försök.”

”Försök att överleva”, säger jag till honom, med en röst spänd av en oro jag inte vill erkänna. ”Jag skulle hata att behöva förklara din död för Byrån.”

”Detsamma”, säger han med ett bistert leende. Sedan, utan ett ord till, rusar han framåt, skrikande och svingande sitt vapen för att dra till sig monstrets uppmärksamhet.

När varelsens dödliga blick fokuserar på Declan, springer jag nerför en anslutande korridor och ber att jag kan ta mig runt till andra sidan innan han blir en blodig fläck på golvet. Mitt hjärta bultar i bröstet, adrenalinet forsar genom mig när jag pressar mig själv att röra mig snabbare. Ljuden av strid ekar bakom mig, en kakofoni av vrål, morrningar och klirret av metall mot ben.

Slutligen rusar jag tillbaka in i huvudkorridoren, precis i tid för att se Declan med nöd och näppe undvika ett svep från besten som skulle ha huggit huvudet av honom. Jag tvekar inte, utan kastar mig mot dess oskyddade rygg och driver mitt vapen djupt in i dess kött.

"Artemis!", ropar Declan och tar tillfället i akt att hugga mot ett av monstrets ben för att förlama det. För ett ögonblick verkar det som om vi kanske har övertaget – tills varelsen vrålar av raseri, slår vilt omkring sig med sina återstående lemmar och nästan fäller oss båda i processen.

"Fan också", svär jag och undviker en annan brutal attack. "Vi måste göra slut på den här saken innan den dödar oss!"

"Ligger steget före", grymtar Declan och biter ihop tänderna när han avvärjer ännu ett slag. "På tre?"

"Tre", instämmer jag, med vetskapen om att vi bara kommer att få en chans. Vi möter varandras blickar för en kort sekund, vår ömsesidiga misstro tillfälligt bortglömd inför vår gemensamma fiende.

Tillsammans stormar vi framåt, med vapnen höjda. Med perfekt synkronisering hugger vi mot bestens sårbara punkter, och vår kombinerade styrka är äntligen tillräcklig för att få den att krascha till marken. När dess livlösa kropp sjunker ihop på golvet blir luften stilla, tystnaden nästan öronbedövande i stridens efterdyningar.

"Antar att vi är ett ganska bra team trots allt", säger Declan och flämtar tungt när han lutar sig mot väggen för stöd. Det finns en motvillig respekt i hans ögon nu, och jag kan inte låta bli att känna likadant för honom.

"Kanske", medger jag försiktigt, ovillig att sänka garden helt. Men när jag ser honom torka svetten från pannan, med ett litet leende som rycker i mungiporna, kan jag inte förneka att något har förändrats mellan oss. Isen som

en gång omslöt vårt partnerskap smälter bort och lämnar
efter sig ett bräckligt förtroende som kanske är värt att
kämpa för.

"Kom igen", säger jag till slut och erbjuder honom en
hand för att hjälpa honom på fötter. "Vi har fortfarande
jobb att göra."

"Precis bakom dig", svarar han, och för första gången
sedan vi påbörjade det här uppdraget låter det inte som ett
hot.

KAPITEL SJU

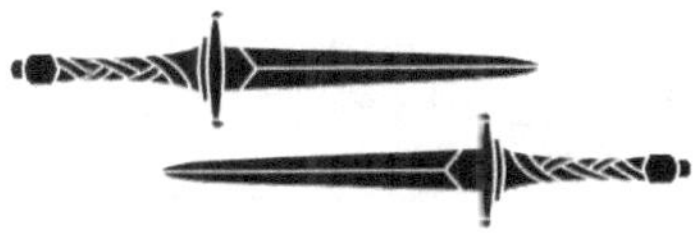

DEN SKARPA STANKEN AV bränt kött och svavel genomsyrar luften när vi står på tröskeln till det dolda laboratoriet djupt inne i det övergivna komplexet. Declan, som flämtar bredvid mig, tycks inte lägga märke till den genomträngande odören. Hans nötbruna ögon är fästa på den stängda dörren, som om han kunde utplåna den enbart med sin viljestyrka.

"Redo för det här?", frågar han spänt och rätar på axlarna. Vår skärmytsling med de där skugglika varelserna tog mer på oss än någon av oss vill erkänna.

"Snälla du, jag är född redo", fnyser jag och hårdnar greppet om pistolen i ena handen och silverdolken i den andra.

Declan sparkar in dörren och vi kliver in, beväpnade med vårt förstånd och en hälsosam dos skepticism. Svaga lysrör flimrar oregelbundet över smutsiga kakelplattor och kastar ojämna skuggor över det rymliga labbet som tycks vrida sig av onaturligt liv. Hela scenen ser ut att vara tagen ur en billig skräckfilm. Men det här är ingen film – faran som lurar i skuggorna är alltför verklig.

"Du, kolla här." Declan norpar åt sig en mapp från ett närliggande skrivbord och bläddrar snabbt igenom den. "Fler roliga hybridiseringsexperiment. Charmig godnattläsning."

Jag tar mappen och ögnar igenom innehållet med avsmak. "Jaså, pågående rekombinationer mellan människor och paranormala varelser. Vad står näst på tur, labbodlade enhörningar?"

"Det här är inget skämt, Artemis", fräser Declan och rycker bryskt tillbaka sidorna. "Den här forskningen är bortom allt förnuft." Hans käke spänns när han fortsätter läsa.

Jag tvingar mig att se allvarlig ut. "Du har rätt, det här är riktigt sjukt. Vi borde ta allt som kan vara komprometterande och sticka härifrån innan fler av de där missfostren kommer för att jämna ut oddsen."

Declan nickar barskt och stoppar dokumenten i fickan. "Vi får hoppas att vi inte hittar något värre än de här avskyvärda varelserna." Men hans bittra tonfall antyder att han vet att den bönen är förgäves.

Tillsammans söker vi igenom labbet med vaksamma blickar, uppmärksamma på minsta detalj som inte stämmer. Den kväljande kemiska lukten har satt sig i allt och hotar att vända ut och in på min mage. Och då får jag syn på den – en enorm glaskammare som dominerar mitten av labbet, med en grotesk figur rakt från mina mest helvetiska mardrömmar. Varelsen där inne är dels människa, dels ... något helt annat.

"Declan", väser jag skarpt. "Du måste se det här."

Han kommer fram till mig, och hans nötbruna ögon vidgas när han tar in den omöjliga synen. "Vad i helvete är det där för något?" Avsky och sjuklig fascination kämpar i hans röst.

Jag kan bara skaka på huvudet, oförmögen att slita blicken från den omöjliga hybriden bara några meter bort. "Inget naturligt, det kan du ge dig fan på."

Declans ansikte förvrids till en avsmakens mask. "Det verkar som att våra galna vetenskapsmän har gett sig i kast med krafter bortom deras kontroll, och skapat hybrider mellan människor och paranormala varelser utan medgivande."

"Uppenbarligen har ingen talat om för dem att det är farligt att leka Gud", säger jag mörkt och försöker, utan att lyckas, injicera lite galghumor i denna mardröm. Men det finns inget att skratta åt när det gäller varelserna som är fängslade här.

Declan möter min blick, hans nötbruna ögon brinner av ett kallt syfte. "Vi måste hitta de som är ansvariga för dessa grymheter och få dem att lida."

Jag ger honom en skarp nick, och min hand glider till ärret på min kind – en påminnelse om min ed att skydda de sårbara. "Det är dags att vi sätter stopp för de här jävlarnas depraverade lekar, en gång för alla."

Vi tar oss djupare in i labbet, och våra fotsteg ekar olycksbådande i den onaturliga tystnaden. Hotet från osedda faror växer för varje steg och gör mig på helspänn. Här nere har vi begett oss in i själva mörkrets hjärta, och det är omöjligt att veta om någon av oss kommer att ta sig ut levande.

"Ta en titt på den här." Jag pekar mot en annan glasinhägnad, den här rymmer en människa-varg-hybrid som går fram och tillbaka och morrar i uppenbar nöd. Överjordiska ögon glimmar av vild hunger och smärta, fästa på oss när vi närmar oss.

"Herregud", andas Declan. "Det är inte bara att de korsar två arter. De slår samman egenskaper till ofattbara nya fasor." Hans röst darrar nästan omärkligt.

Jag studerar den plågade varelsen kliniskt och tvingar min bultande puls att lugna sig. "Det går inte att säga hur många varianter de har skapat här. Eller vilka förmågor de besitter."

Declan sväljer hårt och sveper med blicken över rummet. "Vissa är uppenbarligen inte stabila exemplar. Det här är en krutdurk som väntar på att explodera, Artemis."

Jag ser oroligt på när en klumpig reptilhybrid slår mot glaset i sin inhägnad. "Sant, men vissa verkar vara livskraftiga skapelser, annars skulle forskningen ha upphört. Vi står inför det okända här – det är det som gör det så farligt."

"Livskraftiga eller inte, de är alla hot", replikerar Declan bryskt. "Vi kan inte riskera att en enda av dem rymmer från det här stället."

Jag tvekar, skakad av den alltför mänskliga desperationen i varelsernas ögon, som tyst bönfaller om befrielse eller nåd. "De bad inte om den här tortyren. Kanske kan några av dem hjälpas, istället för att avlivas."

Declan fnyser bittert. "Vi är inte här för att leka frälsare, Blackwell. Vår plikt är att stoppa de galningar som är ansvariga." Hans min tål inga invändningar.

Jag trycker ner den uppflammande ilskan och klamrar mig fast vid tålamodet. "Glöm bara inte att de är levande varelser, inte bara missfoster som ska avlivas."

"Få som du vill." Avvisandet strålar från honom i isande vågor. Vi fortsätter i spänd tystnad.

Tyngden av vår uppgift känns kvävande nu, när vi stirrar in i ansiktena på de oskyldiga som offrats för detta vansinne. Att bekämpa de skugglika, samvetslösa forskarna och deras verk är en sak. Att strida mot det okända, att möta varelser som vissa kanske ser som monster ... den moraliska gränsen suddas ut till en gråskala. Och den tanken skrämmer mig mer än någon fysisk fiende.

I själva hjärtat av komplexet finner vi tillräckligt med bevis för att avslöja hela omfattningen av den depraverade verksamheten. Denna anläggning är bara ytan på ett enormt underjordiskt nätverk som ohejdat utför sådana vidriga experiment.

Rädsla och vrede får det att vända sig i magen på mig inför omfattningen av det utnyttjande och lidande som avslöjas. Och ännu värre, en ny insikt tar form – den som anlitade oss är utan tvekan inblandad i denna konspiration. Vi har blivit skickligt manipulerade att tjäna just de som skapat denna mardröm.

Jag möter Declans kluvna blick och ser min egen gryende förståelse speglas där. ”Det här går så mycket djupare än vi anade”, viskar jag. ”Vi är bara marionetter i trassliga trådar.”

Käken spänns och Declan griper min arm nästan smärtsamt. ”Det spelar ingen roll. Vi klipper de där trådarna här och nu. Och får varenda en av de här monstren att betala.”

Hans obevekliga övertygelse ger mig stadga. Vägen framåt är fortfarande höljd i dunkel, men en sanning lyser klart – vår verkliga fiende utger sig för att vara en allierad. Och de kommer att få känna min vrede för att ha lurat och utnyttjat oss. Men just nu är prioriteten att eliminera de omedelbara hoten. Det finns tid nog senare att nysta upp resten av detta stinkande nät.

Vi stålsätter oss och fortsätter att systematiskt söka igenom komplexet, utplånar avskyvärda varelser och samlar bevis. Oavsett vilka nya fasor som dyker upp ur mörkret, klamrar jag mig fast vid uppdraget. Alltför många oskyldiga liv har redan förstörts här. Det tar slut nu.

Och må gudarna förbarma sig över alla som står i min väg ... för det kommer inte jag att göra.

Jag stirrar på den groteska figuren framför oss, och magen knyter sig i en blandning av avsky och medlidande. Det är omöjligt att urskilja vilken sorts varelse denna stackars hybridvarelse en gång hade varit. Nu är den helt enkelt en förvriden monstruositet, med felmatchade lemmar och onaturligt skarpa ögon som vittnar om en kränkning av naturen som aldrig borde ha skett.

"Kan du tänka dig att leva så här?", mumlar jag, oförmögen att slita blicken från den fasa som denna en gång mänskliga varelse har förvridits till.

"Leva?" Declan fnyser föraktfullt. "Tror du att de här avskyvärda varelserna förtjänar att fortsätta andas?"

Jag ger honom en skarp blick. "De valde inte det här, Declan. Den här tortyren påtvingades dem."

"Spelar ingen roll." Han rynkar pannan i avskydd avsmak. "Titta på dem, Blackwell. De är monster nu. Det går inte att rädda dem, inte att kontrollera dem."

Jag sluter ögonen en kort stund inför sorgens tyngd. "Kanske inte. Men vi kan inte bara döma ut dem som förlorade fall utan att ens försöka."

"Försöka?" Declan skäller till med ett hårt skratt. "Tror du på allvar att det finns något mänskligt kvar att rädda i de här varelserna?"

"Kanske, om vi anstränger oss tillräckligt", säger jag lågt och klamrar mig fast vid ett bräckligt hopp. "Någon spillra av den de var kan fortfarande finnas kvar."

Declans läpp krullar sig i ett hånleende. "Du är verklighetsfrånvänd. De här missfostren är misslyckade experiment, inget mer. Vi måste avliva dem innan de skadar någon."

Ilska sjuder i mitt bröst över hans kallsinnighet. "Vi är inga bödlar här, Declan. Vår plikt är att skydda de sårbara, minns du?" Jag gestikulerar skarpt mot hybriderna. "Och de är fortfarande delvis mänskliga, oavsett vad som har gjorts mot dem."

"Få som du vill." Declan biter ihop tänderna, hans nötbruna ögon mörka av avsky. "Men kom inte och gråt sedan när ett av de här monstren dödar någon du bryr dig om."

Jag vänder mig bort och vägrar att värdera hans spydighet med ett svar. Vi fortsätter i spänd tystnad genom labyrinten av glasinhägnader. Hans grymma ord gnager i mig och väcker tvivel som jag önskar att jag kunde ignorera.

Tänk om han har rätt? Tänk om bara döden väntar dessa torterade varelser, oavsett hur hårt jag försöker rädda dem?

Men om det ens finns en chans ... är det inte värt att kämpa för? Jag kan inte stå passivt och se på, inte när någon återstående gnista av mänsklighet fortfarande kan existera inom dem. Oavsett hur djupt begravd eller svag den lågan än brinner.

Jag passerar varje hybrid, möter deras blickar, förmedlar ett tyst löfte. Jag kommer inte att glömma er. Jag kommer att hitta dem som gjorde detta. Och jag kommer att få dem att betala.

En varelse, mer vargliknande än humanoid, ser tillbaka på mig med en oväntad klarhet och pressar en kloförsedd hand mot glaset. I den gnistan av kontakt, för ett flyktigt ögonblick, känner jag personen som är fången inuti. Vilse och rädd, men inte helt förlorad. Inte än.

Beslutsamheten hårdnar inom mig, en kall diamant i mitt inre. Så länge ens en enda rest av den de en gång var finns kvar, kommer jag att kämpa för deras rätt att leva, och att bli hela igen.

Kosta vad det kosta vill.

Kapitel Åtta

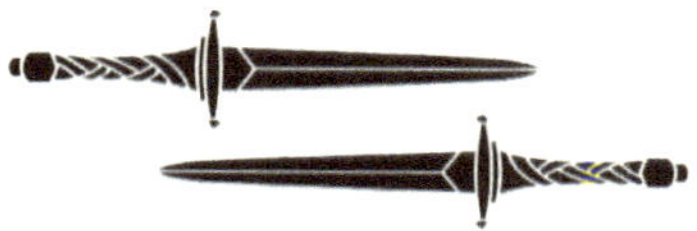

Den kvalmiga metalliska doften av blod genomsyrar luften när vi kliver in i hjärtat av det dolda laboratoriet. Utrymmet är i fullständigt kaos – krossat glas, välta möbler, klomärken som ristats djupt in i väggarna. Tydliga bevis på att åtminstone några av de stackars hybridvarelserna undkommit sin fångenskap och uttryckt sin smärta på det enda sätt de hade kvar. Min puls fortsätter att skena och det kvardröjande adrenalinet understryker faran vi frivilligt har gett oss in i.

Declan griper tag i min arm hårdhänt och gestikulerar med avsmak mot dokumenten och de kringströdda sidorna som ligger på golvet. ”Säg mig att du inte på allvar överväger att försöka rädda de här styggelserna, Blackwell.”

Jag rycker loss min arm och ger honom en förgörande blick. Men inombords kan jag inte förneka den kamp som rasar inom mig. ”De valde inte att skapas som de blev, Declan. De är lika mycket offer i det här som någon annan.”

Han häver ur sig ett hårt skratt. ”Javisst, vi borde uppenbarligen tycka synd om de vildsinta bestarna. Vakna och känn doften av blod.”

Jag biter ihop käkarna tills tänderna värker. "Bara att du kallar dem 'bestar' bevisar att du redan har dömt dem som oförbätterliga. Men det är inte så enkelt."

Declan sparkar undan det förstörda skrivbordet och blottar den trasiga kroppen av en av de humanoida hybridpersonerna under det. "Du har rätt. Den här saken är uppenbarligen bara missförstådd." Hans hånfulla ton skär djupt.

Jag tvingar ner gallan som stiger i halsen. "Du vet inte vad de verkligen är kapabla till, Declan. Det kan fortfarande finnas hopp."

"Hopp?" Han vänder sig om mot mig med flammande, nötbruna ögon. "Artemis, se dig omkring! De här missfostren måste avlivas, inte räddas."

"Kalla dem inte det!" väser jag genom sammanbitna tänder. "De kan lika gärna vara offer. Vi kan inte fördöma dem allihop rakt av."

Declan slår uppgivet ut med händerna. "Vi har ingen aning om vilka hot de utgör. Och du vill riskera liv på något naivt korståg?" Hans röst dryper av avsky. "De är monster, skapade av monster."

Ordet hugger djupt och tänder min egen pyrande ilska. "Så är vi också monster, Declan? Hur skiljer vi oss från dem i världens ögon?"

Han fnyser föraktfullt. "Är det verkligen din bästa vädjan? Patetiskt, Blackwell."

Jag öppnar munnen för att svara, men vacklar. Omgiven av blodet och förödelsen smyger sig tvivel in i min beslutsamhet. Kan något gott verkligen komma ur denna fördärvade ondska?

Declans min förvrids till ett grymt, snett leende när han känner av min tvekan. "Se dig omkring. Ser du verkligen något värt att rädda i det här helveteshålet?"

Jag tvingar fram stadga i rösten. "Kanske. Med hjälp är det kanske inte omöjligt för dem att få upprättelse."

Hans läpp kröker sig åt min optimism. "Du börjar låta som en av de galna vetenskapsmännen. Otroligt." Han vänder sig bort, men jag skymtar rädslan som mörknar i hans ögon – rädslan för det okända som dessa stackars varelser representerar. Och jag kan inte förneka att samma rädsla gnager i mitt eget hjärta.

Är medkänsla här bara en inbjudan till en större katastrof? Jag vet inte längre. Och den osäkerheten skrämmer mig.

Jag rör mig längre in i laboratoriet och granskar raderna av datorer som visar mängder av data och störande experimentella filmklipp. Det konstanta maskinsurret skär i mina redan ansträngda nerver. Declan hovrar vid min axel och spänningen strålar från honom i påtagliga vågor.

"Vi måste radera all den här datan, Artemis", manar han bistert. "Ingen annan får komma åt den här ondskan."

Jag vänder mig ilsket mot honom. "Och tänk om den innehåller hemligheter som kan hjälpa till att vända på det som gjorts?" Jag gestikulerar skarpt mot skärmarna. "Då skulle vi förstöra deras enda chans!"

Han griper tag i mina axlar hårdhänt. "Var inte naiv! Den här informationen är för farlig för att få spridas." Hans min uttrycker ingen kompromissvilja.

Jag rycker mig loss och vänder mig tillbaka till datorerna med förnyad skyndsamhet. "Låt mig bara försöka kopiera några avgörande filer innan vi saboterar systemet." Mina fingrar flyger över tangentbordet.

Declan hovrar i tyst fördömelse medan jag arbetar frenetiskt och försöker kringgå säkerhetsåtgärderna. Men trots mina bästa ansträngningar är allt felfritt krypterat eller korrupt. Denna värdefulla data kommer för evigt att förbli inlåst och dess hemligheter dö med denna fördömda plats. Insikten gör mig tom, berövad.

"Det räcker, Artemis", fräser Declan, och orden ekar med slutgiltighet i det tomma laboratoriet. "Vi har nästan slut på tid. Vi måste avsluta det här."

Jag sjunker tillbaka med nederlagets tunga vikt pressande över mig. Han har rätt – hybridernas enda chans är nu förlorad. Att förstöra detta laboratorium är det enda alternativet som återstår, oavsett hur det drar åt knuten i mitt bröst.

Declan rör sig för att aktivera självförstörelseprotokollen, men jag höjer en hand för att stoppa honom. "Vänta. Snälla." Min röst spricker, tjock av sorg och ånger.

Han stannar upp och iakttar mig vaksamt.

Jag sluter ögonen mot smärtan. "Jag vet vad som står på spel här. Det gör jag. Men vi kan inte radera allt utan att helt och hållet inse vad vi offrar."

"Har vi inte offrat tillräckligt redan?" frågar Declan trött. I det ögonblicket ser han lika förkrossad ut som jag känner mig. Men hans beslutsamhet förblir obruten.

Jag nickar tyst, oförmögen att hitta fler ord genom sorgen som stryper mig.

***

Jag stirrar på den lysande skärmen med fingrarna redo över tangenten som permanent kommer att radera hybridernas data. Men jag tvekar, paralyserad av obeslutsamhet. "Vad ger oss rätten att leka domare och bödel här?" frågar jag lågt.

Declan avbryter sin egen uppgift och rynkar pannan åt mig i förvirring. "Vad pratar du om?"

"Vilka är vi att bestämma om de ska leva eller dö, bara för att de är annorlunda?" Mitt hjärta värker för de torterade hybriderna, fångade mellan världar. "De bad inte om något av det här."

"Vi har inte tid för filosofiska debatter, Artemis", fräser Declan otåligt. "Du såg filerna – de här sakerna är hot."

Jag rätar på mig och ilskan flammar upp i bröstet. "Är det verkligen vår plikt? Att utrota allt som bedöms som farligt?" Jag tar ett steg närmare och möter hans blick utan att vika undan. "Eller borde vår roll vara att skydda de oskyldiga, oavsett deras form?"

Declan slår uppgivet ut med händerna. "Var inte så förbannat naiv! Vi har inte råd med nåd här."

"Nog!" Mitt skarpa svar tystar hans protester. "Vi kan argumentera om moral hela dagen. Men just nu måste vi—"

Ett isande morrande avbryter mig mitt i meningen. Jag virvlar runt mot laboratoriets ingång när missformade varelser smälter fram ur skuggorna med ansiktena förvridna i en vildsint varning. Hybridväktarna. De måste ha observerat oss, väntat på att slå till.

Jag drar snabbt mitt tjänstevapen med varje sinne på helspänn. "Declan. Gör dig redo." Min röst är dödligt lugn.

Han nickar kortfattat, och vapnet blänker till i hans grepp. "Det här kommer att bli otäckt, Blackwell."

Jag justerar mitt sikte och lugnar mitt skenande hjärta. "Otäckt? Du har inte sett någonting än."

Varelserna smyger närmare, deras former böljar kväljande i det dunkla ljuset. Jag kan nästan smaka vreden och smärtan som kokar från dem i fräna vågor. Denna konfrontation har legat och pyrt ända sedan vi bröt oss in genom dessa fördömda murar.

Nu bryter stormen lös.

"Några smarta idéer?" frågar jag Declan spänt medan vi förbereder oss för sammandrabbningen.

Hans leende är vasst och vårdslöst. "Döda dem allihop, red ut resten sen." Alltid så enkelt för honom.

"Inspirerande ledarskap." Jag himlar med ögonen och trycker av mot den närmaste förvridna gestalten. Den löses upp i stinkande rök med ett öronbedövande skrik. En nere.

De återstående hybriderna samlas, ylande av vildsint blodtörst. Declan ropar en varning när klor och huggtänder blixtrar till vid min oskyddade sida. Jag undviker med nöd och näppe den våldsamma attacken och duckar under varelsen medan Declan dräper den med ett graciöst utfall och hugg. Inte tillräckligt graciöst förstås – han kommer att insistera på att hans avslutande manöver var ett konstverk.

Anstormningen fortsätter medan vi slåss rygg mot rygg och förlitar oss på finslipat lagarbete för att ligga steget före rakbladsvassa klor och snappande käftar. Men vi är farligt utklassade och fördröjer bara det oundvikliga.

Det är då jag ser den – nödavstängningsknappen som är avsedd för att hålla farliga exemplar i schack. Vår enda desperata chans.

"Nödstoppet, där!" ropar jag till Declan och pekar ivrigt. Förståelse flimrar till i hans ansikte.

"Jag ger dig tid. Kör!" Han hugger en väg genom de morrande hybriderna och ger mig utrymme att göra en frenetisk rusning mot kontrollpanelen. Jag slår till den blinkande åsidosättningsknappen och ber tyst till vilken gudom som helst som lyssnar att systemet fortfarande fungerar.

Larm tjuter till liv när anläggningen skakar olycksbådande runt oss. Hybriderna vacklar när förvirring bryter igenom blodtörstens dimma.

Declan griper tag i min handled och hans eget blod lämnar heta fläckar på min hud. "Dags att dra, om du inte är sugen på att bli levande begravd."

Vi rusar genom skakande korridorer, förföljda av stönet från sviktande infrastruktur och omänskliga ylanden. De senare börjar tack och lov att tona bort bakom oss när vi springer ifrån de instabila varelserna. Mina lungor brinner och musklerna skriker i protest, men jag tvingar mina blytunga ben att röra sig snabbare. Överlev nu, kollapsa sen.

Kapitel nio

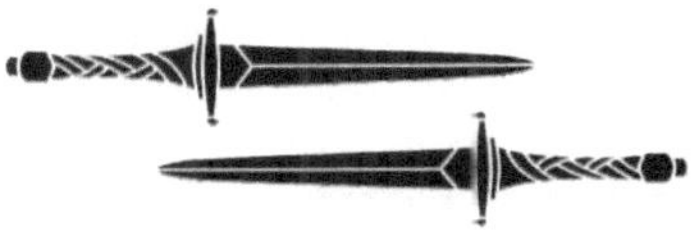

Anläggningens väggar skakar våldsamt runt omkring oss medan vi rusar genom kaoset och förödelsen.

"Hela stället kommer att rasa!", ropar Declan och överröstar det öronbedövande stönet från betong och vriden metall.

"Skojar du!", svarar jag sarkastiskt och lyckas med nöd och näppe dölja urrädslan i min röst. Vi väjer för fallande bråte och hoppar över trasiga maskiner medan komplexet kollapsar. Varje steg pressar våra adrenalinstinna kroppar till bristningsgränsen.

"Se upp!", skriker Declan, griper tag i min arm och rycker mig åt sidan precis när en massiv maskindel störtar ner från ovan och missar mig med en hårsmån. Hjärtat bultar mot revbenen som plötsligt känns sköra. Jag tänker inte dö idag om jag kan undvika det.

Jag återfår balansen och fortsätter springa. "Några andra geniala observationer, professorn?"

Declan fräser fram ett ansträngt skratt. "Faktiskt, ja – jag är rätt säker på att jag ser en utgång rakt fram."

"Låt oss hoppas att det inte är en återvändsgränd", muttrar jag tillbaka. Våra ansträngda andetag blandas med den apokalyptiska förödelsen som rasar runt omkring oss. Dörröppningen tornar upp sig allt närmare och lovar en flyktväg om vi bara kan nå den i tid.

Vi stormar ut genom öppningen till ett bländande vitt ljus precis när en tryckvåg ryter i hälarna på oss. Explosionens kraft kastar oss in i en djup snödriva. För ett ögonblick är allt jag känner en bländande smärta och ett ringande i öronen.

Declans bekymrade ansikte dyker upp ovanför mig. "Artemis! Är du okej?"

Jag tvingar mina stelfrusna lemmar att röra sig och biter tillbaka ett stön. "Definiera 'okej'."

Han räcker mig en hand och hjälper till att dra upp mig. Min kropp skriker i protest, men jag låser knäna och håller mig stående av ren och skär trotsighet. Ingen tid för svaghet – vi är fortfarande i fara.

"Vi borde röra på oss innan säkerhetsvakterna hittar oss", uppmanar jag Declan. Jag spanar oroligt över den karga bergssidan efter tecken på förföljare. Vi har glidit ur snaran, men våra jägare kan inte vara långt borta.

Förvirring skymmer Declans sargade ansikte. "Vänta, exakt vilka är det vi flyr ifrån nu?"

"Samma jävlar som försökte begrava oss levande där inne." Min röst dryper av förakt. Självklart skulle företagets vakthundar släppas lös i samma sekund som vi vände oss mot våra herrar.

Declan blåser ut en frustrerad suck och rättar till sina trasiga kläder mot den isiga vinden. "Just det. Borde ha vetat att de inte bara skulle låta oss valsa iväg som om inget hänt."

Vi ökar takten uppför den branta sluttningen. "Så vad är planen för att hantera vårt överhängande säkerhetsproblem?", frågar Declan.

Jag ger honom ett vilt leende. "Enkelt. Vi springer inte ifrån dem."

Hans steg vacklar till ett kort ögonblick. "Va, sa du?"

"Vi slåss oss igenom dem om det behövs." Mina händer kramar hårdare om mina vapen, blodet sjunger av förväntan. "Inga inhyrda hejdukar kommer att stoppa oss nu."

Ett våghalsigt ljus tänds i Declans ögon. "Helt rätt. Vi ska ge de där företagsknähundarna ett smakprov på vad vi verkligen kan."

Våra kängor knastrar genom det frusna landskapet medan vi klättrar högre, spänt uppmärksamma på ljudet av förföljare bortom den bitande vinden. Jag vet att nästa konfrontation kommer snabbt, och vi måste vara redo.

Där – i fjärran, det avslöjande ljudet av helikopterrotorer. Då kör vi.

"Ner!", ropar Declan. Vi kastar oss bakom ett taggigt klippblock precis när skottlossning bryter ut runt omkring oss. Rikoschetter viner från klippan i en hagelstorm av stensplitter och snö.

Jag riskerar en blick på våra förföljare – tungt beväpnade, utrustade med militärklassad utrustning. Men deras ordnade formation avslöjar att de är vana vid företagssäkerhet, inte verklig slagfältserfarenhet. Vi kan ta dem.

Jag ser på Declan och möts av en spegelbild av min egen obevekliga beslutsamhet. I tyst samförstånd lossar vi splittergranater från våra bälten och drar ut sprintarna samtidigt. Helikoptrarna närmar sig, deras vapen svänger mot vår position.

Tre ... två ... ett ...

Vi reser oss och kastar sprängladdningarna samtidigt, med dödlig precision. Dånande explosioner uppslukar farkosterna när de försöker väja undan för sent. Eld blommar upp och de snurrar utom kontroll och kolliderar i en eruption av lågor och svart rök.

Jag utbyter ett vilt leende med Declan. "Vi fortsätter. Det kommer fler."

Vi pressar oss högre upp, andedräkten bildar moln medan den isiga luften svider i våra lungor. Mina öron anstränger sig för att höra det avslöjande dånet av annalkande motorer bortom den klagande vinden.

När det kommer, kommer det utan förvarning. Kulor pepprar marken och tvingar oss i skydd. Jag riskerar en blick på våra angripare – soldater som firar ner sig från en flankerande helikopter och sprider ut sig för att omringa oss. Ingen flykt den här gången.

Må så vara. Vi ska hugga oss igenom dem, klinga för klinga.

Ett smärtsamt skrik tränger igenom min koncentration – Declan kollapsar, blodet sprider sig snabbt över hans jacka. Nej! Inte när vi är så nära.

Jag griper tag i hans arm och drar upp honom med en styrka jag inte visste att jag hade. "Häng kvar, Declan! Vi ska ta oss härifrån levande."

Med käken sammanbiten mot smärtan nickar han skakigt. Tillsammans haltar och stapplar vi uppför sluttningen, fast beslutna att fly. Skottlossningen upphör aldrig, men raseri och desperation driver oss framåt.

Äntligen är toppen framför oss, en hårsmån bortom våra fienders avspärrning. Så nära att vi kan känna smaken av det. Declan höjer sina smärtgrumlade ögon för att möta mina. Utan ord förmedlar vi planen – på mitt tecken rusar vi rakt igenom deras linje, med vapnen flammande.

Jag drar åt mitt grepp om Declan och han klämmer min axel för att signalera att han är redo. I detta sista ögonblick är vi i perfekt synk, förenade i vår vägran att kapitulera. På min snabba nick exploderar vi fram från vårt skydd med vårdslöshet, rakt in i gapet på de återstående soldaterna.

Tagna på sängen av vårt plötsliga självmordsanfall reagerar de för långsamt. Vi kraschar genom deras led i en virvelvind av stål innan de hinner bygga upp ett tillräckligt försvar. Och precis så är vi igenom och stapplar de sista avgörande stegen mot en tillfällig fristad bortom deras perimeter.

Vi må vara illa tilltygade och mörbultade, men vi står fortfarande upp – och det är mer än vad någon som korsar vår väg kan säga.

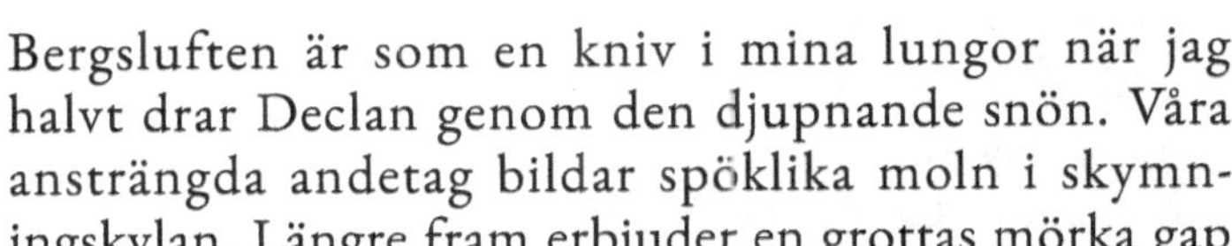

Bergsluften är som en kniv i mina lungor när jag halvt drar Declan genom den djupnande snön. Våra ansträngda andetag bildar spöklika moln i skymningskylan. Längre fram erbjuder en grottas mörka gap ett värdefullt skydd och andrum.

"Snart framme", pressar jag fram mellan hackande tänder, svetten klistrar fast håret i pannan trots kylan. Declan stönar bara till svar, hans kropp oroväckande slapp mot min.

Vi kollapsar precis innanför klippöverhänget, tillfälligt skyddade från den bitande vinden. Jag lägger försiktigt ner Declan på den iskalla stenen, halsen snörs åt vid åsynen av blodet som snabbt fläckar den kritvita snön runt omkring oss.

"Artemis ... du måste stoppa blödningen", väser Declan, som knappt håller sig vid medvetande.

"Jag vet, jag har det här." Jag gräver i min packning efter den magra förstahjälpenlådan, med darrande händer. Knappast en fullt utrustad sjukvårdsavdelning, men det får duga.

Declans ögon följer mig när jag skär bort hans trasiga skjorta för att komma åt skottskadan. "Sedan när är du sjukvårdare?" Hans ansträngda försök till humor.

”Sedan jag gick med på den här galenskapen.” Jag lägger gasbindor i lager över det trasiga hålet och trycker. ”Håll nu tyst och låt mig arbeta.”

Jag känner tyngden av hans blick men blockerar den och kanaliserar all fokus på att hejda det karmosinröda flödet. Ingen tid för riktiga stygn nu – de här provisoriska bandagen måste räcka. Mina tankar rusar och krockar, men jag tvingar ett iskallt lugn över paniken. Att visa rädsla hjälper ingen.

Jag fäster förbandet och lutar mig tillbaka och skrubbar blodet från mina händer med snö. ”Sådär. Det där borde hålla ihop dig ett tag till.”

Declan lyckas med ett blekt flin. ”Är det där det bästa du kan?”

Jag himlar med ögonen, men gör min röst mildare. ”Hallå, var glad att jag inte råkade amputera något livsviktigt.”

Hans svaga skratt avbryts av ett smärtfyllt väsande. ”Alltid så charmig, Blackwell.”

”Vila nu.” Jag klämmer lätt hans axel innan jag rör mig för att spana ut genom den smala grottöppningen efter tecken på förföljare. Och får syn på flera olycksbådande figurer som smyger sig fram genom träden. Förbannat. De har hittat oss.

Jag hukar mig ner igen, pulsen skjuter i höjden. ”Declan, vi har besök. Ett halvdussin, ser det ut som.”

Han grimaserar och kämpar redan för att resa sig. ”Då antar jag att vi får göra motstånd här.”

”Stanna där du är”, beordrar jag kort och kontrollerar magasinet i mitt vapen. ”Du är inte i skick att slåss. Jag tar hand om det här.”

Oro flimrar i Declans ögon, men han vet bättre än att argumentera. ”Bara ... var försiktig.”

Jag tvingar fram självförtroende i min röst. "När är jag inte det?" Det falska modet smakar bittert på tungan. Men det här är min börda att bära ensam.

Jag lugnar min andning och lyssnar till viskningarna av snö under taktiska kängor som obönhörligen närmar sig. Declan rör sig rastlöst bakom mig, hans egna ansträngda andetag lika höga som pistolskott i den frusna luften. Inget mer flyende. Dags att göra motstånd, vare sig det bär eller brister.

När den första svartklädda soldaten kommer till synes, samlar jag varenda uns av mod och ropar ut en utmaning i stillheten. "Slutstation, grabbar. Jag är precis här."

Säkerhetsteamet vänder sig mot mitt utmanande rop, överraskning blixtrar till i deras ansikten. Men de reagerar omedelbart och höjer sina vapen med dödlig avsikt. Dårar.

"Artemis, ner!", ropar Declan hest. Innan jag hinner reagera, far han upp och tacklar den närmaste skytten med full kraft. De kraschar ihop och försvinner ur sikte, Declans smärtfyllda grymtning hörbar över deras kamp.

Ingen tid att oroa mig för honom nu. Jag avfyrar ett skott mot den andra vakten och träffar honom högt upp i axeln. Han vacklar till men lyckas avlossa ett vilt skott i retur, vilket tvingar mig att vrida mig undan. Kulan viner förbi, tillräckligt nära för att röra vid mitt hår. Alldeles för nära.

"Fokusera, Blackwell", muttrar jag, hoppar över ett skydd och rusar mot den fallna vakten innan han kan rikta sitt vapen igen. Min puls hamrar av raseri och adrenalin. Declan och jag är kanske inte direkt ett team, men just nu är vi allt vi har.

Att döma av ljuden från deras tumult brottas Declan i närstrid med sin motståndare, uppenbart underlägsen i sitt försvagade tillstånd. Dags att jämna ut oddsen.

"Lite hjälp här, raring?", ropar Declan spänt.

”Du vet att jag hatar smeknamn”, morrar jag och driver min känga våldsamt in i vaktens oskyddade revben. Han säckar ihop med en kvävd flämtning, äntligen stilla.

Jag spanar vaksamt omkring mig, men området verkar säkert för tillfället. ”Var det alla?”

”Verkar så.” Declan reser sig långsamt och torkar blod och svett från pannan med en grimas. ”Låt oss nu dra härifrån innan fler dyker upp.”

Jag höjer ett ögonbryn och ser menande ut över den obrutna snön som omger oss på alla sidor. ”Några smarta idéer om hur vi gör det, geni?”

Som svar gestikulerar Declan mot en liten uthusbyggnad, nästan dold mot trädgränsen. ”Faktum är att jag tror bestämt att det där är snöskotrar.” En antydan till hans vanliga kaxiga leende rycker i mungipan trots allt.

Jag släpper ifrån mig ett kort, förvånat skratt. ”Okej, jag är imponerad. Du kanske är till nytta trots allt.”

Tillsammans hasar vi oss genom de allt djupare drivorna mot skjulet. Mina skador värker våldsamt i den bitande vinden, men jag tvingar bort dem ur tankarna. Ingen tid för svaghet nu om vi vill undkomma detta frusna helvete.

Declan drar upp skjulddörren med ett knarr från frusna gångjärn och avslöjar två slimmade snöskotrar där inne. ”Ska vi ta det här stöldgodset på en provtur, raring?”

Jag himlar med ögonen åt hans bravado, men kan inte undertrycka ett flin. ”Kom ihåg vem som är den bättre föraren här, tuffing. Försök att inte krascha och döda oss båda.”

”Ditt förtroende för mig är verkligen inspirerande”, muttrar han. Men hans ögon gnistrar av förnyat hopp och energi.

Motorerna vrålar till liv och krossar den kristallklara tystnaden. Declan kör iväg först och jag lägger mig tätt bakom, spänner mig mot rycken och hoppen i den oländiga terrängen. Vi far uppför farliga sluttningar som görs ännu förrädiskare av den virvlande snön och isfläckarna. Men att sakta ner är inget alternativ.

Jag klamrar mig fast vid de iskalla handtagen och kämpar för att hålla den bockande maskinen på rätt kurs. Bredvid mig ropar Declan något jag inte riktigt kan urskilja över den skrikande vinden. Han pekar ivrigt precis när jag lägger märke till den hala fläcken framför oss.

Jag svänger häftigt och undviker med nöd och näppe en dödlig vurpa. Hjärtat fastnar i halsgropen när jag återfår kontrollen. "Tack för varningen!"

Declan ler spänt och gör en skämtsam honnör innan han vänder sig framåt igen. Vi är långt ifrån säkra, men att arbeta i synk så här – det känns bara rätt på något sätt. Tillsammans kanske vi faktiskt har en chans att fly från den här frusna dödsfällan.

Höjderna blir svindlande när vi fortsätter uppåt, i ett försök att springa ifrån vårt förflutna och lämna hela detta förbannade missöde bakom oss. Min kropp värker, mina händer är domnade under trasiga handskar, men jag har varit med om värre. Vi kan klara det.

Och med Declan oväntat vid min sida, verkar framtiden inte fullt så dyster. Vem vet, vi kanske till och med ser tillbaka på det här en dag och skrattar åt galenskapen.

Men först måste vi överleva. Så jag biter ihop tänderna mot den iskalla vinden, ignorerar protesterna från min mörbultade kropp och kör framåt. Mot vadän framtiden härnäst har att erbjuda.

KAPITEL TIO

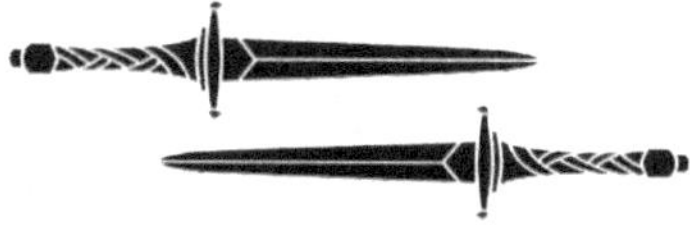

MÖRKA MOLN DRAR IHOP sig ovanför oss och kastar en olycksbådande skugga över den redan förrädiska bergsterrängen. Vinden tilltar och ylar som en flock vargar som närmar sig sitt byte.

”Ser ut som att vi kommer att få riktigt busväder”, skriker Declan för att överrösta dånet från våra motorer och kisar mot ett ymnigt snöfall. ”Vi borde sätta fart innan vi fastnar i stormen!”

”Fantastiskt, för det var ju inte svårt nog att navigera på de här sluttningarna redan”, muttrar jag för mig själv. Men han har rätt – om vi inte gör rejäla framsteg snart kommer vi att bli levande begravda av snöstormen.

Snöfallet intensifieras och vinden piskar upp det i en frenetisk dans som skymmer vår sikt. Mitt grepp hårdnar om styret medan jag anstränger mig för att se genom snöyran, och ögonen tåras av den bitande kylan.

”Kan du ens se vart vi är på väg?” skriker jag till Declan och kämpar för att höra hans svar över den ylande stormen.

”Knappt! Men jag kan inte komma på några bättre alternativ just nu, kan du?” ryter han tillbaka, knappt hörbart.

Typiskt Declan att se det från den ljusa sidan när man är fast i en dödsfälla på hjul.

Alltmedan vi kämpar oss framåt försämras förhållandena snabbt. Jag kan knappt se mer än några meter framför mig och mina fingrar domnar av kylan trots handskarna. Det här kommer att sluta i katastrof, och om jag ska vara ärlig är jag inte säker på att vi kommer att ta oss ur det här.

"Declan, sakta ner!" skriker jag när jag märker att han viker av farligt nära kanten av ett brant stup. Men det är för sent – snön under hans fordon ger vika och han sladdar i sidled över den isiga ytan. Jag tvärbromsar och försöker desperat hindra mitt eget fordon från att krascha in i hans.

"Artemis!" Hans röst är ett rått, panikslaget skrik när han kämpar för att återfå kontrollen. Men ödet har andra planer – våra fordon kolliderar i en benkrossande stöt och jag kastas av och landar i en snödriva med en duns som slår luften ur lungorna på mig.

"Declan!" flämtar jag och kämpar mig på fötter medan hela kroppen värker efter kraschen. Synen simmar för mig när jag försöker få syn på honom genom den obevekliga snöstormen och bröstet drar ihop sig av skräck. "Var är du?!"

"Här borta!" ropar han tillbaka med svag och ansträngd röst. Jag följer ljudet, snubblar genom snön tills jag hittar honom utsträckt på marken, grimaserande av smärta. "Jag tror jag kan ha brutit något."

"Toppen, precis vad vi behövde", muttrar jag och kämpar mot lusten att himla med ögonen. Men inte ens min sarkasm kan dölja oron som gnager i mig – vi är strandsatta i en brutal snöstorm utan möjlighet att fly, och om vi inte hittar skydd snart kommer vi båda att vara döda innan stormen bedarrar.

"Kom igen, vi måste hitta skydd", säger jag mellan sammanbitna tänder och griper tag i Declans arm när vi stapplar fram genom snöstormen. Snön är obeveklig, ett oändligt angrepp av isiga dolkar som sticker i vår bara hud.

”Där borta!” skriker Declan och pekar på en liten skreva i bergssidan. Den är inte mycket till skydd, men den får duga – vad som helst för att komma undan den här förbannade stormen. Vi vacklar mot den, halvt förfrusna och fullständigt utmattade.

Skrevan är knappt stor nog för oss båda, men vi klämmer oss in och kurar ihop oss för att få värme. Normalt sett skulle jag känna mig obekväm med att vara så här nära någon, särskilt honom, men just nu går överlevnad före personligt utrymme.

”Okej, låt mig titta på din skada”, insisterar jag med spänd och kort ton. Jag vet att han inte vill att jag ska pyssla om honom, men om hans sår blir infekterat är vi körda.

”Artemis, det är ingen fara med mig”, protesterar han svagt och försöker vifta bort min oro. Men hans ansikte är blekt, hans andning är ytlig och jag kan se smärtan i hans ögon.

”Sluta vara så envis, Reed”, fräser jag, och frustrationen kokar över. ”Jag tänker inte låta dig förblöda medan jag ser på.”

”Okej då”, ger han med sig och rycker till när han lyfter på tröjan för att avslöja det hemska skottsåret i sidan. Det vänder sig i magen på mig vid åsynen, men jag tvingar mig själv att förbli fokuserad. Det här är inte första gången jag hanterar skador i fält, och det kommer inte att vara den sista.

”Okej, det här kommer att göra ont”, varnar jag honom när jag med darrande fingrar börjar rengöra såret och gör mitt bästa för att ignorera hur vår närhet får mitt hjärta att slå snabbare. ”Men det är bättre än att få kallbrand, tro mig.”

"Tack för varningen", pressar han fram mellan sammanbitna tänder, med kroppen spänd av smärta när jag arbetar. "Du vet alltid hur du får mig att må bättre."

"Håll tyst och låt mig koncentrera mig", svarar jag snabbt, och mina kinder hettar till över den oavsiktliga intimiteten i situationen. Men hur mycket jag än vill knuffa bort honom, att hålla honom på armlängds avstånd som jag har gjort med alla andra i mitt liv, kan jag inte. Det är något med Declan som gör det omöjligt för mig att upprätthålla mina vanliga försvarsmurar.

"Sådär, nu är det klart", säger jag till slut, knyter det provisoriska bandaget och försöker att inte dröja kvar vid känslan av hans varma hud under mina fingertoppar. "Det är inte vackert, men det kommer att hålla tills vi kan hitta riktig sjukvårdsutrustning."

"Tack, Artemis", mumlar han och hans nötbruna ögon studerar mitt ansikte med en intensitet som får mig att skruva på mig. "Jag vet inte vad jag skulle göra utan dig."

"Antagligen förblöda", svarar jag nonchalant och tvingar fram ett flin på läpparna trots att hjärtat bultar i bröstet på mig. "Försök att vila lite nu. Vi kommer att behöva våra krafter om vi ska överleva den här stormen."

Snön hopar sig omkring oss och förseglar ingången till vår lilla skreva. Vinden ylar utanför, dränker alla andra ljud och lämnar oss insvepta i mörker. Fångade som råttor i en fälla.

"Tänk att vi sitter fast här", muttrar Declan, uppenbarligen i ett försök att bryta tystnaden som har lagt sig mellan oss. "Stormen ger oss åtminstone en paus från de där förbannade säkerhetsvakterna."

"Man får vara glad för det lilla", genmäler jag, utan att kunna hålla sarkasmen borta från rösten. Jag sitter med ryggen mot den kalla, oförlåtande stenen, med knäna uppdragna mot bröstet. Mina fingrar ritar sysslolösa mönster på den frosttäckta stenen medan jag försöker att inte tänka på hur nära vi är, sammanpressade i detta trånga utrymme.

”Hallå.” Hans röst är mjukare nu, nästan mild. ”Vi lever, eller hur? Det betyder väl något.”

”Lever och är strandsatta i en snöstorm”, påminner jag honom surt.

”Bättre än att vara död och begravd under ett exploderat labb”, kontrar han och hans andedräkt är varm mot min kind.

”Sant”, medger jag motvilligt. Tystnaden faller igen, men den är mindre spänd nu, mer kamratlig. Den varar dock inte länge. Ingenting gör någonsin det.

”Artemis?”

”Vad?” fräser jag, irriterad över att bli ryckt ur mina tankar.

”Har du ... någonsin ångrat något?” Hans röst är tveksam, nästan sårbar. Jag tycker inte om det.

”Alla människor har saker de ångrar, Declan”, säger jag avfärdande, eftersom jag inte vill gräva för djupt i mitt eget förflutna. ”Det är en del av att vara människa.”

”Just det.” Han tvekar igen innan han fortsätter. ”Jag har en sak jag måste berätta för dig.”

”Upplys mig”, utmanar jag och höjer ett ögonbryn även om han inte kan se det i mörkret.

”Agent Diana Foxberry.” Bara namnet sänder en rysning längs min ryggrad som inte har något med kylan att göra. ”Hon har utpressat mig, Artemis. Tvingat mig att ta uppdrag och rapportera tillbaka till henne.”

”Vad skulle hon möjligen kunna ha på dig?” Det är det jag inte förstår.

”Minns du när jag sa att jag brukade vara tjuv?” frågar han tyst. ”Jo, det var ett jobb ... Det gick snett. Riktigt snett. Folk dog, Artemis. Oskyldiga människor.”

”Herregud, Declan”, viskar jag, och det vänder sig i magen på mig. ”Och Diana vet om det?”

”Vet? Hon iscensatte hela skiten”, spottar han fram och hans röst darrar av raseri. ”Hon satte dit mig, och nu håller hon det över mitt huvud som en galen marionettmästare.”

”Jävlar.” Ordet slinker ur mig innan jag kan hejda det, men jag bryr mig inte. Vi sitter fast tillsammans, han och jag, bundna av hemligheter och lögner och den bittra stanken av svek. I detta frusna helvete finns ingen undanflykt.

”Artemis”, viskar Declan i mörkret, och hans röst är tung av ånger. ”Jag är ledsen.”

”Spara på orden”, säger jag till honom och hjärtat värker i bröstet. ”Vi har större problem att ta itu med just nu.”

”Som att överleva natten?” föreslår han torrt.

”Exakt.” Jag tvingar fram ett leende på läpparna, även om det känns mer som en grimas. ”Försök att vila lite nu. Vi kommer att behöva det.”

”Okej.” Han tystnar, och för ett ögonblick tror jag att han sover. Men sedan talar han igen och hans röst är knappt hörbar över den ylande vinden.

”Tack för att du lyssnade, Artemis. Det ... betyder mycket.”

”Strunt samma”, muttrar jag och vänder mig bort från honom medan jag försöker ignorera trycket över bröstet. ”Bara sov nu.”

”Okej.” Hans andedräkt är varm mot min nacke, en liten tröst i det isande mörkret. ”Godnatt, Artemis.”

”Godnatt, Declan”, viskar jag, och för en gångs skull känns det som om vi faktiskt skulle kunna klara oss levande ur det här.

Gryningen spricker som ett knäckt ägg och himlen blöder i orangea och rosa nyanser när stormen äntligen ger upp sitt obevekliga angrepp. Luften är kall, grym i sin skärpa, men den är bättre än att bli levande begravd av snö.

"Det verkar som om vi klarade oss", mumlar Declan och hans röst är hes efter timmar av tystnad. Jag kan inte låta bli att snegla på honom och lägga märke till hur blek han ser ut mot bakgrunden av en blåslagen himmel.

"Vi fortsätter röra på oss", säger jag och tränger undan den gnagande oron som hotar att sticka upp sitt fula tryne. Vi har större problem just nu – som att ta oss ner från det här berget innan Byrån hittar oss.

Vi tar oss med svårighet ut ur skrevan, våra kroppar är stela och protesterar mot de kalla, trånga förhållandena. Den djupa snön är förrädisk och klamrar sig fast vid våra ben som isiga rankor som försöker dra ner oss. Den är nästan vacker, på ett dödligt sätt.

"Fan", grymtar Declan och snubblar när hans ben viker sig under honom. Hans skada saktar ner oss och gör varje steg till en kamp.

"Luta dig mot mig", erbjuder jag motvilligt och låter honom lägga en arm om min axel. "Men bli inte för bekväm."

"Skulle inte drömma om det", svarar han och ger mig ett trött leende som inte riktigt når hans ögon.

"Bra", muttrar jag och koncentrerar mig på att sätta en fot framför den andra. Snön knarrar under våra kängor och varje steg är en ansträngning när vi pulsar fram genom den vita ödemarken.

”Artemis”, flåsar Declan, och hans andedräkt blir till ånga i den kyliga luften. ”Jag är ledsen för ... du vet.”

”Spara på andan”, fräser jag och vill inte återuppta vårt tidigare samtal. ”Du kommer att behöva den för att klättra.”

”Just det”, medger han och hans grepp hårdnar en aning. ”Tack för ... du vet.”

”Igen, spara på andan”, upprepar jag, men det finns en värme i mitt bröst som inte har något att göra med den stigande solen. Vi traskar genom snön i tystnad, våra andetag blandas i den iskalla luften medan vi kämpar oss framåt, desperata att lämna detta frusna helvete bakom oss.

Berget tornar upp sig över oss och dess taggiga toppar sträcker sig mot en himmel som inte verkar bry sig om kaoset som utspelar sig nedanför. Det är en grym ironi, världens skönhet som är likgiltig inför kampen som pågår i den.

”Artemis ...” Declans röst är ansträngd och hans kropp darrar av ansträngningen i varje steg. ”Jag vet inte hur mycket längre jag kan ...”

”Fortsätt gå”, avbryter jag honom och tvingar mig själv att inte grubbla över rädslan som vrider sig i maggropen. ”Vi kommer att klara det.”

”Just det”, lyckas han få fram med blicken fäst på marken medan vi fortsätter att kämpa mot den förrädiska terrängen. ”Tillsammans.”

”Absolut”, instämmer jag, och för en gångs skull kommer jag på mig själv med att tro på det.

Toppen tornar upp sig framför oss, en grym väktare som utmanar oss att besegra dess höjder. Jag biter ihop tänderna och drar Declan uppför ytterligare ett steg, medan vinden ylar i våra öron som en banshees klagan.

”Nästan där”, flämtar jag och sneglar på Declan. Hans ansikte är blekt, svettigt, och ändå på något sätt fortfarande beslutsamt. ”Bara lite till.”

”Tack för peppningen”, mumlar han och hans röst är knappt hörbar över den rasande stormen. ”Jag bad inte om det, men strunt samma.”

”Hallå, du är inte den enda som lider här”, svarar jag och tar ytterligare ett steg framåt. ”Så bit ihop, sötnos.”

”Okej då”, muttrar han, och hans andedräkt blir till ånga när vi äntligen når toppen av berget. Vi stannar upp, vinden piskar runt oss och skär genom våra kläder som isiga dolkar. Och då, från ingenstans, börjar ett svagt malande ljud eka i fjärran.

”Är det där ...?” Declan kisar in i den virvlande snön, hans ögon är vidöppna av misstro.

”Helikopter”, bekräftar jag och stirrar på den lilla pricken som blir större allt eftersom den närmar sig. ”Det verkar som om någon bestämde sig för att skicka förstärkning trots allt.”

”Eller så vill de bara göra slut på oss”, muttrar han mörkt, och smärtan från hans sår gör honom paranoid. ”Oavsett vilket, låt oss vara beredda.”

”Håller med.” Jag hårdnar mitt grepp om pistolen och ser hur helikoptern kommer närmare. Rotorbladen piskar upp en egen liten storm och snön virvlar runt oss i en bländande frenesi.

”Artemis! Declan!” En gestalt klädd i Byråns uniform hoppar från helikoptern och landar graciöst i den knädjupa snön. Diana Foxberry står framför oss, det röda håret blåser runt hennes ansikte i vinddraget från turbinen, hennes gröna ögon lyser av något som skulle kunna vara triumf. ”Ni två ser ut som sju svåra år.”

”Trevligt att se er också, Diana”, morrar jag utan att sänka garden. Declans misstankar smittar av sig, och det är något som inte stämmer med hennes ankomst.

”Verkligen? För det ser ut som om ni är överlyckliga”, flinar hon och gestikulerar mot helikoptern. ”Jag är här för att hämta er. Om ni inte vill stanna på det här gudsförgätna berget längre än nödvändigt föreslår jag att vi ger oss av."

"Sedan när leker ni hjälte?" frågar Declan, och hans röst är spetsad med misstänksamhet. "Ni slog mig aldrig som den typen."

"Kan inte en flicka få ändra sig?" Diana låtsas vara sårad, men hennes ögon är oläsliga. "Kom igen nu. Vi har inte mycket tid på oss."

När vi närmar oss helikoptern skriker mina instinkter fara. Men strandsatta på denna frusna topp har vi inte mycket till val. För varje steg närmare gör jag mig beredd på vilket svek som än väntar.

KAPITEL ELVA

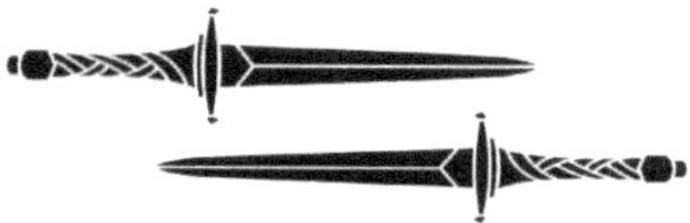

DEN KYLIGA NATTLUFTEN BITER i ansiktet medan jag studerar Diana och Declan i tur och ordning, med rusande puls. Jag kan inte påstå att jag litar på henne helt och hållet, men något i beslutsamheten i agent Diana Foxberrys gröna ögon säger mig att hon menar allvar.

”Hör på, Artemis”, säger Diana enträget och tar ett steg mot oss. ”Vi måste ge oss av innan fler agenter anländer. Vi är för exponerade här.”

Jag biter mig nervöst i läppen. Hon har en poäng, men ändå ... ”Hur kan vi vara säkra på att vi kan lita på dig? Du bara dök upp från ingenstans.”

Innan Diana hinner svara avbryter Declan otåligt. ”Hon erbjuder oss en utväg, Artemis. Vi skulle vara idioter om vi inte tog den.”

Jag vänder mig om mot honom med blixtrande ögon. ”Lätt för dig att säga! Men jag tänker inte blint följa efter någon främling utan fler detaljer.” Jag vänder mig tillbaka till Diana med armarna i kors över bröstet. ”Du gör bäst i att börja prata, agenten. Och det är fan i mig bäst att det är bra.”

Diana möter min blick stadigt. "Jag förstår din tvekan. Men tro mig, jag vill hjälpa er båda i säkerhet. Jag förklarar allt jag kan på vägen, men tiden är kritisk nu."

Jag sneglar misstroget på henne. "Allt du kan, eller allt vi borde veta?"

"Allt jag har tillåtelse att dela med mig av", förtydligar Diana efter en kort paus, med sammanpressade läppar. Inte direkt lugnande.

Jag blåser ut en irriterad pust och väger våra begränsade alternativ. Hur mycket jag än hatar okända variabler är det helt klart farligare att stanna kvar. "Okej då. Vi gör det här på ditt sätt, tills vidare. Men inga knep, fattat?"

Lättnad syns i Dianas ansikte. "Uppfattat. Det står en bil och väntar på oss när vi landar. Nu kör vi."

Declan rör sig för att följa efter, men jag griper tag i hans arm hårdhänt. "Om det här går åt helvete slår vi ut henne. Utan att tveka." Min röst lämnar inget utrymme för diskussion.

Han möter min blick och nickar. "Du vet att jag skyddar din rygg. Vi gör det här tillsammans."

Inom en timme är vi tillbaka i staden, och Diana landar helikoptern på en parkeringsplats bakom en till synes övergiven lagerlokal. Vi följer Diana genom en labyrint av gränder, och mitt hjärta bultar hårdare för varje steg. Min magkänsla säger mig att det är en risk att lita på henne, men kanske är det en risk värd att ta. Om inte annat är det en chans att upptäcka mer om den skumma värld vi har dragits in i. Och på ett eller annat sätt kommer vi att hitta ut – även om det innebär att vi lämnar förödelse i våra spår.

Den eleganta svarta stadsjeepen som Diana leder oss till ser ut att vara tagen ur en handbok för hemliga statliga operationer. Typiskt. Jag glider vaksamt in i baksätet och ser henne ta ratten med dold misstänksamhet.

"Här", säger Diana korthugget och skickar bak en surfplatta till mig. "Ni båda behöver se det här."

Jag tar försiktigt emot den från henne, och det sticker i huden vid den kalla beröringen. Informationen som visas får blodet att isa sig i ådrorna. Kartor, listor med namn, bilder på anläggningar – allt olycksbådande märkt med "Hybridforskningscenter".

"Fler av de här sjuka labben?" frågar Declan skarpt och lutar sig över min axel. "Hur många finns det egentligen?"

Dianas min är allvarlig i backspegeln. "För många. Alla verkar i hemlighet och experimenterar på både människor och paranormala." Hennes grepp om ratten hårdnar. "Men om vi kan avslöja dem kan vi stänga ner den här fördärvliga operationen för gott."

Jag tvingar fram en nonchalant ton för att dölja min oro. "Vilket ädelt korståg du föreslår."

Hennes genomträngande gröna ögon möter mina. "Det här är en chans att skydda oskyldiga liv och rycka upp ruttenheten inom Byrån med rötterna." Passionen brinner under hennes lugna fasad. "Att göra verklig skillnad."

Jag tittar bort medan tankarna maler. Vill jag ha det ansvaret, efter att så länge ha låtsats att stadens ondska inte angick mig?

Declan känner av min tvekan och säger strängt: "Låt oss vara tydliga – vi gör det här för offren, inte för din älskade Byrå."

"Ja", instämmer jag snabbt. "Vi är inte skyldiga dig eller dina skumma vänner några gentjänster."

Dianas min stelnar. "Jag förstår er ovilja att lita på mig. Men liv står på spel. Kan vi lägga den här debatten åt sidan tillräckligt länge för att stoppa dessa grymheter?"

Hennes nedlåtenhet får mig att resa ragg, men Declan lägger en lugnande hand på min arm innan jag hinner svara. "Vi hjälper till för tillfället", säger han jämnt. "Men förstå att vår allians bara sträcker sig så långt som till att stänga ner de här labben." Hans blick hårdnar. "Går du emot oss, så drar vi."

Diana nickar bara. "Låt oss då fokusera på uppdraget." Hon kör ut på den öde vägen, på väg mot okända trakter.

En klump av oro bildas i magen när stadens ljus tonar bort bakom oss. Jag har snärjt in oss i något mycket mörkare än ett enkelt mysterium, utan någon tydlig utväg. Det som började som en utmaning har spårat ur fullständigt.

Declan verkar läsa mina tankar. "Hallå", mumlar han, "vi kommer att ta oss igenom det här, okej?" Men under hans vardagliga ton sjuder spänningen. Vi känner båda hur nätet sakta dras åt runt oss.

Jag lyckas få fram ett svagt leende. "Absolut, lätt som en plätt." Min falska lättsamhet faller platt till och med i mina egna öron.

Vi skickar surfplattan fram och tillbaka mellan oss och granskar de komprometterande filerna i spänd tystnad. Varje ny bit av information avslöjar hemskare sanningar om de avskyvärda experiment som utförts på hjälplösa varelser. Jag studerar groteska bilder av hybridvarelserna och känner hur gallan bränner i halsen. Kränkningen av det får mig att tappa andan.

"Det här är fullständigt sjukt", muttrar jag och kämpar mot illamåendet. "Att leka gudar med oskyldiga liv."

"Håller med. Vi måste sätta dit varenda en av de här fördärvliga galningarna för gott." Vreden pyr i Declans ögon.

Jag biter mig i läppen, och tankarna maler. "Hur frestande hämnd än låter, riskerar vi att bli lika monstruösa som dem om vi går in med dragna vapen." Jag ser intensivt på Declan. "Vi måste vara bättre, annars kommer vi också att förlora oss själva till mörkret."

Han drar en hand över ansiktet och ser plötsligt utmattad ut. "Jag vill bara att de här grymheterna ska få ett slut, med vilka medel som helst. Offren förtjänar rättvisa."

”Du har rätt”, medger jag mjukt. Hur mycket jag än vill tro att vi kan förbli oförstörda, gör lidandets omfattning blind hämnd så frestande. Jag hoppas bara att strävan efter rättvisa inte förvränger oss till spegelbilder av den ondska vi bekämpar.”

Declans min mjuknar av förståelse. ”Vad som än händer ska vi hålla varandra på jorden. Påminna varandra om uppdragets syfte när allt verkar som mörkast. Okej?”

Jag tränger undan stormen av tvivel och farhågor. Att backa ur nu skulle utsätta alltför många oskyldiga liv för risker. Vilka reservationer jag än känner är det för sent för att ångra sig. Spelbrädet är riggat och pjäserna är i spel. Allt som återstår är att spela ut spelet.

Declan och jag delar en sista beslutsam blick. Oavsett vad som väntar kommer vi att möta det tillsammans. Och gudarna hjälpe den som försöker stå i vår väg.

Den verkliga striden börjar nu.

Jag stirrar på Diana, med ögon som glänser av desperation och list, medan hon går fram och tillbaka i det dunkla säkra huset. ”Jag behöver er båda för det här”, insisterar hon. ”Ni har med egna ögon bevittnat den fruktansvärda sanningen om hybridexperimenten.”

Declan fnyser med armarna i kors över bröstet. ”Och vilken ’sanning’ är det, exakt?”

Diana stannar upp, hennes gröna blick far intensivt mellan oss. ”Att Byråns ledning är medskyldig. De har illegalt experimenterat på människor och paranormala.”

Jag kastar upp händerna i frustration. ”Ingen skit, Sherlock!” skriker jag. ”Vi hittade doktor Victor Graves egen signatur på några av de där dokumenten! Byråns chef personligen!"

"Vilket är anledningen till att vi måste avslöja dem tillsammans", säger Diana enträget. "Jag kan inte montera ner den här operationen ensam. Med er insyn skulle vi kunna få hela den fördärvliga agendan att rasa samman."

Declans uttryck hårdnar av misstro. "Eller så spelar du dubbelt. Varför skulle vi lita på dig?"

Diana rätar på axlarna och möter hans blick orubbligt. "För om ni inte gör det kommer grymheterna att fortsätta utan hinder. Fler kommer att lida, och sanningen kommer att förbli begravd."

Jag tar ett argt steg framåt och känner hur vreden skakar i mig. "Så vi ska bara riskera våra liv för din agenda?" kräver jag. "För en kvinna som har ljugit från första början?"

"Artemis, snälla...", börjar Diana vädjande.

"Nog!" Jag hugger med handen genom luften, nästan skakande av ilska. Rummet känns kvävt av spänning, lika kvävande som rök. "Vi hjälper till att stoppa det här sjuka projektet. Men inte av lojalitet mot dig eller Byrån."

Diana betraktar mig noggrant, med huvudet på sned. "Varför då?"

Jag möter hennes blick med ett platt, beslutsamt uttryck. "För att det är det rätta att göra. Och ingen annan kommer att göra det."

Något verkar skifta nästan omärkligt i Dianas min. "Jag förstår. Men anta inte att ni är de enda som är bundna av principer." Hennes röst klingar av övertygelse. "Jag vill få ett slut på den här mardrömmen lika mycket som ni."

Declan frustar bittert. "Ja, är vi inte alla helgon. Nå, några smarta idéer om hur vi faktiskt ska lyckas med det?"

Ett hemlighetsfullt leende rycker i Dianas läppar när hon hämtar en mapp. "Jag kanske har några knep kvar. Plus ett mirakel eller två, om vi har tur."

Jag himlar med ögonen i frustration. ”Åh, vad kul, mer hysch-hysch. Låt oss bara hoppas att vi alla överlever det här vansinnet.”

Dianas lekfulla min försvinner. ”Riskerna är verkliga, det förnekar jag inte”, medger hon dystert. ”Men vi har en chans att gräva fram ondska som förklätt sig till rättvisa. Att rädda oskyldiga som dömts på felaktiga grunder.” Hennes ögon lyser av iver. ”Betyder inte det något för er båda?”

Jag skruvar obekvämt på mig under hennes nitiska blick. ”Självklart är offren viktiga”, muttrar jag. ”Jag föredrar bara strider jag förstår, mot fiender jag kan se.”

Declan harklar sig, lika obekväm med hennes korstågsretorik. ”Att rädda liv låter värt besväret i teorin. Men att montera ner konspirationer är inte vår specialitet.”

”Vilket är precis varför jag behöver er”, vädjar Diana. ”Med era färdigheter och min information kan vi rycka upp den här korruptionen med rötterna.” Hon sträcker ut en hand mellan oss. ”Står ni vid min sida för att göra slut på dessa fasor för alltid?”

Declan och jag delar en osäker blick, ingen av oss är helt övertygad. Men att låta fler oskyldiga lida av dessa grymheter ligger som en sten i magen. Just nu är vi kanske deras enda hopp.

Jag tar tveksamt Dianas framsträckta hand. ”Vi är med dig, tills vidare. Men det här förtroendet sträcker sig bara så långt.”

Diana griper min hand och lättnad far över hennes ansikte. ”Det är allt jag ber om. Tillsammans ska vi ställa de skyldiga inför rätta.” Hennes grepp hårdnar om min. ”Och se till att den här mardrömmen får ett slut.”

Declan lägger sin hand över våra och beseglar vår bräckliga allians. ”Rättfärdigt nog i teorin, antar jag. Låt oss nu bara hoppas att vi alla lever tillräckligt länge för att testa den hypotesen.”

Diana ler svagt. "Åh, det kommer vi. Misslyckande är inte längre ett alternativ."

Hennes okontrollerade nit skickar en rysning längs ryggraden. Jag kan bara be att hennes korståg inte förtär oss alla innan slutet. Men tärningen är kastad nu, på gott och ont.

Nu får vi se om vi är hjältar eller dårar.

KAPITEL TOLV

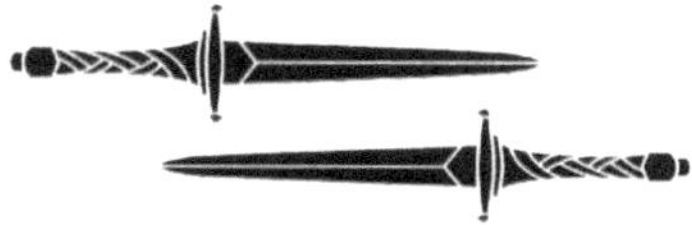

Tyngden av beslutet lägger sig tungt över mitt bröst. Jag kan nästan höra spökena från mitt förflutna viska varningar och påminna mig om vad som händer när man ger sitt förtroende lättsinnigt. Men vilket verkligt val har vi nu? Jag kan inte ignorera de grymheter jag har bevittnat, den ångest som etsat sig fast i hybridernas ansikten.

Jag kastar en blick på Declan. Hans käke är hårt sammanbiten, blicken frånvarande. Han känner av situationens allvar lika mycket som jag.

"Okej", säger jag till slut med bitter motvilja i rösten. "Vi jagar fler bevis först. Vi måste vara säkra innan vi bränner ner alltihop."

Diana ler stelt, som om hon vunnit något förvridet spel. "Ett klokt beslut", säger hon lent medan hon drar upp två dossierer ur sin väska och lägger dem på bordet. "Profiler på två andra misstänkta anläggningar. En i ödemarkerna, den andra på en avlägsen plats i öknen."

Jag bläddrar igenom sidorna med foton och kryptiska anteckningar och det kryper i skinnet på mig. Självklart skulle dessa monster inte göra det lätt att avslöja dem. "Det verkar som att det här sjuka projektet är ännu större än vi insåg ..."

"Vilken anläggning undersöker vi först?", frågar Declan med låg, farlig röst.

"Vi delar på oss. Artemis och jag tar laboratoriet i ödemarken, Declan tar öknen." Dianas beräknande blick flackar mellan oss. "Vi kan täcka mer mark var för sig."

Jag slår ilsket ner dossiern i bordet. "Dela på oss? Är du galen? Vi litar knappt på dig som det är. Aldrig i livet."

Declan lägger armarna i kors över bröstet. "Hon har rätt. Vi håller ihop, alltid. Det är det enda sättet vi kan skydda varandra."

Dianas mun smalnar av missnöje, men hon nickar instämmande. "Bra. Vi börjar med anläggningen i öknen tillsammans. Men kom ihåg, tiden är begränsad innan Byrån får nys om vad vi gör."

Jag himlar med ögonen medan jag samlar ihop dokumenten. "Vi fattar. Rör oss snabbt, skaffa bevis, stick därifrån. Vi är inte direkt några amatörer."

Dianas ögon blixtrar till av bitterhet. "Självklart. Jag skulle inte drömma om att underskatta er två." Hennes honungslena ton dryper av gift.

Jag svarar i samma sarkastiska ton. "Se till att du inte gör det. Det skulle bli det sista misstag du någonsin gör."

"Nu räcker det", fräser Declan. En ven pulserar vid hans tinning. "Fokusera på uppdraget, inte på småaktigt groll." Han riktar en sträng blick mot Diana och mig. "Vi måste infiltrera obemärkt. Spara käbblet till senare."

Jag biter tillbaka en skarp replik, med axlarna stela av agg. Hur mycket jag än avskyr Diana har Declan en poäng. Vi måste samarbeta, för tillfället. Men det betyder inte att jag litar på henne längre än jag kan kasta henne.

Diana slätar till sin jacka och ställer sig abrupt upp. "Då sätter vi igång. Ju förr vi avslöjar denna perversion, desto bättre."

”För en gångs skull är vi överens.” Declan ger mig en bekymrad blick när vi följer efter henne ut. Jag ger honom en diskret nickning tillbaka. Vi kommer att skydda varandra.

Ute vid fordonen tvekar jag, och skuggorna känns plötsligt levande med dolda hot. En kall föraning ilar nerför min ryggrad. Eller så är det kanske bara spöken från tidigare svek som hemsöker mig igen.

Jag trycker ner oron och glider in i baksätet bredvid Declan. Nu finns inget utrymme för tvivel. Jag bläddrar igenom dossierfilerna och memorerar detaljer medan Diana kör in i det tätnande mörkret.

Ökenvinden tjuter som ett glupskt odjur när vi kliver ur planet, och sanden skrapar mot bar hud. Så mycket för glamorösa hemliga uppdrag. Jag kisar mot anläggningen framför oss genom den svidande stormen, dess väldiga silhuett tycks håna oss.

”Välkomna till vårt eget privata helvete”, anmärker Diana med ett snett leende och rättar nonchalant till sina solglasögon som om hon vore på någon jävla semester.

”Förtjusande”, muttrar jag och drar jackan tätare om mig mot de påträngande elementen.

”Håll er nära”, säger Declan kort och skannar vår dystra omgivning. ”Man kan aldrig veta vilka säkerhetsåtgärder som väntar.”

När vi vandrar mot det olycksbådande komplexet smyger Diana upp bredvid Declan och viskar något jag inte riktigt kan uppfatta. Jag ignorerar medvetet den uppflammande irritationen. De jämför säkert bara fältanteckningar eller något, säger jag till mig själv. Inget att hetsa upp sig över.

Men sättet hon fortsätter att snegla på mig med det där listiga leendet gör mig säker på att hon försöker komma under skinnet på mig. Och tamejfan, det fungerar.

Jag ökar takten för att gå bredvid dem. ”Något du vill dela med dig av till hela klassen?”, frågar jag lättsamt, utan att helt lyckas dölja misstänksamheten i min ton.

”Inget viktigt”, svarar hon obesvärat. ”Bara ett litet råd. Du vet, från en erfaren agent till en annan.”

”Jaså?”, säger jag och höjer ett ögonbryn, med en sarkasm tjock som sirap. ”Och vad skulle det kunna vara?”

”Om du kanske fokuserade på uppgiften istället för att tjuvlyssna på vårt samtal, skulle vi kanske vara klara nu”, replikerar Diana, med ett självbelåtet leende på läpparna.

Jag biter ihop tänderna och dämpar ilskan som flammar upp. Att tappa fattningen hjälper inte. Jag måste bara koncentrera mig på uppdragets mål, inte på Dianas småaktiga psykningar.

Lättare sagt än gjort, dock. Jag känner på mig att något inte stämmer, och det får det att krypa i skinnet på mig. Men ju mer jag försöker förstå vad det är, desto mer rinner det mellan mina fingrar som sand.

”Artemis, fokusera”, Declans röst rycker mig tillbaka till verkligheten. ”Vi måste ta oss in utan att bli upptäckta.”

Jag nickar kort och riktar min uppmärksamhet mot att hitta den bästa infiltrationspunkten. Men mina tankar fortsätter att glida tillbaka till den nya spänningen som gror mellan mig och Declan, tack vare Dianas giftiga ord.

I vår värld är förtroende en så skör sak. Och Diana verkar fast besluten att krossa den osäkra tillit som Declan och jag har lyckats bygga upp mellan oss. Tanken gör mig orolig på ett sätt jag inte riktigt kan sätta ord på.

Om det är en sak jag har lärt mig i den här övernaturliga världen så är det att förtroende är en nyckfull sak. Och just nu är jag inte säker på vem jag kan lita minst på: Diana eller Declan.

"Stör det inte dig?", frågar Diana högt, med en röst som dryper av oskuldsfullhet. "Hur Artemis kan vara så ... stelbent?"

"Stelbent? Det är ett sätt att uttrycka det", hugger jag tillbaka, med blossande irritation.

"Hallå där nu." Declan höjer en hand, tydligt kämpande för att förbli neutral. "Det här är inte rätt tid eller plats."

"Exakt", spinner Diana. "Man skulle kunna tro att någon som är så besatt av regler skulle förstå det."

"Det var det värsta, från dig, Ms. Byråagent! Är du klar nu?", fräser jag och stirrar på henne.

"Hallå där nu ...", Declan håller upp en hand, synligt kämpande för att förbli neutral. "Kan vi spara grälet till senare?"

Diana ignorerar honom, fokuserad på mig. "De flesta skulle ha lärt sig vid det här laget att anpassningsförmåga är nyckeln, lilla vän. Men jag antar att vissa föredrar att klamra sig fast vid gamla vanor."

"Nu räcker det", fräser Declan, när de sista trådarna av hans tålamod brister. "Vi genomför det här tillsammans eller inte alls. Förstått?""Självklart, lilla vän", svarar hon utan att missa ett slag. "Jag bara småpratade lite."

Men hennes listiga min lovar bara mer trubbel. Jag stirrar stelt rakt fram och vägrar ge henne tillfredsställelsen av en reaktion. Spänningen mellan oss sprakar som statisk elektricitet, men jag tvingar mig själv att fokusera på uppdraget. Vi måste avslöja den här platsen och oskadliggöra monstren som driver den – inte slita varandra i stycken.

Snart tornar anläggningen upp sig framför oss och lovar svar om vi kan överleva skuggorna därinne. Natten faller snabbt och höljer öknen i en bläcksvart slöja. Vinden bär på viskade hemligheter när vi smyger mot en oansenlig sidoingång. Jag känner det i märgen – något med den här platsen är fel, farligt. Alla sinnen skriker åt mig att vara försiktig, att vi är på väg in i lejonkulan oförberedda. Men det är alldeles för sent för reservationer nu.

”Nästan framme”, mumlar Declan och nickar mot den mörka anläggningen. ”Kom ihåg: inga misstag. Vi får bara en chans.”

”Förstått”, säger jag och biter ihop tänderna, medan beslutsamheten hårdnar i bröstet.

”Tala för dig själv”, säger Diana släpigt och kastar en sidoblick på mig. ”Vissa av oss har en vana att tänja på reglerna när det passar oss.”

”Nu räcker det!”, fräser Declan, hans tålamod är uppenbarligen på upphällningen. ”Vi måste samarbeta om vi ska klara det här.”

”Självklart, Declan”, svarar Diana sött, även om hennes ögon berättar en annan historia. ”Du kan alltid lita på mig.”

När vi närmar oss anläggningen kan jag inte låta bli att oroa mig för vad som väntar – inte bara de fasor vi kommer att avslöja, utan också sprickorna som bildas mellan oss. Förtroende är en dyrbar vara nu för tiden, och när vi står på randen till kaos undrar jag om det redan är för sent för oss att rädda det lilla som finns kvar.

Natten faller som en svart svepning över öknen och sväljer de sista resterna av ljus. Luften är tjock av den fräna doften av bränd jord, och vinden viskar hemligheter i mina öron när vi smyger oss mot hybridanläggningen. Jag känner det i märgen – något stämmer inte med den här platsen.

”Det ser ut som om de har stuckit”, observerar Declan, med en röst som knappt är mer än en viskning. ”Vad som än pågick här, tror jag att de har flyttat.”

Jag spanar oroligt ut över den mörka, tysta utsidan. ”Eller så ligger de bara lågt och hoppas att vi ska passera.” Bristen på uppenbar säkerhetspersonal gör mig ännu mer nervös. Det är kusligt tyst, det enda ljudet är våra fotsteg som knastrar mot gruset.

"Oavsett vilket måste vi ta reda på vad de gjorde här", inskjuter Diana, med en ton som dryper av förakt. "Och kanske till och med vem som tipsade dem."

"Insinuerar du något?", fräser jag, då mitt tålamod tryter. Bara för att hon arbetar med oss betyder det inte att jag måste gilla henne.

"Slappna av", flinar hon. "Jag konstaterar bara det uppenbara. Vi är alla på samma sida, kommer du ihåg?"

"Visst", muttrar jag, inte övertygad. Men nu är det inte läge för gräl. Vi har ett jobb att göra, och jag tänker fan inte låta personliga känslor komma i vägen.

Vi smyger genom skuggorna och undviker de få säkerhetskameror som fortfarande verkar vara i drift. Vi litar mer på våra instinkter än på någon karta och befinner oss snart utanför den huvudsakliga säkerhetsbyggnaden, anläggningens hjärta.

"Här är vår chans", mumlar Declan och pekar på dörren. "Låt oss hoppas att deras säkerhet är lika övergiven som resten av stället."

Jag knäböjer vid knappsatsen, med verktygen i högsta hugg. "Bara ett sätt att ta reda på det." Ögonblick senare kopplas låset ur med ett mjukt klick. Jag unnar mig ett tunt leende av tillfredsställelse när dörren svänger upp. "Efter dig."

Diana tränger sig förbi utan en kommentar. Jag möter Declans blick och vi utbyter en blick av stum bävan innan vi följer efter henne in.

Insidan är dunkel och instängd, och all utrustning är täckt av ett fint lager ökendamm. "Var tysta", mumlar Declan. "Vi vet inte vem eller vad som fortfarande kan lura här inne."

"Eller vad de lämnade efter sig", tillägger jag och ser på de dammiga datorerna och den övergivna utrustningen.

Det är som om de försvann i all hast och bara lämnade spöken efter sig för att hemsöka dessa hallar.

"Låt oss hitta det vi kom för och sticka härifrån", säger Diana, med tydlig otålighet. "Ju förr vi avslöjar den här platsen, desto bättre."

"Kunde inte hålla med mer", svarar jag och undrar hur mycket längre vi kan upprätthålla denna osäkra allians. I en värld full av lögner och svek är det svårt att veta vem man kan lita på – även när de står precis bredvid en.

Men för tillfället fortsätter vi, enade i vårt uppdrag att föra sanningen i ljuset. Mot en bakgrund av mörker glider vi genom skuggorna som spöken, fast beslutna att avslöja de hemligheter som har varit dolda alldeles för länge.

KAPITEL TRETTON

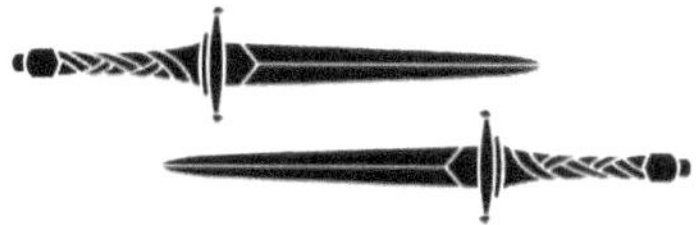

ETT LJUS FLIMRAR OVANFÖR oss och kastar skuggor som dansar längs det spruckna betonggolvet. Artemis Blackwell – er ödmjuka tjänare – Declan Reed och agent Svikare – förlåt, Diana Foxberry – smyger genom Byråns hemliga anläggning. Jag kan nästan känna smaken av faran som lurar i mörkret.

"Kom ihåg planen", väser Diana med hopknipna gröna ögon. "Vi tar oss in, kommer åt datan och tar oss ut. Inga hjältedåd."

"Visst", svarar jag och himlar med ögonen. "För jag är ju så heroisk en helt vanlig dag annars."

"Låt oss bara fokusera", inskjuter Declan tyst, medan hans nötbruna ögon sveper över omgivningen. Han har alltid varit bra på att hålla mig nere på jorden – jag antar att det är därför vi har behållit honom så länge.

"Okej, okej." Våra tysta fotsteg ekar kusligt genom den tomma korridoren. Allt med det här hemliga uppdraget får det att krypa i mig, men det kan bara vara den unkna luften som spelar mig ett spratt.

"Här är den", viskar Diana när vi närmar oss en anonym dörr. Jag upprepar tålmodigt mitt lilla dyrkningstrick, och vi möts av ett surrande från datorer och ett svagt blått sken. Det är som att kliva in i en teknogrotta – en oroande ren sådan, med tanke på det dammiga, övergivna skicket på resten av anläggningen.

”Okej då, vi får se vad vi kan gräva fram”, muttrar jag och knäcker med knogarna innan jag sätter mig framför en terminal. Mina fingrar flyger över tangentbordet och skär med lätthet genom brandväggar och kryptering. Jaktrusningen sjunger i mina ådror när jag gräver mig djupare, blottlägger hemligstämplad data och sliter kontrollen över systemet ur deras händer. Det är det här jag lever för – att släpa fram fula sanningar i ljuset.

Bakom mig håller Declan vakt, en tyst skugga vid dörren. Han smyger fram, och spänningen i hans dämpade röst är påtaglig när han lutar sig fram för att viska i mitt öra. ”Artemis, det är något med det här som inte stämmer. Jag litar inte på Diana.” Han sneglar mot henne, upptagen på andra sidan rummet. ”Hon döljer något.”

”Jaså? Tror du det?” svarar jag sarkastiskt, utan att släppa skärmen med blicken. ”Vi döljer alla något, Declan. Men just nu behöver vi den här informationen. Vi tar hand om henne senare.”

”Okej ... var bara försiktig.” Declan klappar mig på axeln, hans grepp är lite för hårt, innan han återvänder till sin post.

”Det är jag alltid”, ljuger jag utan att se på honom. För ärligt talat – jag är inte alltid försiktig. Men det är ju det som gör livet intressant, eller hur?

Spänningen i rummet är så tjock att man kan skära i den med kniv. Men trots olusten kan jag inte låta bli att känna en rysning av spänning när jag gräver djupare i systemet och nystar upp lager efter lager av hemligheter och lögner. Det är trots allt det här jag är född till att göra – att avslöja sanningen, oavsett hur ful den än må vara.

Och något säger mig att vi är på väg att avslöja något verkligt monstruöst.

Jag stänger ute allt utom uppgiften framför mig, med fingrar som flyger över tangentbordet medan jag gräver igenom systemet efter minsta spår av deras fördärvliga experiment. Att avslöja dessa förvridna vetenskapsmän är anledningen till att vi är här – för att dra fram sanningen i ljuset och se till att rättvisa skipas.

"Här har vi det", muttrar jag när en fil med namnet "Experiment 13B" dyker upp. "Declan, ta en titt på det här."

Han lutar sig in över min axel, och hans varma andedräkt kittlar min nacke. Han doftar gott, som varmt läder och kryddor, och jag kommer på mig själv med att andas in för att få i mig mer av hans doft. Fokusera, påminner jag mig själv strängt. Det här är verkligen inte rätt tidpunkt.

"Någon sorts hybridiseringsprojekt", sammanfattar jag medan jag snabbt skannar dokumentet. "De tar mänskliga försökspersoner – fångar, inte frivilliga – och slår samman dem med paranormala varelser." Avsmak får det att vända sig i magen. "Det här är så sjukt."

Declan svär lågt och intensivt. "Vi måste bränna ner det här helveteshålet till grunden."

"Håller med. Men först måste vi identifiera alla som ligger bakom det här." Jag ger honom en menande blick. "Kan du ta fram personalregister? Vi kommer att behöva dem för att spåra upp dessa psykopater senare."

Han knappar redan på terminalen bredvid. "Jag är redan på det. Jag laddar ner allt jag kan få tag på."

"Bra. Och håll ett öga på Diana", tillägger jag med låg och spänd röst. "Jag litar inte på henne för fem öre."

Hans mun formar sig till ett bistert streck när han sneglar på henne. "Tro mig, det gör inte jag heller. Fokusera bara på att skaffa bevis. Vi tar itu med henne när det är dags."

Jag nickar och fokuserar på nytt på att rota igenom filerna. Omfattningen av den fördärvlighet som dokumenteras här får mig att tappa andan. Hur kan någon sjunka till sådana nivåer av omänsklighet? Men jag tvingar mig själv att fortsätta gräva – offren förtjänar rättvisa.

"Kom igen, ge mig något konkret att sätta dit de här galningarna med", muttrar jag och klickar mig igenom otaliga störande filer. Pulsen bultar av brådska. Vi är på lånad tid innan säkerhetsvakterna upptäcker oss.

"Fortsätt leta", manar Diana spänt, med blicken pendlande mellan sin skärm och dörren. "Vi behöver så mycket bevis som möjligt."

"Alltid den hängivna statstjänaren", svarar jag sarkastiskt, utan att bry mig om att titta upp. Hennes svekfullhet fyller luften som från rök.

"Fick en till." Declans dämpade röst får mig att fokusera igen. "Ett barn den här gången, en vampyr-människohybrid." Hans knyter nävarna så att knogarna vitnar. "Hur kan de sjunka så lågt?"

Jag grimaserar, galla bränner i halsen. "Låt oss hålla oss till saken för nu. Fortsätt bara kopiera allt till minnesenheten."

Han tar ett skakigt andetag, med spänd käke. "Du har rätt. Fokusera på uppdraget."

Jag riskerar en blick på Diana. Hon fortsätter att skriva, till synes oberörd av de fasor som hopar sig. Min misstro ökar ytterligare ett snäpp. Något med hennes brist på reaktion känns ... fel. Men jag har inte råd att bli distraherad. Svar först, misstankar senare.

Motvilligt återvänder jag till mitt eget sökande, med magen i uppror. Vilka slags fördärvade sinnen utformar sådana sadistiska experiment på levande varelser?

”Ännu en undersektion”, rapporterar jag med dov fasa och öppnar mappen. ”De har hållit på med det här i flera år. Så många offer ...”

Declan stryker en hand över ansiktet och ser illamående ut. ”Vi måste få dem att betala för det här. Allihop.”

”Inga invändningar där.” Jag bokmärker en särskilt graverande fil. ”Men först måste vi ta oss ur det här ormboet med bevisen i behåll.”

”Just det.” Han kopierar ytterligare en omgång dokument, med fingrar som knackar enträget.

Jag pausar mina egna ansträngningar och stålsätter mig. Snart kommer dessa monster inte längre att ha någonstans att gömma sig. Deras offer kommer att få rättvisa, oavsett hur lång tid det tar eller hur blodig vägen blir.

På den punkten är varenda fiber i min kropp fast besluten. Tiden för kirurgiska attacker i mörkret är förbi. Allt som återstår nu är att slita bort de artiga fasaderna som skyddar sådan ondska från konsekvenser.

Oavsett vem som försöker stoppa mig, oavsett vart spåret leder, kommer jag att följa det obevekligt till källan och bränna ner allt till aska. Mina händer kanske blir oåterkalleligt fläckade på vägen, men det är ett litet pris att betala för sanningen.

Declan och jag utbyter en bister, ordlös blick av förståelse. Tärningen är kastad. Allt som återstår är att gå framåt utan tvekan in i den kommande eldstormen.

Och be att vi är tillräckligt för att tippa vågen mot ljuset, innan det tilltagande mörkret slukar oss alla.

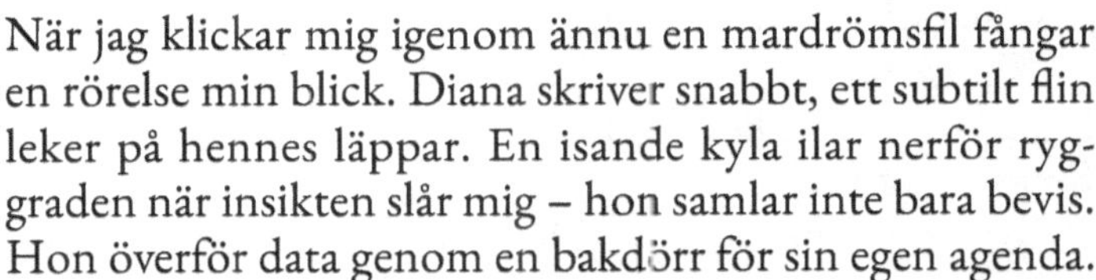

När jag klickar mig igenom ännu en mardrömsfil fångar en rörelse min blick. Diana skriver snabbt, ett subtilt flin leker på hennes läppar. En isande kyla ilar nerför ryggraden när insikten slår mig – hon samlar inte bara bevis. Hon överför data genom en bakdörr för sin egen agenda.

"Declan, det är något som inte stämmer med Diana", mumlar jag enträget, under andan. "Man kan inte lita på henne."

Hans uttryck blir bistert och hårt. "Uppfattat." Han stoppar ner sin minnesenhet i fickan, redo att ge sig av.

"Vänta." Jag får syn på en dold mapp med titeln "Projekt Omplacering" och kastar mig över den. "Jag tror det finns något här som vi har missat."

Jag skummar snabbt igenom den medan Declan kikar över min axel. Den beskriver i detalj hur man flyttar nyckelexperiment till en annan plats i väntan på att bli avslöjad.

"De måste ha förväntat sig att deras fasor skulle upptäckas så småningom", säger Declan mörkt.

"Men vart flyttade de dem?" Jag trycker enträget på tangenterna och följer det digitala spåret. En referens till Byråns högkvarter sticker ut, och iskalla fingrar klämmer åt mitt hjärta. Just den organisation som är menad att reglera dessa grymheter möjliggör dem. Det borde inte chocka mig, men innebörden skär djupt.

Declan svär ondskefullt under andan. "Vi måste ta reda på vem som ligger bakom det här och stoppa dem för gott."

Jag nickar bistert, tankarna rusar. Insatserna har höjts exponentiellt på några sekunder. Det som började som en enkel dataräd har skalat av ännu ett lager av korruption.

Vi går igenom de fördömande filerna och letar efter ledtrådar om vem som iscensätter denna skräckföreställning. De kliniska beskrivningarna och bilderna av förvridna experiment får det att vända sig i magen. Bredvid mig utstrålar Declan knappt behärskad ilska.

"Vi måste radera dessa system helt", inflikar Diana med isig röst. "Denna kunskap är för farlig i fel händer. Bäst att förstöra allt nu."

Jag ger henne en skarp blick. "Absolut inte. Vi måste spåra upp alla bakom detta först. De kommer bara att slingra sig undan om vi inte avslöjar dem."

Dianas ögon blixtrar av irritation. "Du kan inte rädda alla, Artemis. Ibland är den enda lösningen att bränna ut rötan helt."

"Härliga bildspråk", replikerar jag frätande. "Men jag tänker inte låta dessa psykopater undkomma konsekvenserna. Inte en jävla chans."

Mitt hjärta bultar när ilska och frustration snörs åt i bröstet. Diana spelar något spel jag inte kan tyda, men jag tänker inte låta henne spåra ur det här uppdraget.

Declan känner av den pyrande konflikten och kliver in. "Kanske finns det en kompromiss här ..."

Jag vänder mig om mot honom, full av misstro. "Vi talar om oskyldiga liv! Det finns inget utrymme för kompromisser."

Han håller upp händerna försonande. "Jag menar bara att vi borde vara smarta. Vi kan inte riskera allt genom att jaga rykten."

Jag sjuder men biter tillbaka ett frätande svar. "Okej. Vi rensar datan. Men på mina villkor, fattar du?"

Diana ler kallt. "Vad du än anser är bäst, förstås." Hennes uttryck får nackhåren att resa sig ännu mer.

När vi återupptar sökandet brygger en storm inom mig. Detta uppdrag har förvandlats till ett trassligt nät av lögner och misstro, med mig i centrum och inga tydliga motståndare. Mitt ärr pulserar i takt med mitt bultande hjärta, och gammal paranoia stiger upp. I den här världen döljer till och med förmodade allierade knivar bakom ryggen, i väntan på att hugga.

Skuggorna runt omkring oss verkar djupna, som om de svarar på den farliga situation vi befinner oss i. Blind tillit kan döma allt vi har blött för. Men att vägra tro på någon riskerar att lämna oss isolerade och sårbara. Varje väg framåt verkar kantad av dolda törnen.

Jag möter Declans blick en kort stund. Hans oro speglar min egen. Vi balanserar på en knivsegg här utan någon tydlig fiende att bekämpa. Bara skuggor som döljer osedda fiender.

Frustrationen kokar till slut över när jag vänder mig mot Diana igen. ”Något med det här stinker. Är du helt säker på att du är på vår sida?”

Hon spärrar upp ögonen och låtsas vara förolämpad. ”Du sårar mig. Självklart vill vi ha samma resultat här.” Men hennes listiga leende dementerar hennes ord.

”Visst, visst. Fatta bara ett beslut nu!” fräser Declan kort och blänger mellan oss.

”Okej!” Jag slår näven i bordet, tålamodet är slut. ”Förstör datan. Men om det här är en fälla kommer du att få betala för det. Det är ett jävla löfte.”

Dianas ögon glittrar. ”Aldrig i livet. Du kan lita på mig helt och hållet.”

Av någon anledning finner jag det föga lugnande. Med en irriterad suck inleder jag rensningssekvensen, plågad av tvivel.

”Vänta!” ropar Declan plötsligt. ”Jag hittade något kritiskt-”

Hans ord försvinner i en kakofoni av larm och blinkande nödljus, medan sprängdörrar slår igen och låser in oss. En plötslig systemnedstängning. Självklart.

Jag svär intensivt och slår i skrivbordet. ”Vad i helvete har du gjort, Diana?”

Hon blinkar med stora ögon i uppenbart falsk förvirring. ”Jag? Jag har inte gjort något fel.”

”Jo tjena, jag är säker på att det här bara hände slumpmässigt.” Jag går rasande mot henne bara för att bli blockerad av Declan.

”Fokusera! Vi måste fly innan det här blir en gravkammare.” Han ser sig vilt omkring som om han förväntar sig en attack.

Jag tar ett djupt andetag och nickar. ”Du har rätt, låt oss hitta en väg ut snabbt.” Jag ger Diana en isande blick. ”Men vi är så långt ifrån klara här.”

Hennes leende dryper av nonchalans. ”Jag ser fram emot att fortsätta vårt samtal.”

Medan vi desperat arbetar för att häva nedstängningen verkar tiden krypa fram. Varje misslyckat försök skruvar upp spänningen. Den bittra smaken av svek fyller min mun. Jag har låtit känslor förblinda mig för hårda sanningar än en gång.

”Jag har det!” utropar Declan när systemet oväntat kopplas ur. Dörrarna väser upp sig och vi rusar ut utan tvekan, frågor om hur han lyckades lämnas outtalade i vår brådska.

KAPITEL FJORTON

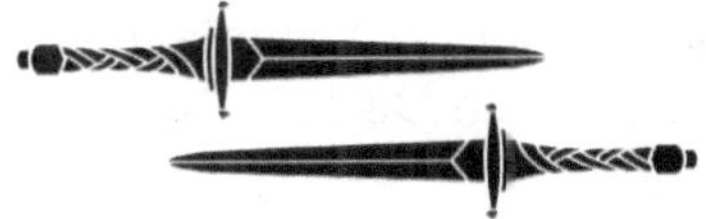

DEN METALLISKA STANKEN AV rädsla hänger tung i luften, understruken av det elektriska surrandet från maskineriet. Vi skyndar oss för att fly från den här förvridna anläggningen innan katastrofen drabbar oss igen. Eller något mer olycksbådande hejdar vår flykt.

Plötsligt ekar det snabba klick-klackandet från robotben nedför korridoren, vilket får varje hårstrå på min kropp att resa sig. Jag drar åt greppet om mitt vapen så att knogarna vitnar.

"Inkommande!", ropar Declan. En svärm av insektsliknande robotar dyker upp från dolda paneler, deras röda ögon glöder av rovlystnad. På ett ögonblick omringar de oss och skär av alla flyktvägar. "Ser ut som att vi inte är klara här än."

Jag suckar tungt medan adrenalinet skjuter i höjden. "Självklart inte. Varför skulle det här vara enkelt?"

Diana ger mig bara ett irriterande flin och nonchalansen svävar kring henne som en giftig parfym. Att lita på henne känns som att försöka fånga rök – omöjligt och farligt dumt.

”Sluta stå här och glo. Nu plockar vi isär de här metalljävlarna.” Jag intar en hukande stridsställning med sinnena på helspänn.

Robotarna väller fram i en våg av klickande lemmar och blänkande stål. Jag duckar under en sving från ett knivförsett bihang och känner hur det visslar förbi mitt öra. De här sakerna är snabba, men jag är snabbare.

”Se upp bakom dig, Artemis!” Declan tacklar en robot precis innan den hinner överrumpla mig. De faller ihop i ett trassel av lemmar, och Declan avgår till slut med segern genom ren, rå styrka.

”Tack för hjälpen!”, ropar jag tillbaka och vänder mig om för att halshugga min blivande mördare. Huvudet slår i golvet med ett ihåligt klonkande. En nere, otaliga kvar.

Vi kämpar obönhörligt genom svärmen, med brännande muskler och reaktioner som pressas till sin yttersta gräns. Men för varje besegrad vaktrobot tar två nya dess plats. Vi blir vallade, nötta. Lätta byten för vad som än lurar djupare in på denna ondskefulla plats.

Mina tankar rusar vilt även när min kropp kämpar på autopilot. Vem – eller vad – kan vara det verkliga hotet här? Detta stinker av något mer olycksbådande än Byråns vanliga oetiska experiment. Någon annan drar i trådarna från skuggorna.

”Dra er tillbaka mot utgången!”, skriker jag över stridslarmet. ”Vi måste ta oss ut medan vi fortfarande kan!”

Declan hugger en väg genom havet av robotar. ”Kan inte hålla med mer! Allt det här känns fel.”

Vi når korridoren som leder ut, med blåslagna och trötta kroppar. Men anläggningen själv verkar ovillig att släppa oss så lätt. Längre fram väser sprängsäkra dörrar igen och förseglar vår enda flyktväg.

”Fan och förbannat!” Jag slår frustrerat näven mot det orubbliga stålet. Vi har gått rakt i någons listiga fälla. Men varför?

De återstående robotarna vallar oss bort från utgångarna, deras röda ögon glöder segerstolt. Det verkar som att deras antal mångfaldigas, en ändlös mekanisk våg.

Jag pressar ryggen mot Declans, andas häftigt. "Var på din vakt. Striden är inte över än."

Han nickar bistert, med knogarna vita om sitt vapen. "Helt rätt. Jag tänker inte ge mig utan en jävla strid först."

Beslutsamheten hårdnar inom mig och dämpar rädslans kalla fingrar. "Vi ska ta oss ut från den här förvridna platsen, oavsett hur många metallkadaver det krävs."

Steg för steg hugger vi oss igenom robotarna och kämpar oss tillbaka till den förseglade dörren. Vem som än tror att de har fångat oss underskattar hur vildsint vi kommer att klösa oss ut igen.

Till slut sliter Declan upp den sista roboten och dess delar sprids över det blodfläckade golvet. Jag stirrar ner på dess flimrande blick när den slocknar. "Okej, din ansiktslösa jävel. Öppna de här dörrarna nu så att vi kan gå."

Inget svar förutom pulserandet från varningssirener. Jag kastar en blick på mina följeslagare, lika utmattade men ännu inte besegrade. Vi har ett alternativ kvar – att skära oss ut.

Jag lyfter mitt vapen och närmar mig barriären som spärrar vår frihet. "Gör er redo att springa som fan. Vi tänker inte dö här nere."

Våra fotsteg ekar olycksbådande genom den övergivna byggnaden. Jag kan inte skaka av mig den krypande känslan av att vi går rakt in i ännu en fälla.

Declan höjer vaksamt sitt vapen och kikar in i skuggorna framför oss. "Så vad är planen här egentligen?"

"Vi slår ut huvudservern", svarar jag tungt. "Stänger av deras kontroll över robotarna."

Diana flinar, med en självbelåtenhet som strålar från henne. "Får vi hoppas att ditt lilla utbrott där bak inte redan har avslöjat var vi är."

Jag ger henne en frätande blick. "Det var du som drog in oss i det här fiaskot."

"Sluta tjafsa!", fräser Declan, vars tålamod börjar tryta. "Vi har sällskap."

Ytterligare en svärm av insektsliknande robotar dyker upp ur mörkret framför oss, med klor som klickar och surrar när de närmar sig.

"Underbart, precis vad vi behövde." Jag drar åt greppet om mitt vapen och stålsätter mig mentalt för striden.

"Fokusera, Artemis", säger Diana kortfattat. "Vi klarar det här."

Jag ger henne en föraktfull blick. "Javisst, för att lita på dig har ju fungerat så bra hittills." Men jag intar en stridsställning ändå.

Robotarna anfaller i en suddig röra av metallemmar. Vi möter dem rakt på, och våra vapen sliter sig igenom deras led i en dödlig dans. Trots vår olust inför varandra utgör vi ett brutalt effektivt team mot dessa automater.

Gnistor flyger och metall skriker när vi hugger oss igenom dem en efter en. Svärmen fortsätter att komma men vi är ostoppbara, drivna av desperation.

"Säkerhetskontoret är precis framför oss!", ropar jag över larmet och pekar med mitt svärd mot en dörr i slutet av korridoren. "Nu gör vi slut på det här!"

Declan grymtar instämmande och mejar ner den sista roboten som blockerar vår väg. "På jävla tiden. Jag har fått nog av det här stället."

Vi rusar den sista biten till vårt mål och slår undan den låsta dörren med gemensam kraft. Servrarna står från golv till tak längs den bortre väggen och pulserar av frenetisk energi. Reläer klickar och surrar när de koordinerar komplexets automatiserade försvar mot inkräktarna – oss.

Utan ett ord sätter vi igång, sliter ut anslutningar och spränger strömförsedda kärnor. Maskinerna jämrar sig i protest men kan inte göra något för att hindra oss. Inom några minuter blir rummet dödstyst, badande i gnistrande vrakdelar.

Jag sjunker ihop mot väggen och andas häftigt efter ansträngningen och adrenalinkraschen. Vi gjorde det – högg huvudet av detta olycksbådande odjur.

Declan klappar mig trött på axeln. "Snyggt jobbat. Låt oss sticka härifrån innan något värre dyker upp."

Jag samlar kraft för att resa mig och gå mot utgången. Diana dröjer kvar och ser sig omkring med ett outgrundligt uttryck. Återigen slås jag av känslan att hon ville ha något mer här, något slutmål jag inte kan urskilja.

Men de frågorna får vänta. "Kom igen", ropar jag skarpt. "Vi drar, med eller utan dig."

Det bryter hennes underliga grubblerier. Med ett tunt leende ansluter hon sig till oss vid den krossade dörröppningen där friheten vinkar. Förhoppningsvis har den fälla hon gillrat nu blivit ofarliggjord av våra handlingar. Men när det gäller Diana tar jag ingenting för givet.

Att ständigt vara på helspänn runt henne må vara utmattande, men det är definitivt bättre än att bli uppsprättad bakifrån. Jag tänker spela med i hennes bedrägerispel bara så länge det sammanfaller med mina egna mål.

Och vara redo att bryta banden i samma ögonblick som våra mål går isär.

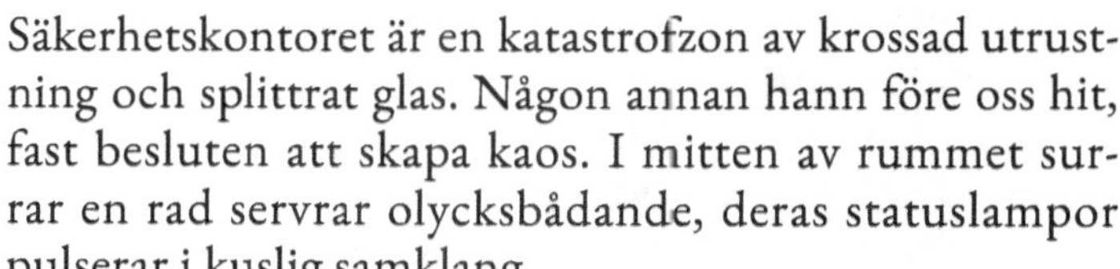

Säkerhetskontoret är en katastrofzon av krossad utrustning och splittrat glas. Någon annan hann före oss hit, fast besluten att skapa kaos. I mitten av rummet surrar en rad servrar olycksbådande, deras statuslampor pulserar i kuslig samklang.

Diana pekar ivrigt ut dem. "Där är huvudservrarna. Om vi slår ut dem, lamslår vi deras kontroll över anläggningens försvar."

Jag lyfter mitt vapen, och beslutsamheten bränner i mina ådror. "Då skrotar vi den här teknologiska skräckföreställningen."

Vi sprider ut oss runt maskinerna, med vapnen höjda för en samtidig attack. Någon nedräkning behövs inte – som en enda enhet öppnar vi eld, och kulor sliter genom de känsliga serverkärnorna i en kakofoni av gnistor och splitter.

Declan utbrister ett nöjt rop när den sista servern skakar till och dör, och kastar oss in i mörker. "Ta den, era jävlar!"

I efterglöden njuter jag av en flyktig, om än ihålig, känsla av seger. Vi må ha vunnit denna strid, men den bittra smaken av Dianas svek ligger fortfarande kvar på tungan. Kriget är långt ifrån över.

Den fräna lukten av bränd metall och friterade ledningar fyller den tryckande luften. Jag avsöker den spridande tystnaden efter tecken på en förnyad attack. Men bara stillhet och våra hetsiga andetag möter mina ansträngda öron.

Diana rör sig oroligt bredvid mig. "Vi borde röra på oss. Fler försvar kan anlända när som helst." Hennes ton låter alltför angelägen, vilket får mina nerver att darra.

Jag fäster en glödande blick på henne. "Vad är det egentligen som väntar oss där framme?"

"Bara fler hot om vi inte går nu", fräser hon. Men hennes blick glider skyldigt undan min. Hon döljer fortfarande något, det är jag säker på.

Jag öppnar munnen för att pressa henne på sanningen när Declan spänt avbryter. "Kom igen, låt oss bara komma härifrån." Han möter inte heller min blick, utan fokuserar på rummets förstörda utgång.

Jag biter mig frustrerat i läppen men gestikulerar bryskt åt Diana att leda vägen. Nu är inte rätt tidpunkt för ett förhör. Inte förrän vi är i säkerhet från vilka andra sadistiska fällor som än väntar oss i denna labyrint.

Vi tar oss försiktigt fram över ruinerna av maskiner som fyller rummet. Ett felsteg får skräp att skallra olycksbådande omkring oss. Hela taket stönar under någon okänd påfrestning.

"Se upp!" Declans rop drunknar i en lavin av sönderfallande murverk och stål. Jag kastar mig undan och rullar smärtsamt till ett stopp medan luften fylls av damm och oljud.

När raset upphör tvingar jag mig upp, med ringande öron. Var är de andra? "Declan! Diana!"

Ett smärtfyllt grymtande drar till sig min blick. Declan knäböjer och håller om en sargad arm, blod rinner mellan hans knutna fingrar. Jag rusar dit, med hjärtat i halsgropen. "Hur illa är det?"

Han grimaserar, med blekt ansikte. "Jag överlever. Men vi måste röra på oss. Stick – jag håller dem sysselsatta."

Jag tvekar, ovillig att lämna honom så sårbar. Men mer klankande ekar nerför korridoren. Vi har ont om tid.

Declan knuffar bryskt bort mig. "Stick redan, för fan!"

Medan jag svär hjälplöst vänder jag mig om och springer. Det är fegt, men jag kan hjälpa honom bättre när nästa våg är omhändertagen. Jag måste bara hitta vart Diana försvann först.

Jag rusar genom de lutande hallarna, driven av raseri och rädsla. Den där jävla kvinnan vet mer än hon säger om vad som händer. Det är dags att skaka fram några svar, vare sig hon gillar det eller inte.

Jag sladdar runt ett hörn och får syn på Diana vid en halvt kollapsad vägg. Vinden piskar hennes hår när hon börjar klättra ut genom en ojämn reva.

"På väg någonstans?", frågar jag kallt.

Hon virvlar runt, med vidöppna ögon. "Artemis! Jag vet att du är arg, men försök att förstå-"

"Förstå att du nästan fick oss dödade?" Jag går med hotfulla steg mot henne, och mina händer skakar av adrenalin och raseri. "Snälla, upplys mig!"

Hennes uttryck hårdnar. "Jag gjorde vad som var nödvändigt! Mer än vad man kan säga om dig, som ständigt är förlamad av tvekan och tvivel."

Anklagelsen träffar som ett fysiskt slag. Men innan jag kan slå tillbaka exploderar väggen bredvid Diana inåt under kraften av en massiv metallklo. Hon hoppar genom öppningen utan att se sig om.

Jag sjunker ihop mot den motsatta väggen medan krascher ekar nerför korridoren och snabbt tonar bort i tystnad. Så mycket för att få svar nu. Med en äcklad suck linkar jag tillbaka mot Declans position, beredd på ännu en strid.

När jag når honom har alla attackerande robotar reducerats till metallskrot. Declan sjunker ihop bland vrakdelarna, med ett ansträngt och blekt ansikte men med beslutsamma ögon.

Jag erbjuder honom en hand upp. "Diana är borta. Ser ut som att det bara är vi två mot vad det här stället än kastar på oss."

Han nickar trött och lutar sig mot mig när vi tar oss ut. "Precis som förr i tiden då." Trots allt får hans råa humor mig att le.

Jag vet inte vilka andra fällor som väntar oss, eller vad Diana egentligen är ute efter. Men Declan håller mig om ryggen. Tillsammans har vi överlevt värre odds förr.

Och den här gången, när vi konfronterar den där förrädiska kvinnan igen, kommer jag inte att tveka att slå ut henne. Vill hon se min sanna potential? Åh, jag ska ge henne ett smakprov. Precis innan jag sätter stopp för hennes planer för gott.

KAPITEL FEMTON

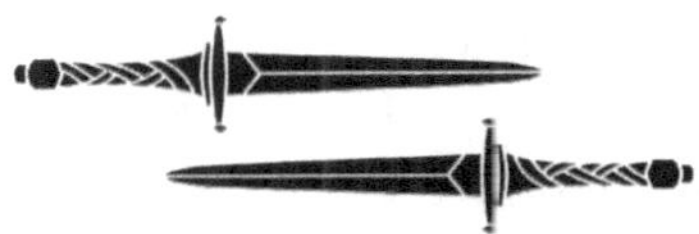

PULSEN SLÅR HÅRT NÄR jag med vitnande knogar griper
tag i det stulna Byråfordonets ratt, och däcken skriker i
de skarpa kurvorna. I passagerarsätet rycker Declan till vid
varje stöt, med en arm skyddande virad runt magen.

"Förbannade Diana", fräser jag mellan sammanbitna
tänder, medan ilskan över hennes svek sjuder i mina ådror.
Den lömska ormen spelade oss perfekt, och nu är vi på flykt
igen. Hybridanläggningen brinner i backspegeln, våra mål
är otydliga. Men det finns ingen tid för eftertanke – flykten
har högsta prioritet nu.

"Artemis, se upp!" Declans rop rycker mig ur mina
grubblerier precis i tid för att väja för en övergiven bil på
den ensliga ökenvägen.

"Tack", muttrar jag kortfattat, pulsen rusar när jag rä-
tar upp det vinglande fordonet. Declans genomträngande
nötbruna ögon möter mina för ett spänt ögonblick innan
de flackar iväg. Ny oro får veck i hans vackra men smutsiga
ansikte.

"Är du okej?" Hans hesa röst avslöjar hans egen smärta.

Jag ger honom en misstrogen blick. "Glöm mig, du blev
bokstavligen skjuten tidigare och nu är du skadad igen. Jag

borde fråga hur det är med dig." Skuldkänslorna vrider sig i magen på mig när jag ser honom ha ont.

Declan sträcker sig över och griper hårt om min arm. "Du, vi vet båda att Diana spelade oss mästerligt. Du kunde inte ha förutsett hennes svek."

Händerna knyts om ratten när bitterheten väller upp i mig. "Kunde jag inte det? Jag borde ha vetat bättre än att någonsin lita på den tvetungade ormen." Hennes svek är skriande uppenbart i efterhand.

Declans fingrar gräver sig nästan smärtsamt in i min arm. "Plåga inte dig själv med ånger. Vi måste vara helt fokuserade på att fly just nu."

Jag tvingar mig själv att ta ett djupt andetag och nicka. "Du har helt rätt. Vi är mörbultade men vid liv. Jag vägrar låta Dianas svek knäcka oss."

Declan rör sig obekvämt på sig, ansiktet förvrids. "Så vart exakt är vi på väg egentligen?"

"Någonstans säkert där vi kan hålla oss undan och återfå vår styrka." Stål finns i min röst. "För när vi väl har läkt är det meningen att vi ska krossa Diana och hela hennes sjuka operation för gott."

Declan lyckas få fram ett plågat halvleende. "Det är en plan jag definitivt kan ställa mig bakom."

Jag tvingar fram ett snett leende på läpparna och beundrar hans förmåga att hitta ljus till och med nu. "Det kan du ge dig fan på."

Den tomma vägen sträcker sig in i det okända mörkret framför oss. Vi må vara skadade och mer än utmattade, men vi är långt ifrån besegrade. Diana underskattar grovt styrkan i vår gemensamma beslutsamhet.

Declans förhårdnade hand täcker helt kort min på ratten, ett tyst löfte om att vi är enade i detta. Vad som än händer kommer vi att möta varje hinder tillsammans från och med nu. Sida vid sida, så som det borde ha varit från början.

Och när tiden är inne kommer vi att se till att Diana och hennes omänskliga hybridfasor betalar med blod för allt de har gjort. Den våldsamma rättvisan ska bli vår. Tanken hjälper till att stärka min sviktande fattning.

Tills dess har vi varandra. Och Declans stadiga, orubbliga närvaro påminner mig om att även i vår mörkaste stund finns det hopp.

Tillsammans ska vi klösa oss tillbaka till ljuset, en dag i taget om vi måste. Diana försökte knäcka oss, men hon gjorde oss bara starkare.

Smitt i motgångar är vårt band nu orubbligt. Och vi kommer att få vår hämnd på dem som försökte förgöra oss. För Declans skull, för min egen skull och för alla de andra som de har skadat.

Jag sträcker mig över och klämmer Declans hand och beseglar det tysta löftet. Sedan vänder jag blicken tillbaka till den långa, tomma vägen framför oss. Vi kommer att uthärda detta. Vi måste.

*

Motorn i det stulna fordonet ger ifrån sig ett sista rosslande hostande innan den dör helt när vi rullar in på en sprucken, ogräsbevuxen parkeringsplats. Månljuset silar kusligt mellan byggnader som spretar taggigt mot himlen och kastar djupa skuggor.

Jag sneglar på Declan, som sjunkit ihop slappt mot passagerarfönstret. Hans ansikte är dränerat på färg, pärlande av svett – han hänger uppenbarligen knappt med.

"Sitt kvar, jag hämtar sjukvårdslådan", beordrar jag kortfattat, stövlarna knastrar mot gruset när jag kliver ur fordonet.

"Visst, chefen", kommer Declans svaga försök till humor. Men jag hör den ansträngda undertonen av smärta han försöker dölja.

Jag rotar brådskande i baksätet tills mina händer sluter sig om en förstahjälpenlåda. När jag skyndar tillbaka till passagerarsidan bubblar hatet mot Diana upp på nytt. Den lömska ormen spelade oss perfekt som marionetter för sina förvridna mål.

Jag glider tillbaka in bakom ratten och pressar fram: "Nu ska vi plåstra om dig." Declans plågade grimas fördjupas när jag drar av hans blodindränkta tröja och avslöjar de genomblöta bandagen runt hans mage och ett färskt, sipprande jack på armen. Hans hud är het och klibbig under mina fingrar.

Synen av hans skador får ett raseri att brinna i mig. Jag behärskar noga mina ansiktsdrag, men Declan läser ilskan i mina ögon ändå. "Det här var inte ditt fel, Artemis", rosslar han. "Vi hade inget annat val än att lita på henne."

"Kanske det." Jag dränker in ett bandage med desinfektionsmedel, med spända käkar. "Men det betyder inte att hon inte kommer att få vad hon förtjänar."

Medan jag försiktigt rengör och syr Declans många jack, maler frågorna obevekligt. Vilket tänkbart slutmål motiverar Diana? Vilka andra är delaktiga i hennes nät av lögner? Alltför många okända faktorer återstår. Men jag är fast besluten att nysta upp den mörka sanningen.

När jag fäster det sista stygnet på hans arm meddelar jag kortfattat: "Klart. Vi borde vila här i natt och låta dig läka."

"Tack", mumlar Declan, ögonen håller redan på att glida igen av utmattning.

Jag betraktar honom en tyst stund, hjärtat värker av en förvirrande blandning av oro för hans tillstånd och något mycket ömmare som jag är rädd för att granska alltför noga.

Impulsivt ger jag en fjäderlätt kyss på hans klibbiga panna. "Vila lite. Vi löser det här tillsammans, det lovar jag."

När Declans andning djupnar till sömn lämnas jag ensam med mina rastlösa tankar i det trånga, mörka fordonet. Skuggorna utanför tycks leva, krypa närmare, kvävande. Ändå flammar en gnista av trotsig beslutsamhet inom mig.

Vi är tilltufsade men inte knäckta. Och vi kommer att hitta Diana igen, avslöja hennes förvridna hybridfasor, och sätta stopp för denna mardröm en gång för alla. Hon kommer inte att vinna, svär jag vildsint. Rättvisa ska skipas.

Jag tar lätt tag i Declans hand och finner tröst i dess solida värme. Tillsammans är vi starka nog att övervinna vad som helst, till och med detta svek. Diana gjorde ett misstag som lät oss leva. Den arrogansen kommer att bli hennes fall.

Utmattningen sliter enträget i mig, men jag tvingar mina ögon att förbli öppna och håller vakt genom den ensamma natten. Declan behöver vila för att läka.

Och när gryningen kommer är vi redo att återuppta jakten med en brinnande, obeveklig beslutsamhet. Diana och hennes skumma allierade inser inte vilka de har provocerat. Men snart kommer de att förstå, när vi krossar hela deras förvridna imperium i lågor med kraften av vår gemensamma vilja.

*

De första tunna gryningsstrålarna silar in mellan byggnaderna och kastar taggiga skuggor över det tillbucklade fordonet. Bredvid mig rör Declan på sig med en plågad grimas. Hans nötbruna ögon möter mina helt kort innan de flackar iväg, fyllda av skam.

”Artemis, du hade rätt i att inte lita fullt ut på Diana”, rosslar han, rösten fortfarande hes av utmattning. ”Jag borde ha lyssnat på dina tvivel.”

”Det kan du ge dig fan på att du borde ha gjort”, fnyser jag bittert, och den gamla ilskan återvänder. ”Men det är gjort nu. Vi måste fokusera på vårt nästa drag.”

Declan gnuggar sig i sitt härjade ansikte. ”Att avslöja Byråns förvridna hybridexperiment kommer inte att bli lätt nu. Särskilt utan Dianas utlovade bevis.” Hans min mörknar. "Vad hon än egentligen håller på med kan inte vara bra."

Jag trummar tankfullt med fingrarna på ratten. "Kanske inte. Men det måste fortfarande finnas ett annat sätt. Vi skulle kunna gå ut offentligt, avslöja allt vi vet. Experimenten, lögnerna, alltihop."

Declan ser skeptisk ut. "Är du säker på att det är klokt? Det skulle kunna göra oss till större måltavlor, äventyra otaliga andra..."

"Bättre än att gömma oss som fegisar!" fräser jag och blänger på honom. "Vi kan inte bara låta dem komma undan med det här."

"Lätt för dig att säga", kontrar Declan, och ilska sjuder under hans ord. "Du vet inte hur det är att vara jagad hela livet, att aldrig veta vem man kan lita på."

Sårad svider det till när jag replikerar: "Det gör inte du heller! Inte på riktigt. Vi har båda bara varit brickor i deras spel."

Declan suckar tungt och ser plötsligt besegrad ut. "Okej, så vad är vår plan då? Ska vi bara marschera in och kräva att de slutar?"

Trots allt känner jag hur mina läppar rycker till. "Något i den stilen. Vi skaffar bevis, avslöjar rötan för världen att se. Tvingar dem att ta ansvar för sina brott."

"Om vi ens kan hitta något konkret", muttrar Declan tveksamt.

"Låt mig oroa mig för det", säger jag bestämt. "Du fokuserar på att återhämta din styrka."

Declans ögon flammar av övertygelse trots hans smärta. "Att eliminera hybriddata är det enda sättet att verkligen stoppa det här. Att lamslå deras forskning."

Jag tvekar, osäker. "Kanske det. Men är det rätt av oss att fatta det beslutet? Att leka domare och jury över vem som lever eller dör?"

"Det här är inte att leka Gud, Artemis", argumenterar han hetsigt. "De där hybriderna är onaturliga, födda ur förvridna experiment. Det var aldrig meningen att de skulle existera."

"Men de existerar nu", kontrar jag mjukt. "De bad inte om det här. Vilka är vi att bestämma deras öde?"

Declans frustration sjuder. "Om vi inte gör något, kommer de bara att bli Byråns nästa generation vapen. Hur många oskyldiga liv kommer att gå förlorade?"

Hans ord får mig att stanna upp. Det är sant – ju längre vi debatterar, desto fler kan få lida. Ändå får tanken på att utplåna ett helt folk, monstruöst eller inte, fortfarande magen att vända sig. Det måste finnas ett annat sätt ... måste det inte?

Jag skakar hjälplöst på huvudet. "Jag vet bara inte längre. Kanske ... kanske finns det inga bra alternativ kvar för oss. Bara omöjliga val."

"Lyssna", säger Declan och tvingar sig upp rakare med synlig ansträngning trots sina skador. "Jag vet att det inte är ett lätt beslut, men vi kan inte bara stå och se på och låta experimenten fortsätta okontrollerat."

Jag knyter nävarna, frustrationen sjuder. "Bra. Vi förstör datan för nu. Men efter det blir avslöjandet av hela sanningen högsta prioritet. Folk förtjänar att veta vad som pågår."

Declan nickar långsamt instämmande och grimaserar. "Inga invändningar där. Men först måste vi se till att du är redo för den här kampen som väntar."

"Lita på mig, jag har aldrig varit mer redo för något", säger jag bestämt, med stål i tonen.

Declans genomträngande nötbruna ögon låser sig i mina, och ett tyst samförstånd passerar mellan oss. Vi kanske inte är helt överens om metoderna än, men vårt syfte är detsamma – att kämpa för rättvisa och en bättre framtid, oavsett kostnaden.

I den övertygelsen kan vi lita på varandra fullt och helt. Och just nu måste det delade förtroendet vara nog för att ta oss igenom det kommande kaoset.

Declan griper min hand hårt, som om han känner av mina outtalade tvivel. "Du är inte ensam i det här, Artemis. Vad som än händer härnäst, står vi tillsammans. Glöm inte det."

Jag klamrar mig fast vid den solida tryggheten i hans hand i min som en livlina och låter den fördriva skuggorna för ett ögonblick. Han har rätt – enade kan vi klara vilken storm som helst som väntar.

Jag möter Declans beslutsamma blick och tvingar fram ett snett leende. "Vad i helvete väntar vi på då? Nu går vi på jakt."

En skugga av ett leende snuddar vid hans läppar i gengäld. Hur mörk vägen framför oss än är behöver vi åtminstone inte vandra den ensamma. Och det finns ingen annan jag hellre skulle ha vid min sida i den här kampen än Declan.

Tillsammans kommer vi att få Byråns förvridna korthus att rasa samman och skapa en djärv ny framtid ur askan. Det vet jag med orubblig säkerhet. Deras synder kommer att avslöjas för alla att se.

Och kanske då skipas rättvisa för alla de liv som krossats i skuggorna. Det är ett bräckligt hopp, men ett som är värt att kämpa för med vårt sista andetag.

Jag griper Declans hand hårdare för ett ögonblick, beseglar det tysta löftet, innan jag släpper honom för att starta fordonets envisa motor.

Tärningen är kastad.

*

Mina händer griper tag i det stulna fordonets ratt med vitnande knogar när vi rusar mot en osäker framtid. Vinden piskar mitt hår vilt runt ansiktet, en ständig kaotisk påminnelse om den turbulens vi har lämnat bakom oss.

Declans hesa röst bryter den spända tystnaden. "Såg du de där hybriderna, Artemis? Sättet de rörde sig på, deras rena fysiska styrka? Och deras ögon ..." Han ryser. "Det fanns ingen mänsklighet kvar i dem. Bara vrede och förvirring. De är inte människor längre, bara farliga vapen."

Jag biter mig osäkert i läppen. "Kanske det. Men förtjänar de att dö för hur de skapades? Vilka är vi att bestämma det?" De där hybridernas plågade ansikten är inbrända i mitt minne.

Declan lutar sig tillbaka med en plågad grimas. "Det handlar inte om vad de förtjänar. Det handlar om att skydda oskyldiga liv från det hot de utgör."

Mina händer dras åt hårdare om ratten när tvivlet strider inom mig. "Är det verkligen så enkelt? Vi utplånar deras existens, deras potential, bara för att hålla andra säkra?"

"Artemis, du vet att Byrån bara kommer att konstruera fler vapen om vi inte stoppar det här nu", argumenterar Declan intensivt. "Kan du leva med den kostnaden?"

"Självklart inte!" Jag slår en handflata mot instrumentbrädan i frustration. "Men hur kan vi veta att vi fattar rätt beslut? Vad ger oss rätten att styra deras öden?"

Declans nötbruna ögon grumlas. "Imperfekta eller inte, just nu är de helt enkelt för farliga för att existera fritt." Hans käke spänns. "Vi måste göra vad som än krävs för att begränsa det här hotet."

Mina nästa ord är knappt en viskning. "Även om det innebär att vi själva blir monster på kuppen?"

Declan tittar bort. "Ibland måste vi stiga in i mörkret för att skydda ljuset."

Hans ord ekar ihåligt i mina öron. Har han rätt? Har vi passerat en gräns från vilken det inte finns någon återvändo? Tanken skrämmer mig.

Jag tänker på hybriderna vi lämnade brinnande. Kanske har vi redan blivit monster, under sken av nödvändighet. Hur kan man göra sådana fruktansvärda val?

Declan verkar läsa mina ångestfyllda tankar. ”Det finns inga lätta val kvar, bara potentiell ånger. Men vi axlar den här bördan så att andra slipper. Glöm inte det.”

När jag ser på honom inser jag att mitt grepp om hoppet har glidit mig ur händerna utan att jag ens märkt det. Vi står vid ett stup som vi själva har skapat.

Jag sträcker mig över för att klämma hans hand hårt, desperat efter något att hålla fast vid. Kanske är allt vi har kvar varandra. Kanske måste det räcka.

Med mörkret som sluter sig omkring oss kör vi vidare. Sökande efter ljuset, eller kanske har vi redan förlorat det för alltid. Jag är inte längre säker på någonting.

*

Medan den tomma vägen sträcker sig oändligt framför oss brottas jag med den förkrossande tyngden av våra senaste handlingar. Varje ödesdigert beslut känns tyngre än det förra. Vi är fångade i ett trassligt nät av lögner och svek, tvingade att välja var våra lojaliteter verkligen ligger – hos de betrodda människor som skapade dessa hybrider, eller hos de liv de ansåg vara förbrukningsbara och ofullkomliga.

Declans hand lägger sig försiktigt över min. ”Vad som än händer härnäst vet jag att du i slutändan kommer att göra rätt val. Lita på dina instinkter, Artemis. De kommer inte att svika dig.”

Jag nickar långsamt och tar ett djupt, lugnande andetag. Vår väg framåt må vara höljd i skuggor och okända hot, men en övertygelse kristalliseras inom mig – jag kommer aldrig mer att låta någon annan kontrollera mig. Inte Byrån som använde oss som förbrukningsbara brickor i sitt spel. Inte de plågade hybriderna som dansar efter sina skapares förvridna pipa. Och absolut inte mina egna förlamande tvivel.

”Låt oss avsluta det här”, förklarar jag, med ny, stålsatt beslutsamhet i tonen. ”För alla dem som redan har förlorats till Byråns lögner.”

”Håller med”, mumlar Declan. Hans starka grepp om min hand hårdnar kort i ordlöst stöd.

Tillsammans kör vi vidare in i det hotande okända, enade och redo att möta vilka nya utmaningar som än väntar rakt på. Vad som än må komma, kommer vi inte att vackla nu.

Regnet börjar smattra mot fordonets fönster och understryker vår isolering. Men regndropparnas sällskap är att föredra framför de disharmoniska minnena som obevekligt spelas upp i mitt sinne – hybridernas rasande ögon som blöder till rött, anläggningen som förtärs av renande lågor.

Declan verkar känna av min inre oro. ”Du fattade det enda beslut du kunde i en omöjlig situation. Låt inte ångern förgifta din själ.”

Jag klamrar mig fast vid hans ord som en livlina och kanaliserar mina tvivel till härdad beslutsamhet. Det förflutna kan inte göras ogjort, men framtiden är ännu oskriven. Och jag kommer att slutföra vårt uppdrag, oavsett vad kostnaden kan bli.

Längre fram dyker de första byggnaderna i en liten stad upp ur mörkret. Vår nästa tillflyktsort, eller kanske vår sista strid. Oavsett vilket kommer vi att möta det tillsammans, med vårt mod som växer för att möta varje ny utmaning.

Alltför länge har vi varit brickor som reagerat på andras förvridna planer. Nu går vi äntligen till offensiv. Och må Gud vara nådig mot alla som står i vår väg, för vi kommer inte att tveka att hugga ner dem i jakten på det större goda. Tiden för tvivel och tvekan är över.

Härifrån formar vi vårt eget öde. Slutlekt på Byråns marionettrådar. Vi kommer att bli fria, eller dö på kuppen.

KAPITEL SEXTON

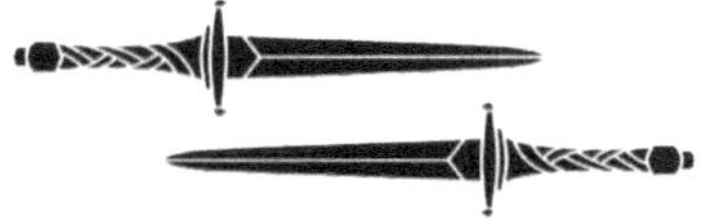

TRANSPORTENS MOTOR SURRAR LÅGMÄLT och tränger knappt igenom det kvävande mörkret som omger oss. Endast strimmor av månljus silar genom den täta skogen och kastar kusliga skuggor över Declans plågade ansikte. Han andas tungt bredvid mig, fortfarande på bättringsvägen efter sina brutala skador. Det hugger till i bröstet på mig när jag ser honom så här, och ett raseri sjuder under min oro.

En välbekant röst sprakar till i komradion och bryter den spända tystnaden. "Titta vad katten släpat in." *Diana*. Jag ser hennes självgoda flin framför mig och griper hårdare om ratten.

"Lägg av med skitsnacket, Foxberry", väser jag mellan sammanbitna tänder. "Vad vill du?"

"Alltid lika fientlig." Hon smackar med tungan. "Jag blir sårad. Men för att svara på din fråga finns det en sista anläggning som jag behöver hjälp med. Den är tungt bevakad, ännu mer än de andra."

"Ge mig en enda god anledning till varför vi skulle lita på dig efter allt som har hänt", spottar jag ur mig och griper hårdare om ratten.

”För att jag har något som ni kommer att vilja ha”, svarar hon med en röst som dryper av självbelåtenhet. ”Bevis. Bevis på att Byråns höjdare alla är inblandade i den här hybridagendan. Tillräckligt med bevis för att sänka dem och sätta stopp för deras förvridna experiment en gång för alla.”

Min puls ökar vid tanken, men tvekan håller mig som fastrotad. Diana har redan lett oss på villovägar med smärtsamma konsekvenser. Har jag råd att bli lurad och sviken igen?

”Du ljuger”, morrar Declan med smala ögon. ”Vi har blivit lurade tillräckligt, Diana.”

”Tro vad ni vill”, genmäler hon. ”Men faktum kvarstår att detta är er chans att avslöja sanningen och rädda otaliga liv. Är det inte det ni ville?”

Mina tankar snurrar av möjligheterna, riskerna och vinsterna med hennes erbjudande. Det är lockande, utan tvekan. Men kan jag verkligen lita på henne? Kan jag lita på mig själv att fatta rätt beslut när så mycket står på spel?

”Tänk över saken”, föreslår Diana med en antydan till hån i rösten. ”Men ta inte för lång tid på er. Tiden håller ju på att rinna ut.”

Komradion tystnar och lämnar bara motorns surrande och mitt bultande hjärta kvar.

”Artemis ...”, viskar Declan och hans ögon söker efter svar i mina. ”Vad gör vi?”

”Först och främst”, säger jag och sväljer tungt, ”måste vi hitta den här sista anläggningen. Om Diana talar sanning måste vi agera. Och om hon ljuger ... ja, då vet vi åtminstone med säkerhet var vi har henne.”

”Okej”, instämmer han med smärtan etsad i ansiktet. ”Men var försiktig. Kom ihåg vem vi har att göra med.”

Jag nickar, med knogarna vita om ratten, medan vi kör allt djupare in i de skuggiga skogarna. Vi balanserar på en skör tråd mellan rättvisa och undergång. Ett enda felsteg och vi störtar ner i mörkret.

Declan rycker till när vi kör över en ojämnhet. Färskt blod fläckar hans bandage. Skuldkänslor och raseri kämpar inom mig. Han borde inte behöva utstå mer smärta. Inte för mitt korståg.

Men det är större än mig nu. För många liv har förstörts medan Byrån blundar för det. Dianas underrättelser skulle äntligen kunna tvinga fram ett ansvarsutkrävande, om hennes motiv visar sig vara ärliga ...

Jag sneglar på Declan. Hans andning saktar ner när utmattningen tar över. Jag klämmer försiktigt hans hand, rädd för att släppa taget. Rädd för att förlora honom till mörkret jag har dragit oss båda in i.

"Lita på mig", viskar jag beslutsamt. "Jag låter henne inte vinna."

Han ler plågat innan han driver iväg i en orolig sömn. Jag avundas honom hans vila medan sömnlöshet och paranoia griper tag i mig. Frågorna maler oavbrutet. Är det värt risken att tro på Diana? Kan jag leva med mer blod på mina händer om jag har fel?

Anläggningen blir synlig och avtecknar sig olycksbådande mot natthimlen. Mina val sammanstrålar här. Men att lita på mina instinkter, trots tidigare misstag, kan vara mitt enda ledljus nu.

Jag tar ett djupt andetag och stålsätter mig. Anläggningen väntar, tillsammans med rättvisa ... eller undergång.

Vinden viner utanför den stulna transporten, ett passande soundtrack till den skitstorm vi befinner oss i. Mina händer darrar när jag griper tag i ratten. Jag har svårt att hålla ilskan som sjuder under ytan i schack.

"Okej, Diana", fräser jag när komradion kopplas upp igen, "du vill leka lekar? Fint. Men först vill jag ha några svar. Vem fan är det som stöttar dig i allt det här?"

Det blir en kort paus i andra änden, och jag kan nästan höra hur hon väger sina ord innan hon talar.

"Låt oss bara säga att det finns ... fraktioner inom Byrån", säger Diana undvikande. "Alla ställer sig inte bakom hybridexperimenten. Vissa av oss tror på en annan väg."

"Behändigt", fnyser jag och sneglar på Declan som rycker till av smärta från sina skador. "Så nu spelar du motståndskämpe? Ge dig."

"Tro vad du vill, Artemis", svarar hon kyligt. "Men faktum kvarstår att hybriderna är ett hot, och de måste stoppas. Du har sett det med egna ögon."

"Visst, men varför skulle vi lita på dig?", kräver jag, och mitt hjärta bultar i öronen. "Du har ljugit för oss, manipulerat oss, svikit oss – och nu förväntar du dig att vi bara ska följa dig blint rakt in i lejonkulan?"

"Artemis, jag ber dig inte att lita på mig", säger hon med spänd och ansträngd röst. "Jag ber dig att lita på dina instinkter. Vi har en enda chans – en chans att få ett slut på den här mardrömmen och avslöja sanningen om Byråns förvridna experiment. Vill du verkligen kasta bort det på grund av dina personliga känslor för mig?"

Jag skrattar nästan åt hennes fräckhet. Min "instinkt" är att strypa henne med mina bara händer. "Personliga känslor" är inte ens i närheten av att beskriva det kokande hat jag känner för den här kvinnan. Men hon har rätt – det står för mycket på spel för att låta mina känslor grumla mitt omdöme. Jag måste fokusera på helheten.

"Fint", pressar jag fram mellan sammanbitna tänder. "Vi hjälper dig att sänka den här sista anläggningen och avslöja vad Byrån har sysslat med. Men efter det gör du bäst i att be till gudarna att våra vägar aldrig korsas igen, för jag svär, Diana – om de gör det, finns det ingen plats på jorden där du kan gömma dig för mig."

"Uppfattat", svarar hon iskallt innan hon kopplar ner samtalet.

När komradion tystnar drar jag ett skakigt andetag och försöker kväsa stormen av känslor som hotar att förtära mig. Declans ögon möter mina, fyllda av en blandning av smärta och beslutsamhet.

"Gör vi verkligen det här?", frågar han lågt, och hans röst är knappt hörbar över vinden utanför.

"Det verkar så", svarar jag med hård och obeveklig röst. "Men kom ihåg, Declan – vi gör inte det här för henne. Vi gör det för alla de hybrider som aldrig fick en chans, och för alla andra som hamnat i skottlinjen."

"Just det", mumlar han och nickar allvarligt. "För dem – och för oss."

"Exakt", viskar jag. Det är dags att avsluta det vi påbörjade, en gång för alla. Och må vilka gudar som än ser på ha barmhärtighet med våra själar.

Jag ser hur Declan biter sig i underläppen, med ett plågat uttryck i sina nötbruna ögon. Han står där, sliten mellan vår önskan om hämnd och den bittra smaken av att arbeta med Diana igen.

"Artemis", säger han med ansträngd röst. "Vi kan inte låta henne vinna genom att låta det här slita isär oss. Vi har kommit för långt."

Jag kan inte låta bli att fnysa. "Och vad exakt har vi åstadkommit hittills, Declan? Upptäckt att vi bara är brickor i Byråns förvridna spel?"

Han biter ihop tänderna och griper tag i mina axlar. "Vi har fått veta sanningen om hybriderna, och nu har vi makten att sätta stopp för alltihop. Att rädda dem som inte bad om att bli skapade så här."

”Genom att förgöra dem?”, fräser jag, och ilskan blossar upp.

”Genom att stoppa dem som skapade dem!”, genmäler han och hans grepp hårdnar. ”Vi vet att deras existens är farlig, Artemis. Vi är skyldiga oss själva –”, han tvekar och sväljer tungt, ”– och dem vi har förlorat på vägen, att slutföra det här uppdraget.”

”Även om det innebär att arbeta med den där huggande satmaran?” Min puls rusar när jag stirrar in i hans ögon och söker efter en försäkran jag inte är säker på att jag kommer att hitta.

Declan tvekar och suckar sedan. ”Ja. Vi behöver inte lita på henne, men vi kan använda hennes underrättelser till vår fördel. Sänka den sista anläggningen, avslöja Byråns inblandning och se till att det här aldrig händer igen.”

Hans ord surrar runt i mitt huvud som arga bålgetingar och sticker mig med sanningen jag desperat vill förneka. Men han har rätt; vi kan inte backa nu. Inte när vi är så nära att avsluta den här mardrömmen.

”Fint”, muttrar jag och drar mig undan hans beröring. ”Vi gör det. Men om hon försöker med något –”

”Då kommer vi att få henne att ångra att hon någonsin korsade vår väg”, avslutar han med en vild beslutsamhet i ögonen som speglar min egen.

”Absolut”, säger jag och försöker ignorera den olustiga känslan som gnager i maggropen.

Solen sjunker under horisonten och målar himlen i nyanser av blod och eld. Perfekt för en natt av svek och förstörelse. Declan och jag står utanför vår stulna transport och övervakar det ödsliga landskapet som omger det sista hybridlaboratoriets position.

”Okej”, säger jag och försöker tränga undan min oro till de mörkaste hörnen av mitt sinne. ”Diana säger att det finns en underjordisk ingång någonstans här i närheten.”

”Självklart är den underjordisk”, muttrar Declan och sticker händerna i fickorna på sin arméjacka. ”Vad vore det för galen vetenskapsmans lya om den inte var begravd under jorden som någon ohelig grav?”

”Vi kanske har tur och hittar en hemlig hiss”, föreslår jag med ett flin och slänger upp min ryggsäck, fylld med tillräckligt med sprängämnen för att göra även den mest härdade pyroman avundsjuk.

Declan himlar med ögonen. ”Toppen. Då kan vi dö med stil när allt går åt helvete.”

”Alltid en optimist, eller hur?”, muttrar jag och spanar av området efter tecken på den dolda ingången. Vinden rör upp damm och hemligheter när den viner över den karga ödemarken och skickar kårar längs ryggraden trots det tjocka lädret i min trenchcoat.

”Här borta”, ropar Declan och hukar sig vid ett stenröse. Jag joggar dit, med hjärtat bultande i takt med det falnande ljuset. Han puttar undan några stenar och avslöjar en metallucka, rostig och halvt begravd i jorden.

”Redo för det här?”, frågar han och ser upp på mig med de där nötbruna ögonen som verkar tränga rakt igenom min själ.

”Så redo som jag någonsin kommer att bli”, svarar jag och tar ett djupt andetag för att samla mig. ”Låt oss spränga skiten i luften och avslöja Byrån för de monster de är.”

”Låter som en plan”, instämmer han och sliter upp luckan med ett skri av protesterande metall. Mörker öppnar sig framför oss, ett tomrum som väntar på att svälja oss hela.

”Kom ihåg”, säger jag och griper tag i Declans arm när vi gör oss redo att stiga ner i avgrunden. ”Vi kan inte lita på Diana. Hon kanske gav oss underrättelserna, men hon har sin egen agenda.”

Declan nickar med ett hårt och beslutsamt ansikte. ”Om hon försöker med något kommer hon att få betala för det.”

”Bra”, säger jag och känner en bister tillfredsställelse vid tanken. ”Då kör vi.”

Vi sänker ner oss i mörkret, med tyngden av vårt uppdrag pressande på oss som jorden ovanför. Medan vi navigerar i skuggorna kan jag inte låta bli att undra vilka nya fasor som väntar oss – och om vi kommer att leva för att berätta om det.

KAPITEL SJUTTON

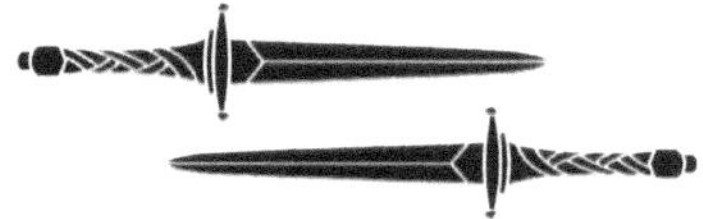

JAG VET INTE VAD jag hade förväntat mig, men det var inte hon. Agent Diana Foxberry, infiltratören, som stod där som om hon hade väntat på oss hela tiden. Hon har den där lömska blicken i sina gröna ögon, den som skriker av svek och bitterhet. Helt perfekt.

"Artemis, Declan", hälsar hon oss med ett självbelåtet leende klistrat i ansiktet. "Trevligt att ni kunde komma."

"Lägg ner skitsnacket, Diana", fräser jag. Declan ger mig en varnande blick, men jag bryr mig inte. Att lita på henne är för riskabelt; vi har blivit brända förut.

"Okej då", suckar hon och himlar med ögonen. "Följ med mig."

Vi följer efter Diana och rör oss smygande genom de tomma korridorerna i den dolda anläggningen. Luften luktar instängd, som hemligheter som lämnats att ruttna. Jag känner hur en kyla löper längs ryggraden när vi passerar stängda dörrar utan någon antydan om vad som finns bakom dem. Min hand smyger sig närmare pistolen i svanken, för säkerhets skull.

"Håll ihop nu, Artemis", mumlar Declan, medan hans nötbruna ögon söker av korridoren efter tecken på fara.

Han är den försiktiga typen, ständigt planerande, alltid redo för nästa strid. Det är därför vi fungerar så bra ihop.

"Tro mig, jag försöker", muttrar jag tyst för mig själv. Mitt hjärta rusar trots mina bästa försök att förbli lugn. Vi är på farligt territorium, och inget med det här känns rätt.

"Här", viskar Diana när hon stannar framför en stor metalldörr. "Kontrollrummet är här inne."

"Wow, verkligen? Tror du det?" Jag kan inte hejda sarkasmen som dryper ur mina ord. "Det hade jag aldrig kunnat gissa."

"Artemis", varnar Declan igen. Jag himlar med ögonen, medveten om att han har rätt. Men stämningen är spänd och jag kan inte hjälpa det. Det är det enda sätt jag vet att hantera det på.

"Låt oss bara få det här överstökat", suckar jag, och fingrarna spänns kring dolkens fäste. Vad vi än hittar där inne kan jag bara hoppas att det är värt alla risker vi har tagit för att komma hit.

När metalldörren glider upp slår en pust av kall luft emot oss och skickar kårar längs min ryggrad. Rummet bortanför är becksvart, och jag vet utan tvekan att något väntar på oss där inne. Precis som Diana gjorde när vi hittade henne.

"Artemis", viskar Declan. Han sträcker ut handen och klämmer om min axel, vilket förankrar mig i nuet. "Vad som än händer så är vi i det här tillsammans."

"Tack", säger jag och försöker ignorera den gnagande rösten i mitt huvud som säger åt mig att inte lita på någon. Inte ens honom.

"Se var du sätter fötterna", varnar Diana när hon glider in i mörkret framför oss. Jag kisar med ögonen och motstår lusten att gripa tag i hennes krage och kräva svar. Istället följer jag hennes exempel, med dolken i högsta hugg.

”Verkligen? Se var vi sätter fötterna? Är det allt du har?” muttrar jag i hopp om att min sarkasm ska dränka ljudet av mitt bultande hjärta.

”Tyst, Artemis”, säger Declan lågmält. ”Du kommer att röja vår position.”

”Visst”, fräser jag och sväljer den spydiga replik som ligger på tungspetsen. Det är uppenbart att de inte uppskattar min humor, men jag kan inte låta bli. Det är det enda sättet jag kan hantera spänningen som är hopträngd i mitt bröst.

Vi rör oss försiktigt framåt, med mörkret som en kvävande filt runt oss. Efter vad som känns som en evighet stannar Diana framför en elegant, högteknologisk datorkonsol, vars skärm kastar ett kusligt sken över rummet.

”Här”, mumlar hon och trycker på några tangenter. ”Det är här vi hittar informationen vi letar efter.”

”Det var fan på tiden”, tänker jag för mig själv när jag kikar över hennes axel. En vass flämtning undslipper mina läppar när jag stirrar på bilderna på skärmen. Rader av barn med onaturligt stora ögon och förlängda lemmar, fastspända i sängar, med nålar som sticker ut från deras handleder. Vissa har fjäll, andra har fjädrar eller päls. Den ena mer grotesk än den andra. De här stackars barnen ... De är inget annat än försökskaniner.

”Kan du fatta den här skiten?” muttrar jag, min röst knappt en viskning i det kalla, sterila rummet. ”De gör barn till vapen.”

”Hybridbarn”, rättar Diana mig med askgrått ansikte. ”Hälften människa, hälften övernaturlig. Vederstyggligheter skapade med krig som enda syfte.”

”Herregud”, andas Declan med blekt ansikte. ”Vi måste stoppa dem.”

”Håller med”, säger jag med sammanbitna tänder, och min ilska kokar över. ”Men just nu måste vi ta reda på vem som ligger bakom det här och avslöja dem. Och det innebär att vi måste ta oss härifrån levande.”

”Låt oss bara hoppas att Diana är på vår sida”, tillägger jag tyst och iakttar henne noga när hon laddar ner filerna till ett USB-minne. För om hon inte är det är det bara en tidsfråga innan vi går rakt in i en ny fälla.

”Klart”, meddelar hon och stoppar ner minnet i en ficka. ”Nu drar vi härifrån.”

”Kunde inte hålla med mer”, säger jag, och spänningen inom mig skruvas upp ytterligare ett snäpp. Jag griper hårdare om min dolk, redo för vad som än kan komma härnäst. ”Visa vägen.”

När vi rör oss djupare in i anläggningen kan jag inte skaka av mig de fasansfulla bilderna. Mitt hjärta värker när jag tänker på de oskyldiga barnen som förvrängts till monster. ”Det här är bortom all jävla sans”, tänker jag för mig själv och kastar förstulna blickar på Diana. ”Hur kan någon göra något sådant här?”

”Vänta”, säger Diana plötsligt och får oss att stanna tvärt. ”Jag måste säga något.”

”Hosta upp det då”, fräser jag, då mitt tålamod börjar ta slut.

”Allt vi har sett här, all data och alla prover ... de måste utplånas”, säger hon enträget, med de gröna ögonen fyllda av beslutsamhet. ”Inget spår får lämnas kvar.”

”Är du från vettet?” frågar jag, helt ställd. ”Det är bevis! Vi behöver dem för att avslöja—”

”Lita på mig”, avbryter hon, med en röst som knappt är en viskning. ”Om vi inte förstör allt kommer fler barn att lida.”

”Har hon rätt?” undrar jag, sliten mellan att bevara sanningen och att stoppa denna mardröm. Men hur mycket jag än vill tro henne är det något som inte känns rätt. Det står för mycket på spel för att blint lita på någon som redan har svikit oss en gång.

”Okej då”, säger jag till slut med kall röst. ”Men om du har fel om det här, Diana, då blir det ett helvete.”

Luften i kontrollrummet hänger tung av spänning, som om även de sterila väggarna känner att något är fel. Declan överraskar mig genom att ställa sig på Dianas sida. ”Du vet att jag aldrig skulle försvara förstörelse av bevis, Artemis”, säger han och möter min blick. ”Men jag tror att hon har rätt. Vi måste få ett slut på det här.”

”Är ni båda galna?” kräver jag och knyter händerna. Mitt hjärta rusar, slitet mellan ilska och rädsla. ”De här monstren skapade hybridbarn! Tänk om det finns fler labb som det här? Tänk om—”

”Artemis!” väser Diana, och hennes röst spricker. ”Du förstår inte. De här ... de här vederstyggligheterna skapades från mitt DNA.”

”Ditt vad för något?” frågar jag, och min sarkasm ger vika för genuin misstro.

”Lyssna”, pressar hon fram och kämpar för att behålla fattningen. ”Min far var delaktig i de tidiga experimenten. Han använde mitt DNA utan min vetskap, och de här barnen ... de är resultatet. Det är därför jag måste förstöra allt det här innan det blir värre.”

En kväljande känsla väller upp i magen när sanningen sjunker in. Diana, kvinnan jag hade stämplat som en förrädare, är knuten till själva hjärtat av den här sjuka operationen. Men det ändrar inte det faktum att hon ber oss att förstöra värdefulla bevis och potentiellt mörklägga de grymheter som begåtts här.

Tyngden av Dianas avslöjande hänger tung i det sterila kontrollrummet, som ett mörkt moln som kväver det lilla hopp vi hade kvar. Jag är fortfarande vimmelkantig av nyheten och försöker pussla ihop hur i helvete det här kunde hända.

”Din far”, börjar jag, min röst spänd av misstro, ”använde ditt DNA för att skapa de här ... hybriderna?”

Diana nickar, hennes ansikte en bister mask av beslutsamhet. "Han letade efter ett botemedel mot min cancer när jag var barn. Det fungerade, men han kunde inte sluta leka Gud."

"Herregud." Jag drar en hand genom håret, och verkligheten i det hela slår emot mig som ett godståg. Insatserna har just tiodubblats.

"Hör här, Artemis", säger Diana, hennes röst sprucken av skuld. "Jag vet att det här är svårt att förstå, men jag måste ställa det här till rätta. Jag kan inte låta min fars sjuka arv leva vidare."

"Ställa det till rätta?" fnyser jag, och min frustration kokar över. "Du vill förstöra allt, inklusive barnen? De är oskyldiga i allt det här, Diana."

"Är de?" utmanar hon, hennes gröna ögon blixtrar av smärta. "Eller är de bara tickande bomber som väntar på att explodera och dra med sig alla andra?"

"Herregud, Diana", muttrar jag och skakar på huvudet. Den här diskussionen går inte att vinna. Hon har bestämt sig och jag tvivlar på att något kan få henne på andra tankar. Men jag tänker banne mig försöka. "Det finns ett bättre sätt. Du behöver inte—"

"Nog nu!" fräser Diana, och hennes röst ekar mot de kalla metallväggarna. "Jag har burit den här bördan tillräckligt länge. Jag tänker inte låta någon annan lida på grund av mig."

"Okej då", spottar jag fram och knyter händerna längs sidorna. "Gör vad du måste. Men vet bara att du inte är den enda som kommer att behöva leva med konsekvenserna av det här beslutet."

"Lita på mig, Artemis", vädjar Diana, hennes röst knappt mer än en viskning. "Det är det enda sättet."

Mitt bröst dras samman när jag möter Dianas blick, kvinnan som är på väg att utplåna en hel generation hybridbarn i ett enda slag. Mina fingrar rycker längs sidorna, ivriga att göra något, vad som helst, för att hindra henne från att fullfölja det. Men så slår en tanke ner i mig som en blixt från klar himmel.

”Vänta”, säger jag, min röst spänd av desperation. ”De här barnen ... de är också offer, du vet.”

Dianas ansikte förvrids till en blandning av frustration och ilska. ”Självklart vet jag det, Artemis! Men vilket val har vi? De är farliga, instabila—”

”Kanske behöver de inte vara det!” ropar jag och avbryter henne. ”Du sa själv att din far startade allt det här för att rädda dig. Kanske finns det fortfarande hopp för de här barnen. Vi kan inte bara avskriva dem!”

”Hopp?” fnyser Diana, hennes gröna ögon smalnar till farliga springor. ”Tror du att det finns hopp för dem efter allt vi har sett här? Du är vilseledd.”

”Vilseledd eller inte, det ändrar inte det faktum att de är oskyldiga”, fräser jag tillbaka och vägrar att släppa det. ”De bad inte om något av det här. Vi kan inte bara döma dem till döden utan att ge dem en chans.”

”Nog nu!” väser Diana, hennes ansikte förvridet av raseri. ”Jag har inte tid att bråka med dig, Artemis. Du vill rädda dem? Varsågod. Men jag tänker inte vara en del av det.”

Hennes händer flyger över kontrollpanelen framför henne, och jag ser med fasa hur hon aktiverar utrensningssekvensen. Rummet fylls av en kakofoni av larm och blinkande ljus, och mitt hjärta sjunker som en sten.

”Nej!” Jag kastar mig fram för att stoppa henne, men hon har redan låst systemet. ”Diana, snälla! Det måste finnas ett annat sätt!”

”Artemis”, säger hon kallt och backar undan från panelen, med tårar i ögonen. ”Jag är ledsen. Men det är för sent.”

”Stoppa henne, Declan!” skriker jag, min röst sprucken av desperation. Vi klättrar febrilt för att avaktivera utrensningssekvensen, våra fingrar flyger över kontrollpanelen som galningar. Men Diana är obeveklig och blockerar varje försök vi gör.

"Nog nu!" fräser Diana, hennes ansikte en förvriden mask av ilska och smärta. "Ni förstår inte. Jag måste göra det här."

"Vem jobbar du för?" kräver Declan, hans röst rå av svek. "Varför skulle du vilja döda de här oskyldiga barnen?"

"Barn?" fnyser Diana. "Det här är inte barn! De är vederstyggligheter, monster skapade av en man som leker Gud!"

"Kanske det", medger jag med sammanbitna tänder. "Men de valde inte att födas på det här sättet. Du är inte bättre än deras skapare om du bara förgör dem utan att ge dem en chans."

"Artemis, jag ..." Hennes röst spricker och hon ser på mig med ett plågat uttryck. "Byrån vill tämja kraften inom dessa hybrider och använda den för sina egna syften. Jag kan inte låta dem leva, medveten om vad de kan bli."

"Även om det innebär att döda dem alla?" frågar jag, min röst darrande av en blandning av ilska och rädsla.

"Särskilt om det innebär att döda dem alla", svarar hon, hennes ögon fyllda av tårar. "Det är det enda sättet att säkerställa att de inte kan användas som vapen."

"Hör på dig själv!" utbrister jag och känner hur mina egna ögon fylls av tårar. "Du pratar om att slakta barn! Du kan omöjligt tro att det är rätt sak att göra!"

"Tro mig, Artemis, jag önskar att det fanns ett annat sätt", säger Diana mjukt. "Men jag har sett vad de här hybriderna är kapabla till. Om vi inte stoppar dem nu kommer otaliga fler att lida."

"Låt oss hjälpa dig", vädjar Declan. "Vi kan krossa den här organisationen tillsammans. Men vi kommer inte att göra det genom att mörda de här barnen."

”Declan har rätt”, flikar jag in. ”Det måste finnas ett annat sätt. Vi behöver bara hitta det.”

Diana ser på oss, hennes blick vacklar, innan hon vänder sig bort. ”Jag är ledsen”, viskar hon, hennes röst tjock av känslor. ”Men jag kan inte riskera deras fortsatta existens. Utrensningen måste fortsätta.”

Och med det försvinner hon in i kaoset och lämnar oss att möta konsekvenserna av hennes handlingar.

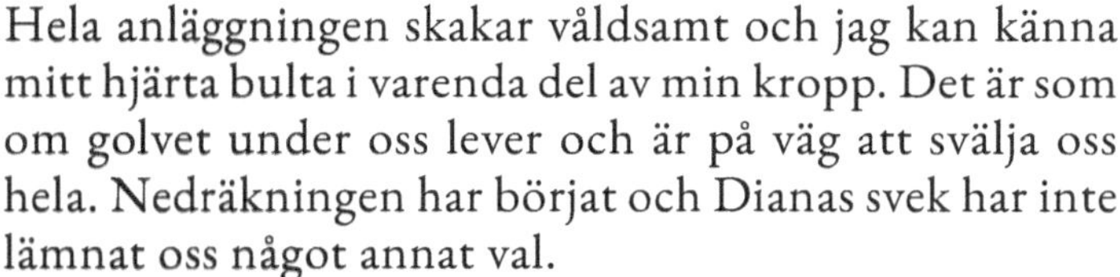

Hela anläggningen skakar våldsamt och jag kan känna mitt hjärta bulta i varenda del av min kropp. Det är som om golvet under oss lever och är på väg att svälja oss hela. Nedräkningen har börjat och Dianas svek har inte lämnat oss något annat val.

”Dags att dra”, skriker Declan över det öronbedövande ljudet av larm som tjuter runt omkring oss. ”Nu!”

”Verkligen? Det hade jag inte märkt!” fräser jag tillbaka, min röst drypande av sarkasm när vi rusar nerför korridoren. Stället faller samman omkring oss, med bråte som rasar ner från taket. Vi väjer för betongstycken och undviker med nöd och näppe att bli krossade.

”Vänster!” skriker Declan, griper tag i min arm och drar mig genom en dörröppning. Vi sladdar till ett stopp framför en massiv metalldörr, utgången – vårt enda hopp om att ta oss levande ur det här helveteshålet. Enda problemet är att den är bommad och låst.

”Några ljusa idéer?” frågar jag, min andhämtning kommer i panikslagna flämtningar. ”Vi har ungefär två minuter på oss innan det här stället exploderar!”

”Låt mig prova en sak.” Declan går mot kontrollpanelen bredvid dörren, hans blick sveper över siffrorna och symbolerna på skärmen. ”Kanske kan jag kringgå låsningen.”

”Visst, hacka dig bara in i en topphemlig myndighetsanläggnings säkerhetssystem. Inga konstigheter”, muttrar jag och himlar med ögonen. Men i hemlighet ber jag till gudarna att han ska klara det. Hur mycket jag än hatar att erkänna det behöver vi ett mirakel just nu.

”Nu har jag det!” utbrister Declan när dörren börjar ge med sig. En liten springa uppstår och vi kastar båda vår vikt mot den och tvingar upp den. Rummet bortanför är översvämmat av röda nödljus som kastar kusliga skuggor på väggarna.

”Rör på arslet, Blackwell!” skriker Declan och puttar mig framför sig. Hans hand griper om min arm så hårt att det känns som om han försöker klämma livet ur mig – eller så är han kanske lika skräckslagen som jag.

”Jag är precis bakom dig!” svarar jag och matchar hans brådska.

Vi springer genom rum efter rum, desperat sökande efter något tecken på en utgång. Anläggningen är en labyrint, och det känns som om vi är råttor fångade i ett experiment som har gått fruktansvärt fel. För varje sekund som går blir nedräkningen i mitt huvud allt högre, och jag kan inte låta bli att undra om det här är slutet – om det är så här vi möter vårt öde.

”Där borta!” Declan pekar på en trappuppgång och vi rusar mot den, tar trappstegen två i taget. När vi klättrar högre fortsätter marken under oss att skaka och jag vet att vi inte har mycket tid kvar.

”Nästan där”, säger Declan, mer till sig själv än till mig. ”Bara lite till.”

”Går vi ens åt rätt håll?” frågar jag, och rädslan får min röst att darra. ”Tänk om vi springer djupare in i fällan?”

”Lita på mig”, säger Declan och ger mig ett ansträngt leende. ”Jag har det här.”

”Det hoppas jag fan för din skull”, svarar jag vasst och försöker hålla fast vid den lilla gnutta trotsighet jag kan uppbåda.

När vi stormar genom den sista dörren och ut på markytan slår nattluften emot oss som en örfil. Vi rusar över asfalten och vågar inte se oss om medan anläggningen rasar samman bakom oss. Och sedan, med ett öronbedövande dån, går allt upp i rök.

”Fortsätt springa!” skriker Declan, och det gör jag. För i den här världen av fara, svek och övernaturliga monster som lurar i skuggorna, förblir en sak sann: överlevnad är allt som betyder något.

KAPITEL ARTON

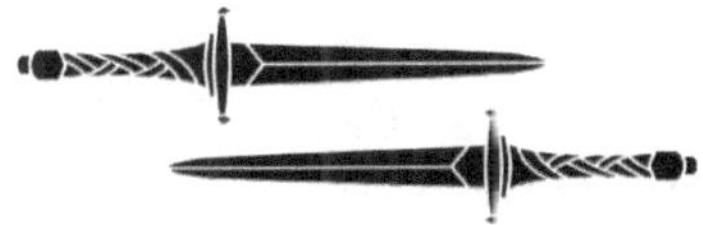

VÄRLDEN OMKRING MIG EXPLODERAR i ett pandemonium, och än en gång befinner jag mig i stormens öga. Luften vibrerar av en rå, elektrisk energi, ett påtagligt vittnesmål om kraften som släpps lös. De ekande ropen från skrämda hybridbarn studsar genom kaoset, och deras nödrop tränger igenom kakofonin och borrar sig in i min skalle.

I förvirringens virvelvind dyker en bekant gestalt upp i mitt synfält. Declan. Hans nävar är knutna i frustration; hans nötbruna ögon, vanligtvis mjuka och varma, blixtrar nu av en rasande beslutsamhet.

"Artemis!" Hans röst, ansträngd och desperat, lyckas på något sätt tränga igenom det öronbedövande dånet från energiskurar som bryter ut i en dödlig symfoni runt omkring oss. "Vi måste fly från det här vansinnet!"

"Verkligen?" fräser jag tillbaka och dyker ner bakom ett fallet bord medan spillror regnar ner runt omkring oss. "Det hade jag inte märkt."

Innan vi ens hinner tänka på att röra oss dyker en grupp gestalter upp framför oss, klädda i eleganta svarta uniformer. Deras ledare är ingen mindre än agent Diana Foxberry, kvinnan som övertygade oss att bryta oss in i den här gudsförgätna anläggningen från första början. Hennes gröna ögon är kalla och beräknande när de sveper över oss.

"På väg någonstans?" flinar hon, med sitt röda hår klibbande av svett mot pannan.

"Fan ta dig, Diana!" morrar jag och känner svekets sveda bränna inom mig. "Vad i helvete är det som pågår?"

"Säkra dem", beordrar hon sitt team utan att ta blicken från oss.

Jag känner det hårda greppet av händer på mina armar som vrider dem bakom ryggen. En våg av panik rusar genom mina ådror när de svala plasthandtagen klickar till runt mina handleder. Bredvid mig morrar Declan, hans kropp spänd mot agenterna som håller fast honom, men hans kamp är meningslös. Vi är fångade.

"Ledsen för allt det här", säger Diana, utan att låta det minsta ledsen. "Men jag behövde er två för att täcka min åtkomst till anläggningarna. Ni har ett ganska bra rykte, förstår ni."

"Tack, antar jag?" spottar jag fram och försöker slingra mig ur mina bojor. "Vi är verkligen smickrade. Men nästa gång, kanske du bara kan fråga?"

"Som om ni skulle ha sagt ja", fnyser hon och hennes ögon smalnar. "Ni två har varit en nagel i ögat på Byrån i åratal. Det var bara en tidsfråga innan någon bestämde sig för att utnyttja det till sin fördel."

"Genom att se till att vi blir tillfångatagna?" avbryter Declan, hans röst drypande av sarkasm. "Ja, jättebra plan, Diana."

"Ert tillfångatagande är bara ett spel för gallerierna", fräser hon, med fingrarna som otåligt trummar mot hennes lår. "Det är ni två som är terroristerna som har orsakat all skada, vet ni inte det? Och jag har modigt fångat er, med mitt team. Om ni ursäktar oss nu så har vi ett jobb att göra."

När hon vänder sig på klacken för att gå därifrån lämnas jag kvar i ett tillstånd av misstro och förvirring. Hur hamnade vi här – förrådda, fängslade och omringade av ett inferno? Det känns som om det var igår vi var kamrater som jagade förrymda övernaturliga varelser sida vid sida. Men nu? Nu är vi bara pjäser i Dianas vidriga plan, redo att ta skulden för hennes överträdelser. Och det finns inte ett jävla dugg vi kan göra åt saken.

En dimma av rök tränger in i mina sinnen, slingrar sig upp i näsborrarna och utlöser en attack av hackande hosta när jag kämpar mot de obevekliga bojorna. Bredvid mig biter Declan ihop tänderna i en meningslös uppvisning av trots, hans nötbruna ögon flackar oroligt mellan Diana och tumultet runtomkring.

"Vilka är de här uppbackarna?" kräver jag, ansträngande mig för att se genom röken och kaoset. "Varför är de så fast beslutna att förstöra Byråns hybridprogram?"

"För att de är styggelser", fräser Diana, hennes gröna ögon kalla av förakt. "Byrån har gått för långt i sina experiment på barn – kombinerat mänskligt och övernaturligt DNA för sina egna förvridna syften."

"Visst, men hur är det med de tillfångatagna hybridbarnen?" invänder Declan, hans röst spetsad av ilska. "Du kan inte rättfärdiga att utplåna dem tillsammans med programmet!"

"Skämtar du med mig?" fnyser Diana och himlar med ögonen. "De där ungarna skapades olagligt och mot sin vilja. Det finns ingen plats för dem i vår värld."

”Förutom kanske vid liv”, muttrar jag tyst för mig själv och känner mig illamående vid tanken på hundratals oskyldiga liv som släcks på ett ögonblick.

”Nu räcker det!” skäller Diana, hennes tålamod är uppenbarligen på väg att ta slut. ”Det här är ingen debatt. Hybriderna är ett hot som måste elimineras, och vi har redan satt hjulen i rullning. Ni två är bara kollateralskador.”

”Det får en verkligen att känna sig varm och go inombords, eller hur?” säger jag, med en röst som dryper av sarkasm. ”Så, vad händer nu? Tänker du bara lämna oss här för att dö med resten av dem?”

”Något i den stilen”, svarar hon och hennes ögon smalnar. ”Det är dags för er att möta konsekvenserna av att ha lagt er i saker som övergår ert förstånd.”

”Jösses”, säger Declan och skakar på huvudet i misstro. ”Jag har alltid vetat att du var ett riktigt stycke, Diana, men det här är på en helt ny nivå.”

”Spara på krafterna”, fräser hon och vänder oss ryggen. ”Ni kommer att behöva dem.”

Rök fyller mina lungor, och jag kväver en våldsam hostattack. Dianas ord ekar i mitt huvud och gör det omöjligt att fokusera på något annat. Hybridbarn... massmord. Tanken får min mage att vända sig. Ett monstruöst muller ekar genom byggnaden, och jag vet att vår tid håller på att rinna ut.

”Kör!” skäller Diana på sitt team, där varje medlem är klädd i svart taktisk utrustning, deras ansikten dolda av eleganta masker. Hon behöver inte säga det två gånger; de är på henne snabbare än en flock helveteshundar och för henne bort till gud vet var.

”Vänta!” ropar jag, min röst spricker av desperation. Men det är för sent. Hon har redan försvunnit och lämnat efter sig inget annat än den bittra smaken av svek som hänger kvar i den rökfyllda luften.

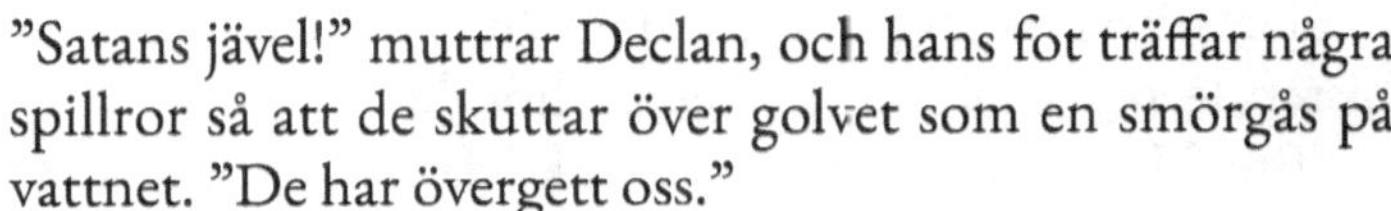

"Satans jävel!" muttrar Declan, och hans fot träffar några spillror så att de skuttar över golvet som en smörgås på vattnet. "De har övergett oss."

"Verkligen." Mitt hjärta bultar mot revbenen så våldsamt att jag är förvånad över att han inte kan höra det. Jag anstränger mig för att hålla rösten stadig. "Mer precist, de har lämnat oss i skottgluggen. Vi är de perfekta syndabockarna."

"Fan ta dem." En bister min förvränger Declans ansikte, hans frustration etsad i varje drag som ett dystert porträtt. "Vad är vårt nästa drag?"

"Först och främst", svarar jag, med blicken fäst på platsen där Diana hade stått. Mina fingrar, dolda bakom ryggen, arbetar med att få loss den tunna rakbladstråden som är gömd i manschetten på min jacka. Den skär genom plasthandtagen som en varm kniv i smör. "Vi måste evakuera den här sönderfallande dödsfällan till byggnad innan den begraver oss levande." Jag viftar med rakbladet, och ett triumferande leende sprider sig över mitt ansikte. Declan är fri inom några sekunder.

Han bekräftar med en dyster nick, och tillsammans slingrar vi oss fram genom den förfallande strukturen. Varje steg skickar skarpa stötar av smärta upp genom mina ben, men jag biter ihop tänderna och tvingar mig själv framåt. Vi måste fly, omgruppera och utarbeta en plan för att rentvå våra namn.

"Artemis", når Declans röst mina öron som en viskning, när vi snubblar in i vad som brukade vara ett underjordiskt parkeringsgarage, nu en kyrkogård av spillror och förvriden metall. "Om vi inte överlever det här..."

”Håll tyst”, fräser jag, med tålamodet på upphällningen. ”Vi kommer att klara oss ut, och vi kommer att hitta ett sätt att sätta dit Diana och hennes förvridna uppbackare. Hör du mig?”

Han stirrar på mig en sekund innan han nickar, med ett bistert leende på läpparna. ”Ja, jag hör dig.”

”Bra.” Jag ser mig omkring i vrakdelarna och letar efter en utgång – eller något som kan ge oss en ärlig chans. ”Sätt fart nu. Vi har mycket arbete framför oss.”

Stanken av brinnande kemikalier och pyrande spillror fyller luften när vi tar oss fram genom anläggningens förkolnade kvarlevor. Det enda ljudet är det avlägsna ylandet från annalkande sirener, som förenar sig med kören av mitt rusande hjärta.

”Artemis, där.” Declans finger pekar mot en delvis kollapsad vägg som avslöjar en smal spricka. ”Vår flyktväg.”

”Äntligen, en ljusglimt”, mumlar jag och studerar öppningen med en blandning av lättnad och oro. Det kommer att bli trångt och kvävande, men det är vår bästa chans att smita iväg oupptäckta. Jag andas in djupt och förbereder mig för den förestående kampen. Vår djärva flykt börjar nu.

Vi slingrar oss igenom springan och kommer upp på en parkeringsplats höljd i skuggor. Ljudet av Byråns agenter blir högre, deras sökljus dansar över vrakdelarna som himmelska väsen på jakt efter lagbrytare.

”Den där bilen.” Jag pekar mot en äldre bil som står undangömd i ett hörn av parkeringen. ”Den borde inte vara alltför svår att tjuvkoppla.”

Tre minuter senare kör vi därifrån, fort som ett skållat troll. Vi måste fan i mig ta oss ut ur den här ödemarken och tillbaka till staden, där det finns tusen platser att gömma sig och omgruppera, för att försöka komma på en ny plan för att sänka Diana, Byrån och den som nu drar i trådarna bakom de fasor vi har upptäckt idag.

För vi kan inte bara fortsätta att bryta oss in i anläggningar och spränga dem i luften. Om jag räknar rätt blir det här fyra stycken under de senaste tjugofyra timmarna, och inte ens jag kan hålla den här takten i all oändlighet.

KAPITEL NITTON

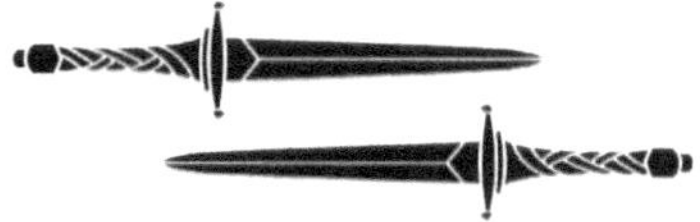

SÅ, NÅGRA LJUSA IDÉER om hur vi ska kunna avslöja sanningen nu när alla platser och all data är förstörd?

Declan drar en hand genom håret, med frustration och utmattning ristat i ansiktet. "Inte än. Men det måste finnas något vi kan göra."

"Som vadå?", frågar jag och korsar armarna. "Det är inte direkt så att vi kan promenera in på Byråns högkvarter med en signerad bekännelse från Diana. Särskilt inte eftersom det faktiskt inte var hon som orsakade den mesta av skadan idag."

"Kanske inte", medger han och gnuggar eftertänksamt hakan. "Men det måste finnas någon som vet mer om hennes handlingar och agenda. Någon som kan hjälpa oss att avslöja sanningen."

"Men vem skulle vara dum nog att gå emot Byrån?", undrar jag högt och sjunker ner på en ranglig stol. "De har ögon och öron överallt."

"Exakt", instämmer Declan med låg och farlig röst. "Därför måste vi ta reda på vem som egentligen drog i trådarna bakom Dianas operation. De måste ha haft rejäl makt om de lyckades manipulera någon så listig som hon."

”Toppen, så vi letar efter en nål i en höstack”, muttrar jag och masserar tinningarna. ”Det här blir bara bättre och bättre.”

”Hörru, jag vet att det verkar omöjligt”, säger han och möter min blick, ”men vi har inte mycket till val. Vi har lånat tid här, och om vi inte agerar snart kommer de att hinna ikapp oss.”

”Okej då”, suckar jag och erkänner mig besegrad. ”Så var börjar vi ens? Hur hittar vi den här mystiska marionettmästaren?”

Declan rycker på axlarna och kisar med ögonen medan han överväger våra alternativ. ”Vi måste gräva djupt, ta oss in i den undre världen som frodas under stadens yta. Det kommer inte att bli lätt, men om det finns något hopp om att hitta svar, så är det där vi kommer att finna dem.”

”Låter som en plan”, muttrar jag med en orolig knut i magen. ”Vi får bara hoppas att vi inte tar oss vatten över huvudet.”

”Lita på mig”, säger Declan med ett varglikt flin. ”Vi har hanterat värre saker.”

”Tala för dig själv”, kontrar jag, men det går inte att förneka sanningen i hans ord. Hur mycket jag än hatar att erkänna det, så sitter vi i samma båt nu, och vår enda chans att överleva är att möta mörkret rakt på.

”Redo eller ej”, viskar jag och stålsätter mig för striden som väntar, ”här kommer vi.”

Jag ser mig omkring i det dunkelt upplysta, övergivna lagerhuset vi har gömt oss i de senaste timmarna. Lukten av fuktigt trä och rostig metall fyller mina näsborrar. Jag kan inte skaka av mig känslan av att vi är iakttagna, även om alla mina sinnen säger mig motsatsen.

”Declan”, säger jag med dämpad röst, ”vi måste hitta ett sätt att spåra Dianas inofficiella team. De kan vara vår enda ledtråd för att avslöja vilken sjuk agenda hon än följer.”

Han gnuggar sin stubbiga haka och överväger mitt förslag. Spänningen i rummet är påtaglig, som en strömförande ledning på väg att brista. ”Tror du att de kommer att leda oss till den som egentligen drar i trådarna?”

”Jag vet inte”, erkänner jag och drar en hand genom håret, ”men det är den bästa chansen vi har. Vi måste göra något.”

”Okej”, instämmer Declan motvilligt och hans nötbruna ögon visar tyngden av beslutet vi just har fattat. ”Vi har inget annat val än att fortsätta jakten. Det är antingen det eller att vänta på att Byrån hinner ikapp oss.”

Jag nickar och förstår den bistra verkligheten i vår situation. Vi har bakbundna händer och det finns ingen återvändo nu. Jag drar min röda skinnjacka tätare omkring mig när en rysning ilar längs ryggraden.

”Låt oss börja med att följa hennes spår bakåt”, föreslår jag och försöker sätta ihop en plan. ”Det måste finnas en ledtråd någonstans. Ett misstag... något vi kan använda för att spåra dem.”

Declan suckar. ”Du har rätt. Vi måste ge oss av innan Byråns utredare kommer närmare.”

Vi samlar ihop våra få ägodelar och lämnar lagerhuset för att omfamna nattens bitande kyla. Månen kastar spöklika silhuetter på de förfallna byggnaderna omkring oss, en passande miljö for vårt olycksbådande uppdrag.

”Artemis”, säger Declan när vi går sida vid sida, ”jag vill bara att du ska veta att oavsett vad som händer, så skyddar jag dig.”

”Samma här”, svarar jag och ger honom en kort nick. Tillit är inte lätt för sådana som oss. Men i detta ögonblick vet jag att vi båda är villiga att riskera våra liv för varandra.

Som en enad front smälter vi in i mörkret och förföljer envist Dianas svårfångade agenter. Med varje steg närmar vi oss den olycksbådande avgrund som tornar upp sig och hotar att uppsluka oss alla. Men vi kommer inte låta den segra. De säger att desperata tider kräver desperata åtgärder, och fan ta oss om vi inte ser det här till sitt bittra slut.

Den fuktiga stadsluften klibbar mot min hud som ett andra lager. Vi navigerar genom en invecklad labyrint av trånga gränder, vars smala utrymmen skuggas av de byggnader som tornar upp sig ovanför. Ovanför oss flimrar neonskyltar som oregelbundna hjärtslag och badar den spruckna trottoaren nedanför i ett spektrum av fladdrande färger.

”Är du säker på det här?”, frågar Declan, hans röst knappt hörbar över det avlägsna trafikbruset.

”Säker”, svarar jag och håller ögonen öppna efter alla tecken på fara. ”Våra gamla kontakter kan vara vårt enda hopp.”

”Okej”, säger han med en antydan till motvilja i rösten. ”Då kör vi.”

Vi tar kontakt med flera tvivelaktiga individer från vårt förflutna, och var och en visar sig vara mer förtegen än den förra. Till en början vaktar de sina hemligheter som dyrbara ägodelar, men när insikten landar att vi inte är agenter för Byrån, sänker de garden – om än bara en aning.

”Ryktet på gatan säger att det finns en underjordsfraktion som arbetar mot Byrån”, mumlar en grånad man med ögonlapp och lutar sig nära så att ingen annan kan höra. ”Vet inte mycket om dem, men de har kontakter över hela staden.”

”Toppen”, muttrar jag för mig själv och undertrycker lusten att himla med ögonen. ”Precis vad vi behövde – fler hemligheter.”

Declan ger mig en blick men förblir tyst. Han vet att tiden inte är på vår sida, och varje ögonblick vi tillbringar här utsätter oss för större risk.

”Någon aning om var vi kan hitta dessa personer?”, frågar han och försöker hålla rösten stadig.

”Kan inte säga säkert”, svarar mannen och kliar sig i sitt ovårdade skägg. ”Men jag har hört viskningar om en mötesplats nere vid hamnen. Kan vara värt att kolla upp.”

”Tack”, säger jag och kastar till honom en skrynklig sedel innan vi glider tillbaka in i skuggorna.

”Ännu en återvändsgränd?”, frågar Declan, tydligt frustrerad.

”Kanske inte”, svarar jag, medan hjärnan arbetar för högtryck med möjligheter. ”Om den här underjordsgruppen verkligen arbetar mot Byrån, kanske de vet hur man hittar Dianas team.”

”Eller så kan de leda oss rakt i en fälla”, kontrar han med rynkad panna av oro.

Jag grimaserar, medveten om att han har rätt. Att lita på någon i det här läget är som att spela rysk roulette – ett felsteg, och spelet är över.

Men vilket val har vi?

”Låt oss gå till hamnen”, säger jag och trycker ner rädsloknuten i magen. ”Vi spanar in stället, ser vad vi kan hitta.”

”Okej”, instämmer Declan med spänd röst. ”Men vi går in beredda på vad som helst.”

Medan vi tar oss mot vattnet gnager den spända förväntan på mig. Vi balanserar på en knivsegg mellan att avslöja sanningen och att falla offer för just de krafter vi försöker exponera. Men det finns ingen återvändo nu. Vi har kommit för långt för att ge upp.

"Vad som än händer", säger jag till mig själv och känner tyngden av mitt vapen i handen, "så möter vi det tillsammans."

◆◇◆

Hamnen tornar olycksbådande upp sig framför oss, ett invecklat virrvarr av fraktcontainrar i stål och övergivna lagerhus. Den salta doften från havet blandas med den fuktiga, ruttnande aromen av förfall och angriper mina sinnen. Jag glider genom skuggorna, med Declan tätt bakom mig. Varje stön från gammalt trä eller plask av vatten mot skroven får vårt adrenalin att skjuta i höjden och skärper våra sinnen.

"Artemis", mumlar Declan, hans röst knappt hörbar när han pekar mot ett gammalt lagerhus, vars dörr är på glänt precis tillräckligt för att en strimma ljus ska sippra ut. "Det där kan vara det."

"Kan vara", instämmer jag, mina fingrar kröker sig instinktivt runt den trygga tyngden av mitt vapen. "Eller så är det bara ett gäng råttor som plundrar en soptunna."

"Bara ett sätt att ta reda på." Han flinar och försöker injicera lite humor i den annars bistra situationen. Men jag kan se spänningen i hans ögon, stelheten i hans käke. Vi är båda på helspänn, och av goda skäl.

"Okej", säger jag och stålsätter mig. "Låt oss kolla upp det. Men kom ihåg, vi vet inte vilka de här personerna är, eller vad de är kapabla till. Var beredd på vad som helst."

”Alltid”, svarar han, med en antydan till ett leende som rycker i mungipan.

Vi närmar oss lagerhuset med minutiös försiktighet, våra fotsteg dämpade av den fuktmättade jorden. Pulsen bultar i bröstet, varje hjärtslag ekar inom mig, en obeveklig trumslagare som driver mig framåt.

”Håll ögonen öppna”, viskar jag och spanar i mörkret efter tecken på rörelse. ”Ett felsteg, och vi är stekta.”

När vi smyger in i lagerhuset når ett dämpat mummel av röster våra öron. Ett svagt sken utgår från en grupp människor som sitter hopträngda runt ett improviserat bord, deras ansikten dolda av skuggor. Mitt grepp om vapnet hårdnar, svetten gör min handflata hal.

”Vilka är de här personerna?”, undrar jag medan tankarna rusar. ”Vänner? Fiender? Något mittemellan?”

”Hallå där”, skäller en barsk röst, vilket får oss att frysa på stället. ”Vilka fan är ni två?”

”Ta det lugnt”, säger Declan smidigt och höjer händerna i en lugnande gest. ”Vi letar bara efter lite information.”

”Information?”, fnyser mannen och kisar misstänksamt med ögonen. ”Vad för sorts information?”

”Om Diana Foxberry och hennes anti-Byrå-team”, skjuter jag in, min röst stadig trots hjärtats bultande. ”Vi måste hitta dem.”

Ett sorl går genom gruppen, följt av en spänd tystnad. Jag kan känna deras blickar på oss de väger och mäter vårt värde.

”Okej”, säger mannen till slut och nickar mot bordet. ”Sätt er. Så pratar vi.”

När vi sätter oss kan jag inte skaka av mig känslan av att vi har störtat ner i okänt territorium – en resa som har potential att antingen ge oss upprättelse eller leda oss till vår undergång. Ett faktum förblir kristallklart: reträtt är inget alternativ.

Kapitel tjugo

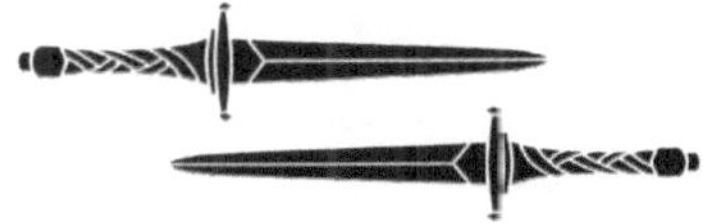

Verkar som vi drog storvinsten, Declan", väser jag med en röst som dryper av sarkasm när vi går mot bordet. En brokig skara udda existenser kurar ihop sig och mumlar med dämpade röster som ekar mot de fuktiga betongväggarna. Det är det underjordiska nätverket vi har hört viskningar om – de som delar vårt förakt för Byråns skumraskaffärer.

"Artemis, detta är Obsidiancirkeln", flinar Declan och betraktar gruppen med en blandning av nyfikenhet och vaksamhet. "Ryktet på gatan säger att de ägnar sig åt att avslöja och sabotera de hemliga program vi har jagat."

"Toppen, ännu ett gäng låtsashjältar", muttrar jag för mig själv och himlar med ögonen. Mitt hjärta rusar vid tanken på vad doktor Graves och hans hejdukar kommer att göra om de får nys om detta. Men det är inte som om vi har så mycket att välja på; om vi vill sänka Byrån behöver vi all hjälp vi kan få – även om den kommer från en illa hoprafsad grupp rebeller med tvivelaktig klädsmak.

När vi närmar oss mönstrar gruppen oss misstänksamt, som lejon som förföljer sitt byte. En kvinna synar mig och hennes genomträngande gröna ögon borrar sig in i mina.

"Ni borde inte vara här", morrar hon med fientlighet ristad i ansiktet.

Jag tvingar mig själv att möta hennes blick medan desperation och beslutsamhet väller upp inom mig. Vi behöver de här människorna, hur tvivelaktiga de än verkar. "Vi är här för att hjälpa till", säger jag jämnt. "Byrån har gått för långt alldeles för länge. Det är dags att någon sätter stopp för doktor Graves galenskap."

Kvinnan fnyser och korsar armarna trotsigt. "Och hur vet vi att ni inte bara är ett par spioner från Byrån som är ute och snokar efter bråk?"

Innan jag hinner svara kliver Declan fram med lågande blick. "Åh, vi är bråk, absolut. Den sortens bråk som kommer att slita slöjan av Byråns korrupta verksamhet och avslöja dem för vad de verkligen är."

Jag känner ett stick av oro över hans djärvhet, men jag vet att han har rätt. Om vi ska kunna sänka Byrån behöver vi Obsidiancirkeln på vår sida.

Stirrandet fortsätter och spänningen sprakar i luften som elektricitet. Efter en lång stund mjuknar kvinnans uttryck, om än bara en aning. "Nåväl", säger hon motvilligt. "Om det är information ni vill ha, ska ni få information. Men om jag så mycket som misstänker att ni lurar oss ..." Hon drar hotfullt fingret över halsen.

En rysning löper längs min ryggrad, men jag nickar. "Ni har mitt ord. Vi vill bara se Byrån falla."

När vi sätter oss vid bordet känner jag en berusande blandning av hopp och rädsla. Denna brokiga skara skulle kunna vara vår biljett till att äntligen avslöja Byråns hemligheter ... eller början på vår undergång. Hursomhelst är tärningen kastad. Det finns ingen återvändo nu.

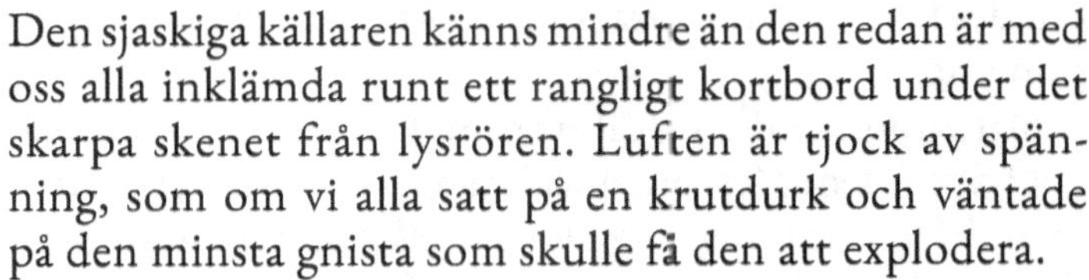

Den sjaskiga källaren känns mindre än den redan är med oss alla inklämda runt ett rangligt kortbord under det skarpa skenet från lysrören. Luften är tjock av spänning, som om vi alla satt på en krutdurk och väntade på den minsta gnista som skulle få den att explodera.

Ledaren – en kraftig man med hud som väderbiten granit och ögon lika mörka och hårda som obsidian – talar först. "Namn är en säkerhetsrisk här. Kalla mig Slate." Hans röst är låg och grusig, som stenar som gnids mot varandra.

Han pekar på den stränga kvinnan vid sin högra sida som hade konfronterat oss tidigare. Hennes ögon är isblå, kalla och beräknande. "Det här är Sapphire. Inga riktiga namn."

Jag motstår frestelsen att himla med ögonen. Kodnamn? Så pretentiöst. Men jag biter mig i tungan och nickar. Vi behöver all information dessa underjordiska rebeller kan ge oss om Byrån, oavsett hur melodramatiska de vill vara med det.

Slate fortsätter: "Er kontakt inom Byrån är känd som Onyx för oss."

Jag känner hur mina ögon vidgas av förvåning innan jag kan hejda mig. Onyx är agent Diana Foxberry, även om de andra inte behöver veta det. Så hon har spelat dubbelagent hela tiden? Intressant. Det gör hennes tillfälliga utbrott av bitterhet mot Byråns korrupta inre kretsar mycket mer förståeliga nu.

"Onyx har samlat information för en kommande operation", säger Sapphire skarpt med armarna i kors medan hon synar Declan och mig med oförställd misstro. "Hon håller på att sätta ihop ett team i detta nu."

"Låt mig gissa, en operation mot själva Byrån?" frågar Declan och höjer skeptiskt på ena ögonbrynet. "Varit med om det förr. Hittar fortfarande splitter i håret efter explosionerna."

Slates mun vrider sig till ett tunt, kryptiskt leende. "Något i den stilen. Men om ni vill vara med måste ni bevisa er först. Vi tolererar inga ryggdolkare eller primadonnor som försöker leka hjältar."

Declan fnyser. "Primadonna? Försök åtminstone vara lite originell."

Innan spänningarna kan eskalera ytterligare, bryter jag in. "Nog nu. Vad går operationen ut på?" Mitt tålamod för teater börjar tryta. Allt jag bryr mig om är att stoppa doktor Graves och hans Frankensteinexperiment djupt gömda inom Byrån, vad som än krävs.

Slate håller upp en hand. "Först måste ni ha kodnamn som resten av oss. Sen kan vi diskutera detaljer."

Jag kämpar emot lusten att frustrerat bita ihop tänderna. Fint. Om det får dem att känna sig viktiga att leka maskerad och ger oss den information vi behöver, så får det väl vara. "Jag heter Artemis Blackwell. Ni kan kalla mig ... Jade." Det är någorlunda nära färgen på mina ögon.

Declan rycker på axlarna. "Jet funkar för mig."

"Mycket väl." Slate verkar äntligen nöjd. "Välkomna, Jade och Jet. Nu har Onyx kommit över information om ett olagligt avelsprogram som Byrån driver ..."

Medan han fortsätter att informera oss börjar adrenalinet pumpa genom mina ådror. Vi är ett steg närmare att avslöja rötan i Byråns hjärta. Med Obsidiancirkelns hjälp kanske vi äntligen kan dra fram doktor Graves synder i ljuset.

Vi förbereder oss på att bli informerade, bara för att upptäcka att Cirkeln inte har för avsikt att sitta och prata.

Diana förbereder redan sin attack, fast besluten att hålla Byrån ur balans, innan de hinner förstärka säkerheten efter våra senaste attacker mot deras hemliga anläggningar.

"Okej då, Jade och Jet", säger Sapphire och sneglar vaksamt på oss. "Ni hittar Onyx och hennes team i en källare under en skyskrapa på södra sidan av staden." Hon ger oss gatuadressen.

"Jag känner till det tornet", muttrar jag till Declan. "Det är en kraftig vindpust från att falla ner i den jävla floden."

"Tack", säger han kort till Sapphire. "Låt oss inte slösa mer tid."

Vi kommer ut från Obsidiancirkelns gömställe i den kyliga nattluften, med månen som hänger klar och full ovanför den silhuetterade stadssiluetten. Vår andedräkt kommer ut i frostiga moln när vi skyndar fram längs tomma gator och ljudet av våra fotsteg på asfalten ekar mot mörka byggnader.

Adressen Sapphire gav oss leder till en en gång glittrande skyskrapa, nu sönderfallande av förfall och vanvård, som tornar upp sig över flodkanten som en lutande gravsten. Jag undertrycker en rysning när vi smyger in, där draget visslar genom krossade fönster och blåser dammvirvlar över det smutsbelagda golvet.

"Vilket muntert ställe att iscensätta en hemlig operation på", muttrar Declan, hans röst spänd av nerver som knappt döljs under hans sarkastiska bravado.

"Skämtar du?" svarar jag torrt. "Jag har aldrig varit mer exalterad över att smyga mig in i en läskig, halvt raserad byggnad."

Han flinar, men hans ögon avslöjar hans nervositet. Vi vet båda att det här inte är någon lek längre. Det här handlar om liv och död.

När vi stiger ner i mörkret, med våra fotsteg dämpade av lager av damm och skräp, känner jag en underlig sorts kamratskap med Declan. Trots våra olikheter är vi enade i vårt uppdrag – att avslöja sanningen och skydda dem som hamnar i korselden.

Källaren är svagt upplyst, skuggor dansar över väggarna medan vi tyst smyger fram. Längre fram ser jag en skymt av rörelse och mitt hjärta bultar i bröstet.

”Artemis”, mumlar Declan och griper tag i min arm. ”Titta.”

När jag kikar runt hörnet ser jag henne – Diana, alias Onyx – sittandes vid ett provisoriskt bord, med det rödlätta håret glänsande i lyktans sken medan hon intensivt betraktar sina anhängare som samlats framför henne. Deras dämpade samtal bär en underton av brådska som får mina nerver att spännas till bristningsgränsen.

”Håll dig lågt”, viskar jag till Declan, med pulsen rusande. ”Vi måste ta reda på vad de planerar.”

”Håller med”, säger han med spänd röst. ”Men vi måste också vara beredda på vad som helst.”

”Lita på mig”, svarar jag och min hand sträcker sig instinktivt efter vapnet vid min sida. ”Jag är alltid beredd.”

Medan vi iakttar från skuggorna börjar Diana tala, hennes röst låg och angelägen. Det är tydligt att vilken operation hon än leder, så kommer det inte att bli någon dans på rosor. Men å andra sidan, när är det någonsin det?

Luften är tjock av spänning, en påtaglig kraft som sluter sig om mig som ett skruvstäd. Jag är alltför medveten om faran vi befinner oss i, och insatserna kunde inte vara högre. Declans stadiga andning vid min sida är det enda som förankrar mig i verkligheten. Det är nu eller aldrig.

”Okej, allihop”, säger Diana, hennes röst kräver uppmärksamhet utan att ens höjas. ”Nu gäller det. Vi har förberett oss för det här ögonblicket i månader, och det finns ingen återvändo.”

Spänningen i rummet pressar ner mig som en fysisk tyngd och gör det svårt att dra efter andan. Jag står som förstenad bredvid Declan, med pulsen dånande, när Diana börjar tala.

En krusning går genom folkmassan, men Diana tystar den med en blick. "Jag vet att riskerna är avsevärda", fortsätter hon. "Men belöningen är större – att äntligen dra fram Byråns missdåd i ljuset."

Hennes anhängare är tysta, deras uttryck sträcker sig från beslutsamhet till tunt dold rädsla. Men en känsla lyser igenom i varje ansikte: målmedvetenhet. De vet vad som står på spel här, och de är redo att fullfölja det.

"Väl inne tar vi kontroll över deras system", fortsätter Diana och hennes ögon glänser som slipade knivblad. "Sedan avslöjar vi offentligt varje olaglig operation, varje oetiskt experiment, varje korrupt tjänsteman på deras lönelista. Världen kommer att se de monster de verkligen är."

En tung tystnad sänker sig över rummet. Jag kan känna den kokande ilskan och törsten efter rättvisa som strålar från dessa agenter och civila, vars tålamod slutligen har nått sin gräns. De är redo att slå tillbaka mot rötan i Byråns kärna.

"Var på er vakt, och kom ihåg: lita inte på någon utanför den här cirkeln." Dianas ögon flimrar med något mörkt, vildsint. "Vi kommer inte att få en andra chans."

När Dianas anhängare skingras från den sjaskiga källaren möter jag Declans blick från andra sidan rummet. Ett tyst samförstånd passerar mellan oss i det korta ögonblicket av ögonkontakt – oavsett hur det här utspelar sig kommer saker och ting att förändras drastiskt. Den välbekanta tryggheten i våra dagliga rutiner kommer snart att krossas bortom all räddning.

Min mage knyter sig i oroliga knutar när jag tänker på vår belägenhet. Att avslöja Byråns hejdlösa korruption är avgörande, men tanken på att utsätta oskyldiga agenter för fara får mitt blod att isa sig.

Jag vinkar hastigt åt Declan att följa med mig bakom en slumpmässig barriär av korroderade rör och rostiga metallbalkar. Han hukar sig bredvid mig, hans nötbruna ögon brinner av eldig beslutsamhet.

"Nu gäller det, Artemis", väser han för sig själv. "Vår chans att äntligen dra fram Byråns synder i ljuset. Bli inte blödig nu."

Jag skakar häftigt på huvudet, medan frustration och obeslutsamhet maler inom mig. "Jag vet att sanningen måste fram, men inte så här. Inte om det innebär att svika människor som har skyddat vår rygg." Min röst darrar lätt när jag möter hans orubbliga blick.

Declans panna rynkas och osäkerhet flimrar över hans ansikte. "Vår plikt är att avslöja korruption, oavsett vad", insisterar han, men med mindre glöd än tidigare.

"Till priset av vår mänsklighet?" Jag gräver in naglarna i handflatorna av frustration. "Jag kommer inte att offra mitt samvete för det här, Declan. Det finns goda människor på Byrån också."

Han suckar tungt och drar en irriterad hand genom sitt rufsiga hår. Jag kan se konflikten som rasar bakom hans ögon. "Jag vet att det inte är svartvitt", medger han motvilligt efter en lång paus. "Men vi börjar få slut på alternativ här. Ibland finns det inga bra val kvar – bara svåra."

Jag skakar häftigt på huvudet igen och blinkar bort arga tårar. "Det är lätt för dig att säga. Det är inte du som kommer att möta de farliga efterdyningarna."

Declans uttryck mjuknar något vid min uppenbara nöd. Han lägger en tröstande hand på min axel. "Hallå, vi är partners i det här, på gott och ont. Jag skyddar din rygg också." Hans röst är mild men bestämd. "Om det finns ett annat sätt, hittar vi det. Men vi måste agera snabbt, innan Diana inleder sin attack."

Jag tar ett djupt, skakande andetag och tvingar ner de upprörda känslorna inom mig. Han har rätt – vi har inte tid för debatt. Jag möter hans tålmodiga blick igen och nickar beslutsamt. "Låt oss stoppa det här, på vårt sätt. Sanningen utan onödigt våld."

Declan nickar tillbaka och ser lättad ut över att jag är med på noterna igen. "Jag pratar med Diana först, för att känna av hennes sinnesstämning", säger han strategiskt. "Vi kan inte riskera att reta upp henne nu."

Jag studsar till vid tanken på att han ska hantera det här ensam, men jag vet att hans vältalighet ger oss den bästa chansen att avvärja en katastrof. Diana är inte direkt mitt största fan. "Var bara försiktig", varnar jag gravt. "Ett enda felsteg kan förstöra allt vi har arbetat för."

Med delade blickar av stålsatt beslutsamhet kliver vi fram ur skuggorna. Framtiden hänger i en skör balans, men jag vet att Declan och jag tillsammans ger oss den bästa chansen att tippa vågskålen mot rättvisa snarare än katastrof.

Dörren knarrar upp och avslöjar ett sjaskigt rum som endast lyses upp av en enstaka flimrande glödlampa i taket. Diana – eller ska jag säga, Onyx – står längst fram, hotfullt upplyst bakifrån när hon talar till sina anhängare.

De är ett excentriskt gäng, med trasiga jeans och skinnjackor täckta av nitar och spikar. Tatueringar slingrar sig uppför halsar och piercingar glimmar i det svaga ljuset. Men trots sitt hoprafsade utseende brinner deras ögon alla med en gemensam intensitet som skickar en rysning längs min ryggrad.

"De förlorade agenterna återvänder", säger Diana släpigt och sarkastiskt när vi kommer in, medan hennes isande blick sveper över oss. "Vad har vi äran att tacka för ert besök?"

"Lägg av med skådespeleriet", fräser Declan, ilskan sjuder under hans behärskade yttre. "Vi vet allt om era planer, och vi är färdiga med att vara era schackpjäser."

Jag hugger in och låter min egen frustration koka över. "Vi vill att Byrån ska störtas, men inte till priset av oskyldiga liv. Ni har utnyttjat oss för många gånger redan."

Diana höjer på ett välformat ögonbryn. "Och varför skulle jag lita på er överlöpare nu?" frågar hon avfärdande. "Var ni inte lojala lakejer för inte så länge sedan?"

Jag blir arg av anklagelsen och knyter händerna. "För att ni är skyldiga oss för alla gånger vi spillt blod för er sak", kontrar jag hett. "Vi har betalat vårt pris i blod, senast idag! Låt oss nu hjälpa till, men på våra villkor."

Declan skjuter en varnande blick på mig, men jag ignorerar den. Nu har vi passerat artighetsstadiet.

Efter ett spänt ögonblick nickar Diana. "Mycket väl. Ni kan assistera oss – men följ order, annars är ni ute." Hennes bleka ögon glimmar farligt. "Jag tänker inte låta oberäkneliga agenter hota den här operationen."

"Förstått", svarar Declan jämnt. "Men kom ihåg, målet är sanning, inte vettlös förstörelse." Hans blick viker aldrig från hennes.

"Självklart." Ett kallt leende vrider Dianas läppar. "Sanningen segrar i slutändan ... eller hur?"

Jag undertrycker en rysning vid hennes kryptiska ord. För om vi har missbedömt den här alliansen, kan sanningen dö med oss ikväll.

KAPITEL TJUGOETT

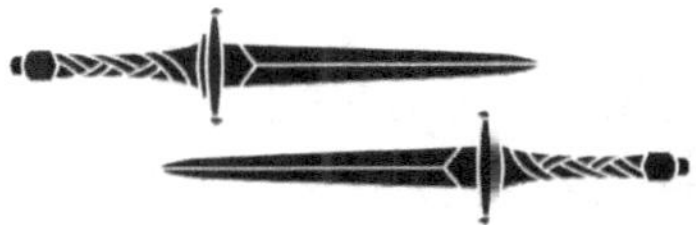

DEN STICKANDE, METALLISKA LUKTEN av svett hänger tung och kväljande i den dammiga luften i det övergivna lagret. Jag slingrar mig fram mellan den brokiga samlingen av kämpar som samlats här – legosoldater, avhoppade agenter, civilpersoner med vendettor – alla förenade i sin önskan att se Byrån nedmonterad. I nödens stund får man oväntade bundsförvanter, antar jag.

”Artemis, fram i mitten – det är din tur!” Dianas sträva röst skär genom larmet och får mig att gnissla tänder. Med stor motvilja går jag bort till henne där hon står vid kanten av mattorna, hennes genomträngande gröna ögon glimmar av knappt dold munterhet. Helt underbart. Ingen idé att undvika den här sparringmatchen längre, tyvärr.

Jag kliver upp på mattorna, golvet knarrar under fötterna, och jag rullar på axlarna i ett försök att mjuka upp mig. Diana stryker omkring i en vid cirkel runt mig, hennes rörelser genomsyrade av en rovdjurslik, slingrande elegans som finslipats under åratal som en av Byråns dödligaste agenter. Hon är bra – för bra. Jag kommer att behöva vara på min vakt bara för att undvika att bli mosad på under en minut.

”Kom ihåg, det här är bara träning, inte en kamp på liv och död”, spinner Diana, och ena mungipan rycker till i ett medvetet flin.

”Än så länge”, muttrar jag lågt, oförmögen att hålla tillbaka sarkasmen. Det är svårt att inte känna agg mot någon som frivilligt arbetat som torped åt vår fiende under större delen av sitt liv, oavsett hur användbar hon kan visa sig vara. Men om Diana verkligen menar allvar med att avslöja rötan i Byråns innersta, då är denna bräckliga allians en nödvändighet. Hur motbjudande det än må vara att förlita sig på hennes färdigheter och kontakter.

”Redo?” Diana höjer ett smalt ögonbryn mot mig i en utmaning och intar smidigt en stridsposition.

”Född redo”, svarar jag tonlöst och fyller standardsvaret med så mycket sarkasm jag kan uppbåda. Vid någon osynlig signal kastar vi oss mot varandra och utbyter en snabb skur av slag och blockeringar medan den brokiga skaran av åskådare studerar vår kamp med intresse. Jag biter ihop tänderna mot den bultande smärtan när Dianas knytnäve snuddar vid mina revben – det kommer utan tvekan att bli ett spektakulärt blåmärke där senare.

Mellan ronderna drar Declan mig åt sidan, hans nötbruna ögon är allvarliga och bekymrade. Han talar med låg röst för att undvika att Dianas hängivna följare tjuvlyssnar.

”Vi behöver en konkret plan för att minimera antalet offer när vi inleder attacken”, mumlar han med pannan i djupa veck av oro. ”Oskyldiga åskådare skulle lätt kunna hamna i korselden här.”

Jag passar på att torka svetten från pannan, fortfarande i ett försök att hämta andan. ”Jaha, så din medkännande sida har mirakulöst dykt upp igen nu?” svarar jag bittert. ”Du verkade inte bry dig så mycket om civila offer under träningen den senaste tiden.”

Declan rynkar pannan, ser sårad ut och drar en hand genom sitt evigt rufsiga hår. ”Hela den här operationen har varit stökig hittills, det medger jag", säger han efter en tung suck. "Men vi kan inte bara storma in med dragna vapen och förvänta oss att det inte blir några konsekvenser."

Hur mycket jag än hatar att erkänna det så har han en poäng. Jag andas ut häftigt. "Okej. Vad exakt är det du föreslår?"

"Låt mig sköta kontrollen av folkmassorna – fokusera på att snabbt få undan alla icke-stridande så att resten av teamet kan säkra själva byggnaden", säger Declan efter ett ögonblicks eftertanke.

Jag tuggar på insidan av kinden, ovillig att öppet medge att det verkar vara en tillräckligt solid strategi. "Låter bra för mig", säger jag neutralt. "Mindre risk för onödig blodspillan på det sättet."

Declan nickar, nöjd med att jag inte tänker argumentera vidare. "Gå tillbaka till din sparring nu. Vi måste vara på topp inför uppdraget i morgon kväll." Han ler och knuffar lätt på min axel i ett försök att skingra en del av den dystra spänningen som omger oss.

Jag kan inte låta bli att dra på ett snett halvt leende tillbaka även när jag knuffar tillbaka honom. Hur mycket vi än ryker ihop ibland, vet jag att Declan håller mig om ryggen när det verkligen gäller. Och just nu kan hans försiktiga pragmatism vara det enda som hindrar mig från att spåra ur helt.

Jag tar ett djupt, stärkande andetag och vänder mig tillbaka mot mattorna där Diana väntar, redo att kasta sig fram. Declan har rätt i en sak – jag måste vara på den absoluta toppen av min fysiska och mentala förmåga i morgon kväll när vi äntligen gör vårt drag mot Byråns fäste. Vilket innebär, hur motbjudande det än må vara, att lita på Diana som en allierad snarare än en fiende. För ett misslyckande i morgon är helt enkelt inte ett alternativ längre.

Luften är tjock av spänning när vi samlas i skuggorna, och Obsidiancirkelns medlemmar betraktar oss med en misstänksamhet som gränsar till fientlighet. Mumlet bland dem är knappt hörbart, men jag snappar upp fragment av tvivel och misstro. "Vad vill de?" viskar en kvinna och hennes blick flackar från mig och tillbaka till hennes följeslagare. "Är de verkligen här för att hjälpa till?"

"Tyst", väser Diana och tystar oliktänkarna med en isande blick. Hon vänder sig mot Declan och mig, hennes gröna ögon fyllda av beslutsamhet. "Vi ger oss av nu. Håll er till planen."

"Visst", muttrar Declan, med käken spänd av frustration. Jag kan se att han längtar efter att få det här överstökat, att slita ut hjärtat ur Byrån och avslöja dess ruttna kärna.

När vi smyger genom de mörka gatorna kan jag inte låta bli att känna en växande oro. För varje steg närmare Byråns högkvarter tynger Obsidiancirkelns misstro ner mig som en förkrossande börda, vilket gör det allt svårare att andas. Jag kastar en blick på Declan, som verkar känna av pressen också, med ögonen smala av koncentration. Han måste känna tyngden av min blick, för han ser tillbaka på mig och blixtrar till med ett leende så stelt att det mer liknar en grimas.

"Håll fokus", säger han med låg och spänd röst. "Vi är nästan framme."

När vi slutligen når den imponerande byggnaden slås jag av hur kusligt tyst det är. Månen kastar långa, olycksbådande skuggor över dess stenfasad och får den att se mer ut som en gravkammare än en arbetsplats. Men jag vet att där inne arbetar otaliga agenter och forskare outtröttligt med att skapa fler styggelser.

"Okej, då kör vi", säger Diana, hennes röst stadig trots den tunga atmosfären. "Declan, du och Artemis kommer att hantera folkmassorna. Ni andra, håll er till ordern."

"Låt oss hoppas att er plan fungerar", muttrar en av Obsidiancirkelns medlemmar med misstänksamt smala ögon. "Annars får vi alla betala priset."

"Lita på mig", svarar Diana, hennes röst kall och hård som stål. "Vi vill det här lika mycket som ni."

Med de orden sätter vi igång och glider genom skuggorna som spöken. När vi infiltrerar Byråns högkvarter är mina sinnen på helspänn, akut medvetna om varje hjärtslag, varje andetag, varje flimmer av rörelse. Det är dags. Sanningens ögonblick. Och det finns ingen återvändo nu.

<hr>

Att bryta sig in i Byråns imponerande byggnad skärper omedelbart mina sinnen – själva luften i de skuggiga korridorerna känns laddad med en hotfull spänning. En stickande känsla i nacken säger mig att vi är iakttagna, granskade av någon osynlig kraft. Declan och jag tar täten, rör oss snabbt men försiktigt genom de labyrintliknande korridorerna och anstränger våra öron för minsta antydan till den elitvaktstyrka som utan tvekan lurar i närheten.

"Var vaksam", viskar Declan, knappt hörbart. "De här vakterna är tränade att eliminera hot med yttersta brutalitet. De kommer inte att tveka att döda."

Jag sväljer en sarkastisk replik, medveten om att hans varning kommer från en plats av djup oro. Ett felsteg här skulle kunna sluta med att en eller båda av oss dör ... eller ännu värre, blir tillfångatagna. Inte ett alternativ.

Vi fortsätter smyga genom de dunkla hallarna, fokuserade och alerta. När jag når ett hörn ser jag en jättelik gestalt som står på vakt – en elitvakt klädd i en imponerande svart rustning utformad för att skrämma inkräktare. Oro slingrar sig som en orm i min mage när tvivlen dyker upp. Har vi verkligen en chans mot Byråns makt?

Men instinkten, finslipad av år av överlevnad med bara mina nävar, tränger undan rädslan. Med ett vildsint väsande kastar jag mig mot den bepansrade vakten innan han hinner reagera och sänker ett straffande slag i hans mage. Han grymtar av överraskning och smärta, tillfälligt berövad luften, men återhämtar sig snabbt och svingar en massiv knytnäve mot mig i vedergällning. Jag undviker med nöd och näppe slaget och hör det vissla förbi mitt öra. Det här kommer att bli väldigt otäckt.

”Bjud upp då”, morrar Declan, ansluter sig till striden och landar ett slag som får käken att skallra på eliten. Vakten vacklar bakåt, spottar blod och svordomar.

”Två mot en?” dundrar han föraktfullt och torkar sig om munnen. ”Den berömda Obsidiancirkeln har ingen heder.”

”Vi gör vad som än krävs för att segra”, replikerar jag och släpper lös en brutal rundspark. Vaktens huvud slår i betongväggen och han sjunker ihop, medvetslös. Ett hot neutraliserat, men fler kommer.

”Se upp!” ropar Declan varnande när en annan elitvakt materialiseras från skuggorna bakom mig, med ett glimmande, sågtandat blad. Jag vänder mig om precis i tid när han hugger genom luften där jag stått bara ett hjärtslag tidigare. Alldeles för nära för att det ska kännas bekvämt.

”Tack för hjälpen”, flämtar jag med vilt bultande puls när jag virvlar runt för att möta detta nya hot. Jag kan inte låta mitt fokus vackla nu, inte när vi är så nära att avslöja Byråns ruttna kärna.

Declan brottas vilt med sin egen fiende och utbyter slag som är nästan för snabba för att kunna följas med blicken. "Håll dig skärpt, Artemis!" väser han enträget. "Vi klarar det här!"

Jag vill desperat tro på den där tapperheten, men oddsen är höga emot oss. Ändå är misslyckande inte ett alternativ – för mycket hänger på att vi lyckas i natt. Så med ett nästan vildsint vrål kastar jag mig tillbaka in i det våldsamma tumultet, fast besluten att slåss som om mitt liv hängde på det. För det gör det absolut.

*

När vi fortsätter att kämpa oss igenom de oändliga korridorerna och kamrarna i Byråns högkvarter känner jag en trevande gnista av hopp tändas i mitt bröst. Hur mörbultade och utmattade vi än må vara, står Declan och jag fortfarande på något sätt upp. Och tillsammans kanske vi har en chans att ta oss levande ur denna mardröm.

Stanken av ozon och blod fyller mina näsborrar när vi rör oss djupare in i byggnaden. Jag kan inte låta bli att tänka på hur mycket jag hatar lukten av seger. Dianas team sprider ut sig och säkrar varje korridor som en flock vargar som förföljer sitt byte. De är bra – för bra, om du frågar mig. Deras snabbhet verkar inte helt naturlig, inte heller det faktum att åtminstone en av dem verkar kunna se i mörkret. Jag gillar det inte.

Jag gillar inget av det.

"Håll jämna steg", skäller Diana över axeln, hennes genomträngande blick söker obevekligt igenom skuggorna runt omkring oss, letande efter tecken på nya hot. Det är svårt att inte känna agg bubbla upp mot henne med tanke på den nyckelroll hon spelade i att möjliggöra denna katastrof, oavsett hennes eget tragiska förflutna. Hon är lika mycket ett offer som oss andra tack vare sin fars oetiska synder. Men just nu är det en klen tröst.

”Är vi nära snart?” vågar jag fråga högt, kommentaren slinker ur mig av ren utmattning.

Dianas huvud snärtar mot mig, hennes uttryck hårt som flinta. ”Kontrollrummet är precis framför oss. Sen kan du utföra din magi.” Hon pekar mot en olycksbådande, förstärkt dörr i slutet av korridoren.

”Äntligen”, pustar Declan bredvid mig och torkar smutsig svett ur ögonen. ”Låt oss få det här överstökat innan fler vakter dyker upp.”

Vi närmar oss den sista barriären, och Diana drar sitt passerkort. Den tunga dörren gnisslar och öppnas långsamt, och avslöjar ett rum fyllt med monitorer, tangentbord, servrar – en hackares paradis. Trots allt känner jag hur pulsen ökar av förväntan.

”Okej”, mumlar jag, sätter mig vid huvudkonsolen och sträcker på fingrarna. ”Dags att avslöja alla skelett i Byråns garderob.”

Jag tar ett stärkande andetag och börjar skriva snabbt, och inleder en djupdykning i den klassificerade informationen som är inlåst på dessa servrar. Om vi på något sätt tar oss levande härifrån, kan jag äntligen avslöja den fulla omfattningen av Byråns oetiska människoförsök, korruption och synder mot mänskligheten själv. Men bara om vi överlever den här natten först.

Knappt hinner den oroliga tanken fara genom mitt huvud förrän helvetet bryter lös – sirener börjar tjuta, strobljus blinkar bländande och stålsprängdörrar slår igen runt omkring oss med ekande slutgiltighet. Vi är instängda. Diana snurrar runt, hennes ansikte tömt på all färg medan hon ropar ohörbara ord som jag inte kan urskilja över det öronbedövande dånet.

Declan möter min egen förvånade blick från andra sidan det lilla rummet, resignation mörknar hans ögon. ”Jag är ledsen”, mimar jag ljudlöst till honom, och ånger strömmar genom mig när kväljande knockoutgas snabbt fyller det slutna utrymmet. Mörkret sluter sig snabbt omkring mig därefter, tillsammans med en djup känsla av misslyckande. Vi var så frustrerande nära att avslöja sanningen ...

Men det är inte över än, påminner jag mig själv ursinnigt när medvetslösheten rusar fram för att omfamna mig. Det här kan inte vara slutet efter allt vi redan har uthärdat. Jag kommer inte att tillåta det. Inte förrän Byrån har svarat för år av oförlåtliga synder. Med den sista desperata tanken slukar mörkret mig slutligen helt.

KAPITEL TJUGOTVÅ

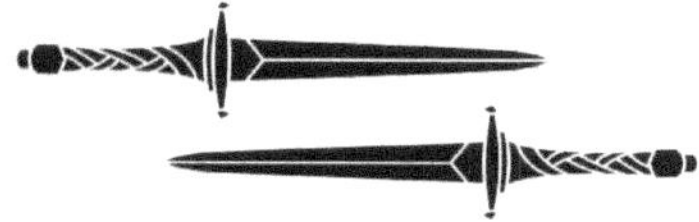

Lukten av fuktig mögel slår emot mig först. Huvudet bultar när jag tvingar upp ögonen och stirrar på stentaket ovanför mig. Var i helvete är jag?

Jag sätter mig upp, grimaserar när smärtan skjuter genom skallen och tar in min omgivning. Rummet är litet, dunkelt upplyst och stinker av piss och förtvivlan. En cell. Toppen. Jag måste vara på semester.

”Välkommen till min ringa boning”, muttrar jag sarkastiskt och gnuggar mig i bakhuvudet. Det är ömt vid beröring, men det känns inte som något allvarligt. Bara en otäck bula. De måste ha drogat mig, annars hade jag gjort mer motstånd.

Jag hasar mig upp på fötter, lufsar bort till det gallerförsedda fönstret i hopp om en ledtråd till var jag är. Men allt jag ser är mörker. Typiskt.

”De kunde väl åtminstone ha kostat på sig rummet med utsikt”, grymtar jag och kikar ut i den svarta avgrunden.

När jag vänder mig från fönstret får jag syn på en rörelse i cellen mittemot. Declan. Han är helt borta, utslagen på golvet som en bortkastad trasdocka. Hans ansikte är blåslaget och det sitter en skorpa av torkat blod på hans tinning. Vreden flammar upp inom mig och ersätter förvirringen.

"Declan!", väser jag och griper tag i gallret för att få stöd. "Hallå, vakna!"

Inget svar. Fan.

"Kom igen, Declan", viskar jag enträget och försöker hålla rösten låg. Om det finns vakter i närheten vore det inte idealiskt att varsko dem om att jag är vid medvetande.

"Snälla", tigger jag, ett sällsynt ögonblick av svaghet som slinker förbi mina försvarsmurar. Jag behöver att han vaknar. Vi behöver varandra för att ta oss ur den här röran.

Men han förblir stilla, förlorad i medvetslöshet, och lämnar mig att vältra mig i oro och frustration.

"Declan!", försöker jag igen några minuter senare, min röst knappt mer än en viskning. "Vakna, för fan."

Ingenting. Inte ens en ryckning. Mitt hjärta bultar i bröstet och hotar att sprängas ut som någon slags utomjordisk parasit. Frustrationen och oron gnager på mig och gör det svårt att fokusera. Jag behöver att han vaknar innan –

Tunga fotsteg ekar i korridoren och blir högre för varje sekund. Paniken blossar upp i bröstet när jag inser vad som är på väg.

"Helvete", muttrar jag tyst för mig själv och backar bort från gallret precis när en skugga blir större runt hörnet. En vakt, utan tvekan. Jag trycker mig mot den kalla väggen och försöker smälta in i mörkret som en kameleont. Jo, tjena. Som om det någonsin har funkat förut.

"Declan", väser jag en sista gång i ett desperat hopp om att han ska kvickna till. Men han förblir orörlig och lämnar mig att ensam möta vår stundande undergång.

Fotstegen blir tyngre, närmare. Jag torkar mina svettiga handflator på byxorna och tar ett djupt andetag för att samla mig. Dags att bjuda på en Oscarsvärdig föreställning.

”Hallå?”, ropar jag och låtsas vara förvirrad. ”Är det någon där? Jag är jätterädd!”

Mina ord tycks eka nerför korridoren och håna mig. Men fotstegen stannar upp ett ögonblick och återupptar sedan sin marsch mot mig. Jag har åtminstone fångat deras uppmärksamhet nu.

”Snälla”, kvider jag och gör min bästa imitation av ett hjälplöst offer. Det får det att krypa i skinnet på mig, men jag vet att det är nödvändigt. Jag måste spela mina kort rätt om jag vill komma härifrån levande.

När fotstegen äntligen stannar utanför min cell gör jag mig beredd. Dags för show.

Vakten kommer slutligen inom synhåll och åsynen av honom får det att vända sig i magen på mig. Han är en massiv best med ett vridet flin som breder ut sig över hans köttiga ansikte när han lystet stirrar på mig genom gallret.

”Vilse, lilla flicka?”, skrockar han mörkt, och hans ögon vandrar över mig som om han aldrig sett en kvinna förut. Eller kanske som om han inte har sett en på väldigt länge. Oavsett vilket är det vidrigt.

”Snälla”, kvider jag och försöker att inte kväljas när jag lutar mig närmare gallret. ”Kan du hjälpa mig? Jag vet inte var jag är eller hur jag kom hit.”

”Jaså?”, säger han släpigt och låtsas fundera ett ögonblick. ”Det var ju för jävligt synd. Kanske kan jag vara till lite ... hjälp.”

”Skulle du?”, säger jag mjukt, fladdrar med ögonfransarna och hoppas att det inte ser lika löjligt ut som det känns. ”Jag skulle vara så tacksam.”

”Tacksam, va?”, vaktens flin blir bredare och jag kämpar mot lusten att slå honom rakt i hans självgoda ansikte. Istället tvingar jag mig själv att le tillbaka, som om jag faktiskt njöt av det här vidriga spelet vi spelar. Det räcker för att få magen att vända sig, men jag håller ihop det. Än så länge.

"Mycket", viskar jag och lutar mig ännu närmare gallret tills min andedräkt immar igen det. "Jag behöver bara någon som visar mig vägen ut. Och kanske ... skyddar mig?"

"Låter som en bra deal", säger vakten, och hans fingrar rycker av förväntan när de svävar nära nycklarna vid hans midja. "För oss båda."

"Absolut", instämmer jag och nickar uppriktigt. Hans hand svävar nära låset och varje muskel i min kropp spänns, redo att slå till. Bara lite till ...

"Tack", mumlar jag, med en knappt hörbar röst. "Du anar inte hur mycket det här betyder för mig."

"Tro mig, raring", säger han med blicken fäst på min. "Jag har en ganska bra aning."

Och sedan, helt plötsligt, är vaktens ansikte bara några centimeter från mitt, hans förfärliga flin fyller hela mitt synfält. Jag kan känna hans andedräkt på min hud – het och tung och stinkande av gammal cigarettrök. Det är med nöd och näppe jag kan hålla mig från att rygga tillbaka i avsmak.

"Ska vi se till att du kommer ut härifrån?", säger han och sträcker sig äntligen efter nycklarna. Även om varje instinkt skriker åt mig att attackera, tvingar jag mig själv att hålla igen. Att vänta på det perfekta ögonblicket.

"Snälla", säger jag igen, med darrande röst av spelad rädsla. "Jag vill inte vara ensam längre."

"Inte jag heller", svarar han flinande, och jag vet att det äntligen är dags för mitt drag. Men inte riktigt än. Nej, jag behöver få honom att tro att han har vunnit först. Att han har mig precis där han vill ha mig.

"Tack", viskar jag en sista gång och ser hur nyckeln glider in i låset. Och när den börjar vridas om, samlar jag andan och förbereder mig på vad som komma skall.

Nyckeln vrids om med ett metalliskt klick och celldörren gnisslar upp. Nu gäller det.

”Kom hitåt, raring”, säger vakten och sträcker sig efter mig. Jag klistrar på ett tacksamt leende i ansiktet och lutar mig mot hans beröring – precis tillräckligt för att få honom att tro att han har mig.

”Tack”, säger jag med darr på rösten. ”Du är så snäll ...”

”Spara det till senare”, flinar han och drar mig närmare. Han ser det inte komma förrän det är för sent.

Jag spänner musklerna och använder varenda uns av min styrka för att köra upp mitt knä i skrevet på honom. Luften pressas ur hans lungor med ett tillfredsställande pysande och hans ögon vidgas i chock. Det där var bättre.

”Ledsen, inte intresserad”, fräser jag och knuffar honom bakåt mot gallret. Han säckar ihop på marken, väsandes som en punkterad blåsbälg. Han förväntade sig nog inte det av en hjälplös fånge. Jag knyter ihop nävarna och slår ner dem så hårt jag kan i bakhuvudet på honom. Han är däckad innan ansiktet ens träffar golvet.

”Var var vi nu då?”, mumlar jag och rycker åt mig nycklarna från hans bälte innan han hinner reagera. Mina fingrar dansar över de kalla metallringarna och söker efter den som ska befria mig. Det tar inte lång tid – jag har alltid varit bra på att dyrka lås, även när de inte sitter på handbojor.

”Ah, där är du”, säger jag, hittar rätt nyckel och låser upp min cell. Den tunga dörren svänger upp och avslöjar den dunkelt upplysta korridoren utanför. Friheten har aldrig sett så ljuv ut.

”Tack för hjälpen, kompis”, muttrar jag till vakten när jag kliver över hans slappa kropp. ”Du har varit till stor hjälp.”

”Declan”, väser jag och går tvärs över korridoren till hans cell. Han har sjunkit ihop i ett hörn, medvetslös och ser för jävlig ut. Åsynen av honom i det här skicket skickar en stöt av ilska genom mig som ger näring åt min beslutsamhet. ”Vakna, Törnrosa.”

Jag fumlar med nycklarna och hittar den rätta av ren tur. Låset klickar upp och jag slår upp dörren på vid gavel och kliver in. Declans ögonlock fladdrar upp när han stönar till, tydligt desorienterad. "Artemis? Vad ... vad hände?"

"Lång historia kort, sövande gas, måste sticka härifrån", säger jag rakt på sak, griper tag i hans arm och halar honom på fötter. Hans ben vacklar under honom och jag kan inte låta bli att himla med ögonen. "Kom igen, Declan, skärp dig."

"Lätt för dig att säga", muttrar han och lutar sig tungt mot mig. "Känns som om någon tappat ett piano på huvudet på mig."

"Tyst!", fräser jag och kastar en nervös blick nerför korridoren. Vi har inte tid med hans käbbel. "Vi måste röra på oss. Nu."

"Just det", mumlar han och rätar på sig så gott han kan. "Nu kör vi."

Jag slänger Declans arm över min axel och försöker verkligen ignorera värmen som strålar från honom. Det är en distraktion jag inte har råd med just nu; vi måste fly från det här helveteshålet.

"Okej", viskar jag, "var tyst och följ mig."

"Uppfattat", grymtar han, med rösten knappt över en viskning.

Vi smyger genom de dunkelt upplysta korridorerna, med ytliga och tysta andetag, och är extra noga med att inte föra oväsen. Lukten av blod och svett fyller mina näsborrar när vi kryper förbi stängda celldörrar. Jag kan bara föreställa mig vilka fasor som döljer sig bakom dem, men jag har inte tid att oroa mig för någon annan just nu. Vi måste fokusera på att komma ut levande.

"Artemis", viskar Declan enträget, och hans grepp om mig hårdnar. "Säkerhetsdörr rakt fram."

”Fan”, muttrar jag tyst, och mitt hjärta bultar i bröstet. ”Låt oss hoppas att de här nycklarna är så användbara som de ser ut.”

När vi närmar oss den imponerande metalldörren lägger jag märke till en liten kortläsare bredvid den. En våg av lättnad sköljer över mig när jag minns vaktens id-kort, som jag också snodde från hans bälte. Jag fiskar upp det ur fickan och drar det genom läsaren.

”Snälla, funka”, ber jag tyst och ser det gröna ljuset blinka på läsaren innan säkerhetsdörren låses upp med ett tillfredsställande klick. ”Tack gode gud för små favörer.”

”Snyggt”, mumlar Declan och försöker undertrycka ett stön när vi fortsätter nerför korridoren. Jag kan känna hur han grimaserar av smärta, men det finns ingen tid att stanna och ta hand om hans skador. Det får vi ta itu med senare om vi tar oss härifrån.

”Håll dig alert, Declan”, varnar jag honom när jag märker att hans nötbruna ögon blir glasartade. ”Fokusera på att hålla dig upprätt och andas.”

”Lätt för dig att säga”, lyckas han få fram ett svagt skratt, men ljudet dör snabbt i hans strupe.

”Hallå”, fräser jag och stannar precis tillräckligt länge för att blänga på honom. ”Du ville ju hänga på mig, minns du? Du visste vad du gav dig in på.”

”Okej, då”, muttrar han, men jag märker att han försöker fokusera och hålla sig på fötter. Bra, vi har inte långt kvar nu.

När vi fortsätter nerför de slingrande korridorerna är mina sinnen på helspänn. Varje knarr från en dörr eller avlägset fotsteg gör mig spänd, redo för strid. Men hur mycket jag än är beredd på ett fullskaligt slagsmål, ber jag för att det inte ska behöva bli så. Vi går båda på reserven och det sista någon av oss behöver är en ny konfrontation. Utgången närmar sig för varje steg, och jag svär att jag nästan kan smaka friheten som väntar på oss utanför.

”Nästan där”, viskar jag, och mitt grepp om Declan hårdnar. ”Bara en liten bit till.”

”Redo?”, frågar jag Declan när vi står på tröskeln till friheten. Den tunga metalldörren som skiljer oss från omvärlden känns som en barriär mellan själva livet och en säker död.

”Så redo som jag kan bli”, svarar han, med ansträngd men beslutsam röst.

Med ett sista djupt andetag drar jag vaktens id-kort genom säkerhetspanelen och ber att det ska fungera. Till min fullständiga lättnad svänger dörren upp och avslöjar den mörka, öde gränden utanför. Mitt hjärta bultar i bröstet när vi smiter ut, än så länge obemärkta.

”Snyggt jobbat, Blackwell”, lyckas Declan säga innan han hostar våldsamt. ”Och nu då?”

”Transport”, muttrar jag och söker av området efter tecken på liv. Några meter bort får jag syn på ett servicefordon som används av anläggningens personal. Det ser ut som vår biljett härifrån. ”Där borta. Rör på dig.”

Jag kastar en blick på anläggningen bakom oss och knuffar Declan mot fordonet. ”Behöver bara hitta några nycklar”, säger jag när vi når fram. Han lutar sig mot sidan, knappt kapabel att hålla sig upprätt.

”Eller tjuvkoppla den”, föreslår han med ett flin och drar fram ett litet verktyg ur sin jackficka. ”Lärde mig ett och annat om bilar förr i tiden.”

”Skrytmåns”, replikerar jag och håller vakt medan han pillar med tändningen. ”Ta inte för lång tid på dig, vi har inte mycket tid.”

”Skulle inte drömma om det”, grymtar han, med ansiktet förvridet i koncentration.

En plötslig gnista från under rattstången talar om för mig att han har lyckats. Motorn ryter till liv och en rysning ilar längs min ryggrad. ”Hoppa in”, beordrar jag, skjuter över honom till passagerarsätet innan jag själv glider in bakom ratten.

"Plattan i mattan, Blackwell", säger han och sjunker ihop mot fönstret. "Stanna inte förrän vi är flera mil från det här helveteshålet."

"Lita på mig, jag har ingen avsikt att stanna", svarar jag och trycker ner gaspedalen i botten. Däcken skriker mot asfalten när vi rusar iväg från anläggningen som har hållit oss fångna alldeles för länge.

Adrenalinet som forsar genom mina ådror håller mig fokuserad på uppgiften: att fly. Men i bakhuvudet dröjer sig en gnagande tanke kvar – vi må ha vunnit detta slag, men kriget är långt ifrån över.

Kapitel tjugotre

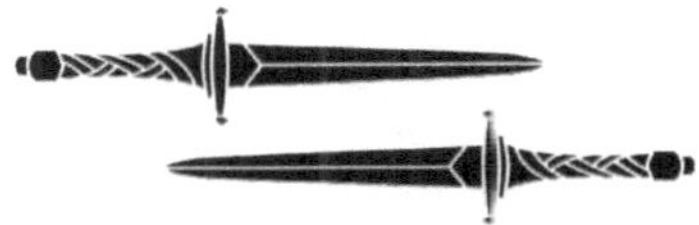

Den isande vinden tjuter genom de öppna fönstren, sticker i ögonen och gör fingrarna domnade där de är hårt knutna om ratten. Jag måste medvetet påminna mig själv om att andas in, andas ut, medan den mörka vägen framför mig blir suddig för mina tårfyllda ögon. Jag blinkar snabbt och kämpar för att hålla de heta tårarna tillbaka.

"Artemis ... du måste sakta ner", väser Declan svagt bredvid mig, hans röst dränks nästan av de klagande vindstötarna. Han sjunker slappt ihop mot passagerardörren, och ögonlocken fladdrar när han kämpar för att hålla sig vid medvetande.

"Inte än, vi är fortfarande för nära", ropar jag över stormen, mina knogar är likbleka av mitt skruvstädsliknande grepp om ratten. Vi behöver mer avstånd, så mycket som är mänskligt möjligt, mellan oss och den pyrande ruinen vi lämnade bakom oss.

"Okej", mumlar Declan, och det enda ordet kostar honom uppenbarligen en enorm ansträngning. Hans ansikte är spöklikt blekt, med blåmärkeslika skuggor runt de insjunkna ögonen.

Jag riskerar en snabb blick på hans askgråa ansiktsfärg, och oron gnager oavbrutet i magen på mig. Jag vet att han har väldigt ont, men att stanna nu skulle kunna bli ödesdigert om vi är förföljda.

"Stanna hos mig, Declan", manar jag och växlar ner aggressivt för att pressa den ansträngda motorn ännu hårdare. "Du får inte checka ut än, förstår du?"

"Aldrig ... tänkt det", viskar han hest, med en svag antydan till sitt skälmska leende på de spruckna läpparna. "Vilar bara ... ögonen."

"Visst, perfekt tillfälle för en tupplur", kontrar jag svagt, i ett försök till lättsamhet medan jag hänsynslöst väjer runt långsammare fordon. Vad som helst för att hålla honom engagerad. "Se bara till att behålla det där sinnet för humor."

"Aldrig ... lämnar hemmet ... utan det", väser Declan innan smärtan drar tillbaka honom in i tystnaden.

Bröstet dras samman av ångest, men jag trycker hänsynslöst ner den oönskade känslan än en gång. Jag har inte råd med rädsla eller sårbarhet just nu – inte när chansen att ta oss härifrån levande hänger på en skör tråd. Istället fokuserar jag enbart på motorns rytmiska puls och använder dess hypnotiska vibration för att tvinga bort alla andra tankar från mitt sinne.

"Så fort det är säkert ska jag lappa ihop dig ordentligt", lovar jag högt och gör rösten fast för att dölja mina egna tvivel. "Men för stunden, stanna bara hos mig, Declan. Håll ut."

"Alltid ...", andas han, innan hans ögonlock till slut glider igen och huvudet faller svagt åt sidan.

"Fan, våga inte ge upp!", väser jag och hårdnar mitt vitknogade grepp om ratten. "Vi kommer att klara oss igenom det här, Declan, hör du mig?"

Men den här gången är det bara den klagande vinden som svarar på min desperata vädjan. Jag svär tyst för mig själv och trycker gasen i botten, med det enda målet att köra ifrån våra förföljare. Jag måste bara hålla oss vid liv tillräckligt länge för att få se vad som än kommer härnäst.

De sjaskiga slumkvarteren välkomnar oss som en tvivelaktig mor – trasiga, desperata och med en stank av förfall. Jag saktar ner vårt stulna fordon till snigelfart, och dess slitna fjädring knarrar under den plötsliga bristen på rörelse. Av något mirakel har vi tagit oss så här långt utan att bli aktivt förföljda, men det betyder knappast att vi är säkra. Det här fordonet har troligen en spårningsenhet installerad – vi måste dumpa det omedelbart. Jag slösar bort dyrbara minuter med att tjuvkoppla en ersättare, med en skuld som vrider sig i magen när Declan jämrar sig genom sammanbitna tänder bredvid mig. Den smärtsamma processen tar uppenbarligen ut sin rätt, men vi har inget val. Hans ögon möter mina med resignation och tillit när han kämpar för att lyda.

"Bara lite längre", mumlar jag lugnande, medan mina ögon sveper över de smala, förfallna gatorna efter tecken på fara. Mina händer kramar ratten så hårt att knogarna vitnar, och ångesten ringlar sig som en orm i magen. Vi är så nära en potentiell fristad, om vi bara kan ta oss dit osedda.

Declan rör på sig med en skarp inandning, och nytt blod blommar fram på de provisoriska bandagen som är virade runt hans alltför bleka hud. "Och ... var är det?", mumlar han svagt med ansträngd röst.

"Någonstans där vi kan hålla låg profil och omgruppera oss", svarar jag, och mitt försök till humor faller platt även för mina egna öron. Denna kloak är långt ifrån en idealisk fristad, men det är det bästa alternativet vi har. "Ingen kommer att tänka på att leta efter oss här."

Declan ger ifrån sig ett smärtsamt skratt spetsat med bitterhet. "Vilken tur jag har ... en naturskön tur genom stadens finaste kloak."

Jag blir lite irriterad trots mig själv över hans avfärdande ord och känner mig märkligt defensiv över dessa förfallna gator. "Hallå, underskatta det inte. Slummen har gömt fler än några vilsna själar genom åren." Inklusive mig själv, en gång i tiden, innan jag fann en ny väg.

Declans ögon mjuknar något i en outtalad ursäkt. Vi må ryka ihop ibland, men han står fortfarande på min sida när det väl gäller. En klen tröst, men jag tar vara på varje ljusglimt jag kan hitta just nu.

Jag navigerar i slumkvarterens slingrande labyrint helt på instinkt, och varje välbekant potthål och återvändsgränd för oss närmare det gömställe som jag ber till gudarna inte har blivit avslöjat. Till slut, undangömd bakom förruttnat trä och rostande metall, ser jag den dolda ingången.

"Vi är framme", andas jag lättat, stänger av motorn och kliver snabbt ur. Declan kämpar för att följa efter, med ansiktet förvridet av smärta. Jag ställer mig under hans axel som stöd och leder honom mot den potentiella fristaden.

"Försök att inte göra en faceplant, okej?", skämtar jag svagt, men det dåliga försöket till humor faller platt under den förkrossande tyngden av min benmärgströtthet och ständiga oro för honom. Han tynar bort framför mina ögon, men jag kan inte låta honom se min gnagande rädsla.

Declans leende som svar är mer av en smärtsam grimas. "Jag ska ... göra mitt bästa", pressar han hest fram innan vi vacklar tillsammans genom den oansenliga dörren.

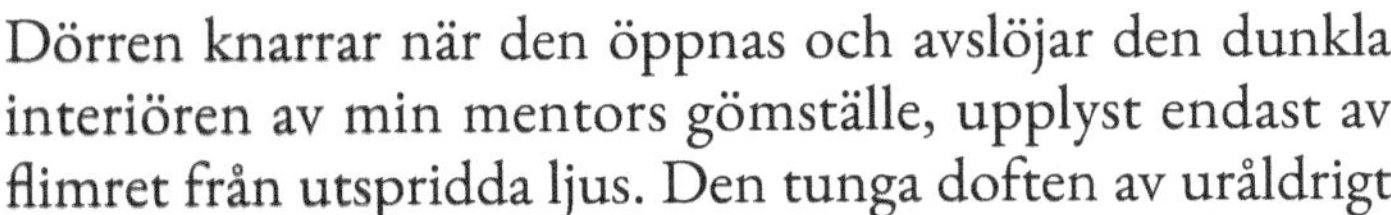

Dörren knarrar när den öppnas och avslöjar den dunkla interiören av min mentors gömställe, upplyst endast av flimret från utspridda ljus. Den tunga doften av uråldrigt pergament, frän rökelse och medicinska örter omsluter mig som en välbekant famn. Men trots vågen av nostalgi är spänningen fortfarande spänd i mitt bröst. Vi är inte säkra än.

"Se vem som äntligen behagar dyka upp", säger en torr röst från skuggorna. Dr Athina Rhodes kliver fram och betraktar mig med sitt karaktäristiska cyniska, sneda leende. "Jag började tro att du hade glömt vägen, barn."

"Trevligt att se dig också, gamling", kontrar jag automatiskt och hjälper en halvt medvetslös Declan att hanka sig över tröskeln. Han hänger tungt mot mig, och hans ansträngda andning är högljudd i den dammiga tystnaden.

Athinas skarpa blick far till Declan, och ett silverfärgat ögonbryn höjs värderande. "Och vem kan detta vara?"

"Declan Reed", svarar jag kortfattat och ser hur hennes stålgrå ögon smalnar något i igenkänning av namnet. Självklart känner hon till honom genom hans rykte. "Han blev tillfångatagen med mig. Vi behöver din hjälp."

"Självklart behöver ni det. Varför skulle du annars dyka upp oanmäld?" Hon fnyser och vinkar oss längre in med en otålig gest av sin knotiga hand. "Kom igen då, ta hit honom så att jag kan få en ordentlig titt."

Jag biter tillbaka en vass replik, för utmattad för att munhuggas. Declans döda tyngd mot min axel påminner mig om att detta inte är rätt tid för slagfärdiga kommentarer. "Han är ganska illa däran. Försökte skydda mig ..." Min röst dör ut, tjock av känslor som jag inte har tid att reda ut just nu.

Athinas uttryck mjuknar, bara för ett ögonblick, innan hennes vanliga tvära sätt återvänder. "Bra, bra, låt oss ta en titt på patienten då."

Tillsammans lyckas vi få Declan placerad på det rangliga undersökningsbordet av trä längst bak i det belamrade rummet. Han glider in och ut ur medvetslöshet, med huvudet som slokar svagt åt sidan. Jag håller mig tätt intill och ser på medan Athina undersöker honom med snabba, övade rörelser som finslipats under decennier i underjorden. Hon må vara en envis gammal stöt, men hennes skicklighet går inte att förneka.

"Jag antar att ni inte skulle ha något emot att berätta för mig exakt hur ni hamnade i den här röran?", frågar hon konverserande och klipper försiktigt bort Declans trasiga, blodindränkta skjorta för att avslöja hans skadors fulla omfattning. Hennes min förblir oberörd, men jag ser hur hon sväljer när hon tar in skadornas vidd.

Jag sammanfattar snabbt hur vi fann den första förrymda hybridvarelsen, insåg att vi hade snubblat över något större och blev tillfångatagna. Mina ord kommer ut korthuggna och kärva, med en vitglödande ilska som sjuder strax under min samlade yta. "De leker gud, Athina. Experimenterar på paranormala och människor, försöker skapa någon sorts förvriden superarmé."

Hon nickar, inte förvånad över anklagelsen. Inte mycket chockar henne längre. "Du har alltid haft en talang för att sticka näsan i blöt, barn." Men det finns ingen verklig tillrättavisning i hennes ord. Bara en trött resignation.

"Så du hjälper oss alltså?", kräver jag otåligt. Vi är så nära att få ett slut på denna mardröm. Jag tänker inte låta Declans uppoffring vara förgäves.

"Sakta i backarna, hetsporre. Jag ska göra vad jag kan för att lappa ihop honom, men resten är upp till dig." Hennes ögon möter mina, fullständigt allvarliga för en gångs skull. "Om Byrån har er i sitt sikte måste ni försvinna. Hålla låg profil och låta det här blåsa över."

Jag andas ut skarpt, hatar förseningen men ser visdomen i hennes råd. "Okej. Vi får väl hitta på något, antar jag."

Athina bara skrockar humorlöst och vänder sig tillbaka för att sköta om Declans skador. "Du? Hålla dig borta från trubbel för en gångs skull? Det skulle jag betala dyra pengar för att se."

Hur mycket jag än hatar att erkänna det högt, har Athina rätt. Trubbel verkar följa mig vart jag än går. Men inte den här gången – jag vägrar att låta det ta överhanden längre. Vi ska vila, återhämta vår styrka och sedan slå tillbaka mot Byrån med allt vi har. De ville ha Artemis Blackwell som fiende? De kommer snart att få reda på vilket stort misstag det var.

”Okej ni två, det räcker med spänning för en natt”, förklarar Athina bestämt, äntligen klar med att ta hand om Declans otaliga skador. ”Vila er medan ni kan. Det finns bara en säng, men jag är säker på att ni lyckas lösa det.”

”Fantastiskt”, muttrar jag tyst för mig själv, för utmattad för att orka dölja min frustration. Det absolut sista jag vill just nu är att dela ett trångt utrymme med Declan Reed av alla människor, även om han precis riskerade liv och lem för min skull. Men vi är båda fullständigt dränerade, fysiskt och mentalt. Att bråka om sovplatser känns som ett slöseri med dyrbar energi som vi kommer att behöva för prövningarna som väntar. Dessutom är det knappast de värsta förhållandena vi har tvingats utstå tidigare på uppdrag som gått snett.

Declan grymtar bara vagt till svar, redan på väg som en zombie mot den enda klumpiga, slitna madrassen undangömd i hörnet. Han kollapsar benlöst på den, utan att ens bry sig om att sparka av sig sina leriga kängor först. Riddarligheten måste verkligen vara död.

Jag suckar, ger Athina en blick som är hälften tacksamhet, hälften förargelse, innan jag släpar mina egna blytunga fötter bort för att göra anspråk på det lilla utrymme som återstår bredvid Declans utsträckta gestalt. Det är ingen idé att klaga på de trånga, mindre än ideala omständigheterna – vi behöver båda vila desperat just nu, även om det måste delas.

I samma ögonblick som jag lägger mig på den knarrande madrassen protesterar hela min kropp, varje muskelfiber värker våldsamt. Men det är ingenting jämfört med den själsdjupa utmattning som sipprar in i själva märgen och hotar att dra ner mig. Jag kastar en blick på Declan och ser att han redan är halvt sovande, hans andning är långsam och stadig trots smärtan han säkert måste känna. Typiskt.

”Hallå”, viskar jag och knuffar otåligt på honom. ”Flytta på dig, är du snäll?”

”Va ...?”, mumlar han sömndrucket och flyttar sig precis tillräckligt för att jag ska kunna kila in mig på madrassens yttersta kant. Våra armar pressas mot varandra i det trånga utrymmet och skickar en oväntad pirrning upp längs ryggraden, vilket jag snabbt avfärdar som trötthet som fördunklar mina sinnen.

”God natt”, muttrar jag tvärt och drar upp den tunna, sträva delade filten över oss båda. Ju snabbare jag kan förlora medvetandet, desto bättre.

”G’natt”, ekar Declan vagt, med en röst som sluddrar av utmattning.

Trots mig själv finner jag snart att mitt huvud dras mot värmen från hans bröst när jag vrider och vänder mig i jakt på en någorlunda bekväm ställning på denna klumpiga ursäkt till säng. Det är inte som att det finns gott om personligt utrymme för att upprätthålla anständigheten ändå. Och hans jämna hjärtslag är förvisso lugnande ... rent praktiskt, förstås. Inget mer.

”Artemis ...”, Declans viskande röst väcker mig ur min halvslummer. ”Jag är ledsen ... för allting ...”

”Spara det, Reed”, fräser jag, och ilskan tar tillfälligt över min benmärgströtthet. ”Vi tar itu med den här röran imorgon.”

”Just det ...”, mumlar han och blir välsignat tyst igen.

Hur mycket jag än vill klamra mig fast vid min vrede, hålla garden uppe, är sömnens lockrop för starkt nu. Det rytmiska ljudet av Declans andning och värmen som strålar från honom är märkligt tröstande. Mot bättre ve-

tande låter jag mina tunga ögonlock glida igen. Och för
första gången på alltför länge, trots faran vi står inför, hatar
jag inte helt den sårbara känslan av att ha någon bredvid
mig när jag sover.

Kapitel tjugofyra

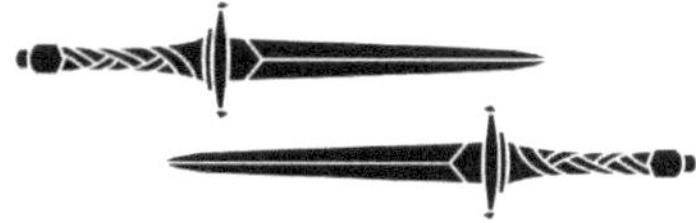

Morgonsolen kikar in genom de slitna gardinerna och drar upp mig ur min oroliga sömn. Jag blinkar mot det skarpa ljuset, desorienterad. Den fylliga doften av nybryggt kaffe fyller mina näsborrar när jag pressar mig upp, och den klumpiga madrassen stönar i protest. Kisande genom det svaga ljuset ser jag Athinas smala gestalt som en silhuett mot fönstret, hennes gloria av vitt hår fångar solljuset.

”Tycker du inte att du har satt för stor tilltro till Obsidiancirkeln, Artemis?” frågar hon utan omsvep, och hennes klipska bruna ögon smalnar av oro. Jag står emot lusten att himla med ögonen av irritation; hennes hönsmammeaktiga närvaro kan vara kvävande ibland.

”Vi behöver alla allierade vi kan få just nu om vi ska hitta Diana och stänga ner Byrån för gott”, kontrar jag och glider motvilligt ur sängens relativa värme. Morgonluften ger mig gåshud. ”Även om det innebär att vi måste slå oss samman med en grupp avfällingar.”

Athina fnyser, inte övertygad. ”Avfällingar som alltid har verkat på fel sida av lagen, kan jag tillägga.”

”Jaså, och du har väl en bättre idé om var vi ska börja leta efter henne?” fräser jag tillbaka och känner hur axlarna spänns. De sista resterna av sömn klamrar sig fortfarande fast vid mitt medvetande, vilket gör mig lättretlig.

Med en tung suck vänder sig Athina helt mot mig, och hennes uttryck utstrålar en subtil blandning av frustration och oro i lika mått. Hennes ögon söker mitt ansikte som om hon försökte hitta svar som lurar under min trotsiga min. Efter en lång stund skakar hon på huvudet, uppgivet. ”Vi kommer att hitta henne, Artemis. Men du måste vara försiktig med vem du litar på – tålamod och eftertanke är avgörande nu.”

Jag knyter nävarna och naglarna biter smärtsamt in i handflatorna. ”Tålamod? Diana kanske inte har mycket tid kvar om hennes far bestämmer sig för att hon har överlevt sin nytta.” Min röst dryper av bitterhet vid tanken. Jag förstår hennes motiv till sveket – hennes egen far använde hennes DNA mot hennes vilja, skarvade det med paranormala för att skapa monstruösa hybridslavar. Oförlåtligt.

Athina tar ett steg närmare och lägger en väderbiten hand tröstande på min axel. ”Att blint rusa in i faran hjälper varken Diana eller någon annan. Det vet du.” Hennes röst förblir irriterande förnuftig, lugnande.

Jag rycker undan hennes hand, upprörd. ”Om inte det, vad då? Jag kan inte bara sitta här och göra ingenting!” Min röst spricker en aning och desperationen sipprar igenom fasaden. Ärret på min kind kittlar och påminner mig om tidigare prövningar. Men inget av det kan jämföras med den beslutsamhet som nu flammar inom mig för att hitta och rädda Diana. Jag kommer inte att överge henne, oavsett vad.

Athinas uttryck mjuknar ytterligare, hon ser rakt igenom till den känslostorm jag gör mitt bästa för att undertrycka. ”Tålamod, Artemis. Vi kommer att hitta ett sätt, det lovar jag dig. Utan onödiga risker.”

Jag vet att hon har rätt, men det gör inte den här påtvingade overksamheten lättare att svälja. Jag riskerade allt för att få ut Declan i säkerhet – hur kan jag göra något mindre för Diana? För tillfället väntar vi och planerar. Men snart, på ett eller annat sätt, kommer jag att hitta henne. Jag lämnar inte folk i sticket.

Aldrig någonsin.

Athina suckar tungt och de fina linjerna runt hennes ögon tycks fördjupas när hon långsamt och uppgivet skakar på huvudet. Frustration och oro flimrar över hennes vanligtvis stoiska drag som annalkande åskmoln.

”Jag är rädd att jag inte har några enkla svar att ge dig, Artemis”, säger hon till sist med en röst som är mjuk av beklagande.

”Strålande. Så vi är tillbaka på ruta ett utan några spår. Perfekt.” Jag gör inget försök att dölja den frätande sarkasm som dryper från varje ord, alltför spänd för att spela teater.

Athinas blick blir skarpare och hon tar ett långsamt, fundersamt andetag innan hon svarar. ”Det kan finnas en person som eventuellt skulle kunna hjälpa oss.”

Jag höjer ett frågande ögonbryn, och nyfikenheten tränger tillfälligt undan min sjudande otålighet. ”Jaså? Och vem skulle det vara?”

”En avhoppad forskare, tidigare från Byrån. I åratal har jag hört rykten om att han fortsätter sin forskning utanför systemet och i hemlighet fördjupar sig i det paranormala och övernaturliga.”

Jag fnyser föraktfullt, kan inte låta bli. ”Rykten och skuggor? Är det din storslagna plan, att lita på någon galen vetenskapsman baserat på obekräftat skvaller?”

"Desperata tider kräver desperata åtgärder, barn." Athinas ton blir bestämd och tolererar inga invändningar. "Vi behöver alla potentiella allierade vi kan få i den här kampen, oavsett hur okonventionella de är. Den här mannen kan besitta värdefulla insikter."

Jag fortsätter att vandra av och an i det trånga rummet som en tiger i bur, den oroliga energin söker efter ett utlopp. "Eller så kan han vara lika farlig och oetisk som sina tidigare kollegor på Byrån", kontrar jag. Riskerna verkar ohållbara med så lite solid information.

Athina nickar lätt som ett erkännande. "Kanske det. Men som det ser ut nu utgör han vårt enda potentiella spår." Hennes genomträngande blick förblir orubbligt fäst vid min. "Det är en liten chans, men jag anser att den är värd att ta."

Jag andas ut tungt och ger med mig för stunden. "Okej. Men om det här visar sig vara ännu en återvändsgränd håller jag dig ansvarig." Även när jag säger det vet jag att mitt tomma hot inte har någon verkan på henne.

"Det är rättvist", instämmer hon genast. "Låt oss nu hitta den här forskaren snabbt och få de svar vi behöver för att rädda Diana innan hennes tid rinner ut." Hennes ögon blixtrar till med förnyad övertygelse.

"Just det", ekar jag och knyter nävarna hårt i förväntan. Oro och misstänksamhet ligger fortfarande bittert på tungan, men jag kommer villigt att ingå vilka riskfyllda allianser som än krävs för att rädda Diana. Efter allt hon har lidit kommer jag inte att svika henne nu. Oavsett priset.

⸺◦⸺

Regnets stadiga smatter mot den immiga fönsterrutan ekar olycksbådande genom det dunkla rummet – en ständig påminnelse om den malande oron och spänningen som brygger både utanför och inuti. Jag kan inte skaka av mig den gnagande känslan av att vi leker med elden genom att söka upp den här mystiska avhoppade forskaren. Än värre, att vi frestar krafter som är långt mer ondskefulla än bara lågor.

"Okej", säger Athina mjukt och bryter den spända tystnad som har lagt sig över oss. "Om den här mannen verkligen har avgörande information som kan hjälpa oss att rädda Diana, behöver vi en solid plan för att komma in i hans labb."

Jag hånskrattar, oförmögen att tygla min sarkastiska tunga. "Visst, inga problem. Att bryta sig in i en potentiellt instabil och farlig galnings hemliga lya låter ju som en helt vanlig måndag."

"Artemis." Athina ger mig en menande blick, hennes röst blir varnande skarp även om spår av oro dröjer sig kvar i kanterna. "Vi har inte tid för lättsinne just nu. Liv står på spel."

Tillrättavisad rycker jag på axlarna och korsar armarna i en försvarsställning. "Okej, förlåt. Vad är den här briljanta handlingsplanen då?"

Athina tvekar och verkar välja sina nästa ord med omsorg. "Jag tror att dina ... unika charm kan visa sig vara mest effektiv för att säkra tillträde."

Under ett långt ögonblick bara stirrar jag, säker på att jag måste ha hört fel. "Vad sa du? Vill du på allvar att jag ska förföra någon avhoppad galen vetenskapsman? Är det din mästerplan?"

"Desperata tider kräver kreativa lösningar, barn", påminner Athina mig bestämt, men inte utan en glimt av empati i ögonen. "Det skulle kunna vara mycket mindre farligt än att försöka ta sig in med våld."

Jag drar en hand genom håret i upprördhet, pulsen skenar iväg. "Visst, att flörta med en troligen rubbad och oförutsägbar psykopat låter ju så mycket säkrare."

"Om han tror att du är genuint intresserad kanske han sänker garden tillräckligt för att släppa in dig utan en direkt konfrontation." Athinas röst förblir irriterande förnuftig när hon möter min blick stadigt. "Väl inne i hans labb kan du ta reda på vad vi behöver för att gå vidare."

Jag biter ihop tänderna och vrider mig inombords mot hennes logik, även när mina instinkter skriker i protest. Att använda beräknande kvinnlig lockelse är en sak, men att komma intimt nära någon som är genuint depraverad? Gallan svider i halsen vid tanken.

Men Dianas liv hänger på en skör tråd. Vi har inga fler alternativ och tiden håller snabbt på att rinna ut.

"Okej", pressar jag fram till slut, det bittra ordet klibbar som aska på tungan. "Jag gör vad som krävs."

En djup lättnad sköljer över Athinas bekymrade drag. "Tack, Artemis. Jag vet att du kan hantera det här."

Jag tvingar fram ett flin jag inte känner. "Självklart kan jag det. Jag hoppas bara att din lilla chansning lönar sig i slutändan."

När jag vänder mig om för att lämna rummet trycker farhågorna ner mig med en kvävande tyngd. Men jag rätar på ryggen och lyfter hakan och kliver ut i stormen med stålsatt beslutsamhet. Inget pris är för högt för att rädda Diana nu, även om det innebär att dansa med djävulen själv.

Jag marscherar in i det stora rummet, ett åskmoln av ilska och beslutsamhet brygger inom mig. Declan slappar i den slitna soffan och bläddrar i någon gammal bok. Han ser upp när jag närmar mig, hans nötbruna ögon smalnar.

"Nå?" uppmanar han. "Vad säger Athina?"

"Tydligen finns det en avhoppad före detta Byrå-forskare som driver ett hemligt labb någonstans", spottar jag fram kortfattat, min röst dryper av gift. "Kan innehålla information relaterad till Diana eller Obsidian-cirkeln."

Declan lägger boken åt sidan, intresset väcks. "Det låter lovande. Vad blir vårt drag då? En hemlig operation för att infiltrera?"

Jag vänder bort blicken, käken spänd. "Något i den stilen. Athina tror att bästa sättet att komma in är att jag ... vinner forskarens förtroende på ett intimt plan." Jag kvävs nästan av eufemismen.

"Vad sa du?" Declans röst går upp en oktav i misstro. "Hennes mästerplan är att hora ut dig till någon instabil galning?"

"Hej, spela inte så skandaliserad", fräser jag tillbaka, på helspänn. "Jag kan ta hand om mig själv alldeles utmärkt."

Declan drar en hand genom sitt evigt rufsiga hår, frustrationen är uppenbar. "Det här är ingen småfifflare, Artemis. Vem vet vad en avhoppad före detta Byrå-forskare är kapabel till? Det är för farligt."

Jag korsar armarna trotsigt. "Jag improviserar om det behövs. Vi behöver informationen, och det här är vår bästa chans att rädda Diana." Mina händer knyts ofrivilligt vid tanken på henne. "Jag tar risken."

Declans käke arbetar, konflikten syns tydligt i hans ansikte – beskyddarinstinkter i krig med pragmatism. Efter en tung suck ger han motvilligt med sig. "Okej, men du går inte in utan förstärkning. Jag kommer att vara i närheten ifall saker och ting går snett."

Jag fnyser föraktfullt och himlar med ögonen. "Perfekt, inget förbättrar en förförelse som en överbeskyddande förkläde som lurar i skuggorna."

"Bättre än att möta den här psykopaten ensam." Det finns en verklig hetta i Declans röst nu och ilskan tänds.

"Vad som helst", fräser jag avfärdande och vänder på klacken för att gå. "Jag behöver ingen jävla barnvakt."

Jag känner hans glödande blick borra sig in i min rygg när jag går iväg, men jag vägrar att låtsas om den. Jag har ett jobb att göra, och ingen – inte ens Declan – kommer att hindra mig. Om att fladdra med ögonfransarna åt någon depraverad galning hjälper till att rädda Diana så får det vara så. Ett litet pris att betala i det stora hela.

Medan jag förbereder mig för att möta den avhoppade forskaren maler nerver och osäkerhet inom mig, oavsett hur hårt jag försöker undertrycka dem. Förförelse är lätt nog, men om den här mannen visar sig vara verkligt instabil ... kan det gå väldigt fel.

Declans beskyddarinstinkt, hur irriterande den än är, kommer från en plats av omtanke. Kanske är det inte den sämsta idén att ha honom i närheten ... Men jag förvisar snabbt den tanken. Jag behöver inte bli daltad med. Jag kan hantera det här, precis som allt annat livet har kastat på mig.

Med huvudet högt går jag ut för att slutföra det osmakliga men nödvändiga uppdraget. Inga tvivel, ingen rädsla. Att misslyckas är inte ett alternativ – inte med Dianas öde som hänger på en skör tråd.

”Jag kan inte fatta att jag faktiskt gick med på den här absurda planen”, muttrar jag för mig själv medan Athina entusiastiskt rotar igenom sin eklektiska garderob. Lyckligtvis är vi tillräckligt lika i storlek för att dela kläder, även om hennes smak drar drastiskt mer mot det flamboyanta än min föredragna mörka, tuffa estetik.

”Åh, tyst med dig, du kommer att vara fullständigt oemotståndlig när jag är klar med dig!” Hon håller upp en skandalöst kort svart minikjol och en genomskinlig, skimrande magtröja täckt av silvrigt glitter. ”Gå nu och sätt på dig det här medan jag samlar ihop resten av sakerna.”

Jag himlar med ögonen men tar emot klädesplaggen. Jag smiter in i det trånga badrummet och drar motvilligt på mig kläderna tillsammans med de lårhöga konstläderstövlarna hon hade insisterat på att jag skulle köpa tidigare. Jag stålsätter mig och kontrollerar hela effekten i spegeln – ensemblen visar upp mina kurvor på alla de rätta provokativa sätten. Jag vet det med säkerhet när jag kommer ut och ser Declans käke spännas medan han medvetet undviker att möta min blick.

Athina klappar exalterat i händerna, uppenbarligen omedveten om Declans obehag. "Åh ja, den där forskaren kommer inte att veta vad som träffade honom!"

Innan jag hinner reagera sätter hon mig ner och börjar styla mitt hår, fäster upp mina distinkta silverblonda lockar innan hon sätter fast en lång, eldröd peruk på mitt huvud istället.

Jag suckar, känner mig redan löjlig. "Är allt det här verkligen nödvändigt?"

"Absolut! Du måste vara helt oigenkännlig för att detta ska fungera." Athina fortsätter att pyssla och limmar nu försiktigt fast lösögonfransar på mina ögonlock. "Nu till pricken över i:et ..."

Hon sätter i himmelsblå färgade linser, vilket helt förvandlar mina vanliga livfulla gröna ögon. Hon tar ett steg tillbaka, granskar sitt hantverk och ler gillande. "Perfektion. Han kommer inte att ha en aning om vem du egentligen är."

Jag studerar mig själv kritiskt i spegeln och måste erkänna att hon har rätt. Mellan peruken, linserna och den vågade, klubbredo utstyrseln ser jag inte alls ut som mitt vanliga läderklädda, tuffa jag. Det är fantastiskt vad några kosmetiska justeringar kan göra.

Athina sprejar mig rikligt med någon kväljande söt blommig parfym och rynkar på näsan. "Här, ta på dig den här också för promenaden dit." Hon ger mig en slinkig svart trenchcoat. "Ta sedan av den när du har hans fulla uppmärksamhet." En illmarig blinkning understryker förslaget.

Jag tar på mig kappan och intar sedan en överdrivet provokativ pose. "Nå? Duger jag som en vamp som kan förföra din galna vetenskapsman?"

Athina bara skrattar högt. "Åh, den stackars dåren kommer inte att veta vad som träffade honom! Du är en riktig femme fatale nu."

Jag tillåter mig ett stelt flin åt det. Dags att sätta upp sitt livs föreställning och få den information vi desperat behöver. Den här intet ont anande forskaren har ingen aning om vem han strax fritt kommer att bjuda in i sin hemliga inre helgedom. Men han kommer snart att få reda på exakt vad som händer när man bråkar med Artemis Blackwell.

KAPITEL TJUGOFEM

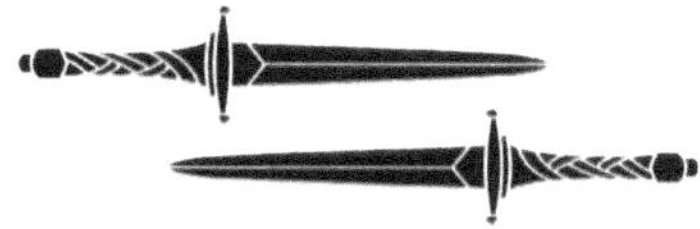

DEN TUNGA MÅNEN HÄNGER olycksbådande på den bläcksvarta himlen när jag tyst smyger ut ur vårt provisoriska gömställe, noga med att inte väcka Declan. Han ligger utslagen på det smutsiga golvet och snarkar lätt, saligt ovetande om att jag återigen är på väg att trotsa hans envisa önskan. Jag måste kväva ett opassande skratt vid tanken – som om Declan skulle kunna vakta mig varje ögonblick, dag som natt. Hans överbeskyddande försök är nästan rörande meningslösa.

Jag tar mig fram längs de slingrande, skuggiga gatorna mot den sjaskiga baren i centrum där jag ska träffa vår måltavla, den avhoppade forskaren dr Malcolm Kastler. Enligt Athinas underrättelser är han känd för att besöka just det här skabbiga stället vissa kvällar i veckan. Det perfekta stället för ett "slumpmässigt" möte.

När jag kliver in i den dunkelt upplysta, rökiga baren får jag syn på dr Kastler direkt trots det svaga ljuset. Han är i trettioårsåldern, med vilt, ovårdat svart hår som delvis skymmer ovanliga, ljust violetta ögon som tycks glöda kusligt i mörkret. Han är hopkrupen över den smutsiga bardisken och klottrar ursinnigt på en skrynklig servett, helt förlorad i sin egen tankevärld.

Jag tar ett djupt, stärkande andetag och glider över till barstolen bredvid honom. "Skulle du vilja bjuda en flicka på en drink?", frågar jag med mitt mest förföriska, flirtiga tonfall.

Han tittar upp, förskräckt, och stelnar till när han ser mig. Jag ger honom ett förföriskt leende och låter min blick uppskattande vandra över honom innan jag lätt låter mina manikyrerade fingrar löpa längs hans arm.

"Jag, öh ... hm ...", stammar han och gapar på mig som en stum fisk. Dr Kastler må vara ett påstått geni, men det är uppenbart att han har väldigt lite erfarenhet av att umgås med kvinnor. Fast jag kan definitivt utnyttja hans uppenbara nervositet och oerfarenhet till min fördel här.

Jag lutar mig närmare och sänker rösten till en hes, spinnande viskning. "Det har varit en så lång, stressig dag, och jag skulle verkligen behöva lite ... sällskap."

Hans adamsäpple guppar till märkbart när han sväljer tungt, och pupillerna vidgas vilt under den där ovanliga, violetta blicken. Men åtrå ersätter snabbt chocken i hans ansiktsuttryck. Han vinkar hastigt till sig bartendern.

"Allt för en vacker kvinna", lyckas dr Kastler få fram med ett nervöst snett leende. Jag måste stå emot lusten att himla med ögonen åt den klyschiga repliken. Den här stackars förälskade dumbommen har verkligen ingen aning om vem han bjuder in i sitt förvridna nät. Det här kommer att bli ännu enklare än jag trodde.

Jag fladdrar med mina lösögonfransar och ger honom ett förföriskt, inställsamt leende. "Jag är Annabelle. Och du är ...?"

"Malcolm", svarar han skyndsamt. "Kalla mig Mal." Hans pupiller vidgas ännu mer när jag diskret flyttar på benen så att min korta kjol glider upp och blottar mer av låret. Han är fullständigt trollbunden. Han svalde betet, med hull och hår.

Jag låter dr Kastler bjuda mig på en drink medan jag diskret styr vårt samtal mot hans vetenskapliga arbete, och använder strategiskt smicker och kvardröjande beröringar på hans arm för att sänka hans spärrar. Han verkar ivrig att imponera på mig och börjar snart skryta vagt om sina topphemliga experiment, även om han är förtegen om deras exakta natur och syfte.

"Min senaste formel kommer att revolutionera allt", säger han i förtroende och lutar sig fram med en exalterad glimt i sina ovanliga violetta ögon. "De potentiella tillämpningarna är oändliga!"

Jag spärrar upp ögonen och flämtar lätt i spelad förundran. "Det låter otroligt! Och Byrån vägrade att stödja ditt geni?"

Han skakar på huvudet, och en strimma av bitterhet förvrider kort hans drag. "Det var jag som inte höll med om deras metoder i slutändan. Jag kunde inte stå ut med den riktning de var på väg åt. Men det spelar ingen roll – jag har byggt mitt eget privata labb sedan dess, rakt under näsan på dem!"

"Så djärvt av dig", spinner jag och drar mina vassa naglar längs hans nacke, vilket framkallar en tillfredsställande rysning. "Jag älskar verkligen en rebell som inte är rädd för att bryta mot reglerna."

"Tja, jag, öh ...", stammar dr Kastler igen och rodnar nu våldsamt under mina smekningar.

Jag känner att jag har en öppning och sätter in nådastöten. "Kanske du skulle kunna ge mig en privat rundtur i det här hemliga labbet någon gång?", föreslår jag oskyldigt. "Jag skulle så gärna vilja se allt spännande arbete du håller på med."

Hans ögon lyser upp vid tanken. "Verkligen? Är du faktiskt intresserad av min forskning?"

”Absolut.” Jag ger honom min mest övertygande råd-jursblick. ”En så briljant man som du är så sällsynt. Jag skulle kunna lyssna på dig prata om ditt arbete hela natten ...”

Uppmuntrad av flytande mod och mitt skamlösa smicker sveper dr Kastler snabbt i sig resten av sin drink och reser sig och sträcker fram en hand för att hjälpa mig ner från barstolen. ”Nå, vad väntar vi på? Låt mig ge dig en VIP-tur, min kära.”

Jag tar hans erbjudna hand med ett förföriskt leende och döljer min triumf. Han svalde betet, med hull och hår. Den här aningslösa forskaren har ingen aning om att han ivrigt leder mig rakt in i hjärtat av fiendens op-eration. Ett steg närmare att avslöja Byråns ruttna inre.

När vi lämnar baren hand i hand kväser jag en känsla av obehag över hur lätt jag lurade honom. Jag påminner mig själv om att ändamålet helgar medlen – liv står på spel. Vad som än krävs för att nysta upp Byråns förvrid-na experiment kommer jag inte att tveka.

Inte när Dianas öde ligger i vågskålen.

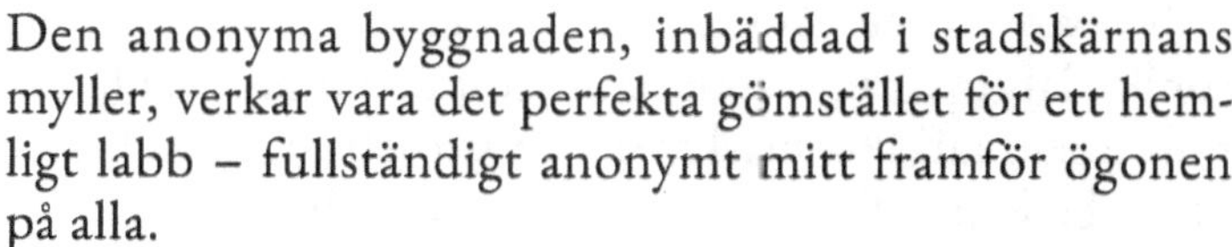

Den anonyma byggnaden, inbäddad i stadskärnans myller, verkar vara det perfekta gömstället för ett hem-ligt labb – fullständigt anonymt mitt framför ögonen på alla.

När vi närmar oss den omärkta dörren låter jag avsik-tligt min hand snudda vid Malcolms, vilket framkallar en tillfredsställande rysning hos honom. ”Du vet”, mumlar jag och lutar mig förtroligt nära. ”Jag har alltid tyckt att vetenskap är så fascinerande. Vilken typ av experiment utför du i det här hemliga lyan?”

”Jag är rädd att det är hemligstämplat, min kära”, svarar han. Jag kan redan höra hur åtrån gör hans röst tjockare. ”Men kanske ... bara kanske ... skulle jag kunna ge dig en privat demonstration senare.”

”Lovar du?”, retas jag lätt och fladdrar med mina lösögonfransar.

”Det kan du lita på”, lovar Malcolm och låser upp dörren med lätt darrande händer och vinkar in mig.

Labbets insida är mycket större och mer avancerat än jag hade förväntat mig – ett helt vidsträckt komplex som förgrenar sig från den anonyma entrén. Men anläggningen verkar kusligt mörk och öde vid den här sena timmen, nästan övergiven. Antingen har resten av personalen redan gått hem för natten, eller så är den här galningen den enda som härjar i det här massiva komplexet. Inget av alternativen är särskilt trösterikt.

Malcolm leder mig i handen nerför en dunkel, slingrande korridor och låter redan sina händer vandra fritt i vad han troligtvis tror är förförelse. Jag måste kämpa mot den nästan överväldigande lusten att himla med ögonen av avsmak. Han verkar tro att vi av misstag har hamnat på inspelningen av en billig porrfilm. Det spelar ingen roll – jag kan svälja min avsky och spela med om det ger mig den tillgång jag behöver.

När vi slutligen når vad som uppenbarligen är hans personliga laboratorium är det stora rummet mörkt, kallt och fyllt med märkliga maskiner och utrustning som kastar olycksbådande, förvridna skuggor över väggarna. Det är precis den atmosfär jag skulle förvänta mig för de hemliga experimenten hos en avhoppad före detta byråforskare. Hela utrymmet får en ofrivillig rysning att gå längs min ryggrad som inte har något med passion eller spänning att göra. Om något känns det som öppningsscenen i en skräckfilm, och en som troligtvis slutar illa för den ovetande hjältinnan.

”Mycket intressant”, lyckas jag spinna med spelad vördnad, som om jag vore imponerad av den oroande omgivningen. I själva verket rusar mina tankar i ljusets hastighet och letar efter någon ledtråd som kan leda mig till Dianas position. Och när jag hittar den kommer jag definitivt att se till att Declan blir fullt medveten om vem som knäckte det här fallet. Vem som är den verkliga hjältinnan i den här berättelsen.

Men för tillfället tvingar jag mig själv att möta Malcolms slippriga blick och le lockande. ”Varför visar du mig inte några av dina favoritprojekt, doktorn?”

***

Det svaga, rytmiska ljudet av Malcolms ansträngda andning säger mig att han äntligen har fallit i djup sömn. Det är nu eller aldrig jag måste agera. Jag glider försiktigt undan från hans svettiga arm, med pulsen bultande av lika delar förväntan och oro. Dianas öde ligger i vågskålen, och jag har inte råd att svika henne nu.

Jag drar hastigt på mig kläderna igen och korsar tyst det skuggiga rummet, en kvinna på ett uppdrag. Den enda belysningen kommer från det kusliga skenet från en datorarbetsstation på den bortre väggen, där skärmarna ger ett utomjordiskt blåaktigt ljus i mörkret. Mitt hjärta bultar obevekligt i bröstet när jag sätter mig ner och snabbt börjar sortera igenom filer i jakt på någon ledtråd till var Diana kan vara.

”Var är du, Diana?”, muttrar jag med sammanbitna tänder, medan fingrarna flyger över tangentbordet med fokuserad beslutsamhet. Fil efter fil blinkar förbi på skärmen – formler, forskningsdata, experimentloggar – men inget sticker ut. Slutligen, gömd i ett hav av krypterade mappar, ser jag den – en fil med den enkla titeln "Projekt Diana". Detta måste vara nyckeln jag har letat efter.

"Där satt den", andas jag, med rusande puls när jag snabbt kopierar den mystiska filen till mitt USB-minne. Jag kastar ständigt blickar över axeln för att försäkra mig om att Malcolm förblir medvetslös på sin skrynkliga brits bara några meter bort. Mitt hjärta bultar som om det skulle sprängas mot revbenen av upphetsning och ångest.

Precis när jag är säker på att jag har kommit undan obemärkt, skär plötsligt tjutande sirener genom luften. Jag rycker till av förvåning och svär tyst. Ett tyst larm måste ha utlösts av min obehöriga filåtkomst. Så mycket för att smita iväg obemärkt.

"Helvete!", väser jag, rycker loss USB-minnet och stoppar det säkert i min jackficka. Denna stöt blev just betydligt mer komplicerad.

"Annabelle?", ropar Malcolms sömniga röst över det oavbrutna tjutandet. "Vad är det som händer?"

Jag bemödar mig inte att svara, utan rusar redan mot labbdörren när han fumlar sig ur sängen. Min rock böljar bakom mig som en mörk hämnande ängel när jag springer nerför de dunkla korridorerna.

"Ledsen, Casanova!", ropar jag sarkastiskt över axeln. "Det verkar som om vårt lilla kärleksmöte blev för hett för dig att hantera."

Hans svarande rop ekar bakom mig, men jag är redan långt borta och springer hejdlöst genom de labyrintliknande korridorerna. Sirenerna fortsätter sin enträgna sång och sporrar mig att springa snabbare trots skrikande muskler.

"Declan gör bäst i att ha flykten redo", tänker jag, medan hjärnan snabbt beräknar eventualiteter och flyktstrategier. Vi har mycket att diskutera när jag väl tar mig ut ur det här ormboet.

När. Inte om. Att misslyckas är fortfarande ett oacceptabelt alternativ med Dianas liv i farozonen. Och jag tänker fan inte gå härifrån tomhänt.

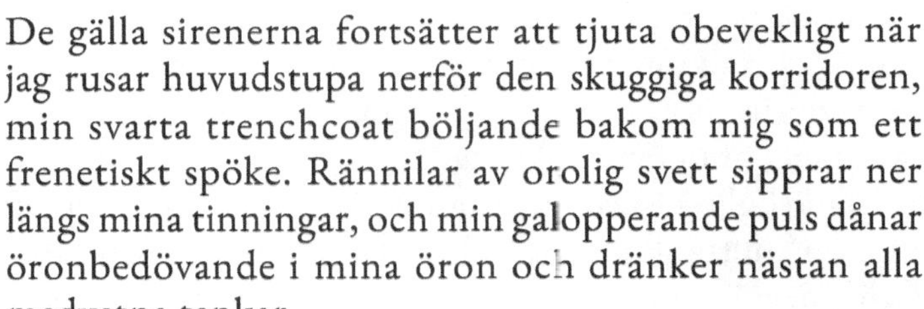

De gälla sirenerna fortsätter att tjuta obevekligt när jag rusar huvudstupa nerför den skuggiga korridoren, min svarta trenchcoat böljande bakom mig som ett frenetiskt spöke. Rännilar av orolig svett sipprar ner längs mina tinningar, och min galopperande puls dånar öronbedövande i mina öron och dränker nästan alla medvetna tankar.

”Fan ta allt, Artemis”, förebrår jag mig själv andlöst mellan flämtande andetag. ”Du klantade verkligen till smygandet den här gången.” Mitt eget vårdslösa övermod har försatt mig i den här knipan.

”Stanna, inkräktare!”, ropar plötsligt en barsk röst bakom mig. Jag riskerar en snabb blick bakåt och ser två bastanta säkerhetsvakter rusa ut från en dörröppning, med dragna vapen redo att skjuta.

”Underbart”, väser jag tyst och svänger tvärt för att hoppa över ett labbord, desperat att få ett hinder mellan oss. Mina ansträngda muskler skriker i protest, men jag biter ihop tänderna och pressar mig igenom smärtan. Aldrig i livet att jag låter de här gorillorna ta mig nu, inte när jag är så här nära att äntligen hitta Diana.

”Ge upp, lilla du!”, bölar en av vakterna efter mig. ”Du kommer inte ut härifrån!”

Jag slösar inte dyrbart syre på ett svar, utan använder all min energi till att hålla mig före dem, medan fötterna slirar vilt i kurvorna när jag rusar genom labyrinten av korridorer. Mina syrefattiga lungor är nära att kollapsa, men jag har inte råd med ens ett ögonblicks vila om jag vill fly från det här helveteshålet i ett stycke – eller överhuvudtaget.

"Fokusera, Artemis", manar jag mig själv och drar in ett djupt, lugnande andetag när jag duckar in i ett tomt rum för att undvika dem för en kort stund. "Kom ihåg din träning."

Jag spetsar öronen och lyssnar intensivt för att lokalisera vakternas position när deras steg dundrar förbi mitt gömställe. Jag kan omöjligt bara promenera ut genom huvudentrén nu. Jag behöver en flyktplan omedelbart om jag ska ta mig ut ur denna dödsfälla.

"Vad skulle Declan göra om han var här?", undrar jag med en gnutta skuldkänsla. Han hade varnat mig för hur farligt det här tilltaget var, men ändå störtade jag dumt nog framåt. Ett dumt, vårdslöst drag från min sida.

"Nu räcker det!", Jag skakar av mig ångern och tvingar tillbaka tankarna till den pågående krisen. "Hitta en flyktväg först, ta itu med Declan sen."

Som på beställning lägger jag märke till ett ventilationsgaller nära taket och måste kväva en gnista av hopp. Inte precis en glamorös flyktstrategi, men den som är i nöd får ta vad som bjuds. Jag är smal nog att få plats om jag klämmer mig in. Mina förföljare är uppenbarligen inte det. Dags att improvisera.

Med en sista blick mot dörren hoppar jag upp och sliter desperat loss gallret, vilket ger mig precis tillräckligt med utrymme för att krypa in. "Få se dem försöka fånga mig nu", muttrar jag trotsigt och ålar mig in i den trånga ventilationskanalen.

Spända minuter kryper förbi medan jag kravlar på armbågar och knän genom den klaustrofobiska, dammiga labyrinten av luftkanaler, och ber tyst att den här vägen leder någonstans säkert. De obevekliga, tjutande sirenerna fortsätter att attackera mina trumhinnor, men jag biter ihop tänderna och tvingar mig själv att stänga ute dem. Jag har kommit alldeles för långt nu för att ge upp eller låta mig avskräckas.

"Kom igen, fortsätt röra på dig", manar jag mig själv hest, medan musklerna brinner när jag mödosamt drar mig runt ännu en tvär böj. "Du är bättre än så här, Artemis. Starkare än så här."

"Hitta inkräktaren!", bölar en rasande röst någonstans nedanför, orden knappt hörbara över larmen. Vakterna är fortfarande envist i hälarna på mig. Men jag vägrar absolut att låta dem vinna. Inte idag. Idag ska jag ut ur det här helveteshålet med den information jag behöver, oavsett kostnaden.

Äntligen ser jag min flyktväg – ett ventilationsgaller som leder ut till vad som verkar vara en dunkel, öde gränd. Jag tar ett djupt andetag, sparkar loss gallret och hoppar ner, landar i en lätt hukning för att absorbera stöten. Mitt hjärta bultar vilt mot revbenen, pulsen dånar i mina öron.

En kakofoni av dova skall och olycksbådande morrningar skär plötsligt genom luften och gör mig ännu mer nervös. Magen knyter sig av oro när jag inser att mina monstruösa förföljare måste spåra mig med luktsinnet. Förmodligen varulvar i säkerhetsstyrkan baserat på vad jag skymtade tidigare. Inte bra.

"Briljant plan, Artemis", muttrar jag tyst och sveper snabbt med blicken över den skuggiga gränden efter en möjlig flyktväg. "Vad nu då?"

"Där är hon! Ta henne!", ropar en grov röst bakom mig. Jag bemödar mig inte att vända mig om för att titta, utan börjar omedelbart rusa fram längs de snåriga gränderna. Mina ben pumpar och lungorna värker smärtsamt, men jag vägrar att sakta ner. De tunga fotstegen och ansträngda andhämtningen från mina förföljare ekar mina egna. De närmar sig snabbt.

"Ge upp, tjejen!", morrar en av dem alldeles för nära. "Du bara förlänger det oundvikliga."

Jag slösar inte dyrbart syre på ett svar. Varje fiber i min kropp strävar enbart mot att fly, mot att hitta Diana. Inget annat spelar någon roll nu.

När jag vårdslöst sladdar runt ett hörn får jag syn på ett Gunnebostängsel – det enda hindret mellan mig och potentiell frihet. Åtminstone tillfälligt.

”Ni tar mig aldrig levande!”, ropar jag trotsigt. Jag samlar mina sista krafter, tar ett språng och mina fingrar famlar desperat efter fäste. Metalltrådarna gräver sig smärtsamt in i mina händer, men jag drar mig sakta upp med ren adrenalin. Nästan där ...

”Stoppa henne!” Mina förföljares rasande vrål driver mig högre trots protesterande muskler. Med ett sista beslutsamt ryck klättrar jag över toppen och glider ner på andra sidan. Ingen tid att fira dock – tunga fotsteg närmar sig snabbt stängslet nedanför.

”Kom igen, Artemis, rör på dig!”, väser jag åt mig själv och snubblar framåt. Precis när jag tror att jag kanske kan nå säkerheten, skär ett jordbävningsliknande, omänskligt vrål genom luften. Bara några sekunder kvar nu innan de sliter mig i stycken.

”Nej. Det kan inte sluta så här”, tänker jag desperat och blinkar bort förrädiska tårar. Men då, över kaoset, hör jag det välsignade ljudet av en rusande motor. En bekant röst ropar: ”Artemis! Hoppa in, nu!”

En bil tvärbromsar plötsligt bredvid mig, däcken protesterar ljudligt mot asfalten. En djup lättnad sköljer över mig i en yrande våg, men jag tvingar tillbaka den – ingen tid för det än. Våra problem är långt ifrån över.

”Det var på tiden, Declan”, säger jag vasst när jag sliter upp passagerardörren och kastar mig in, med hjärtat fortfarande bultande vilt. Declans fot trycker gasen i botten och undviker med nöd och näppe en frontalkrock när vi vårdslöst svänger runt ett hörn. Den kalla nattluften piskar vilt genom mitt hår och svider i ögonen, men jag kan inte låta bli att känna en flyktig gnista av upprymdhet i bröstet. Vi kanske klarar det här trots allt.

”Lite i senaste laget, tycker du inte?”, flikar jag in andlöst och håller i dörrhandtaget med vita knogar när vi vilt sladdar runt ännu en kurva.

”Ville inte att du skulle bli uttråkad”, kontrar Declan kortfattat, även om hans ansträngda röst avslöjar hans oro.

”Tro mig, tristess är mitt minsta problem just nu.” Mina tankar snurrar kaotiskt och kämpar med att bearbeta de senaste timmarnas galenskap. Vad i helvete har jag gett mig in på den här gången?

”Verkligen inte”, instämmer Declan bistert och riskerar en snabb blick åt mitt håll. ”Du har en jävla tur att jag hittade dig när jag gjorde det.”

Jag blir lite irriterad över den underförstådda kritiken. ”Eller så har du tur att jag inte hittade en annan väg ut först.”

Declan ignorerar min trotsiga ton. ”Fick du åtminstone den information vi behövde?” Hans röst får en orolig klang.

”Självklart fick jag det.” Jag viftar med det värdefulla USB-minnet som jag knyter i näven. ”Men det finns ingen aning om vilka larm jag utlöste när jag tog det. Det här kan bli rörigt snabbt.”

Han svär tyst. ”Låt oss bara be att de inte kan spåra det tillbaka till Byrån.” Hans knogar vitnar från hans dödsgrepp om ratten.

”På tal om det ...”, Jag tittar misstänksamt på Declan när insikten gryr. ”Hur exakt spårade du upp mig så snabbt egentligen?”

Han ler humorlöst. ”Trodde du verkligen att Athina inte skulle lista ut din plan? Hon visste exakt vart du hade tagit vägen och skickade mig efter dig så fort du gick.”

Jag biter ihop käkarna och kväser en våg av irritation. Varför hade Athina inte mer förtroende för mina förmågor? Jag hade allt under kontroll ... för det mesta.

Åtminstone fram till Declans lägliga ankomst. Vilket jag antar att jag borde visa tacksamhet för.

"Ja ... tack för hjälpen där bak", muttrar jag och sväljer motvilligt min stolthet.

"När som helst, partner." Declans röst mjuknar något. Hur den här röran än utvecklas, sitter vi i samma båt nu. Förenade mot vad som än kommer härnäst.

Medan stadens ljus far förbi i en suddig neondimma, ger den tanken en smula tröst. Vilka utmaningar som än väntar, behöver jag åtminstone inte möta dem ensam. Inte med Declan som vaktar min rygg.

Kanske ger jag honom inte tillräckligt med beröm. Han ställde upp när det verkligen gällde ikväll. Och det faktum att han bryr sig tillräckligt för att vara så överbeskyddande överhuvudtaget ... betyder mer än jag någonsin kommer att erkänna högt.

KAPITEL TJUGOSEX

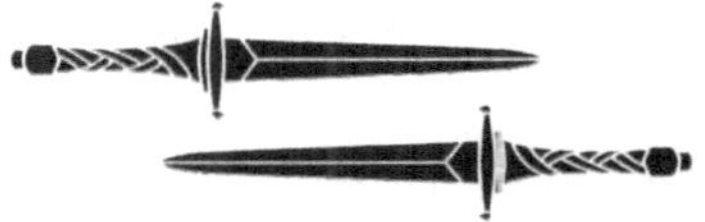

DEN KVARDRÖJANDE DOFTEN AV dammiga gamla böcker och rost genomsyrar luften när jag kliver in i Athinas fristad igen, med hjärtat fortfarande bultande en obeveklig trumvirvel mot revbenen. Adrenalinet rusar fortfarande genom mina ådror även efter vår fasansfulla, nätt och jämna flykt, och mina sinnen är på helspänn.

Jag möter Declans blick tvärs över rummet och kan omedelbart se att han känner det också – den spända nervositeten som surrar i varje muskel, den kvardröjande rädslan som övergår i lättnad men lämnar en känsla av obehag efter sig. Den här gången var vi alldeles för nära en fullständig katastrof.

”Fan, det där var obehagligt nära”, muttrar han och torkar bort den blanka, oroliga svetten från pannan.

”Säg inget”, svarar jag bistert, medan den bultande smärtan från mina skador redan drar mig tillbaka till den bistra verkligheten. Rätteligen borde vi båda ha strukit med där bak. På något sätt lyckades vi klara oss helskinnade ännu en gång, men vår tur håller snabbt på att ta slut.

Jag drar av mig min slitna röda skinnjacka för att bedöma skadan, och förväntar mig att hitta min hud fläckig av

mörka blåmärken och ilsket röda sår. Men istället möts jag
av något helt oväntat som får blodet att isa sig i ådrorna.

"Vad i helvete?" viskar jag för mig själv, och larmet rusar
genom mig. Alla sår jag livligt minns att jag fick där ute
är redan delvis slutna, täckta av sårskorpor och läker i en
omöjligt accelererad takt. Det är som om jag plötsligt be-
sitter någon slags vansinnig läkningsförmåga direkt från en
serietidning. Omöjligt – jag har aldrig upplevt något lik-
nande denna snabba regeneration förut. Så vad har förän-
drats?

Obehag vrider om mina inälvor medan jag kämpar för
att hitta en rationell förklaring men kommer inte på något.
Jag måste ta reda på det här, men jag kan inte låta Declan
veta. Inte än. Mitt bisarra tillstånd kommer bara att göra
honom mer orolig.

"Artemis?" När man talar om trollen – Declans däm-
pade röst hörs genom dörren, med oro i rösten. "Är allt
okej där inne?"

"Ja, det är lugnt!" ropar jag snabbt tillbaka och kämpar
för att återfå fattningen. "Bara ... ge mig en minut." Jag
ryggar tillbaka för den uppenbara tvekan i min röst. Det
gick ju bra att spela oberörd.

Jag tar ett djupt andetag och försöker tämja nerverna
som hotar att kväva mig. Ett problem i taget – vi har fort-
farande mycket mer akuta faror att hantera just nu. Jag ska
nysta i det här senare, i enrum.

När Declan ropar mitt namn igen, med en ton av otå-
lighet som smyger sig in, drar jag hastigt på mig jackan igen
för att dölja de oförklarligt läkande såren och kliver ut i det
dunkla rummet igen.

"Okej, okej, lugna ner dig. Jag är här", tillkännager jag
med påtvingad ledighet. "Så vad ville du prata om?"

Declan studerar mig ett ögonblick, med sina nötbruna
ögon hopknipna. "Vi måste diskutera vårt nästa drag. Ta
reda på vart vi ska härifrån ..."

Medan han fortsätter att tala kämpar jag för att fokusera, med huden fortfarande krypande av obehag. Jag vet en sak med säkerhet – allt är på väg att förändras på sätt jag ännu inte kan förstå. Och jag tvivlar på att det är till det bättre.

***

Håret på nacken reser sig illavarslande när jag går in i det lilla, belamrade rummet där Athina sitter hopkrupen över en uråldrig stationär dator. Det oavbrutna surrandet från den åldrande maskinen fyller den unkna luften som ett ovälkommet spöke och förstärker mitt obehag. Något säger mig att vad Athina än har upptäckt på den flimrande skärmen är på väg att kasta min redan kaotiska värld in i ännu större oreda.

"Hittat något användbart?" frågar jag trevande och gör mitt bästa för att låta nonchalant.

Athina tittar inte ens upp från den lysande skärmen, hennes ögon är hopknipna i intensiv koncentration. "Jag har analyserat den krypterade datan från Dr. Kaisers laboratorium", mumlar hon frånvarande. "Och det har inget med Diana att göra trots allt."

"Seriöst?" invänder Declan bredvid mig och piggnar synbart till vid omnämnandet av vår gäckande fiende. Hans plötsliga, skarpa intresse är nästan påtagligt och strålar från honom i ivriga vågor. Jag motstår lusten att himla med ögonen i frustration.

"Vad handlar det om då?" kräver jag skarpt och korsar armarna medan jag stirrar intensivt på bakhuvudet på Athina. Om jag tvingas hantera en till bisarr uppenbarelse idag så får jag nog ett utbrott.

"Hybridexperiment", svarar Athina rakt på sak, hennes röst isig och distanserad. Hon snurrar stolen för att möta oss då, och det sjukliga ljuset från datorskärmen kastar kusliga, flimrande skuggor över hennes fortfarande vackra drag, vilket framhäver de nya vecken i ögonvrårna och de djupa koncentrationslinjerna som rynkar hennes panna. "Något mycket farligare än vi insåg."

Jag drar en tung suck och känner hur magen börjar knyta sig av oro. Självklart blir den här dagen bara bättre och bättre. "Fantastiskt. Så vad exakt är de här hybriderna då? Vi har haft att göra med dem hela tiden, men den där talande idag var ny."

Athina skakar bistert på huvudet och masserar tinningarna som om den krypterade datan i sig orsakar henne fysisk smärta. "Omöjligt att säga med säkerhet än. Men det verkar som att de blandar mänskligt DNA med något mer ... onaturligt."

"Toppen, bara toppen", säger jag spydigt, med sarkasm som dryper giftigt från varje ord. "Vi står inför ett gäng galna vetenskapsmän som leker Gud och skapar faktiska monsterhybrider nu. Vad blir nästa steg, en hemlig underjordisk lya gömd i en övergiven nöjespark?"

"Artemis, snälla", förmanar Declan skarpt och ger mig en ogillande blick. "Det här är allvarligt."

Jag håller upp händerna i en försonande gest. "Tro mig, jag förstår situationens allvar. Men vad exakt ska vi göra åt det?"

Athina lutar sig tungt tillbaka i stolen och betraktar Declan och mig fundersamt som om hon noggrant väger vår beslutsamhet. "Vi måste avslöja hela sanningen. Exponera dessa farliga experiment för vad de verkligen är."

"Visst, låter enkelt nog", muttrar jag för mig själv.

"Inget värt att ha är någonsin det", svarar Athina mjukt, med en knappt märkbar antydan till ett medvetet leende som rycker i mungiporna.

"Tja, låt oss bara hoppas att vi faktiskt överlever tillräckligt länge för att gå till botten med den här röran", mumlar jag dystert och känner den svindlande tyngden av detta massiva åtagande som vilar tungt på mina axlar. Och djupt i min kärna kan jag inte undkomma den krypande fasan att mina egna mörka hemligheter inte kommer att förbli dolda särskilt länge mitt i den trassliga väv av lögner som omger oss på alla sidor.

Endast tiden kan utvisa om jag kan segra på båda fronter. Men att misslyckas är absolut inget alternativ.

Luften i den trånga fristaden är tjock av spänning, som om en våldsam storm brygger under ytan, redo att bryta ut när som helst. Declan vandrar rastlöst fram och tillbaka över de slitna golvplankorna, hans tunga stövlar dunsar i en staccato-rytm som skär i mina redan slitna nerver.

Under tiden sitter Athina hopkrupen över den dekrypterade datan och ignorerar oss båda, hennes fokus absolut och orubbligt. Jag lutar mig spänt mot den flagnande väggen och iakttar dem som en vaksam hök, varje sinne ansträngt till sin gräns.

"Hittat något anmärkningsvärt?" frågar jag slutligen skarpt, oförmögen att hålla mig längre, och min otålighet smyger sig in i min röst när jag märker att Athina plötsligt rätar på sig lite.

Hon nickar en gång, pannan djupt rynkad i koncentration. "Det verkar som att ett primärt mål är att skapa hybrider som kan felfritt härma människor på alla sätt."

Declans rastlösa vandring vacklar till av denna nyhet och han vänder sig helt mot oss, med nötbruna ögon vidgade av oro. "Hybrider som kan passera som människor? Vad exakt betyder det?"

”Baserat på vad jag ser är målet att utveckla syntetiska varelser som är helt omöjliga att skilja från normala människor”, förklarar Athina allvarligt. ”Kapabla att ersätta vem som helst utan att bli upptäckta.”

Jag rynkar pannan och kämpar för att greppa innebörden. ”Så, vadå – någon slags genetiskt modifierade hamnskiftare?” föreslår jag. ”Efter vad jag bevittnade ikväll skulle jag tro det. Den där ena hybriden verkade vara en renodlad varulv.”

Athina nickar fundersamt. ”Mer som att blanda utvalda övernaturliga egenskaper i en mänsklig bas. Resultaten hittills är ... minst sagt oroväckande.”

”Oroväckande är en underdrift”, muttrar jag och känner hur magen vänder sig av obehag. Tanken på sådana farliga varelser som sömlöst infiltrerar samhället, tar på sig roller och identiteter utan att folk inser deras sanna natur, är djupt störande. Den rena omfattningen av kaos och skada de kunde släppa lös om de släpptes fria är svindlande. Jag kan redan känna den förkrossande ansvarskänslan lägga sig tungt på mina axlar. Vi måste hitta ett sätt att stoppa dessa experiment, oavsett priset.

”Finns det något sätt att spåra var allt detta händer?” frågar Declan spänt, med ilska och frustration som puttrar strax under ytan. ”Var ligger dessa anläggningar?”

Athina suckar och hennes snabba skrivande upphör tillfälligt. ”Jag försöker avslöja det nu, men de har ansträngt sig till det yttersta för att sopa igen spåren efter sig. Detta kommer inte att bli lätt.”

”Självklart inte”, ryter jag bittert och skjuter ifrån väggen för att vandra runt i upprördhet, med armarna skyddande korsade över bröstet. ”Vad är poängen med en diabolisk hemlig plan om man inte gömmer den väl?”

”Artemis, ta det lugnt”, varnar Declan och känner alltför väl igen den hänsynslösa gnistan som tänds i mina ögon. ”Gör inget överilat.”

Jag himlar med ögonen i frustration. "Slappna av, jag tänker inte storma deras slott oförberedd. Men vi kan inte bara sitta här och vänta på att de ska göra första draget heller. Vi behöver en stridsplan."

Athina håller upp en hand. "Innan något annat måste vi identifiera vem som verkligen ligger bakom detta. Vilket innebär att gräva djupare i Byråns dolda hemligheter."

Jag suckar tungt och masserar den plötsliga spänningen i nacken. "Perfekt. Precis vad jag alltid velat göra – peta i ett farligt getingbo med en väldigt kort pinne."

Declan ger mig ett svagt flin. "Bättre än att låta getingarna överraska oss. Åtminstone ser vi dem komma."

"Sant", medger jag med ett motvilligt halvt leende. "Betyder inte att jag måste gilla det dock."

Medan vi motvilligt kurar ihop oss för att kamma igenom de dekrypterade resultaten i jakt på minsta lilla ledtråd, kan jag inte undkomma den krypande fasan att vi balanserar osäkert på en knivsegg här – ett felsteg, ett fel drag, kan få allt att rasa samman runt oss.

Och jag har ingen riktig känsla för om vi kommer att lyckas överleva det oundvikliga efterspelet i ett stycke. Att misslyckas är inte ett alternativ, men oddsen är farligt staplade mot oss.

För nu är allt vi kan göra att fortsätta gräva – sanningen finns begravd här någonstans under lögnerna och hemligheterna. Vi måste bara hitta och avslöja den innan getingarna vänder sin gadd mot världen.

KAPITEL TJUGOSJU

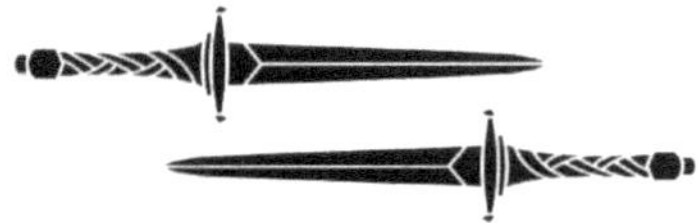

DEN GAMLA DATORNS LÅGA, oavbrutna surrande fyller den unkna luften, avbrutet av det snabba klickandet från tangenterna när Athina arbetar outtröttligt för att hitta mer information. Samtidigt sitter Declan som trollbunden framför den flimrande skärmen, vars sjukliga ljus kastar förvrängda skuggor över hans vackra men trötta anletsdrag. Han stirrar så intensivt på skärmen att det är som om han enbart med sin genomträngande nötbruna blick försöker bränna ett hål rakt igenom den.

Jag kan verkligen inte klandra hans fixering – det chockerande avslöjandet att någon har lyckats skapa syntetiska mänskliga hybrider som kan ersätta människor sömlöst är mer än oroande. Det är fullständigt fasansfullt. De fulla konsekvenserna landar som en sten i magen.

”Förbannade vridna svin”, muttrar Declan plötsligt för sig själv och knyter händerna så att knogarna vitnar. ”Hur kan de rättfärdiga att leka Gud på det här sättet? Att skapa styggelser ...”

”För att de kan”, svarar jag matt, med sanningens bittra smak som syra på tungan. ”För att ingen har lyckats stoppa dem än.”

Declan sliter blicken från skärmen för att möta min, och i hans ögon blixtrar en explosiv blandning av ilska och rå rädsla som speglar de stormande känslor som vällde inom mig.

"Artemis, det här handlar om mer än att bara skapa monster", säger han enträget. "Vi talar om tillverkade infiltratörer som kan finnas var som helst, ersätta vem som helst, och vi skulle aldrig få veta. Hur ska vi ens börja bekämpa något sådant?"

Jag river med fingrarna genom håret, oförmögen att undertrycka en rysning vid de mardrömslika scenarier som löper amok i mitt huvud. "På samma sätt som vi alltid har gjort – ett steg i taget, och hålla oss fokuserade på nuet", föreslår jag med mer självförtroende än jag känner. "Det är inte som om faror är något nytt för oss, Declan."

Han skakar bistert på huvudet. "Nej, den här gången är det annorlunda. Den nivå av paranoia något sådant här kan släppa lös ..." Rösten tonar bort när hans blick oroligt vandrar tillbaka till skärmen.

Jag slår armarna om mig själv och kramar om mig hårt. "Du har rätt, det här är okänd mark. Men vi har ställts inför till synes omöjliga situationer förr och hittat en väg igenom. Vi kan inte låta rädslan knäcka oss nu."

Declan nickar tyst och biter sig nervöst i läppen medan han kämpar för att bearbeta vidden av den röra vi har snubblat över. Jag måste motstå den nästan överväldigande lusten att sträcka ut handen och ge honom någon ihålig försäkran, att få honom att tro att allt kommer att lösa sig på något sätt. Men orden fastnar i halsen, meningslösa plattityder som jag inte kan förmå mig att yttra. Det här är så mycket större än bara ännu en strid, ännu en dold fiende. Det här skakar själva grunden för vår upplevda verklighet.

"Artemis ...", säger Declan plötsligt, med en röst som är hes av känslor. "Tänk om de redan har ersatt människor

som står oss nära utan att vi har märkt det? Tänk om några
redan är här och gömmer sig mitt framför ögonen på oss?"

Jag möter hans blick stadigt, tränger undan mina egna
tvivel och min fasa och försöker utstråla ett självförtroende
jag inte känner. "Om de har det, ska vi avslöja bedragarna
och få dem att ångra att de någonsin hört våra namn. Jag
svär."

Declans min mörknar bara ytterligare av mina djärva
ord. "Lätt att säga. Men hur kan vi skilja vän från fiende
när fienden bär våra ansikten?"

Då tystnar jag, utan någon snabb försäkran eller enkelt
svar att erbjuda. Den bittra sanningen är att jag inte vet.
Men vad jag vet är att vi inte kan låta rädsla och misstro
slita sönder oss inifrån. För om vi vänder oss mot varandra
har hybriderna redan vunnit utan att ens behöva utdela ett
enda slag.

"Lita på dina instinkter", säger jag till slut och tvingar
min röst att förbli stadig. "De har aldrig lett dig vilse än."

Declan andas ut tungt, men lyckas få fram ett trevande
leende. "Inte dina heller. Jag antar att vi helt enkelt får hålla
ögonen vidöppna och sinnena skärpta."

Jag tillåter mig ett litet leende tillbaka. "Det vore inte
första gången vi ställs inför omöjliga odds. Och det kom-
mer inte att bli den sista."

Den välbekanta gnistan av trotsig beslutsamhet flammar
åter till liv i min kärna. Vilka nya fasor som än väntar
kommer vi att avslöja hemligheterna och möta dem rakt
på, tillsammans.

Komme vad som komma skall, vi kommer inte att ge oss
utan en kamp.

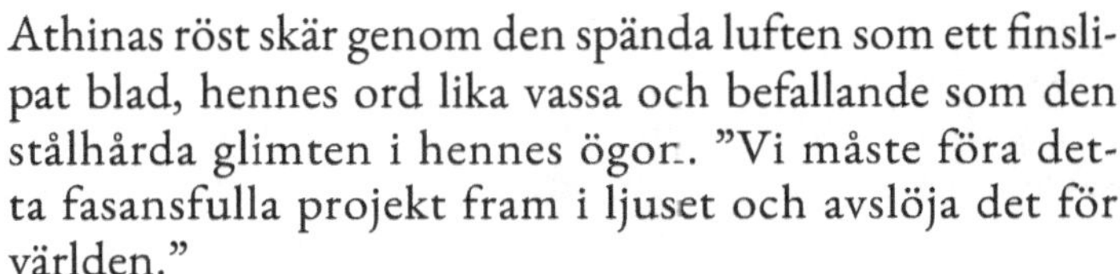

Athinas röst skär genom den spända luften som ett finslipat blad, hennes ord lika vassa och befallande som den stålhårda glimten i hennes ögon. "Vi måste föra detta fasansfulla projekt fram i ljuset och avslöja det för världen."

"Visst, för det blir väl en lätt match", muttrar jag sarkastiskt för mig själv, medan fingrarna trummar en orolig staccatorytm på den ärrade bordsskivan. Mina överansträngda muskler värker och bränner fortfarande från vår senaste skräckinjagande flykt, även om de verkar läka i en omöjligt snabb takt. Men det är en oroande ny utveckling att ta itu med en annan gång, inte nu.

"Artemis, snälla", förmanar Declan tyst, men jag viftar bort honom. Ärligt talat bryr jag mig inte om jag är besvärlig – hela den här mardrömslika situationen har fått mig att gå i baklås. Avslöjandet att Byrån har lyckats skapa dödliga infiltratörer och härmare som kan ersätta människor felfritt ... det är som taget ur en sjuk science fiction-thriller.

"Lätt eller inte, vi har inget annat val", insisterar Athina med sin genomträngande blick stadigt fäst på min. Även om hennes närvaro vanligtvis är tröstande och moderlig, är hon just nu helt fokuserad på uppgiften, med käken spänd av beslutsamhet. "Om de här experimenten tillåts fortsätta utan kontroll finns det ingen som vet vilken skada dessa styggelser så småningom kan släppa lös."

Jag river med fingrarna genom håret och försöker tygla den sjudande ilskan och frustrationen som väller inom mig. "Tro mig, jag förstår att det är bråttom. Men vi har ett mycket stort problem – Byrån kontrollerar alla större medier och politiker i landet. Hur exakt ska vi avslöja sanningen när de bara kommer att tysta ner den?"

Athinas min blir ännu dystrare. "Försiktigt och metodiskt. Vi måste samla oomtvistliga bevis innan vi gör något offentligt, annars riskerar vi att de fullständigt miskrediterar oss."

Jag släpper ut ett tungt andetag och återupptar mitt rastlösa trummande. "Underbart, ännu ett topphemligt smyguppdrag. Jag är fortfarande inte övertygad om att det kommer att räcka för att bryta deras strupgrepp om narrativet."

"Må så vara, men vi kan inte bara stå och se på medan oskyldiga liv förstörs i dessa experiment", säger Athina beslutsamt, med en stålhård klang i rösten. "Vi har en moralisk plikt att agera, och det snabbt."

Jag håller upp händerna med en trött uppgivenhet. "Okej, jag menar inte att vi inte ska göra någonting. Men jag hoppas du vet att när allt det här oundvikligen går åt helvete, kommer jag absolut att skylla på dig."

En mungipa rycker till i ett humorlöst leende. "Det vore säkert inte första gången."

Medan vi motvilligt börjar förbereda oss för att åter dyka ner i Byråns sjudande kloak av lögner och hemligheter, kan jag inte skaka av mig den krypande fasan över att vi är fångade i ett riggat spel som vi har ytterst små förhoppningar om att faktiskt vinna i slutändan. Oddsen och hindren är uppenbart överväldigande staplade mot oss. Men med oskyldiga liv som hänger på en skör tråd är att misslyckas absolut inget alternativ.

För att ha någon chans att segra måste vi vara skarpare, agera snabbare och visa oss vara listigare än våra mångfacetterade fiender i varje läge. Och vi måste be att våra instinkter inte leder oss vilse.

Kort sagt, vi har en helvetisk kamp framför oss. Men komme vad som komma skall, vi kommer att möta den tillsammans – och jag ska banne mig se till att vi inte ger oss utan att ge dem en rejäl match.

Athina ger sig av ett tag och mumlar något om att hon måste träffa kontakter som vägrar att tala med någon annan än henne direkt. Jag nickar bara, för mentalt utmattad för att pressa henne på detaljer.

I hennes frånvaro letar jag fram lite överbliven gryta från kylskåpet och värmer den så att Declan och jag kan dela, och inser först när jag tar första tuggan hur utsvulten jag är. Det är den första riktiga måltiden jag har fått i mig på flera dagar – det oavbrutna kaoset på liv och död tillåter inte lyx som regelbundna måltider. Energikakor som man glufsar i sig i farten kan bara hålla en igång så länge.

Vi slukar varenda smula i trött tystnad innan vi motvilligt återvänder till den tråkiga uppgiften: att kamma igenom de oändliga högarna av pappersdokument och arkiv som Athina på något sätt har kommit över, troligen på mindre lagliga vägar. Hon är alldeles för paranoid för att riskera att föra in något av detta i ett system som skulle kunna hackas, så vi är fast med dammigt, gammaldags papper.

Timmarna kryper fram i snigelfart, tystnaden bryts bara sporadiskt av det svaga prasslet från vända sidor eller en enstaka muttrad svordom när ett lovande spår rinner ut i sanden. Den svaga taklampan kastar ett sjukligt blekt ljus genom det trånga rummet och skapar vridna skuggor på de flagnande väggarna som tycks förskjutas och förvandlas inför mina trötta ögon. Effekten är märkligt oroande.

"Artemis", kraxar Declan till slut, med en röst som knappt är mer än en viskning. Det är sent, och den djupa, benmärgströttheten är tydligt etsad i hans vackra ansikte. ”Önskar du någonsin att vi aldrig hade snubblat in i den här mardrömmen?”

Jag tvekar inte. ”Varenda jävla dag”, medger jag mjukt, med en röst som spricker en aning av ansträngningen att hålla tillbaka en flod av känslor. ”Men vi kan inte ändra det förflutna nu. Allt vi kan göra är att försöka ställa saker till rätta framöver.”

Declan nickar trött och återupptar sitt rytmiska trummande med fingrarna på bordsskivan. ”Ibland känns det som att vi bara är hjälplösa bönder fångade i någon annans sadistiska spel. Oavsett hur hårt vi kämpar verkar kortleken alltid vara riggad mot oss.”

Jag sneglar på honom, och mitt hjärta värker vid ångesten och tvivlet som lurar i hans nötbruna ögon – ett uttryck som jag är säker på speglas i mina egna. I detta ögonblick verkar mörkret omkring oss sippra in i våra själar och kväva varje flimmer av hopp eller visshet som tappert försöker tändas.

Men det är inte bara de olycksbådande skuggorna och isoleringen som tär på våra sinnen. Det är den bistra insikten att vi står inför något verkligt mörkt och lömskt, ett namnlöst hot som vi knappt förstår.

”Ja”, muttrar jag bittert. ”Vem mer kan vi ens lita på vid det här laget?”

Han skakar hjälplöst på huvudet. ”Jag vet inte. Alla verkar ha dolda agendor och baktankar. Vi är fast i den jävla korselden.”

”Eller bara körda oavsett”, lägger jag till buttert, utan att längre bry mig om att hålla tillbaka min cynism.

”Artemis.” Declan sträcker sig då fram och griper tag i min hand, hans varma handflata ett stadigt ankare i det hav av kaos och tvivel som hotar att dra ner mig. ”Vad som än händer så ger ditt mod och din lojalitet mig styrka att fortsätta kämpa.”

Jag frustar föraktfullt för att dölja den plötsliga vågen av känslor. "Bli inte sentimental nu. Vi har fortfarande en helvetisk uppförsbacke framför oss."

En mungipa rycker till i ett snett leende. "Det råder det ingen tvekan om. Men jag står bakom dig, vad som än kommer."

"Tack", mumlar jag tafatt och flyttar blicken från intensiteten i hans. Försäkran borde ge lite tröst, men den tjänar bara till att påminna mig om den enorma bördan som vilar tungt på våra axlar. Mina tankar rusar med innebörden av hybrider, infiltratörer, regeringskonspirationer – problem som verkar alldeles för enorma för vår brokiga skara att hantera.

"Hallå", säger Declan mjukt och sträcker sig fram för att försiktigt lyfta min haka tills våra blickar möts igen. "Jag menar det, Artemis. Vad som än kommer, så är vi i den här helvetiska mardrömmen sida vid sida till det bittra slutet."

Jag frustar irriterat och drar mig undan hans beröring. "Ja, ja, visst. Börja bara inte bli sentimental. Vi försöker störta en ondskefull regeringskonspiration här, inte gå på studentbalen."

En mungipa rycker till i ett snett leende på Declan, även om leendet aldrig når hans bekymrade ögon. "Skulle inte falla mig in", muttrar han.

En tung, kvävande tystnad sänker sig mellan oss, och jag kan nästan smaka på spänningen och de outtalade orden som virvlar tryckande omkring oss. Mina axlar kurar instinktivt ihop sig, som för att värja mig mot den plötsliga tyngden som pressar ner.

"Declan ..." tvingar jag till slut fram och avskyr hur min röst vacklar en aning trots mina bästa ansträngningar. "Jag är rädd. Alltså genuint livrädd för vad vi står inför här."

"Jag vet. Jag med", medger han tyst, och den råa ärligheten i hans ton överraskar mig. Jag har sett den här mannen möta otaliga dödliga hot och omöjliga odds utan så mycket som en skymt av rädsla. Men nu, konfronterad med en motståndare som vi inte har någon enkel möjlighet att kämpa mot, verkar till och med Declan Reed till slut skakad.

Jag slår armarna hårt om mig själv och känner mig plötsligt liten och fruktansvärt blottad. "Tror du verkligen att vi är på något sätt rustade för att hantera det här? För det känns som om vi är helt ute på djupt vatten för en gångs skull."

Declan blåser ut ett långt andetag och drar en hand grovt över ansiktet. "Kanske är vi det", medger han till slut. "Men vi har inte lyxen att bara gå härifrån heller. Vi måste stoppa dem, oavsett vad det kostar."

Jag nickar bara stumt, utan att lita på min röst. Allvaret i vår situation sänker sig över mig som ett mörkt, kvävande täcke. Under flera ögonblick kan jag knappt dra luft i lungorna under dess svindlande tyngd.

Declan, som känner av min spiral av fasa, sträcker sig fram och griper försiktigt tag om min axel. "Hörru, titta på mig", uppmanar han mjukt. "Vi kommer att lösa det här tillsammans, ett steg i taget. Det gör vi alltid."

Jag andas ut darrande. "Gud hjälpe oss båda." Jag bryr mig inte om att nämna att vi troligen är långt bortom gudomlig räddning vid det här laget.

"Eller vad som nu finns kvar av honom", tillägger Declan mörkt. Jag missar inte den bittra tonen i hans ord.

Jag blundar en kort stund och letar efter någon smula av fattning eller fokus mitt i det kaos som hotar att dra ner mig. "Låt oss bara försöka hålla oss förankrade i nuet", föreslår jag till sist. "Inte bli överväldigade av helheten."

"Håller med." Declan nickar allvarligt. När tystnaden åter breder ut sig mellan oss kan jag inte skaka av mig den krypande känslan av att det är något mer som sjuder under ytspänningen – en farlig, explosiv gnista som hotar att antändas och förtära oss båda om vi sänker garden.

Jag tvingar bort blicken från hans, och huden sticker av obehag. Nu är verkligen inte rätt tid att undersöka vad denna oönskade hetta som börjar glöda inom mig kan vara.

"Vi borde försöka få några timmars vila", säger jag krispigt och växlar medvetet tillbaka till uppdragsläge, den roll jag klamrar mig fast vid som ett ankare i stormiga hav. "Vi kommer att behöva klara huvuden i morgon för att planera vårt nästa drag."

Declan ser ut att vilja protestera för ett ögonblick, men nickar bara instämmande. "Du tar sängen. Jag slår läger här nere och fortsätter jobba."

För trött för att argumentera om logistik muttrar jag ett enkelt "Tack" och ursäktar mig snabbt. Men även när jag lägger mig på den knöliga madrassen på övervåningen vill sömnen inte infinna sig. Mina tankar maler oavbrutet och fixerar sig vid alla sätt vi verkar hopplöst oförberedda och underutrustade för den monumentala kamp som väntar.

Men förberedda eller inte, vi har inget annat val än att se det här till slutet. Att misslyckas har aldrig varit ett alternativ. Vi får helt enkelt be att vår kombinerade vilja och vårt förstånd visar sig vara tillräckligt för att föra oss oskadda genom den kommande elden.

KAPITEL TJUGOÅTTA

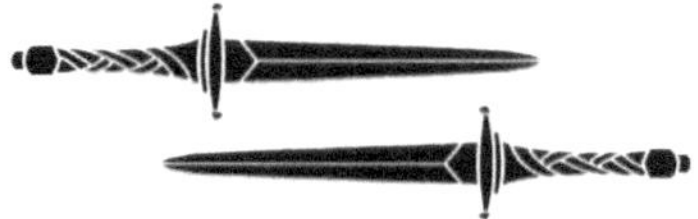

ATHINA HAR FORTFARANDE INTE kommit tillbaka när gryningsljuset börjar krypa över horisonten. Hennes fortsatta frånvaro gör både mig och Declan ännu mer spända. Utan informationen hon gett sig av för att samla in står vi i ett dödläge, oförmögna att göra vårt nästa drag.

Jag hatar att behöva sitta och hjälplöst vänta på andra. Tålamod har aldrig varit min starka sida.

Jag lutar mig spänt mot den kalla tegelfasaden på den övergivna byggnaden vi använder som vårt tillfälliga gömställe och maler frånvarande en bit trasigt murbruk till damm under kängan. På andra sidan den spruckna asfalten går Declan rastlöst fram och tillbaka och utstrålar nervös energi. Den uppgående solen kastar långa, förvrängda skuggor över hans vandrande gestalt.

Även på avstånd kan jag se den spänning som är hoprullad i hans axlar, känna tankarna som virvlar och rör sig bakom hans rynkade panna. Något tynger uppenbarligen hans sinne.

"Hallå", ropar jag för att bryta den obehagliga tystnaden som hänger över oss. "Du kommer att nöta ett hål rakt igenom asfalten om du fortsätter så där."

Declan stannar tvärt vid ljudet av min röst och ser upp för att möta min blick. Även i det svaga ljuset kan jag se en storm av oläsliga känslor virvla i hans nötbruna ögon.

”Jag, öh...” Han harklar sig besvärat. ”Jag ville prata med dig om en sak. Det finns något du borde veta.”

Min nyfikenhet väcks omedelbart. Det är inte ofta den vanligtvis reserverade Declan självmant öppnar upp om sitt förflutna eller sina tankar. ”Jaha? Jag lyssnar.”

Han tar ett djupt, stadigt andetag innan han talar igen. ”Sanningen är att jag inte direkt hade det lätt när jag växte upp. Jag var bara ännu ett hemlöst barn som lämnats att klara mig själv på gatorna.”

Jag öppnar munnen för att vänligt stoppa honom – han behöver verkligen inte dra upp smärtsamma minnen för min skull – men han håller upp en hand.

”Snälla, låt mig få ur mig det här”, säger han tyst. ”Du förtjänar att förstå varifrån jag kommer.”

Jag nickar tyst och ser hur han stålsätter sig med ännu en skakig inandning.

”Jag var tvungen att tigga, stjäla, göra vad som än krävdes för att överleva varje dag. Det var en ständig kamp, och det fanns stunder då jag ärligt talat inte trodde att jag skulle klara mig.”

Medan Declan fortsätter att berätta fragment från sin dystra barndom dras min blick ofrivilligt till lapptäcket av bleka ärr som märker hans armar – tysta bevis på gamla strider, både bokstavliga och metaforiska. Jag kan knappt föreställa mig de fasor han måste ha uthärdat, men det är tydligt att dessa upplevelser i grunden formade honom till den man som nu står framför mig.

”Declan...”, avbryter jag honom slutligen försiktigt när han pausar. ”Jag är så ledsen att du var tvungen att gå igenom allt det där ensam.”

Han möter min uppriktiga blick, och under ett långt ögonblick står vi bara tysta med blickarna låsta i varandra.

”Det gjorde mig till den jag är”, säger han till sist i en kontemplativ ton. ”Och det är därför jag vägrar att se på när Byrån förtrycker andra nu.”

Jag nickar långsamt och förstår. I Declans orubbliga medkänsla ligger nyckeln till att förstå mannen bakom mysteriet. Och med den kommer en gnista av hopp om att vi tillsammans kanske kan föra ljus till det mörker som hotar att förtära oss alla.

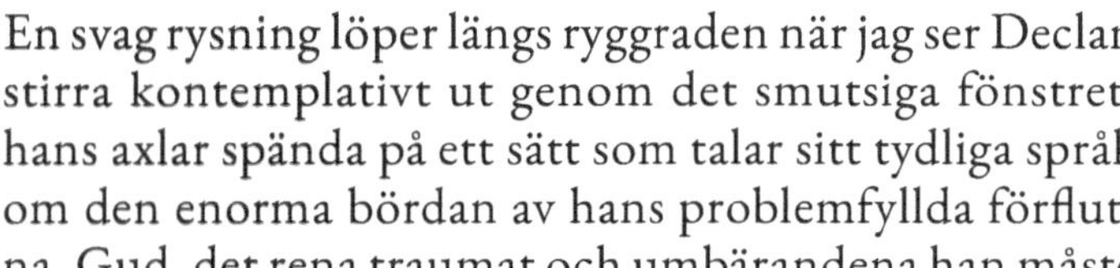

En svag rysning löper längs ryggraden när jag ser Declan stirra kontemplativt ut genom det smutsiga fönstret, hans axlar spända på ett sätt som talar sitt tydliga språk om den enorma bördan av hans problemfyllda förflutna. Gud, det rena traumat och umbärandena han måste ha uthärdat under alla dessa år, kämpande för sin överlevnad på de oförlåtande gatorna. Jag knyter nävarna i plötslig ilska mot Byrån, för att de så känslokallt låtit ett barn känna sig så förbannat maktlöst och ensamt.

”Hallå”, ropar jag försiktigt i hopp om att dra honom ur hans grubblande tankar för ett ögonblick. ”Du hittade ju motståndsrörelsen till slut, eller hur? Hur gick det till?”

Declan vänder sig långsamt mot mig, hans ögon hårdnar av beslutsamhet. ”Ja, till slut stötte jag på dem under en räd. Och när jag gick med var det första gången jag kände mig som en del av något genuint viktigt – som att jag hade en verklig chans att göra en meningsfull skillnad i den här jävla världen.”

Jag nickar med uppmärksamt. ”Det måste ha varit en jävla omställning att gå från total isolering till att känna den där kamratskapen.”

"Det kan man lugnt säga", instämmer Declan med ett humorlöst flin. Hans blick faller ofrivilligt på lapptäcket av bleka ärr som fortfarande märker hans armar, stumma bevis på gamla strider, både bokstavliga och metaforiska.

Jag tvingar mig själv att titta bort från ärren och fäster blicken på hans nedslagna ögon. "Nåväl, om det nu betyder något så är du så mycket mer än bara ett gatubarn eller en siffra i statistiken. Du är en av de modigaste personer jag någonsin har mött, Declan Reed."

Han blinkar, och verkar för ett ögonblick överraskad av min bestämda ton innan hans uttryck övergår i ett mer genuint leende. "Jag uppskattar att du säger det, Artemis. Verkligen, det betyder mycket att höra det från dig."

Jag gör en nonchalant axelryckning för att försöka lätta på den plötsligt tunga stämningen. "Jag säger bara som det är. Men känslor åsido, du har helt rätt i att varma känslor inte kommer att få jobbet gjort här."

Declans leende försvinner och ersätts av en blick av förnyad beslutsamhet. "Nej, det kommer att krävas handling för att stoppa det här fruktansvärda hybridprojektet, avslöja Byråns nät av lögner och förhindra att andra drabbas av Dianas fruktansvärda öde."

"På den punkten är vi helt överens", bekräftar jag med en eftertrycklig nick och känner hur min egen sjudande ilska börjar tända mina nerver med sprakande energi, hungrig efter att släppas lös. "Vi kommer att jämna hela deras förvridna verksamhet med marken om det är vad som krävs för att stoppa dem."

Declan rynkar pannan en aning av oro. "Låt oss hoppas att det inte behöver gå så långt. Men om det gör det..." Hans ögon hårdnar som flinta. "Då slåss vi åtminstone för en sak som verkligen betyder något för en gångs skull."

Hans gravallvarliga ord hänger tungt i luften mellan oss och bär på en rå sårbarhet som jag sällan skymtat hos Declan förut. Jag kan inte hjälpa att det hugger till i hjärtat när jag ser hans uppenbara smärta, ett eko av mitt eget hemsökande mörker.

Jag tvingar fram ett överdrivet nonchalant flin i hopp om att återfå någon form av lättsamhet mellan oss. ”Hallå där, bli nu inte alldeles sentimental. Du är inte den enda här med en tragisk bakgrund, vet du.”

Nyfikenhet flimrar till i hans allvarliga uttryck. ”Jaså? Berätta, vad är din snyfthistoria då?”

Jag släpper ut en tung suck och drar bryskt en hand genom mitt rufsiga hår. ”Okej, men inget sentimentalt tjafs från dig, förstått?”

Ena mungipan på Declan rycker till i ett snett leende. ”Skulle inte falla mig in.”

”Okej, nåväl... Sanningen är att hela min familj blev mördad när jag bara var ett barn.” Jag pausar för att harkla mig bryskt och tvingar rösten att inte spricka. ”Jag blev lämnad helt ensam, tvingad att klara mig själv på gatorna, precis som du. Det var inte förrän jag nästan var vuxen som Athina äntligen hittade mig. Jag var bara ännu en jävla gatupunkare som hängde med dåligt sällskap på den tiden.”

Declan skakar sakta på huvudet. ”Fan. Jag är ledsen, Artemis”, säger han mjukt. ”Vad hände sen?”

Jag följer frånvarande med fingret de bleka tatueringarna som är etsade på min hud och som permanent döljer nålärren från den mörka perioden. ”Jag fastnade rejält för Bliss ett tag. Athina hittade mig avsvimmad i en rännsten en dag. Men istället för att bara kliva över min patetiska knarkarröv erbjöd hon mig ett val – bli ren och träna med henne, eller dö ung i samma rännsten.”

Jag möter Declans uppriktiga blick. ”Jag antar att någon spillra av överlevnadsinstinkt måste ha kickat in. Jag lät henne hjälpa mig att bli nykter, arbetade som hennes lärling tills hon gick i pension och lämnade över verksamheten till mig.”

”Vi är båda ganska trasiga och förstörda, eller hur?” anmärker Declan med ett sorgset, medvetet halvt leende.

”Antar det”, mumlar jag med grötig röst. ”Men nu får vi åtminstone kanalisera all den där skadan till att slåss för något som verkligen betyder något.”

Declan nickar, och en eldig beslutsamhet tänds bakom hans ögon. ”Absolut. Vi ska montera ner Byrån och deras sjuka experiment, bit för förvriden bit.”

”Och skipa rättvisa för Diana”, lägger jag till med eftertryck. ”För henne och alla andra de har skadat.”

”Absolut”, instämmer Declan utan att tveka.

Jag tar ett djupt andetag och återfår min fattning. ”Okej, nog med snyftkalaset nu. Låt oss gå tillbaka till att planera hur vi ska få de där jävlarna att blöda.”

Ena mungipan på Declan rycker till. ”Kunde inte hålla med mer. Vi backar dig, partner.”

Med våra problemfyllda förflutna nu blottlagda mellan oss bildas en stark känsla av samhörighet – Byrån kommer inte att veta vad som träffade dem när vi slår till som en ostoppbar kraft.

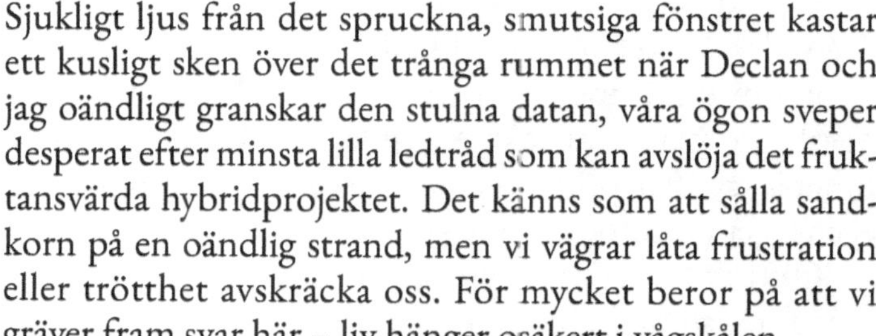

Sjukligt ljus från det spruckna, smutsiga fönstret kastar ett kusligt sken över det trånga rummet när Declan och jag oändligt granskar den stulna datan, våra ögon sveper desperat efter minsta lilla ledtråd som kan avslöja det fruktansvärda hybridprojektet. Det känns som att sålla sandkorn på en oändlig strand, men vi vägrar låta frustration eller trötthet avskräcka oss. För mycket beror på att vi gräver fram svar här – liv hänger osäkert i vågskålen.

”Vänta, titta på det här”, säger jag ivrigt och petar med ett finger på en detaljerad karta på skärmen som visar ett nät av koordinater. "Ser du hur alla dessa hemligstämplade anläggningar är sammankopplade via underjordiska tunnlar?"

Declans käke spänns, och avsky etsar hårda linjer över hans vackra anletsdrag. "Det måste vara där de utför de värsta av sina förvridna experiment, gömda från all insyn."

Jag nickar dystert, pulsen bultar när konsekvenserna sjunker in. "Precis. Om vi definitivt kan avslöja de där dolda hålorna, lägga fram ovedersägliga bevis på deras grymheter..." Jag möter Declans blick med eldig övertygelse. "Kan vi störta hela det här jävla systemet för gott."

Declan gnuggar en hand grovt över ansiktet, och tvivel flimrar kort över hans uttryck. "Artemis, var realistisk – kan vi verkligen lyckas med något sådant här?"

"Kom igen, ha lite tilltro", kontrar jag med en överdriven blinkning i hopp om att injicera lite kaxighet i den dystra atmosfären. "Det är inte som att vi har att göra med det övernaturliga här. Bara din vanliga korrupta regeringskabal som leker Gud, tillsammans med laboratorieframställda hamnskiftare som kan efterlikna människor felfritt. Lätt som en plätt, eller hur?"

Declan frustar, även om jag fångar en knappt märkbar ryckning i hans mungipor. "Ja visst, låter som en lugn promenad när du uttrycker det så."

I själva verket förstår vi båda alltför väl de enorma faror som är inblandade i att konfrontera Byrån och deras hemliga experiment rakt på. Men när ett misslyckande innebär att fler oskyldiga liv förstörs, vilket val har vi egentligen, förutom att slåss oavsett oddsen?

"Okej då", säger Declan till slut och rätar på axlarna med förnyad beslutsamhet. "Låt oss gräva i de här anläggningarnas platser en efter en. Analysera säkerhetsprotokoll, strukturella svagheter – allt som kan hjälpa oss att få tillgång."

”Nu snackar vi”, bekräftar jag med eftertryck. ”Vi avslöjar de där jävlarna för vad de är, och rättvisan kommer inte att vara långt borta.”

Declan nickar. ”Solid strategi. Då sätter vi igång.”

Alltmedan timmarna obevekligt går, pressar tyngden av våra problemfyllda historier ner oss som en fysisk börda. Men smärtan och förlusten vi båda har uthärdat i Byråns händer tjänar nu bara till att förstärka vår gemensamma beslutsamhet. Vi har kämpat för bittert och offrat för mycket redan för att ens överväga att backa nu.

”Hallå”, säger Declan en stund senare och bryter min hyperfokuserade koncentration. ”Oavsett vad som händer när vi väl har passerat den här gränsen, så backar jag dig. Du vet det, eller hur?”

”Du har verkligen nämnt det en eller två gånger förut”, svarar jag med ett snett halvt leende. ”Men oroa dig inte, jag känner likadant... partners.”

Blicken Declan ger mig då genljuder av en våldsam intensitet som får mig att tappa andan. ”Bra. För vi kommer att behöva varandra om vi ska slita bort slöjan från Byråns lögner och äntligen skipa rättvisa för Diana och alla andra de har förstört.”

Jag möter hans ivriga blick utan att vika undan. ”Absolut.”

I det ögonblicket kliver Athina målmedvetet in i det trånga, svagt upplysta rummet, hennes genomträngande blick omedelbart fäst på mig.

”Artemis, Declan”, hälsar hon kort, rösten lika befallande och rakt på sak som alltid. ”Jag har varit i kontakt med flera av mina mest betrodda källor, och jag tror att jag kan ha upptäckt något av yttersta vikt.”

Jag lutar mig ivrigt framåt, och otålighet smyger sig in i min ton. ”Håll oss inte på halster. Vad är det?”

Liv hänger osäkert i vågskålen för varje sekund vi dröjer. Tiden för lekar eller förställning är sedan länge förbi.

Utan ett ord går Athina runt för att ställa sig bakom mig och lutar sig över min axel för att ta fram en fil på datorskärmen som jag tidigare avfärdat som irrelevant. Hon pekar bestämt på ett namn som dyker upp upprepade gånger – The Elysium, en ultraexklusiv klubb.

”Det här stället är en dold håla som frekventeras av de högst rankade byråtjänstemännen”, förklarar Athina, med en listig glimt i ögonen. ”Det är som deras privata lekplats där de känner sig fria att sänka garden och hänge sig åt överflöd, i tron att ingen skulle våga observera eller döma.”

Jag känner ett slugt flin sprida sig över mitt ansikte när möjligheterna omedelbart tar form i mitt sinne. ”Perfekt. Vi tar oss in i det här lilla klubbhuset deras, så slår jag vad om att vi kommer att avslöja all möjlig användbar smuts.”

Athina skakar på huvudet med ett snett leende på läpparna. ”Om det ändå vore så enkelt. Den här klubben är strikt endast för inbjudna. Och även om vi lyckades få tillträde skulle de bevaka oss som hökar, omedelbart på sin vakt.”

Mitt leende försvinner, men beslutsamheten hårdnar bara ytterligare. ”Okej, så vi behöver uppenbarligen ett smartare sätt att infiltrera dem.”

Declan hoppar in då, med pannan rynkad i eftertanke. ”Vad exakt föreslår du?”

Athinas ögon glimmar till medvetet. ”Gå under täckmantel i deras serveringspersonal. Det skulle ge er tillgång och den perfekta chansen att tjuvlyssna på privata samtal, kanske till och med nå begränsade områden obemärkta.”

Jag nickar eftertänksamt, fascinerad av den djärva strategin trots riskerna. ”De ser troligen serveringspersonalen som oviktiga figurer i bakgrunden. Okej, jag är med.”

Declan möter min blick, med beslutsamhet etsad i ansiktet. ”Det är jag också. Vi gör vad som än krävs för att avslöja deras hemligheter.”

Athina granskar oss båda kritiskt under ett långt ögonblick innan hon nickar. "Kom ihåg att yttersta försiktighet är avgörande. Era liv kommer att vara i stor fara."

Mina händer knyts omedvetet till nävar, ilska sjuder i magen över vad vi står inför. Men också förväntan inför den annalkande konfrontationen. "Förstått. Låt oss börja planera den här infiltrationsoperationen."

Bredvid mig korsar Declan armarna, de nötbruna ögonen glimmar av knappt behärskad vrede. "Dags att slå till mot de här jävlarna där de minst anar det."

"Absolut", nickar jag, och mitt hjärta sväller av beslutsamhet. De kommer inte att veta vad som träffade dem – och när dammet lägger sig kommer sanningen äntligen att avslöjas.

I samma ögonblick som Athina ger sig av lägger sig Declans oro över honom som en liksvepning. "Är du helt säker på att den här planen att infiltrera deras exklusiva klubb direkt är det klokaste tillvägagångssättet?"

Han granskar mig intensivt med de där genomträngande nötbruna ögonen, pannan rynkad av tvivel.

"Ja, visst, jag är helt säker på att det här är en fantastisk idé", kontrar jag spydigt, med en röst som dryper av sarkasm. "Jag menar, allvarligt, vad skulle kunna gå fel här?"

Men under den lättsinniga kommentaren rusar mina tankar av stålhård beslutsamhet. Denna hemliga operation utgör den perfekta chansen att spionera på våra fiender på nära håll och samla ovärderlig information som kan knäcka det här fallet på vid gavel. Åt helvete med riskerna – att misslyckas är inte ett alternativ.

Declan suckar tungt och drar rastlöst fingrarna genom sitt evigt rufsiga hår. "Okej, jag vet att det inte går att övertala dig. Men vi måste desperat formulera en jävligt solid strategi här."

Jag tar redan ett anteckningsblock och en penna och klottrar ner kärnan i en plan. "Inga invändningar. Låt oss nu tänka efter – först och främst behöver vi autentiska serveringsuniformer för att smälta in övertygande med de verkliga anställda."

Declan nickar eftertänksamt. "Just det, vi måste hitta kläder som exakt matchar deras stil. Det finns inget utrymme för avvikelser."

"Exakt. Och falska ID-handlingar ifall någon blir nyfiken och börjar ställa frågor", fortsätter jag, medan pennan flyger snabbt över sidan. "Åh, och vi borde se till att skaffa några diskreta öronsnäckor också så att vi kan hålla kontakten."

"Alla goda försiktighetsåtgärder", instämmer Declan, och en del av spänningen försvinner från hans hållning när planen tar form. "Men hur är det med att faktiskt ta sig in obemärkt?"

Ett skälmskt flin drar i mina mungipor. "Enkelt – vi 'lånar' ett par av de riktiga anställdas kläder när de anländer till sina skift. Lätt som en plätt."

Declans mun förvrids av avsmak. "Lätt för dig kanske. Men låt oss försöka undvika att skada någon oskyldig här. Det är bara vanliga människor som försöker försörja sig, kom ihåg det."

Jag möter hans uppriktiga blick utan att vika undan. "Vad som än krävs, Declan. Insatserna är för höga för att oroa sig för att lägga fingrarna emellan nu."

Han grimaserar men nickar instämmande. "Mycket väl. Låt oss bara få det här gjort."

Inom kort har Athinas skumma kontakter skaffat allt som krävs – autentiska uniformer, klonade ID-handlingar och mer. Jag stoppar upp mitt karakteristiska silverhår under en peruk och fullbordar förklädnaden.

Stående vid den diskreta bakre ingången till klubben i det djupnande skymningsljuset vände jag mig till Declan, med ryggraden stålsatt av beslutsamhet. "Redo att låta de här jävlarna betala?"

Declans käke spänns av beslutsamhet, även om oro fortfarande glimmar i hans nötbruna ögon. "Så redo som jag kan bli. Men var skärpt där inne – vi får inga andra chanser."

Jag tillåter mig ett djärvt flin. "Kom igen nu, sluta vara ett sådant orosmoln. Vad skulle kunna gå fel?"

"Du vet att jag hatar när du säger så."

"Ja, ja", skrattar jag. "Nu kör vi."

Sida vid sida kliver vi in genom dörren till ormgropen. Nu börjar det.

KAPITEL TJUGONIO

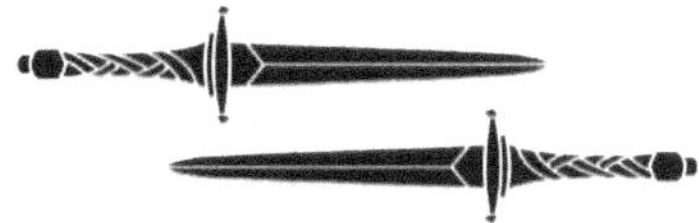

KLUBBENS DUNKANDE BAS VIBRERAR genom märg och ben när Declan och jag smyger in, klädda i våra stulna uniformer. Det känns fel att ha på sig någon annans kläder, men den orättvisan bleknar i jämförelse med vad Byrån har gjort. Jag skakar av mig obehaget och fokuserar på uppgiften: att skipa rättvisa för offer som Diana.

"Kom ihåg", mumlar Declan och hans varma andedräkt kittlar mitt öra, "håll utkik efter misstänksam aktivitet. Och glöm inte att vara på din vakt."

Hans oro skickar en fladdrande känsla genom bröstet som jag hänsynslöst kväser. Nu är inte rätt tid för känslor. Jag måste hålla mig fokuserad, och att utveckla känslor för Declan kommer inte att hjälpa.

"Självklart", svarar jag med en röst som dryper av sarkasm. "Jag är inte direkt känd för att sänka garden."

Han himlar med ögonen men säger inte emot. Istället glider han in i rollen som den oansenliga servitören, balanserar en bricka med drinkar och slingrar sig fram genom folkmassan. Jag gör likadant, med sinnena på helspänn medan jag sveper med blicken över havet av vridande kroppar.

Medan jag rör mig genom folkmassan kan jag inte låta bli att snappa upp brottstycken av samtal – vardagligt prat om jobb, skvaller och den senaste övernaturliga skandalen. Inget av vikt eller relevans. Min frustration växer i takt med att natten släpar sig fram, och vi hittar fortfarande inga konkreta spår.

”Något?” frågar Declan när vi möts i ett skuggigt hörn, och hans nötbruna ögon söker efter hopp i mitt ansikte.

”Inget”, erkänner jag och knyter nävarna. ”Det är som om de är spöken.”

”Eller så är de bara väldigt bra på att gömma sig”, föreslår han med dyster min. ”Vi måste gräva djupare.”

”Djupare? Vadå, vill du att jag ska börja förhöra slumpmässiga klubbesökare?”

”Kanske”, säger han allvarligt, och jag måste bita mig i läppen för att inte stöna. ”Vi har inte råd att lämna någon sten ovänd.”

”Okej då”, fräser jag, och mitt tålamod börjar tryta. ”Men om jag hamnar i slagsmål ikväll är det ditt fel.”

Han flinar åt det, och för ett ögonblick ser han nästan bekymmerslös ut – en skarp kontrast till den härdade krigare jag vet att han är. Det är en sida av honom jag gärna skulle se oftare, men nu är inte rätt tid för sådana tankar.

”Avtalat”, säger han och sträcker fram handen. Motvilligt skakar jag den och försöker ignorera värmen som sipprar in i min hud från hans beröring.

”Okej”, andas jag ut och stålsätter mig för nästa fas i vår plan. ”Låt oss avslöja sanningen de alla döljer.”

”Håller med”, svarar Declan, med en blick som är vildsint och orubblig. ”För Diana och alla andra de har skadat.”

När vi kastar oss in i hetluften igen tvingar jag mig själv att trycka undan mina känslor för Declan djupt inom mig och låsa in dem där de inte kan distrahera mig. Det här uppdraget handlar om rättvisa, och jag tänker inte låta något stå i vägen för det. Inte ens mitt eget hjärta.

"Lita på mig, Artemis. Ingen kommer att känna igen oss", säger Declan med en röst spetsad med den där irriterande lugna självsäkerheten jag har kommit att både förakta och förlita mig på i lika stor utsträckning.

"Lätt för dig att säga", muttrar jag tyst för mig själv medan vi rättar till våra serveringsuniformer. Jag kan inte låta bli att känna mig blottad utan min röda skinnjacka och svarta skinnbyxor. Åtminstone är ärret över min vänstra kind täckt av ett tunt lager smink. Det tystar inte det förflutna, men det kanske dämpar det för stunden.

"Kom ihåg planen", viskar Declan, och hans nötbruna ögon möter mina. Hans ostyriga bruna hår verkar mer kontrollerat än vanligt, och jag måste erkänna att han ser stilig ut i den här utstyrseln. Men det tänker jag inte berätta för honom.

"Nu kör vi", instämmer jag motvilligt, rätar på ryggen och plockar upp en bricka lastad med champagneglas.

Den exklusiva klubben som är värd för Byråchefernas soaré är prålig och vräkig, precis som människorna vi ska servera. Kristallkronor kastar ett gyllene ljus över polerade marmorgolv, och luften är tjock av doften av pengar och arrogans. Det är allt jag hatar samlat på en och samma plats.

Vi tar oss igenom horden av societetslejon, som inte ägnar oss en blick. De ser uniformen – svarta västar och krispiga vita skjortor – och avfärdar oss som obetydliga. Vi är osynliga. Det är perfekt.

"Champagne, sir?" frågar jag med ett påtvingat leende och håller fram brickan mot en åldrande politiker vars ögon girigt dröjer sig kvar vid min bleka hud. Han tar ett glas utan att ens uppmärksamma mig, för upptagen med att glo på mina tatueringar som kikar fram under ärmarna. Pervers.

"Fokusera", påminner Declan mig, hans röst mild och tålmodig. Jag ger honom en kort nick och fortsätter att cirkulera, samtidigt som jag ser honom göra detsamma på andra sidan rummet. För ett ögonblick tillåter jag mig själv att njuta av det faktum att han är här med mig och kämpar denna strid vid min sida.

"Artemis", sprakar Declans röst i min öronsnäcka. "Jag ser dem. Byråcheferna samlas i hörnet nära den öppna spisen."

"Uppfattat", svarar jag och sveper med blicken över rummet tills jag hittar gruppen av Byråns elitmedlemmar som står tätt tillsammans. Bara deras närvaro får mitt blod att koka. Dessa människor tror att de kan kontrollera oss, undertrycka våra övernaturliga förmågor och hålla oss kedjade vid sina nycker.

Men inte länge till. Vi ska störta dem, en korrupt tjänsteman i taget. Och ikväll har vi lyckats infiltrera hjärtat av deras operation. Om vi bara kan hålla oss under radarn, samla in den information vi behöver och ta oss ut, kommer vi att vara ett steg närmare segern.

"Håll dig lugn, Artemis", mumlar Declan i mitt öra, som om han kände av min inre oro. "Det går bra hittills."

"Just det", instämmer jag, tar ett djupt andetag och klistrar återigen på ett falskt leende. Allt vi behöver göra är att spela vår roll, förbli oupptäckta och slå till när tiden är inne.

"Nu ska vi servera de här jävlarna lite drinkar", säger jag för mig själv och riktar in mig på klungan av Byråchefer. Det är dags att visa dem vad vi går för.

*

Mitt hjärta rusar när jag trycker en bricka med champagneglas i händerna på en politiker och ler sött samtidigt som jag känner en inre rysning. Hans ögon vandrar upp och ner längs min kropp, som om han mäter mig för något vridet spel. Jag motstår lusten att slå honom på käften. Istället nickar jag artigt och går vidare till nästa mål.

"Generalen", säger jag mjukt och håller fram ett glas till en barsk militärledare. "En skål för er senaste seger?"

"Ah, tack, lilla vän", grymtar han och tar den erbjudna drinken utan att ägna mig en andra blick. Bra. Ju mindre uppmärksamhet jag drar till mig, desto bättre.

"Declan", viskar jag tyst för mig själv och låter den lilla elektroniska avlyssningsapparaten som Athina gav oss glida mellan mina fingrar. "Jag går in för att plantera den nu."

"Uppfattat", mumlar han tillbaka, och hans röst är spänd av koncentration. "Håll det avslappnat."

När jag slingrar mig igenom folkmassan lägger jag märke till en grupp företagsledare som samlats nära ett bord. Perfekt. Jag smyger fram till dem och låtsas lyssna intensivt på deras samtal om aktiekurser och fusioner. Dötrist, men det är den perfekta täckmanteln.

"Ursäkta mig", säger jag och låtsas vara klumpig när jag "råkar" stöta till en av männen. Mina fingrar glider vant in med avlyssningsapparaten under bordsdukens kant och fäster den där. "Jag ber om ursäkt, sir."

"Se dig för vart du går", fräser han och blänger på mig.

"Självklart, sir", svarar jag och tvingar fram ett leende. Fortsätt bara spela rollen, Artemis. Du är nästan där.

"Apparaten är på plats", informerar jag Declan, drar mig tillbaka från bordet och letar efter nästa tillfälle i rummet.

"Snyggt jobbat", säger han. "Nu ska vi hitta några fler saftiga måltavlor."

"Saftiga" är ett intressant ordval, men jag vet vad han menar. Vi måste samla all information vi kan innan vår täckmantel spricker.

"Förstått", svarar jag och biter ihop tänderna när jag återigen kastar mig in i stridens hetta. Doften av dyr parfym och girighet hänger tung i luften, vilket får mig att vilja kräkas. Men det finns ingen tid för det nu.

”Artemis, jag har en perfekt måltavla – doktor Victor Graves själv”, säger Declan, hans röst spetsad med spänning. ”Låt oss se om vi kan komma tillräckligt nära för att tjuvlyssna lite.”

”Jag är precis bakom dig”, säger jag, och mitt hjärta bultar i bröstet när vi närmar oss vårt slutmål, medveten om att varje ögonblick för oss ett steg närmare antingen seger eller katastrof.

”Artemis, se upp”, varnar Declan när jag slingrar mig genom havet av kostymer och aftonklänningar. ”Vi har ett potentiellt problem.”

”Fantastiskt”, muttrar jag tyst för mig själv. ”Vilken sorts problem?”

”Klockan tio. Lång, bredaxlad kille med snaggat hår”, väser han. ”Jag tror att han är oss på spåren.”

”Snaggat” är en underdrift. Mannens huvud är praktiskt taget renrakat. Mitt hjärta hoppar över ett slag när jag minns honom från en tidigare uppgörelse. Han hade varit en av Byråns främsta hejdukar, och vi hade med nöd och näppe undkommit den gången.

”Fan också”, tänker jag för mig själv. Att just den här killen skulle dyka upp just ikväll ...

”Ta det lugnt”, säger Declan i ett försök att lugna mig. ”Vi har fortfarande ett jobb att göra.” Men jag kan höra spänningen i hans röst.

”Just det”, säger jag och försöker spela oberörd. ”Vi fortsätter bara röra på oss. Kanske känner han inte igen oss.”

”Bra plan”, instämmer han, men jag kan se tvivlet i hans ögon.

”Servitör!” skäller den brutale livvakten och pekar på mig. Det kräver varje uns av självkontroll att inte rycka till eller fly. Istället klistrar jag på ett falskt leende och närmar mig honom med brickan i handen.

”Kan jag hjälpa er, sir?” frågar jag med en lätt darrande röst.

”Var har jag sett er förut?” Hans ögon smalnar misstänksamt, och jag kan känna hur färgen försvinner från mitt ansikte.

”Öh, jag är inte säker, sir”, stammar jag och försöker låta förvirrad. ”Jag jobbar här, så ni kanske har sett mig här omkring?”

”Kanske”, säger han långsamt, med blicken fäst på min. ”Eller så var det någon annanstans.”

”Artemis, försvinn därifrån”, manar Declan, hans röst knappt en viskning i mitt öra.

”Förlåt, sir”, säger jag och backar undan från livvakten. ”Jag har andra gäster att ta hand om.”

”Vänta!” beordrar han och griper tag i min arm. Jag kan känna hettan från hans grepp genom min falska serveringsuniform och rädslan blommar upp i mitt bröst.

”Ursäkta mig, sir”, ingriper Declan smidigt och kliver emellan oss. ”Men vi måste verkligen gå.”

”Släpp henne”, säger han och stirrar ner den brutale mannen.

”Okej då”, muttrar livvakten och släpper min arm. Men jag vet att faran inte är över än. Han är oss på spåren, och det är bara en tidsfråga innan allt faller samman.

”Artemis.” Declans röst ekar i mitt öra, en påminnelse om att han håller mig om ryggen. ”Håll dig lugn.”

”Lätt för dig att säga”, muttrar jag tyst för mig själv och försöker hålla paniken i schack.

”Nu går vi.” Han tar min hand och leder oss bort från den brutale livvakten vars misstänksamma blick följer varje rörelse vi gör. Vi slingrar oss genom folkmassan av politiker och militärledare och letar desperat efter en utgång.

”Där borta”, viskar Declan och nickar mot en sidodörr. Det verkar för bra för att vara sant – en flyktväg så nära och obevakad. Men när vi närmar oss dyker flera säkerhetsvakter upp från ingenstans och blockerar vår väg.

”Fan också”, väser jag, mitt hjärta bultar i bröstet som en skrämd kanin.

”Spela oberörd”, råder Declan. ”Vi hittar en annan väg.”

”Visst, för det har ju fungerat så bra hittills”, fräser jag, och frustrationen bubblar över.

”Artemis, lita på mig”, säger han, och hans nötbruna ögon bönfaller mig att hålla fast vid hoppet bara lite längre.

”Okej.” Jag tar ett djupt andetag och stålsätter mig för vad som än komma skall.

”Ursäkta mig”, avbryter en av säkerhetsvakterna och knackar Declan på axeln. ”Ni två måste följa med oss.”

”Är det något problem?” frågar Declan och spelar oskyldig.

”Er vän här ser väldigt bekant ut”, svarar vakten, och hans ögon borrar sig in i mig som om de kunde se rakt igenom min förklädnad. ”Chefen vill växla några ord med er båda.”

”Självklart.” Declan ger mig en lugnande kläm på handen innan han vänder sig mot vakterna. ”Visa vägen.”

Vi eskorteras genom svagt upplysta korridorer, och atmosfären blir tyngre för varje steg. Magen vänder sig, en kväljande blandning av rädsla och förväntan som vrider sig till en knut.

”Artemis, om något händer ...”, börjar Declan säga, men jag avbryter honom.

”Gör det inte.” Min röst darrar och förråder min rädsla. ”Bara ... gör det inte.”

”Okej”, mumlar han, och hans grepp om min hand hårdnar.

När vi når ett par dubbeldörrar knuffar vakterna in oss. Rummet är fyllt med fler beväpnade vakter, deras ansikten kalla och oförlåtande. Den brutale livvakten från tidigare står i centrum, med ett självbelåtet flin över ansiktet.

”Visste väl att jag kände igen er”, hånler han. ”Trodde ni att ni kunde lura oss, va?”

”Verkar som att jag drog nitlotten”, svarar jag och försöker dölja min oro med sarkasm.

”Nog nu!” En dånande röst skär genom spänningen och tystar alla i rummet. Jag tittar upp och ser en lång man med militärisk hållning stega mot oss, hans ansiktsuttryck helt utan värme.

”Ta dem”, beordrar han och nickar mot vakterna som omringar oss.

Innan vi hinner reagera blir vi gripna och utsläpade ur rummet, vårt motstånd är lönlöst mot deras järngrepp. De släpar ut oss, där en bepansrad fångtransport väntar.

”In med er”, skäller en av vakterna och knuffar oss mot fordonet. Vi klättrar in, och dörren slår igen bakom oss, vilket släcker allt hopp om flykt.

”Declan, vad ska vi göra?” viskar jag, min röst knappt hörbar över motorns brummande. Men när jag ser in i hans ögon, sökande efter trygghet, inser jag att han är precis lika osäker som jag.

Transporten skumpar och stöter fram oss utan nåd, som om vi vore potatissäckar på flaket på en bondes lastbil. Jag försöker orientera mig, men fordonet har inga fönster, bara kall, oförlåtande metall. Luften är tung av doften av svett och rost, en ständig påminnelse om vår nuvarande belägenhet.

”Vart tror du de tar oss?” frågar Declan, hans röst knappt hörbar över den skramlande motorn.

”Din gissning är lika bra som min”, svarar jag och försöker hålla oron borta från min röst. ”De har oss inlåsta i den här plåtburken på hjul, så det kan inte vara någon trevlig plats.”

”Artemis, jag är så led—”

”Bespara mig”, fräser jag och avbryter honom innan han hinner avsluta. ”Vi har gjort våra val, och nu måste vi ta konsekvenserna.” Mitt hjärta ömmar för honom, men jag kan inte sänka garden, inte när viktigare saker står på spel än bara våra känslor.

”Okej”, säger han kärvt. ”Men vi kommer att hitta en väg ut ur det här. Det måste vi.”

”Det gör vi alltid”, säger jag, och den minsta antydan till ett leende hotar att bryta igenom min beslutsamhet.

Efter vad som känns som en evighet bromsar transporten till ett stopp och dörrarna rycks upp. Den plötsliga anstormningen av ljus svider i ögonen, och jag blinkar frenetiskt medan de anpassar sig till det hårda skenet. Vi är omringade av beväpnade vakter, deras vapen riktade mot oss medan de skäller ut order om att vi ska lämna fordonet.

”Välkomna till ert nya hem”, hånler en av dem och knuffar oss framåt.

”Charmigt”, muttrar jag tyst för mig själv, vilket ger mig en hård knuff som svar.

Våra fångvaktare marscherar oss genom ett vidsträckt, öde landskap. Vinden piskar mitt silverfärgade hår och sticker i mina kinder. Byråns hemliga fängelse tornar upp sig framför oss, en brutalistisk monolit omgiven av taggtråd och vakttorn. Det skriker fara från varje vinkel.

”Mysigt”, säger Declan torrt, med blicken svepande över den imponerande byggnaden.

”Får definitivt inga femstjärniga recensioner på Fängelse-Yelp”, instämmer jag och försöker hitta lite humor i vår situation.

Vakterna för oss genom ingången, och vi stiger ner i anläggningens kalla, sterila djup. Luften blir kallare för varje steg, och en känsla av fasa lägger sig som en blytyngd i mitt bröst. Jag kan inte skaka av mig känslan av att när vi väl är inne, kanske vi aldrig mer får se dagens ljus.

”Rör på er!” skäller en vakt åt oss och knuffar oss bryskt nerför korridoren.

”Har ingen lärt dig hyfs?” replikerar Declan, vilket ger honom ett snabbt slag i bakhuvudet. Jag rycker till av medlidande men håller tyst, medveten om att det inte är rätt tid för trots.

De stannar slutligen vid två intilliggande celler, med dörrarna olycksbådande öppna och väntande. "In med er", säger en av dem och gestikulerar mot de mörka, smutsiga utrymmena.

"Hemma ljuva hemma", säger jag, kliver in i min cell, och dörren slår igen bakom mig. Jag tittar genom gallret och ser Declan på andra sidan, hans ansikte en blandning av beslutsamhet och oro.

"Artemis ..." börjar han, men jag avbryter honom med en huvudskakning.

"Spara på krafterna, Declan", säger jag mjukt och lindar fingrarna runt de kalla metallstängerna. "Vi kommer att behöva dem om vi ska ta oss härifrån."

Han nickar, och förståelse syns i hans nötbruna ögon. Vi må vara inlåsta, men vi är inte besegrade – inte än. Och så länge vi har varandra finns det fortfarande hopp.

KAPITEL TRETTIO

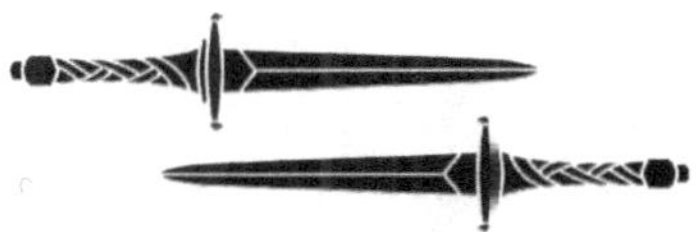

DE KALLA METALLSTÄNGERNA TRYCKER mot min rygg och kyler mig in i märgen. Jag glider ner och känner hur min kropp slår i golvet med en dov duns. Adrenalinet som har pumpat genom mina ådror försvinner långsamt och lämnar inget annat än förtvivlan i sitt kölvatten.

”Artemis”, ropar Declan mjukt från sin cell, ”gör inte så här mot dig själv. Vi visste att det fanns risker.”

”Risker?” fnyser jag, och bitterheten dryper från varje ord. ”Vår plan var vårdslös och korkad, Declan. Vi ska vara smartare än så här.” Jag begraver ansiktet i händerna och kväver tårarna som hotar att rinna.

”Hallå där”, säger han vasst och reser sig upp för att stå på andra sidan väggen som skiljer oss åt. ”Vi har varit i värre knipor förut, minns du inte?”

”Har vi?” kontrar jag med brusten röst. ”För här där jag sitter ser det ut som att vi precis har hamnat i ett hemligt fängelse för Gud vet hur länge, allt för att någon köttbulle kände igen mig.”

”Artemis, titta på mig”, befaller han, med fast men samtidigt mild röst. Jag lyfter motvilligt blicken för att möta hans nötbruna ögon och ser en strimma av hopp där. ”Vi löser det här, okej? Det gör vi alltid.”

”Förutom när vi inte gör det”, muttrar jag tyst för mig själv och vänder mig bort från honom. Tyngden av vårt misslyckande krossar mig och gör det svårt att andas.

”Lyssna.” Hans röst är knappt en viskning, vilket tvingar mig att luta mig närmare för att höra honom. ”Vi har ställts inför övernaturliga varelser, avhoppade statsagenter och korrupta politiker – och hittills har vi vunnit varje gång. Det här kommer inte att vara annorlunda.”

”Men tänk om det är det?” Mina ord är knappt mer än en kvävd snyftning. ”Tänk om det här är slutet för oss?”

”Då kämpar vi in i det sista”, förklarar han, och beslutsamheten i hans röst får en rysning att löpa längs min ryggrad. ”Men jag ger inte upp om oss än, och det borde inte du heller göra.”

”Även de bästa misslyckas ibland”, säger jag tyst, och orden smakar som gift på tungan.

”Sant.” Declan nickar allvarligt. ”Men vi är inte bara bra, Artemis – vi är extraordinära. Och extraordinära människor hittar ett sätt att resa sig efter sina misslyckanden.”

Jag låter hans ord sjunka in och känner hur hoppets glöd inom mig börjar flamma upp till liv igen. Vi har kommit för långt för att ge upp nu, och med Declan vid min sida – även om det bara är genom en cellvägg – vet jag att vi kommer att hitta en väg ut.

”Extraordinära, va?” lyckas jag få fram ett litet leende och möter hans blick igen. ”Då antar jag att vi måste bevisa det, eller hur?”

”Självklart”, flinar han, och för ett kort ögonblick känns mörkret i vårt fängelse lite mindre kvävande.

”Så vad är planen då? Har du några trick i rockärmen?”

”Jobbar på det”, svarar han beslutsamt. ”Men en sak vet jag säkert – vi ger oss inte utan en strid. Det är vi skyldiga oss själva och alla andra som slåss mot Byrån.”

Hans ord genljuder inom mig, och trots den dystra situation vi befinner oss i kan jag inte låta bli att känna hur modet stiger. Om det är en sak jag har lärt mig av att arbeta med Declan, är det att när han väl bestämmer sig för något kan ingenting stå i hans väg.

"Okej", säger jag, och en gnista av trots tänds inom mig. "Vi kör. Vi river det här stället, tegelsten för tegelsten om vi måste. De har muckat med fel övernaturliga jägare."

"Det kan du lita på att de har", instämmer han med övertygelse i rösten. "Vi ska få dem att ångra att de någonsin korsade vår väg."

Jag ler bistert och uppskattar hans förmåga att muntra upp mig även nu. Det är något jag har kommit att förlita mig på – att Declan alltid kommer att hålla mig om ryggen, oavsett hur mörkt allt ser ut.

"Du, Artemis?" viskar han, och hans röst blir plötsligt allvarlig. "Du vet att jag aldrig skulle lämna dig, eller hur? Vi gör det här tillsammans, hela vägen."

"Som ler och långhalm", säger jag kvickt för att lätta upp stämningen. Men i ärlighetens namn betyder hans ord mer för mig än jag kan uttrycka.

"Exakt", svarar han med säkerhet i rösten. "Tillsammans tar vi oss ut härifrån, och sen bränner vi ner Byrån till grunden."

"Låter som en plan", säger jag och känner en förnyad beslutsamhet. Mörkret omkring oss må vara tryckande, men Declans orubbliga beslutsamhet räcker för att jaga bort skuggorna.

"Okej", säger han beslutsamt. "Då sätter vi igång. Vi har ett fängelse att rymma från och några arslen att sparka."

"Ljuv musik i mina öron", svarar jag, och mitt leende är vasst även i mörkret. "Låt oss ge dem en föreställning de aldrig kommer att glömma."

"Håller med", viskar han, och även om jag inte kan se honom vet jag att han också ler. I det ögonblicket vet jag utan tvekan att Declan Reed aldrig kommer att överge mig för att ruttna bort på det här gudsförgätna stället.

Och med den vetskapen som stärker min beslutsamhet är jag redo att ta mig an vilka helvetiska utmaningar som än väntar. Vi kommer att fly, och när vi gör det kommer Byrån att få betala dyrt för sina överträdelser.

Jag står i mörkret i min cell och känner den kalla fukten sippra genom stenmurarna. Mina fingrar följer metalltråden jag har sytt in i ärmen, det enda som kommer att få mig ut ur det här helveteshålet. Ett litet leende drar i mina läppar när jag drar fram den och börjar arbeta med det gammalmodiga låset.

"Herregud, vem använder ens sådana här längre?" muttrar jag, och irritation smyger sig in i min röst. Låset klickar upp, och jag kväver ett belåtet skratt. En avklarad, en kvar.

"Artemis?" Declans låga viskning kommer från cellen bredvid. "Är det du?"

"Vem skulle det annars vara?" replikerar jag och himlar med ögonen trots att han inte kan se mig. Han borde veta vid det här laget att jag alltid är förberedd på sådana här situationer. Jag går fram till hans cell och hukar mig för att dyrka upp låset. Medan jag gör det kan jag inte låta bli att lägga märke till hur spänd och alert han ser ut, trots att han är inlåst. Det är egentligen ingen överraskning. Vi har gått igenom tillräckligt mycket tillsammans för att veta att faran aldrig är långt borta.

"Någon aning om var vi är?" frågar han och försöker hålla rösten stadig. Jag pausar ett ögonblick och överväger frågan.

”Någonstans där vi inte borde vara”, svarar jag kryptiskt. ”Håll tyst nu och låt mig koncentrera mig.” Jag fokuserar på låset, och de metalliska klickningarna fyller tystnaden mellan oss. På bara några sekunder klickar det upp och Declan andas ut med ett skarpt ljud.

”Snyggt jobbat”, säger han och knuffar upp dörren med ett hörbart knarrande. Jag sneglar på honom och tar in hans trasiga jeans, skäggstubb och de olika ärren på hans armar från våra tidigare strider. Han har definitivt sett bättre dagar, men det har jag också.

”Tack, men spara komplimangerna till senare”, fräser jag och riktar redan min uppmärksamhet mot uppgiften framför oss. ”Vi måste komma ut härifrån innan någon inser att vi är borta.”

Han nickar med förståelse för hur bråttom det är. Vi vet båda att tiden rinner ut och att det inte dröjer länge innan de kommer för oss igen. Men för tillfället har vi åtminstone en chans att slåss. Jag hoppas bara att den räcker.

”Visa vägen”, säger Declan, och hans nötbruna ögon är fyllda av beslutsamhet. Jag nickar och tar ett djupt andetag medan vi förbereder oss på att möta vad som än väntar oss bortom dessa cellväggar.

”Håll dig nära”, viskar jag, och andan stockar sig i halsen när vi rör oss tyst genom den dunkelt upplysta korridoren. Håren på nacken reser sig av obehag, och mina tatueringar tycks pulsera i takt med mitt rusande hjärta.

”Vart är vi på väg?” väser Declan och håller sig tätt intill min sida. Hans ögon flackar nervöst omkring och letar efter tecken på fara.

”Ut”, fräser jag utan att se på honom. Mina gröna ögon är fortsatt fästa på vägen framför oss och söker av skuggorna efter rörelser. ”Var tyst nu.”

Innan någon av oss hinner reagera ekar ljudet av närmande fotsteg genom korridoren, vilket tvingar oss att ducka bakom en rostig metallvagn. Vi håller andan och ser två vakter passera med raska steg, deras kängor dunsar mot det kalla betonggolvet. De är beväpnade till tänderna, vilket inte lämnar något tvivel om vad de skulle göra om de hittade oss.

”Artemis”, mumlar Declan, hans röst knappt hörbar. Jag kan känna spänningen som strålar från honom, en hetta som är nästan påtaglig. ”Jag är ledsen – jag menade inte att–”

”Håll tyst”, avbryter jag med låg och spänd röst. ”Fokusera på att ta dig ut härifrån levande, sedan kan du be om ursäkt hur mycket du vill.”

När vakterna har försvunnit runt ett hörn kommer vi fram från vårt gömställe, med hjärtan som bultar som ett par tryckluftshammare. Jag leder Declan genom en labyrint av till synes oändliga korridorer, den ena mer förfallen än den andra. Doften av fuktig jord och förruttnelse fyller luften och gör det svårt att andas. Men vi har inte tid att älta det. Vi måste ut innan de kommer för oss igen.

”Vänster eller höger?” frågar Declan när vi kommer till en vägskäl. Hans nötbruna ögon söker mina för vägledning, men det finns också en antydan till tvivel som lurar i deras djup. Det är uppenbart att han inte litar på mina instinkter, men jag kan inte klandra honom. Vi har båda blivit svikna för många gånger för att räkna.

”Höger”, bestämmer jag och följer min magkänsla. Den har inte lett mig vilse än – ja, i alla fall inte helt – och jag har inget annat val än att lita på den nu. ”Håll ögonen öppna efter tecken på en utgång.”

”Uppfattat”, svarar han och faller in i steget bakom mig. Medan vi fortsätter framåt kan jag inte låta bli att undra vad som väntar oss utanför dessa sönderfallande murar. Kommer vi att finna den frihet vi längtar efter, eller kommer det bara att vara ännu en fälla som väntar på att snärja oss? Bara tiden kan utvisa, och för varje sekund som tickar förbi vet jag att den håller på att rinna ut.

”Se upp”, väser jag, griper tag i Declans arm och drar tillbaka honom precis i tid för att undvika en kamera som sveper förbi oss. Linsen tycks dröja kvar på platsen där vi stod för bara några ögonblick sedan innan den rör sig vidare, som om den vet att vi är där men inte riktigt kan lokalisera oss.

”Skit, det var nära”, muttrar Declan tyst för sig själv, med ögonen vidöppna av förskräckelse. ”Hur många fler sådana här tror du att det finns?”

”För många”, svarar jag och söker av korridoren framför oss efter fler överraskningar. Det är tydligt att doktor Graves har gått långt för att hålla sina hemligheter dolda, och jag kan inte låta bli att undra vilka andra fasor vi kommer att avslöja innan den här mardrömmen är över. Men jag skjuter undan de tankarna och fokuserar på uppgiften som väntar. Det är nu eller aldrig.

”Nu kör vi.” Vi pilar från skugga till skugga och undviker kamerornas vakande blick och säkerhetsdörrarnas olycksbådande surrande. Varje steg känns som en chansning, varje andetag en kalkylerad risk som antingen kan rädda oss eller döma oss till en evighet av plåga. Men det finns ingen återvändo nu.

”Vänta”, viskar Declan och får mig att stanna. ”Hör du det där?”

Jag anstränger öronen och försöker uppfatta vad det nu är han hör. Och så, svagt, hör jag ljudet av röster som ekar genom korridorerna. Mitt hjärta hoppar över ett slag när jag inser att vi måste vara nära något viktigt. Ett kontrollrum, kanske?

”Kom igen.” Jag vinkar åt Declan att följa mig, och tillsammans tar vi oss mot källan till ljudet. När vi rundar ett hörn snubblar vi över en dörr som står lite på glänt och avslöjar ett rum fyllt med bildskärmar, blinkande lampor och de dämpade rösterna från två vakter.

”Titta på det där”, mumlar Declan och kikar in. ”Det är som hela ställets nervcentrum.”

”Exakt”, flinar jag och känner en adrenalinkick forsa genom mina ådror. ”Och det är därför vi ska ta över det – med början nu.”

”Du är verkligen galen”, muttrar han, och mitt flin blir bara bredare.

”Redo?” frågar jag Declan, min röst knappt en viskning.

”Alltid”, flinar han. Men under modigheten kan jag se osäkerheten flimra i hans ögon.

”Se och lär.” Orden är nonchalanta, men det är vad jag behöver säga för att hålla min egen oro i schack när jag glider in i rummet, mina rörelser kusligt tysta. Vakterna tittar inte ens upp från sina skärmar, helt omedvetna om det öde som snart kommer att drabba dem.

”Hallå!” Jag knäpper med fingrarna framför deras ansikten och väcker dem ur deras dvala. ”Ni ser uttråkade ut. Stör det om vi gör er sällskap?”

”Va–?” börjar den ena vakten, men innan han hinner få fram ett ord till träffar min knytnäve hans käke och skickar honom rakt in i väggen. Declan gör snabbt processen kort med den andra, griper tag i hans arm och vrider den tills han ylar av smärta. En snabb spark mot baksidan av knäna får honom att falla ihop som en säck potatis.

”Snyggt jobbat”, berömmer jag med en ton som dryper av sarkasm. ”Och nu sätter vi igång.”

Jag vänder min uppmärksamhet mot säkerhetssystemet, dess komplexa nätverk av kameror och larm är skrämmande även för någon som mig. Mina fingrar flyger över tangentbordet, mitt sinne rusar genom möjliga kombinationer och åtkomstkoder. Tiden håller på att rinna ut, och för varje sekund som går blir våra chanser att fly alltmer avlägsna.

"Kom igen, Artemis", muttrar jag tyst för mig själv, med hjärtat bultande i bröstet. "Du har gjort det här tusen gånger förut."

"Har du problem?" frågar Declan, och hans röst är spetsad med oro. Jag kan känna hans blick på mig, hur han bedömer varje rörelse, och det är både tröstande och irriterande.

"Självklart inte", fräser jag, fullt medveten om att min frustration egentligen inte är riktad mot honom. "Ge mig bara en sekund."

Och då, som en blixt från klar himmel, slår inspirationen ner. Jag skriver in en serie kommandon som loopar kamerornas flöden och döljer effektivt våra rörelser när vi flyr. Lättnaden som sköljer över mig är nästan överväldigande, men det finns ingen tid att fira.

"Klart", meddelar jag, och en självbelåten tillfredsställelse färgar mina ord. "Vi är osynliga nu."

"Toppen", säger Declan och flinar trots vår svåra situation. "Se till att komma härifrån nu då."

"Kunde inte ha sagt det bättre själv", svarar jag, med hjärtat dundrande i öronen när vi glider tillbaka in i skuggorna, vår väg till frihet nu lite tydligare.

"Artemis", viskar Declan och hans hand griper hårt om min. "Jag säger det inte tillräckligt ofta, men du är helt otrolig."

"Spara komplimangerna till senare", säger jag till honom, men jag kan inte undertrycka det lilla leendet som drar i mina läppar. Vi kanske springer för våra liv, men vi gör det åtminstone tillsammans. Och med lite tur får vi leva för att slåss en annan dag.

KAPITEL TRETTIOETT

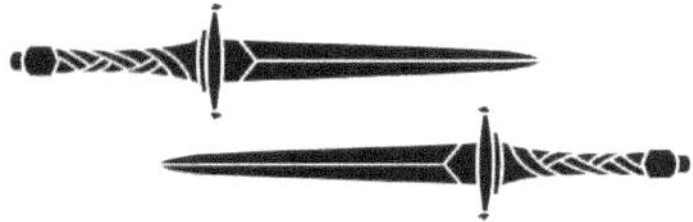

DEN ISKALLA NATTLUFTEN SLÅR emot mig som en slägga i samma ögonblick som vi smiter ut, genomträngande och oförlåtande. Efter att ha varit instängd i det stillastående mörkret där inne i ändlösa timmar hade jag nästan glömt bort känslan av frisk luft.

Declan och jag stannar upp ett kort ögonblick medan vita ångmoln stiger från våra flämtande andetag. Mina lemmar darrar av efterskalv från adrenalinet och med nerver som fortfarande är på helspänn efter vår farofyllda flykt.

"Vi klarade oss ut", mumlar jag för mig själv, nästan rädd för att uttala orden högt.

Men Declan är fortfarande på helspänn och genomsöker vaksamt den svagt upplysta omgivningen efter tecken på annalkande fara. "Låt oss inte fira än. Vi är fortfarande långt ifrån i säkerhet."

Jag himlar med ögonen. "Alltid den pragmatiske, va?"

Mitt försök till nonchalans faller platt, även för mina egna öron. Under övermodet slår mitt hjärta mot revbenen, och jag vet att det inte enbart beror på upprymdhet. Den här natten är långt ifrån över.

Declans röst har en ovanlig skärpa när han talar igen. "Håll dig fokuserad och alert, Artemis. Vi är alltför oskyddade här ute."

Jag biter tillbaka den spydiga kommentaren som ligger på tungan och nickar bara. Nu är verkligen inte rätt tidpunkt för min vanliga vårdslösa attityd eller falska övermod.

Vi smyger försiktigt framåt, tätt intill de djupaste skuggorna, smärtsamt medvetna om hur sårbara vi fortfarande är. Det avlägsna löftet om flykt ligger precis framför oss – om vi kan nå det.

"Där", viskar jag när det höga stängslet som omger området blir synligt. "Ett sista hinder mellan oss och friheten."

Declan fnyser humorlöst. "Åh, bra, ett faktiskt fysiskt hinder att klättra över. Precis vad jag hade hoppats på ikväll."

Trots lättsamheten i hans ton skymtar jag den undertryckta rädslan som lurar bakom hans ögon. Vi förstår båda två precis hur lätt den här flykten fortfarande kan gå fruktansvärt snett.

Jag tar ett djupt, stärkande andetag. "Okej. På tre klättrar vi snabbt. Ett ... två ... tre, kör!"

Vi klättrar över stängslet med överraskande snabbhet och smidighet, drivna av desperation och rent adrenalin. Men i samma ögonblick som vi når toppen skär ett gällt larm genom luften och krossar allt bräckligt hopp vi hade om att göra en ren, obemärkt flykt.

"Fan!" spottar jag ur mig när vi snabbt hoppar ner på andra sidan.

"Artemis, spring!" ryter Declan i mitt öra, hans röst knappt hörbar över det tjutande larmet. Och det gör vi – vi springer som om helvetet var oss i hälarna. Nu finns det ingen tid för att smyga. Vi störtar huvudstupa in i natten precis när rop hörs inifrån området bakom oss.

Det plötsliga skenet från bländande strålkastare bränner i mina ögon och tvingar mig att kisa mot det skarpa ljuset medan vi flyr. Det känns som om någon ondskefull fyr har riktat sin grymma stråle mot just oss och naglar fast oss hjälplöst på plats. Mitt hjärta bultar mot revbenen när skottlossning plötsligt bryter ut runt omkring oss och kulor sliter sig illvilligt genom nattluften.

”Fan, de skjuter på oss!” spottar jag ur mig, och känner hur en elektrisk stöt far genom mina muskler när adrenalinet flödar genom mitt system.

”Det spelar ingen roll, bara spring!” ropar Declan hest över eldgivningen. ”Vi måste nå träden för att få skydd!”

Jag biter ihop tänderna och använder varenda uns av energi i mina värkande ben, för att försöka pressa fram lite mer fart ur min sviktande kropp. Den mörka trädgränsen lockar framför oss och utlovar en värdefull tillflykt från anfallet. För min inre syn visualiserar jag de dödliga kulorna som visslar förbi, bara centimeter från att träffa mjukt kött och ben. Den mentala bilden sporrar mig bara att springa fortare.

”Nästan där”, flämtar jag mellan ansträngda andetag, medan svett pärlar sig på min kritvita panna. ”Bara ... lite ... till ...”

Declans röst är en enträgen viskning i mitt öra, nästan dränkt av våldets kakofoni som rasar runt oss. ”Stanna inte nu, vi är så nära! De får inte ta oss levande!”

När vi slutligen närmar oss den skuggiga trädgränsen verkar den redan öronbedövande skottlossningen tiodubblas till en mardrömslik symfoni av hett bly och illvilja som hotar att svälja oss hela. Men på något sätt stärker den påtagliga faran bara min beslutsamhet att fly – inte en chans i helvete att jag låter dem släpa oss tillbaka till det där helveteshålet levande om jag kan förhindra det.

"Se upp för diket!" varnar jag Declan andfått, när jag ser en mörk fördjupning dold i undervegetationen nära skogsbrynet. Det sista någon av oss behöver just nu är en vrickad fotled eller värre.

"Uppfattat, tack!" ropar han tillbaka kortfattat, tar sig elegant över hindret och kastar sig in i det döljande buskaget utan att sakta ner. Ibland svär jag på att den mannen har gasellblod i ådrorna.

"Sluta skjut, era jävlar!" skriker jag över axeln i meningslöst trots, även om jag vet att våra förföljare inte kommer att lyssna på mina ord. Ändå känns det befriande att få utlopp för en bråkdel av det vanmäktiga raseriet som brinner i mina ådror.

Med en sista explosiv fartökning störtar vi huvudstupa genom den mörka trädgränsen och kastar oss i skydd i den döljande undervegetationen. Jag flämtar av ljuvlig lättnad när skuggorna omsluter oss i sin skyddande famn och dämpar kaosets ljud som rasar bakom oss.

"Vi klarade det", flämtar Declan ansträngt bredvid mig, hans andedräkt het mot min nacke. "Vi är inne."

Jag skakar trött på huvudet och kämpar för att sakta ner min hysteriska andning och mitt bultande hjärta. "Klarade vi det verkligen? För jag är inte övertygad om att jakten är över än."

Skogens tillfälliga frist lugnar mina slitna nerver, men oron dröjer sig kvar. Det här känns mindre som en fristad och mer som det bedrägliga ögat i en annalkande storm. Jag lutar på huvudet och anstränger mig för att urskilja ljudet av förföljare över min egen dånande puls.

Declans väsande viskning skär genom den mörka tystnaden. "De är precis bakom oss. Jag kan höra dem."

Jag kväver ett bittert skratt. ”Självklart är de det. Trodde du att de bara skulle ge upp och låta oss promenera iväg mot solnedgången?”

”Nej, men –”

”Spar på det”, avbryter jag honom skarpt. ”Vi kan inte sluta röra på oss än. Upp med dig, kom igen.”

Declan griper tag i min handled innan jag hinner dra upp honom på fötter. ”Artemis, vänta, vi kan inte fortsätta springa för evigt. Vi behöver en plan.”

Jag låter ett ondskefullt leende sprida sig över mitt ansikte. ”Vem sa något om att springa?” Mina ögon glimmar farligt i mörkret. ”Vi har fortfarande några otäcka knep i rockärmen.”

Declan öppnar munnen för att protestera men verkar tänka om. ”Okej, kan vi åtminstone hämta andan först?”

”Senare”, avfärdar jag honom kort, griper tag i hans arm och driver oss djupare in i den tryckande skogen. Den ojämna terrängen gör det farligt att ta sig fram, men försiktighet är en lyx vi inte har råd med.

Ett fladdrande ljus och rörelse längre fram fångar min uppmärksamhet. ”Sällskap”, väser jag enträget till Declan. Skugglika figurer dyker upp mellan träden och sveper över området med ficklampor som kastar slingrande skuggor över skogsmarken.

Jag trycker mig platt bakom den knotiga stammen på ett uråldrigt träd, pulsen dånande av förnyad brådska. ”Håll dig utom synhåll. Om de får syn på oss är det kört.”

Bredvid mig smälter Declan in i undervegetationen utan ett ord, nu knappt en skugga själv. Men vår frist är officiellt över. Den verkliga jakten återupptas på allvar igen.

”Hallå!” ropar en av vakterna plötsligt och sveper med sin ficklampsstråle farligt nära vårt gömställe. ”Trodde jag såg något röra sig där borta.”

En annan vakt bredvid honom fnyser irriterat. ”Säkert bara en ekorre eller något annat skit. Jag tänker inte traska runt i hela Guds gröna hagar ikväll och jaga skuggor.”

Jag kväver ett bittert skratt. ”Nej, underskatta aldrig de där listiga små trädgnagarna.”

Den första vakten låter sig inte avskräckas. ”Var alert ändå! De kan inte ha kommit långt än.” Hans skrapiga röst får det att gå kalla kårar längs ryggraden på mig.

”Visst, chefen”, säger den andra vakten släpande och sarkastiskt. Jag kan föreställa mig hur han himlar med ögonen.

Medan de fortsätter att svepa över området, ser jag en snabb rörelse i mitt perifera synfält – en annan vakt som smyger sig fram genom träden med höjt vapen, siktet orubbligt inställt på mig. Andan fastnar i halsen, musklerna låser sig i chockartad panik.

”Artemis, ner!” ropar Declan brådskande. Innan jag hinner reagera kastar han sig framför mig precis när vakten avfyrar sitt vapen. Skottet är öronbedövande i skogens instängdhet och ekar genom träden som åska.

”Declan!” skriker jag, hjärtat griper tag av skräck när scenarier blixtrar förbi i mitt huvud. Nej, inte så här, inte här!

Han grimaserar men håller sig på fötter och driver oss båda framåt. ”Jag mår bra, fortsätt röra på dig!”

Jag argumenterar inte, klamrar mig bara desperat fast vid hans hand när vi kastar oss huvudstupa in i undervegetationen. Min enda tanke är att få oss härifrån, så långt bort som mänskligt är möjligt. Vi måste klara det.

Declan flämtar hest bredvid mig, kämpande för att hålla min frenetiska takt. ”Artemis ... sakta ner ... jag kan inte ...”

”Bara lite till”, manar jag andlöst, lungorna brinner, benen darrar av ansträngning. Jag vet att vi båda är långt bortom våra gränser, men att stanna nu är inget alternativ. Våra förföljares tassande steg ekar obevekligt bakom oss.

Jag känner hur Declan snubblar, hans kalla hand klamrar sig svagt fast vid min. "Artemis ... jag kan inte ... jag är slut ..."

"Nej, förbannat, inte än!" pressar jag fram vilt mellan sammanbitna tänder. Svetten klistrar fast mitt hår i pannan, svider i ögonen och gör min syn suddig. Ändå tvingar jag envist mina skrikande muskler framåt genom ren viljestyrka. Jag vägrar låta dem ta oss nu.

Declan känner min beslutsamhet och samlar sina sinande krafter. "Vänta", flämtar han. "Bara ... bara ett ögonblick för att vila ..."

Min trotsighet brister slutligen och jag stannar, och vi kollapsar tillsammans på den kalla, fuktiga marken. Våra bröstkorgar häver sig ansträngt, hjärtan dundrar som ett. Denna korta frist kan besegla vårt öde, men ingen av oss kan fysiskt ta ett enda steg till.

Declans andedräkt bränner min nacke, hans kropp en vägg av hetta mot min sida. "Tror du vi skakade av oss dem?" flämtar han till slut.

Jag kniper ihop ögonen och håller fast vid den här bräckliga bubblan av frid en stulen sekund till. "Kanske för nu", viskar jag.

Hans hand kupar sig försiktigt om min haka och styr min blick mot hans. "Låt oss då göra det bästa av det här ögonblicket."

Andan fastnar i halsen av den tysta intensiteten i hans blick, men jag tvingar mig själv att abrupt dra mig undan och ställa mig upp. "Vi borde fortsätta medan vi har chansen."

Declan stapplar upp efter mig, med anletsdrag präglade av smärta och utmattning. "Artemis, vänta ... Jag är ledsen för allt ..."

Jag stålsätter mitt hjärta mot smärtan i hans röst. "Spar på det. Vi kan prata när vi är i säkerhet." Om vi någonsin blir det igen.

"Okej", samtycker han trött. "Men du borde veta ... jag skulle skydda dig igen utan att tveka."

Frustration väller upp inom mig. "Din dumdristiga idiot. Kom igen nu." Jag griper tag i hans hand hårt och klamrar mig fast vid dess stadiga värme när vi än en gång störtar framåt in i det okända.

Bredvid mig lyckas Declan med ett spöklikt leende. "Kanske det. Men vi står enade."

Jag litar inte på min röst för att svara, så jag bara hårdnar mitt grepp och gjuter istället mina tumultartade känslor i varje brådskande steg. Vart den här stigen än leder, vandrar vi den sida vid sida, vad som än må ske.

KAPITEL TRETTIOTVÅ

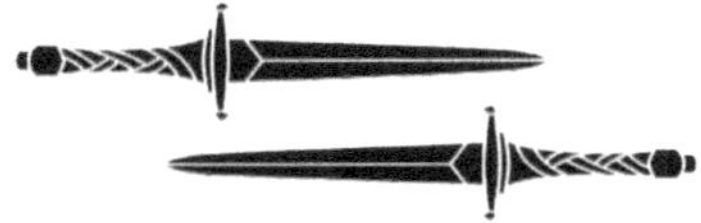

JAG STAPPLAR BLINT IN i den skuggiga skogens djup med Declans arm tungt över mina axlar medan jag halvsläpar hans vacklande kropp med mig. En kuslig tystnad omsluter oss, endast bruten av våra ansträngda, flämtande andetag och mitt hjärtas dundrande slag.

Efter vad som känns som en evighet släpper jag äntligen Declan och vi kollapsar båda klumpigt ner på den kalla, fuktiga skogsmarken, fullständigt slutkörda.

”Fan”, stönar Declan med sammanbitna tänder och känner försiktigt på ett av de två blodiga kulhålen i sin torso. Ärligt talat är det ett under att han ens andas just nu.

”Låt mig bedöma skadan”, kräver jag krasst och rör mig redan för att undersöka hans skador innan han hinner protestera.

Den första kulan hade bara snuddat vid revbenen och lämnat en ful, varande skåra längs hans sida. Men den andra kulan hade gått rakt igenom musklerna i hans axel och lämnat ett stort, blödande sår i sitt kölvatten.

Declan försöker sig på ett bekymmerslöst leende, även om det mer blir en smärtsam grimas. ”Äh, kom igen, det är bara ett köttsår.”

Jag ger honom en menande blick. "Jaså? Citerar du Monty Python medan du håller på att förblöda här?"

Han pustar fram ett ansträngt halvskratt. "Tja, antingen skrattar jag eller så gråter jag hysteriskt. Men helt ärligt, hur kommer det sig att jag inte redan har kollapsat?"

"Utmärkt fråga", mumlar jag bistert för mig själv, med fingrar som darrar lätt när jag river upp hans förstörda skjorta för att inspektera såren ytterligare.

Logiskt sett borde han ha kollapsat av chock för länge sedan, med tanke på den alarmerande mängd blod han uppenbarligen har förlorat. Ändå lyckades han på något sätt fortsätta springa i min rasande fart. Inget av det går ihop eller är det minsta logiskt.

Jag möter Declans smärtgrumliga men nyfikna ögon. "Jag har absolut ingen rationell förklaring till hur du fortfarande andas just nu. Tro mig, jag önskar att jag hade det."

Declan försöker sig på en sarkastisk himling med ögonen, som förstörs av en illa dold grimas. "Vad hjälpsamt, ditt geni. Har du några andra insikter att dela med dig av?"

Jag frustar av frustration, hatar förvirringen och misstänksamheten som virvlar i magen, men vet att vi inte har tid att reda ut något av det nu. "Hörru, allt jag vet med säkerhet är att vi måste ge oss iväg snart igen. De där jävlarna kan vara här vilken sekund som helst."

Med ett smärtsamt stön stöder sig Declan på sin friska arm och försöker resa sig. "Visst, jag kan väl stappla fram försiktigt som en magskjuten hjort, inga problem."

Jag erbjuder honom min axel igen och hjälper honom upp med en sympatisk grimas. "Bättre än att bli ett lik. Nu går vi."

Medan vi stapplar vidare genom den mörka skogen kan jag inte tysta tvivlen och frågorna som obevekligt virvlar i mitt sinne. Allt kring hans omöjliga motståndskraft gnager i mig och gör mina instinkter ännu mer på helspänn.

Men för tillfället är överlevnad det enda som räknas – svar får helt enkelt vänta.

Månen förblir dold bakom tjocka moln medan vi fortsätter att stappla djupare in i den dystra skogen. Jag kan inte låta bli att ofta snegla på den alarmerande fläcken av mörkt blod som nu dränker Declans trasiga skjorta. Magen vrider sig oroligt och förvirring och tvivel spär på min djupa utmattning.

”Okej, paus”, flämtar Declan till slut och lutar sig tungt mot ett träd för att hämta andan. ”Vi måste titta ordentligt på de här såren.”

Jag suckar instämmande och drar försiktigt bort det genomblöta tyget från hans skador. När jag noggrant undersöker den blodiga skottskadan märker jag något högst oväntat. Den spetsiga revan på hans arm från vår tidigare skärmytsling – den är helt enkelt borta. Försvunnen utan ett spår. Och kulhålet i hans sida från den första anläggningen vi undersökte – nästan helt läkt redan.

Jag möter hans blick i chockad misstro. ”Declan ... dina skador läker sig själva i snabb takt. Det här borde inte vara möjligt.”

Han rynkar pannan och vrider sig klumpigt för att inspektera sig själv. ”Vad sa du? Det kan inte stämma.”

”Se efter själv”, säger jag bistert och pekar på de snabbt läkande såren. ”Människor bara läker inte spontant på det här sättet, särskilt inte på bara några timmar. Men här står vi nu.”

Declan drar en skakig hand över ansiktet. ”Herregud, Artemis ... vad i helvete är det som händer med mig?” Ren rädsla sipprar in i hans röst.

Jag skakar hjälplöst på huvudet. ”Ärligt talat? Jag har inte en jävla aning.” Min ständigt växande misstanke gnager i mig, men det här är knappast rätt tid eller plats att reda ut allt. Vi måste fortsätta röra på oss medan vi fortfarande kan.

Jag tar ett djupt andetag och rätar beslutsamt på mig. "Kom igen, vi måste fortsätta. Vi löser det här senare, när vi inte blir aktivt jagade."

Declan nickar med käken spänd av förnyad beslutsamhet. "Okej. Då kör vi."

Vi pressar oss vidare och det tryckande mörkret slukar oss hela än en gång. Min kropp värker våldsamt från den brutala striden tidigare, och mitt huvud bultar av en obeveklig störtflod av obesvarade frågor. Men för tillfället måste vi fokusera enbart på överlevnad. Svar får vänta.

"Där, titta." Declan pekar plötsligt framåt, och jag får syn på ett svagt ljus som tränger igenom mörkret på avstånd. När vi närmar oss framträder konturerna av en avlägsen bensinmack ur träden. En våg av trevande hopp blommar i bröstet.

"Kanske kan vi hitta ett fungerande fordon", säger jag försiktigt, med stigande puls. "Men låt oss först hoppas att det här stället inte är en fälla."

När vi närmar oss försiktigt ser jag en gammal flakbil parkerad vid pumparna. Knappast en lyxig flyktbil, men den som är i nöd får ta vad som bjuds. Krossat glas ligger strött på marken runt den, förardörren hänger på glänt. Uppenbarligen övergiven i all hast.

Jag vänder mig till Declan med ny beslutsamhet. "Hjälp mig att tjuvkoppla den här snabbt." Mina ögon sveper över den skuggiga trädlinjen medan jag talar. Inga uppenbara hot, men den krypande känslan av att vi är iakttagna består.

Declan stampar osäkert med fötterna. "Artemis, är du säker på att det här är en klok idé ...?"

"Om du inte har en bättre plan på lager, snygging, är den här bilen vår enda utväg", fräser jag otåligt. "Antingen hjälper du mig eller så flyttar du på dig."

”Okej, okej”, muttrar han och dyker in i bilhytten bredvid mig. Jag tvingar mina darrande händer att skala och koppla ihop tändningstrådarna och ber om ett mirakel.

Motorn väser, och frustar sedan äntligen till liv. Jag släpper ifrån mig ett lätt vansinnigt skratt när lättnaden väller över mig. ”Den fungerar! Okej, nu drar vi.”

Våra blickar möts för ett laddat ögonblick, en speglad rädsla och upphetsning passerar mellan oss. Vad som än händer härnäst står vi enade.

Bilen skumpar oregelbundet fram längs den öde vägen och för oss längre bort från den omedelbara döden, men närmare en olycksbådande osäker framtid. Och hur mycket jag än försöker tysta den, så består min gnagande misstanke om Declans omöjliga läkning och gör mig ännu mer nervös.

En sak är säker – det här är långt ifrån över.

Stadens disiga ljus tornar upp sig framför oss, ett trassligt nystan av tornande mörka byggnader och blinkande neon. Min puls ökar i förväntan, även om en krypande oro hotar att sluka mig hel. Jag trycker ner den med kraft. Ingen tid för tvivel eller rädsla nu.

”Vart exakt är vi på väg?” frågar Declan kort från passagerarsätet, med spänningen etsad i varje linje av hans kropp.

”Raka vägen tillbaka till Athinas ställe”, svarar jag krasst, med fingrarna hårdnande runt ratten. ”Om det är någon som kan hjälpa oss att reda ut det här kaoset så är det hon.”

Declans mun blir till ett smalt, skeptiskt streck. ”Och vad får dig att vara så övertygad om att hon kommer att ha mer insikt än hon redan gav oss i skyddshuset?”

Jag måste motstå lusten att snäsa åt honom och påminner mig själv om att hans skepsis kommer från en djup utmattning och rädsla, inte illvilja. "För under alla de år jag känt henne har Athina aldrig någonsin misslyckats med att ställa upp när jag verkligen behövt henne. Hon kommer att ha svar, det är jag säker på."

Declan känner av min sjudande försvarsinställning och sänker hakan ångerfullt. "Självklart, du känner henne mycket bättre än vad jag någonsin skulle kunna. Var bara på din vakt för eventuella hot när vi väl är i staden." Hans vaksamma blick återupptar sökandet längs gatorna medan jag oberäkneligt väver mig genom trafiken.

Vi överger den stulna bilen på säkert avstånd från Athinas tegelhus och fortsätter resten av vägen till fots. Jag håller ständigt ett vaksamt öga efter tecken på förföljelse, men natten förblir stilla och tyst omkring oss. Bredvid mig har Declan svept en stulen jacka runt sin blodfläckade skjorta i hopp om att undvika att dra till sig onödig uppmärksamhet.

När vi närmar oss den välbekanta byggnaden är jag omedelbart på helspänn. Något känns fel och får mina instinkter att surra. Jag låser upp och vi går in. Tveksamt ropar jag ut i det mörka och tomma utrymmet. "Athina? Det är Artemis. Är du här?"

Endast ihålig tystnad svarar. Oron vrider sig i magen när jag fumlar för att tända taklampan och lyser upp ett utrymme som är fullständigt rensat.

"Var i helvete är allting?" frågar Declan i chockad misstro och uttrycker mina egna bestörta tankar. Alla möbler, vapen, förnödenheter – borta utan ett spår, som om Athina aldrig bott på det här stället överhuvud taget.

Jag tvingar fram stadga i rösten. "Din gissning är lika bra som min just nu." Även om de möjligheter som blixtrar genom mitt sinne gör föga för att lugna min stigande panik.

Declan verkar känna av min eskalerande ångest. "Hallå, kanske hon helt enkelt flyttade oväntat?" föreslår han försiktigt. "Hon kan ha lämnat någon ledtråd åt dig."

Jag klamrar mig fast vid det bräckliga hoppet. "Det måste hon ha gjort, för Athina skulle aldrig bara försvinna utan en förklaring."

Jag rör mig längre in och låter fingrarna glida längs väggarna, sökandes efter något litet tecken eller meddelande. Det måste finnas något ...

Bakom mig harklar sig Declan besvärat. "Hur gärna jag än vill hitta svar också, så är vi försvarslösa här. Vi borde verkligen ge oss iväg snart igen."

"Ge mig bara en minut till", insisterar jag med sammanbitna tänder och vägrar tro att hon skulle lämna mig helt i mörkret.

Slutligen känner mina sonderande fingrar subtila oregelbundenheter på väggen där hennes bokhylla en gång stod – en dold strömbrytare. Jag trycker till och ett dolt fack öppnas och avslöjar ett knippe förnödenheter och en hopvikt lapp.

Jag skannar snabbt de kryptiska instruktionerna innan jag triumferande meddelar: "En plats – hon lämnade koordinater till ett annat skyddshus!"

Declan sjunker synbart ihop av lättnad. "Tack gode gud. Låt oss ta oss dit snabbt."

Jag möter hans trötta men beslutsamma ögon när jag försiktigt viker ihop lappen igen. "Vi kommer att hitta henne, oroa dig inte. Jag ger inte upp förrän vi gör det."

Tillsammans smyger vi ut i natten igen, denna nya väg oklar men skinande av en förnyad känsla av syfte. Athina räknar med mig. Jag kan inte svika henne nu.

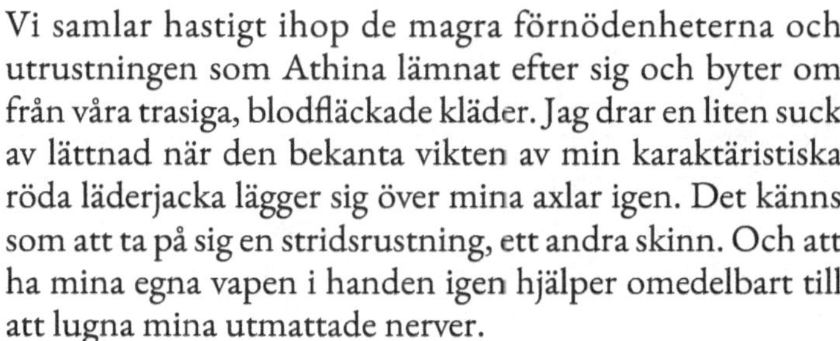

Vi samlar hastigt ihop de magra förnödenheterna och utrustningen som Athina lämnat efter sig och byter om från våra trasiga, blodfläckade kläder. Jag drar en liten suck av lättnad när den bekanta vikten av min karaktäristiska röda läderjacka lägger sig över mina axlar igen. Det känns som att ta på sig en stridsrustning, ett andra skinn. Och att ha mina egna vapen i handen igen hjälper omedelbart till att lugna mina utmattade nerver.

När jag försöker inspektera Declans läkande sår viftar han bestämt bort mig, vilket utan ord säger mig att de måste fortsätta att sluta sig i en omöjligt accelererad takt. De olika skärsåren och blåmärkena som pryder min egen kropp från de senaste helvetesdagarna verkar också ha försvunnit mystiskt utan ett spår. Jag gör en mental anteckning att återkomma till det alltmer oroande faktumet när vi får ett ögonblicks lugn.

”Ska vi bege oss direkt till det här nya skyddshuset?” frågar Declan pragmatiskt när vi är färdiga med utrustningen.

Jag tvekar innan jag beslutsamt skakar på huvudet. ”Nej, jag tycker vi måste stanna och samla oss ordentligt först. Vi borde faktiskt åka till mitt nuvarande ställe.”

Declans ögonbryn skjuter i höjden av förvåning. ”Din lägenhet? Är det smart när Byrån troligen spårar oss? Det kommer att vara det första stället de undersöker.”

Jag tillåter mig ett litet självbelåtet leende. ”Det skulle det vara, om någon faktiskt visste var jag bor nuförtiden.” När han ser tveksam ut fortsätter jag. ”Jag flyttade för mindre än en vecka sedan. Hyreskontraktet står under ett alias, jag betalade kontant i förskott. Det finns inget som binder mig direkt dit.”

”Så varför vill du så gärna åka dit?” Han härmar min hållning med armarna i kors, utmanande, och jag påminns om varför han för det mesta irriterar skiten ur mig.

”För att min krypterade laptop är där, och det är det enda sättet jag har att kommunicera med min klient. Och jag skulle väldigt gärna vilja prata med honom”, erkänner jag. Att ha förlorat min telefon när vi blev upplockade första gången har lämnat mig avskuren, och jag gillar inte den känslan. Telefonen skulle ha låst sig första gången någon annan än jag ens tittade snett på den, men det lämnar min laptop som det enda riktiga sättet att återigen komma i kontakt med den mystiske 'Mr. Smith'.

Jag har en del saker att säga till Mr. Smith.

Declans panna rynkas djupare, men efter ett ögonblicks övervägande rycker han på axlarna. ”Okej, visst. Vi behöver mer information och våra andra källor verkar vara komprometterade. Låt oss hämta din laptop snabbt innan vi kollar in det här nya skyddshuset.”

Jag blinkar förvånat och förväntar mig mer av en strid. Men jag tänker inte skåda en given häst i munnen. Jag behöver svar, och min svårfångade klient vet helt klart mycket mer om vad vi är indragna i än vad han först lät påskina.

Det är hög tid att Mr. Smith och jag tar ett uppriktigt samtal.

KAPITEL TRETTIOTRE

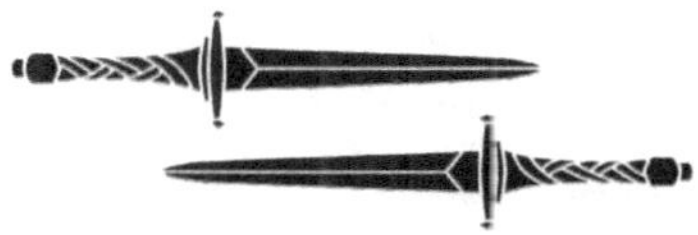

VI TAR OSS TILLBAKA till det stulna bilskrället och jag navigerar snabbt genom de smala gatorna till den särskilt sjabbiga del av staden som jag just nu kallar mitt hem. Jag stannar intill en sönderfallande tegelbyggnad som är tätt inklämd mellan två övergivna lagerlokaler, så oansenlig den kan bli. Knappast en imponerande fristad från utsidan, men å andra sidan har jag aldrig varit mycket för präliga fasader. Varje ställe där jag faktiskt sover mer än två nätter i sträck blir ett gömställe i mitt huvud.

Declan betraktar skeptiskt den förfallna byggnaden när vi kliver ur. ”Är det här det är?” Han höjer på ett skeptiskt ögonbryn.

Jag ger honom ett retsamt leende och hoppas att det döljer min underliggande spänning. ”Hallå där, döm inte mina talanger som inredare innan du ens har varit inne.”

Sanningen är att även om jag är övertygad om att inte ens Byrån enkelt skulle kunna spåra min nuvarande bostad utanför systemet, så utgör det ändå en obestridlig risk att återvända hit. En risk jag är villig att ta, men aldrig lättvindigt.

Declans mun rycker till i en knappt skönjbar antydan till road min när han avslutar sin övervakning av den tysta gatan. "Jag kritiserade inte estetiken. Jag vill bara vara säker på att stället verkligen är säkert först."

Jag nickar allvarligt och blir nykter. "Vi tar en snabb runda och ser till att vi absolut inte blev förföljda, bara för säkerhets skull."

Utan ett ord till beger sig Declan iväg för att spana av den främre omkretsen medan jag smyger ner i den smala gränden som löper längs med byggnaden, med alla sinnen på helspänn. Jag saktar ner när jag når den smutsiga bakdörren, undangömd bakom en sopcontainer som förmodligen har stått här sedan tidernas begynnelse, att döma av den ögontårande stanken.

Efter att ha kontrollerat att dörren och det förstärkta låset är intakta pressar jag örat mot det ärrade träet och lyssnar uppmärksamt efter minsta antydan till en inkräktare. Endast tystnad möter mig.

Ett ögonblick senare dyker Declan upp, efter att ha cirkulerat hela kvarteret. "Allt lugnt för min del", bekräftar han kortfattat. "Vi går in."

Vi går försiktigt in med dragna vapen, beredda på vad som helst. Men insidan verkar orörd, lika sparsamt möblerad och kaotisk som jag lämnade den. De kvarhängande dofterna av gammal mat och billigt smink ger en märklig känsla av trygghet.

"Det verkar inte som att någon har varit här. Säkerheten är intakt."

Declan sveper med blicken över rummet en sista gång innan han nickar. "Jag håller med. Vi borde kunna gömma oss här säkert åtminstone över natten."

Jag kväver en gäspning och känner plötsligt den fulla tyngden av en utmattning som satt sig i märgen. "Jag är i desperat behov av en dusch först. Men sedan föreslår jag att vi båda försöker få lite riktig vila för en gångs skull."

Declan ger mig ett trött halvt leende. "Inga invänd-
ningar från min sida. Vi behöver klara huvuden för att lista
ut våra nästa drag imorgon." Hans ögon glimtar sedan till
med förnyad beslutsamhet. "Och hitta Athina. Jag gav dig
ett löfte och jag tänker hålla det."

"Det kan du ge dig fan på att vi ska", svarar jag med
hård röst. Och medan jag låser huset och aktiverar mina
säkerhetssystem för att se till att vi är så säkra som vi kan
bli, kan jag inte låta bli att känna en gnista av hopp tändas
inom mig. Vi har tagit oss så här långt, mot alla odds. Vi
tänker inte ge upp nu.

"Du kan ta första duschen", säger jag till Declan. "Men
jag har bara en säng. Förlåt." Jag har inte ens en soffa. Bara
en sittsäck som jag ibland kollapsar i för att titta på tv
när jag behöver tänka på annat än jobbet, och den billiga
fällstolen framför skrivbordet som jag räddade från den
övergivna lagerlokalen bredvid. Inget som någon skulle
kunna sova på.

Declan rycker på axlarna. "Vi delade i natt. Jag bryr mig
inte om du inte gör det." Hans leende är trött. "Jag är för
trött för att kasta mig över dig ändå, om du var orolig för
det."

"Det var jag inte." Även om något definitivt är på gång
mellan oss är jag ganska säker på att Declan inte är typen
som bara kastar sig över någon. Definitivt inte mig.

Han vet att jag skulle hugga honom i magen om han
försökte.

Det oberäkneliga flimret från den ensamma gatlyktan
utanför kastar vridna, kusliga skuggor över väggarna och
lämnar mig med en orubblig känsla av att osedda ögon föl-

jer varje rörelse jag gör. Den krypande oron gnager obeveligt i mina inälvor och knyter den i oroliga knutar.

Det mest plågsamma av allt är den gapande ovissheten kring Athinas plötsliga försvinnande – det osäkra ödet för min stoiska mentor och enda sanna vän i denna eländiga värld. Vart har hon tagit vägen? Varför överge sin fristad så plötsligt? Hur lyckades våra fiender spåra henne när hon har undvikit dem i årtionden? Och vilka är egentligen "de"? Inget annat än frågor utan svar.

"Artemis, du måste vila", mumlar Declan mjukt bredvid mig, uppenbarligen fortfarande vaken trots mitt antagande. "Vi reder ut det här imorgon, jag lovar."

Jag suckar hårt och rullar över för att möta honom, en irrationell våg av ilska blossar upp. "Och vad tjänar det till att vänta om de redan har Athina också? Jag kan inte bara sitta här sysslolös medan hon lider vem vet vad på grund av oss!"

Min röst kommer ut som en ansträngd, rasande viskning. Ovissheten tär på mitt lugn. Jag står inte ut med att vara paralyserad av overksamhet när Athina kanske räknar med mig just i detta ögonblick.

Declans ögon speglar empati men hans ton är fortsatt pragmatisk. "Jag förstår, tro mig. Men vi är inte till någon nytta för Athina eller någon annan om vi är halvdöda av utmattning. Vila och omgruppera, sedan börjar vi jaga svar det första vi gör."

Jag vill argumentera av princip, men hans logik är tyvärr klockren. Med ren viljestyrka trycker jag ner stormen som virvlar inom mig till ett stillsamt sjudande. Sova först. Sedan svar.

Jag lägger mig försiktigt tillbaka, alltför medveten om Declans ugnsliknande värme bredvid mig nu. När den oroliga sömnen äntligen drar ner mig, går mina tankar igenom den invecklade väg som fört oss hit, sökande efter någon ledtråd vi förbisett.

Men det förblir ett trassligt nät av hemligheter och skugglika fiender. Och i dess hjärta, Diana – nyckeln till att reda ut detta kaos en gång för alla.

Jag klamrar mig fast vid den övertygelsen som en livlina när mörkret uppslukar mig. Imorgon hittar vi Athina och får riktiga svar från Diana. Inga fler lögner eller knep. På ett eller annat sätt tar det här slut nu.

Med det tysta löftet som stålsätter min beslutsamhet, överlämnar jag mig slutligen till glömskans famn och ber att vilan ska ge välbehövlig klarhet.

Jag rycker till och flämtar, min våldsamma mardröms isiga klor fortfarande slingrade runt mitt febrilt bultande hjärta. För ett förvirrande ögonblick vet jag inte var jag är. Sedan återvänder medvetandet – vi är i mitt gömställe, långt från Byråns klor, med Declan som vilar oroligt vid min sida.

Den förkrossande tyngden av Athinas oförklarliga försvinnande lägger sig åter tungt över mitt bröst. Innan jag helt kan tygla mina svallande känslor rör Declan på sig.

”Hallå”, mumlar han med en röst som är grusig av sömn men ändå lugnande. ”Är du okej? Lät som att du hade en jobbig dröm.”

Jag drar en hand över ansiktet och torkar bort den kalla svetten. ”Ja, jag mår bra. Bara en mardröm, som du sa.” Lögnen låter ihålig till och med för mig själv.

Nötbruna ögon söker medvetet mina, men Declan pressar mig inte på mer detaljer. Istället lägger han försiktigt en arm om mig och drar mig närmare sin ugnsliknande hetta och jagar ljudlöst bort den kvardröjande kylan som sticker i min hud.

Jag låter mig slappna av i hans lösa omfamning och njuter av denna sällsynta stund av tröst mitt i kaoset. Declan tvekar kort innan han pressar en fjäderlätt kyss mot min panna. Ömheten i den överrumplar mig.

”Det kommer att bli bra, Artemis”, viskar han och hans andedräkt sveper över min tinning. ”Vad som än händer härnäst, så reder vi ut det här tillsammans.”

Jag kan inte hejda en föraktfull fnysning. ”Javisst, tillsammans. Det garanterar ju framgång.” Men även genom sarkasmen kan jag inte förneka det stadiga surrandet av elektricitet som nu vibrerar mellan oss. Oväntat men obestridligt.

”Artemis...”, andas Declan vördnadsfullt mitt namn, knappt mer än en utandning. Det skickar en ofrivillig rysning längs min ryggrad.

Jag slickar mina plötsligt torra läppar. ”Declan...

Vi stirrar på varandra medan luften blir tung av outtalade ord och stigande spänning. Omvärlden bleknar bort tills ingenting existerar utom Declans brännande värme och våra blandade, hetsiga andetag.

”Vi kanske borde gå upp”, föreslår jag halvhjärtat och tvingar mig själv att bryta hans blicks hypnotiska förtrollning. ”Vi måste börja leta efter Athina. Det kan vi inte göra liggandes här...”

Men mina ord dör ut när Declan drar sina fjäderlätta fingrar längs min käke. Klockan tickar öronbedövande i tystnaden. Vår tid rinner snabbt iväg, ändå dröjer vi kvar här, dragna till varandra av krafter bortom förnuftet.

”Artemis...” Declans viskning smeker mitt namn som en bön. Jag är fullständigt förlorad.

I slutändan spelar det ingen roll vem som sluter det sista avståndet mellan oss. Ingenting spelar någon roll utom lågan av åtrå som förtär oss båda till aska.

”Artemis, vi borde inte...”, börjar han, men hinner inte slutföra meningen då jag pressar mina läppar mot hans.

Våra munnar rör sig hungrigt tillsammans, och vilka reservationer vi än hade försvinner på ett ögonblick. Mitt hjärta rusar, mitt blod kokar av ren, oförfalskad lust.

Vi river av varandra kläderna, desperata att känna hud mot hud. Hans händer vandrar över min kropp och tänder en eld överallt de rör vid. Vår andning blir flämtande, våra stön fyller rummet.

"Artemis, är du säker?", frågar han mellan kyssarna med hes röst.

"Mer än något annat", flämtar jag.

Och sedan är vi ett. En trasslig härva av lemmar och passion, våra kroppar rör sig i synk som om de alltid var menade att vara tillsammans. För en gångs skull glömmer vi faran som lurar precis utanför dörren och förlorar oss fullständigt i varandra.

"Declan", ropar jag och klamrar mig fast vid honom medan vågor av njutning sköljer över mig.

"Artemis", stönar han med ansträngd röst.

När vi når toppen tillsammans ekar våra njutningsrop genom rummet. Vi kollapsar på sängen, våra kroppar sammanflätade och glänsande av svett. Och för ett kort ögonblick står tiden stilla.

Men faran är fortfarande där ute, och vi har inte råd att förlora oss i denna passion längre. När jag ser in i Declans ögon ser jag samma beslutsamhet speglas tillbaka mot mig. Vi må ha gett efter för våra begär, men nu är det dags att möta den bistra verklighet som väntar oss.

Kapitel trettiofyra

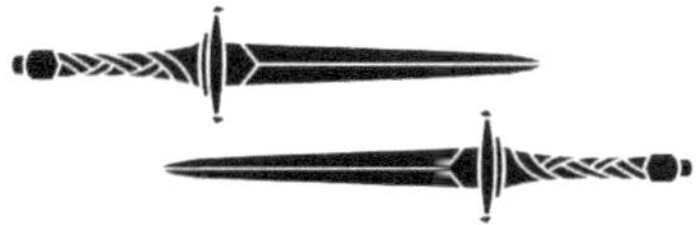

Jag öppnar långsamt ögonen, hypermedveten om den fjäderlätta känslan av Declans fingertoppar som fortfarande vilar mjukt mot min bara arm. Ofrivilligt ilar en rysning längs ryggrader då alla mina sinnen tycks skärpas abrupt – strukturen på de skrynkliga lakanen under mig, det svaga surrandet från AC-aggregatet, den berusande, blandade doften av svett och Declans parfym.

”Något känns … fel”, muttrar jag och försöker utan framgång skaka av mig den underliga överkänslighet som pulserar genom varje nerv

Declan höjer ett frågande ögonbryn. ”Fel hur då? Mår du bra?” Oro flimrar till i de där fascinerande nötbruna ögonen.

Jag biter fundersamt på underläppen. ”Jag är inte säker på hur jag ska beskriva det. Det är som om alla mina sinnen plötsligt är underligt förhöjda och skärpta.”

”Det kan bara vara adrenalinpåslag som sitter kvar”, föreslår Declan förnuftigt och stryker med en öm hand bort några ostyriga hårslingor från mitt ansikte. ”Vi har ju gått igenom ett stålbad på sista tiden.”

Jag nickar motvilligt, fortfarande inte övertygad om att det förklarar denna oöverträffade sensoriska klarhet. Något mer är i görningen här, något som lurar precis utom räckhåll.

Omedveten om min inre oro lutar sig Declan närmare och andas in djupt. "Du doftar förresten helt otroligt just nu." Hans ögon glimmar lekfullt, även om en underton av pinsamhet dröjer sig kvar angående våra heta möten.

Jag tvingar fram en himlande blick. "Ja, tydligen har jag en bra tvål."

Hur frestande det än är att förlora oss i varandra igen och glömma det kaos som väntar oss, har vi inte den lyxen. Det är hög tid att lista ut våra nästa drag.

Som om han läste mina tankar sätter sig Declan plötsligt upp med en suck och drar en orolig hand genom sitt ständigt rufsiga hår. "Så ... jag antar att vi borde komma på någon slags plan nu."

Jag nickar bestämt och stänger mentalt av mina förvirrande nya sinnen för att undersöka dem senare, när liv inte står på spel. "Håller med. Och första steget är att få några jävla svar från min mystiskt välinformerade klient."

Jag tar tag i min krypterade laptop och loggar snabbt in i meddelandeappen, medan jag stålsätter mig. Mr. Smith har en hel del att förklara om katastrofen han oavsiktligt släppte lös genom att blanda in mig i det här skuggvarelsefallet. Och jag tänker sannerligen få de svaren, med vilka medel som helst.

Declan harklar sig, och en ovanlig nervositet flimrar över hans ansikte. "Artemis, det är något viktigt du borde veta om min mystiska klient."

Jag gör mig beredd, och varningsklockorna börjar genast dåna i mitt huvud. "Kläck ur dig då. Kom igen nu."

Han ryggar tillbaka en aning inför min knivskarpa ton. "Det var Diana. Det var hon som anlitade mig, inte någon anonym tredje part."

För en bråkdels sekund förstår jag inte hans ord. Sedan väller ilskan över mig och bränner bort allt annat.

"Diana utpressade dig till att jobba för henne hela tiden? Och den lilla detaljen glömde du bekvämt nog att nämna förrän precis just i denna jävla sekund?" Min röst skär genom luften som en piska.

Declan håller upp en lugnande hand. "Snälla, låt mig bara förklara-"

Jag hugger med handen genom luften och avbryter honom. "Spara dina patetiska ursäkter. Jag klarar inte ens av att se på dig just nu."

En djup känsla av svek gör mig helt urholkad inombords. Efter allt vi uthärdat sida vid sida, höll han fortfarande detta från mig. Hur ska jag någonsin kunna lita på honom nu?

Jag vänder beslutsamt Declan ryggen. "Låt mig bara ... låt mig bara skriva till min klient i fred. Vi kan ta itu med vidden av dina lögner senare."

Mina händer darrar lätt när jag skriver ett kortfattat meddelande till den svårfångade Mr. Smith och lägger fram allt vi har upptäckt, och kräver svar utan fler lekar eller hemlighetsmakeri. Han är min enda möjliga livlina kvar nu.

"Börja prata", väser jag. "Jag vet att du sa att Diana utpressade dig för att hon hade bevis mot dig. Vad exakt ville hon att du skulle göra?"

Declan ryggar tillbaka igen men lyder snabbt. "Hon ville att jag skulle spåra samma skuggvarelse som du, och jämföra våra fynd. Men det fanns ett annat element i hennes instruktioner ..."

Han tystnar, och jag höjer ett ögonbryn hotfullt för att få honom att fortsätta.

"Hon ville att jag skulle eliminera dig om våra vägar korsades under jakten." Orden forsar ur honom, och han kan inte möta min brinnande blick.

Jag drar efter andan, och mina händer knyts ofrivilligt till arga nävar. "Men du misslyckades uppenbarligen med att utföra just den ordern, eftersom jag fortfarande andas. Vad hindrade dig, Declan? Har du blivit lite mjäkig?"

Han lyfter blicken och möter min, med ett vädjande uttryck. "Jag visste från början att jag aldrig skulle kunna skada dig, Artemis. Jag ... jag bryr mig för mycket om dig för det."

Jag ger ifrån mig ett hårt, frätande skratt. "Du skulle döda mig, men i stället låg du med mig? Är det så det är?"

"Det var inte så det var!" Desperation hörs nu i Declans röst. "Jag menade aldrig att lura dig. Jag ville bara hålla dig säker, även om det gjorde Diana till min fiende!"

Jag öppnar munnen för att slita hans patetiska ursäkter i stycken när min laptop plingar till med en avisering om ett nytt meddelande. Jag vänder Declan ryggen igen och ignorerar värken som byggs upp bakom bröstbenet.

"Låt oss se vad den svårfångade Mr. Smith har att säga om allt det här, eller hur?" muttrar jag, mer för mig själv än för Declan.

Hans plågade tystnad hänger påtagligt i luften mellan oss, men jag tvingar mig själv att stänga ute den. Att hårdna mitt hjärta är den enda vägen framåt. Vi har ett uppdrag att slutföra, och jag tänker inte låta småsinta känslor komma i vägen igen, oavsett hur mycket det smärtar.

❖

Mitt hjärta slår mot revbenen som en instängd gepard på steroider när jag frenetiskt dekrypterar Mr. Smiths svar. Mina fingrar trummar en otålig, orolig rytm på tangentbordet medan jag väntar på att det krypterade meddelandet ska materialiseras helt på min skärm.

När det äntligen dyker upp är de korthuggna orden mitt blod att omedelbart koka:

Artemis, jag är mycket besviken. Ert uppdrag var att föra in varelsen levande för studier, inte att slakta den och otaliga subjekt. Döda exemplar är inte till någon nytta för mig.

Jag biter ihop tänderna, och mina fingertoppar smäller skarpt mot tangenterna när jag skickar iväg ett hetsigt svar.

Tja, ni kanske skulle ha gett mig några avgörande jävla detaljer från början i stället för att lämna mig ovetande!

Det faktum att han ser dessa torterade själar som enbart "exemplar" och "subjekt" gör min ilska ännu större. Vi pratar om levande, lidande varelser här, inte laboratorieråttor!

Jag kokar i tysthet medan jag väntar på Mr. Smiths svar, medveten om att jag måste tygla mitt humör men oförmögen att helt lyckas. Den här röran existerar på grund av hans hemligheter och manipulationer.

Slutligen dyker ett nytt, långt meddelande från honom upp. Jag måste läsa det flera gånger medan innebörden sjunker in:

Låt mig förtydliga eftersom ni uppenbarligen inte förstår finesserna i vårt arbete. Detta var ett test av både era förmågor och er etik. Hade ni lyckats leverera varelsen levande, skulle jag ha välkomnat er till vår organisation med full insyn. I stället har ni visat er vara det hänsynslösa, trubbiga instrument som flera av mina kollegor varnade för att ni skulle vara. Flera anläggningar komprometterade, otaliga värdefulla subjekt terminerade, myndigheterna jagar er. Allt detta visar på en djup brist på subtilitet och förutseende. Betrakta därför vårt arrangemang som avslutat. Ni kommer inte att erhålla någon betalning och är härmed förbjuden att kontakta mig eller några andra medlemmar av Obsidiancirkeln igen.

För ett långt ögonblick sitter jag i chockad tystnad, och mina händer knyts motvilligt till nävar. "Din jäv..."

Declan lutar sig över min axel för att snabbt skanna konversationen, och spänningen strålar från honom.

Jag är farligt nära att explodera, men tar ett djupt andetag för att lugna min växande ilska. Raseri kommer inte att hjälpa något just nu. Jag nöjer mig med ett kortfattat svar:

Dra åt helvete.

Sådär. Det där är inte att tappa humöret.

Inte mycket i alla fall.

"Artemis, är du säker på att-" börjar Declan, men jag avbryter honom och trycker ner fingret på ENTER-tangenten för att skicka meddelandet.

"Släpp det, Declan. Han har tydligt gjort sitt val här." Jag ger honom en beslutsam blick. "Nu gör vi vårt."

Ilskan sjuder fortfarande under huden, men jag tvingar ner den och fokuserar på uppgiften framför oss. Vi har ett jobb att göra, och ingen tid för distraktioner. Athina är fortfarande försvunnen, och varje sekund vi slösar bort är ytterligare en sekund hon kan vara i fara.

Declan studerar mig med oro. "Så vad är vår plan?"

"Först, att hitta Athina så fort som möjligt." Min röst vacklar inte. "Sedan spårar vi upp Diana och får riktiga förklaringar. Och vi använder dem båda för att nysta upp hela den här jävla konspirationen och fälla alla andra ansvariga."

Declan nickar bara, och hans nötbruna ögon speglar min egen stålsatta beslutsamhet. Vi står enade i detta, på gott och ont.

Men när vi delar detta ögonblick av beslutsamhet kan jag inte låta bli att undra: Hur mycket kan jag egentligen lita på Declan? I denna värld av svek och förräderi, har jag verkligen råd att sänka garden?

För tillfället skjuter jag dock undan dessa tvivel. Vi är i det här tillsammans, vare sig vi vill det eller inte. Och om vi vill överleva måste vi lita på varandra – åtminstone tills dammet lagt sig och sanningen kommer fram.

När allt kommer omkring är han bokstavligen den enda allierade jag har kvar.

När vi kliver ut i den olycksbådande natten virvlar en isande vind runt oss och får skuggorna att vrida och dansa som förvridna marionetter. Den sovande staden verkar plötsligt mer hotfull än någonsin, där varje mörk gränd och gömt hörn döljer ondskefulla hemligheter som bara väntar på att dras fram i ljuset.

Vi går i spänd tystnad genom de dimmiga gatorna mot det dolda garaget där jag gömt ett par motorcyklar. Jag kan känna tyngden av outtalade ord hänga tungt mellan oss.

Till slut bryter jag den kvävande tystnaden, och min röst har en bitter udd. "Fyra anläggningar komprometterade på bara några dagar. Otaliga paranormala försökspersoner terminerade. Ärligt talat borde jag inte vara så chockad över att Mr. Smith inte vill ha med mig att göra längre."

Bredvid mig skruvar Declan obekvämt på sig och undviker min anklagande blick. "Jag vet, och jag är ledsen, jag bara-"

Jag hugger med handen i luften och avbryter honom. "Spara de meningslösa ursäkterna. Du visste mycket väl vad vi trasslade in oss i, eller hur? Ändå gav du mig bara noggrant utvalda delar av hela bilden. Så säg mig, varför detta svek?"

Declan möter min blick nu, och desperation lyser i hans ögon. "Artemis, du måste tro mig, jag var också till stor del i mörkret! Diana undanhöll avgörande detaljer som kunde ha ändrat allt."

Jag fnyser bittert. "Åh, och det ska på något sätt frikänna dig?"

Han drar en hand genom håret i upprördhet. "Nej, självklart inte. Jag borde ha litat på dig från första början. Men vi kan inte ändra det som är gjort, bara fortsätta framåt så gott vi kan nu."

Jag missar inte att han undvek att nämna Dianas namn specifikt. Stinget av hans svek pulserar fortfarande genom mig, skarpt och rått. Vad mer kan han dölja, även nu?

Declan känner av mitt kvardröjande tvivel och sträcker ut handen för att lägga den mjukt på min. "Snälla, vi måste stå enade i det här, annars kommer vi aldrig att överleva. Jag vet att tillit inte kommer att vara lätt, men vi behöver varandra."

Den ömma beröringen får mig att rycka till. Jag drar undan min hand tvärt. "Du begär mycket med tanke på omständigheterna."

Smärta flimrar över Declans ansikte, men han fortsätter enträget. "Jag är precis lika vilsen och rädd som du här, Artemis. Men vi kan inte låta rädsla och misstänksamhet slita isär oss inifrån. Inte om vi vill ha något hopp om att nysta upp denna mardröm."

Hur mycket jag än avskyr att erkänna det, talar Declan sanning – splittrade är vi båda dömda att falla ensamma. Hur bräckligt det än är, är tillsammans vår enda väg framåt nu.

Jag tvingar ner min stukade stolthet och frätande ilska, åtminstone för tillfället. "Okej. Vi gör det här enade för nu. Men inga fler vilseledande halvsanningar från och med nu." Min ton medger ingen kompromiss.

Declan nickar allvarligt. "Du har mitt ord. Bara fullständig transparens."

"Bra." Jag stannar utanför det anonyma förrådsgaraget och lyfter den knarrande dörren för att avslöja de eleganta motorcyklarna som väntar därinne. "Nu åker vi och hittar

Athina och sätter stopp för detta vansinne en gång för alla."

När vi skär genom de tomma gatorna före gryningen kan jag inte tysta tvivlen som fortfarande viskar varningar inom mig. Tillit, en gång bruten, läker sällan utan ärr. Och jag fruktar att vi bara har sett toppen av isberget när det gäller begravda hemligheter på alla sidor.

Men för nu står vi enade, vad som än händer. Den enda vägen ut är rakt igenom.

KAPITEL TRETTIOFEM

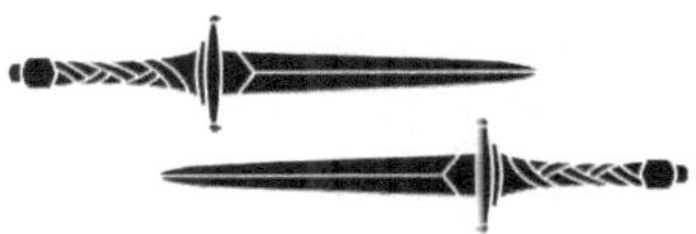

SYNEN FRAMFÖR OSS ÄR så stereotypt fallfärdig att det gränsar till det patetiska. Declan och jag står och stirrar på den väderbitna kåken som lutar sig farligt på den vindpinade klippkanten, medan vågorna slår mot den klippiga stranden bara några meter nedanför. Den friska havsbrisen sliter i mitt hår, som om den envist försöker dra mig tillbaka mot den ringa säkerheten hos våra gömda motorcyklar. Tro mig, en del av mig längtar efter att lyda.

”Är du helt säker på att det här är rätt plats?” frågar Declan tveksamt, medan han tittar på GPS:en och höjer ett skeptiskt ögonbryn mot den förfallna byggnaden. Hans militärjacka fladdrar högljutt i vinden och matchar den oro och misstro som brottas i hans ansikte.

Jag kan inte hejda min sarkastiska ton. ”Nej, jag kände bara för att åka på sightseeing bland natursköna, övergivna kuststugor för nöjes skull. Ja, jag är säker på att det här är stället, tyvärr.” Jag gestikulerar sarkastiskt mot den fallfärdiga byggnaden. ”Visst har Athina valt ut ett härligt semesterställe åt oss den här gången? Absolut charmigt.”

Declan bara skakar på huvudet och suckar tungt. ”Tja, nu är vi här i alla fall. Vi kollar läget.”

Jag närmar mig försiktigt över de väderbitna brädorna på den nedsjunkna verandan och noterar att ytterdörren knappt hänger kvar på sina rostiga gångjärn, som om den när som helst tänker ge vika och kollapsa. Träet är fullt av stickor och sprickor som vittnar om årtionden av vanvård och obevekligt hårda väderförhållanden.

”Se var du sätter fötterna”, varnar jag över axeln. ”Jag vill ju inte att du spetsar dig på en rostig spik och får stelkramp eller något. Vilken tragedi det skulle vara.”

Declan bara himlar med ögonen när vi försiktigt tar oss in. ”Alltid så mån om mitt välbefinnande, Artemis.”

Men under elakheterna utstrålar vi båda spänning. Vi vet båda att den här kåken erbjuder föga skydd. Om någon skulle upptäcka oss här skulle vi sitta som på nålar. Men det är inte som om vi har något val.

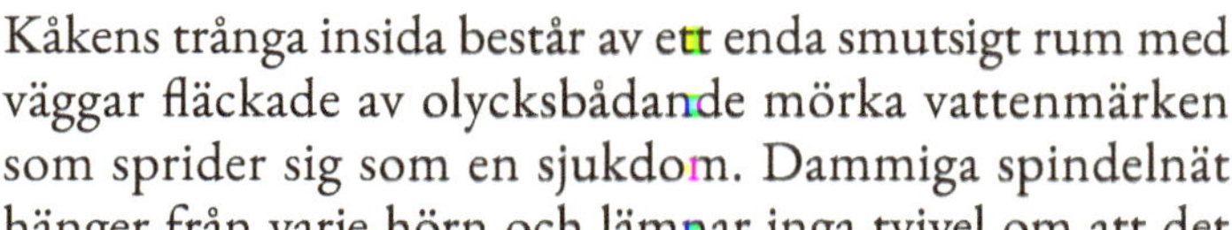

Kåkens trånga insida består av ett enda smutsigt rum med väggar fläckade av olycksbådande mörka vattenmärken som sprider sig som en sjukdom. Dammiga spindelnät hänger från varje hörn och lämnar inga tvivel om att det varit övergivet i evigheter.

Jag tvingar fram ett snett halvt leende i ett försök att lätta upp den genomträngande dysterheten. ”Ah, hem ljuva hem. Mysigt.”

Declan ger mig bara en trött blick – vi känner båda igen min humors ihåliga övermod. Det kommer att krävas mer än spydigheter för att hålla vårt sviktande mod uppe genom den här prövningen.

”Låt oss snabbt söka igenom det här stället efter tecken på att Athina var här eller lämnade något användbart efter sig”, föreslår Declan utmattat.

Vi delar på oss för att kamma igenom röran, men en tryckande olustkänsla växer inom mig ju längre vi söker i det trånga utrymmet. De ruttnande väggarna tycks krypa närmare för varje minut som går och hotar att svälja oss hela.

Mest oroande är Athinas gapande frånvaro – som en saknad kroppsdel. Utan någon ledtråd om var hon befinner sig eller vilket öde hon gått till mötes gnager oron i mig utan uppehåll. Hon har varit min ståndaktiga mentor så länge, en ensam fast punkt som väglett mig genom mörkret.

"Artemis, här borta."

Declans skarpa rop rycker mig ur mina snurrande tankar. Han står vid ett fallfärdigt skrivbord och håller upp en dammig gammal mobiltelefon – med bara ett enda nummer sparat i kontakterna.

Jag går fram till honom och en ny spänning vrider sig i magen när vi utbyter ordlösa blickar, en snabb, tyst konversation. Det här förändrar allt, men väcker fler frågor än det ger svar.

Declan sätter ord på vår gemensamma osäkerhet. "Ska vi riskera att ringa det här mystiska numret?"

Jag biter mig i läppen, kluven. Potentiella svar, men säkerligen också större fara den vägen. Men har vi egentligen något val nu?

"Bara ett sätt att ta reda på det." Jag stålsätter mig och trycker på ring innan jag hinner tänka efter mer, med pulsen dånande i öronen.

Rösten som svarar efter två signaler är obekant, vilket skruvar upp min ångest ytterligare. "Hallå?"

Jag tvingar fram stål i min ton. "Vem är det?"

"Hej, Artemis", svarar rösten. "Jag har väntat på ditt samtal."

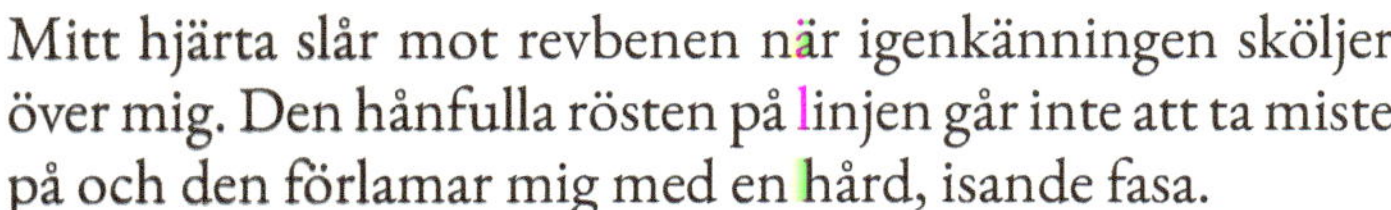

Mitt hjärta slår mot revbenen när igenkänningen sköljer över mig. Den hånfulla rösten på linjen går inte att ta miste på och den förlamar mig med en hård, isande fasa.

”Agent Diana Foxberry”, pressar jag fram, hennes namn som syra på tungan. Bredvid mig spänner sig Declan, som en fjäder redo att spännas ut.

Dianas svarande skratt får det att gå kalla kårar längs ryggraden. ”Jag är så glad att du äntligen lyckades följa mitt lilla spår av brödsmulor. Det tog er allt bra lång tid att förstå leken.”

”Lek?” morrar Declan och vibrerar av en knappt återhållen ilska som speglar min egen. ”Tror du att det här är någon slags sjuk lek?”

”Men självklart.” Jag kan alltför lätt föreställa mig Dianas självgoda flin. ”Och ni har båda spelat era roller som lydiga bönder perfekt hittills.”

Bönder. Ordet får lågorna i min vrede att flamma ännu högre. ”Vad exakt är det meningen att det ska betyda?” kräver jag genom sammanbitna tänder. ”Bönder för vadå?”

Jag föreställer mig att jag kan höra Dianas obekymrade axelryckning genom telefonen. ”Äsch, ni inser väl vid det här laget att ni inte är något mer än förbrukningsbara verktyg för att främja mina slutgiltiga mål.”

”Mål?” pressar Declan, med flammande nötbruna ögon. ”Säg som det är bara!”

”Tsk tsk, ha tålamod”, förmanar Diana och njuter uppenbarligen av sin maktposition över oss.

Det krävs varje uns av min självkontroll för att inte slänga telefonen mot den ruttnande väggen. Jag vill inget hellre än att sträcka mig genom luren och sudda bort den där irriterande självgoda tonen från hennes röst för gott.

Men svar är viktigare just nu. Och jag tänker bannemej inte låta Diana smita undan utan att först pressa varenda sanning ur henne.

"Sluta leka", morrar jag med vita knogar runt telefonen. "Vi följde ditt lilla spår av brödsmulor hit. Vad är det som pågår?"

"Det skulle du allt bra gärna vilja veta, va?" spinner Diana. Åh, vad jag önskar att jag kunde radera den där självgoda tonen från hennes röst. Men även när ilskan forsar genom mina ådror vet jag att vi behöver svar – och jag tänker bannemej inte låta henne komma undan utan att ge oss dem.

"Ditt ego är uppenbarligen lika stort som alltid", kontrar jag och knyter nävarna så hårt att knogarna vitnar. "Varför berättar du inte för oss vad som hände efter att vi blev gripna i den där säkerhetsnedstängningen?"

"Ah, just det. Min käre far kom till min undsättning", säger hon nonchalant. "Han har alltid varit bra på det."

"Din far?" avbryter Declan, hans panna fårad av misstänksamhet. "Är inte han från Byrån? Vad i helvete är det som pågår?"

"*Var* från Byrån, i dåtid", rättar Diana, en slughet i rösten. "Ser du, han blev en avfälling för flera år sedan efter att ha fått en glimt av den enorma potential som finns i det paranormala. Han bestämde sig för att ta saken i egna händer, så att säga."

Mitt hjärta rusar av en blandning av rädsla och raseri, blodet dånar i mina öron. Det här blir bara bättre och bättre. Jag kan praktiskt taget se det förvridna flinet i hennes ansikte, trots att hon är flera mil bort.

"Låt mig gissa", säger jag bittert, mina ord spetsade med gift. "Du går i pappas fotspår, eller hur? Vänder ryggen åt allt som Byrån står för."

”Inte överger, per se. Snarare smider vår egen nya och förbättrade väg”, svarar hon, hennes ton drypande av arrogans. ”Vi har planer, Artemis. Stora planer.”

Jag knyter nävarna, ljudet av Dianas skratt ekar i mina öron. ”Och exakt vad är det för planer?” fräser jag, min röst skakande av knappt återhållen vrede.

”Mycket väl, eftersom du bad så snällt.” Dianas ton blir skadeglad och en kyla ilar nerför ryggraden på mig. ”Vi har finslipat processen att förvandla vanliga människor till paranormala. Min far har arbetat med det i åratal. Det är ganska fascinerande, faktiskt.”

Skräckslaget raseri väller genom mig över hennes känslokalla ord. Bredvid mig ser Declan lika upprörd ut. ”Ni leker gud med oskyldiga liv!” anklagar han hårt.

”Gör jag?” Dianas röst blir iskall. ”Eller ger jag dem bara den makt de alltid har åtrått? En enkel injektion och vips – så är du en vampyr, eller en varulv, eller vadhelst ditt hjärta önskar.”

Jag fnyser bittert, med tankarna fyllda av de stackars hybridsjälarna vi har stött på. ”Just det, för din kära pappas experiment har ju gått så smidigt hittills. Inse fakta, ni har skapat monster och nu vill ni utplåna bevisen.”

”Kringskador”, avfärdar hon det, som om hon diskuterade en trasig vas snarare än krossade liv. ”Det var oundvikligt med några ... missöden längs vägen. Men varje misslyckande gav värdefulla insikter för att finslipa formeln. Nästa generation kommer att vara starkare, snabbare, mer lydig.”

”Lydig?” morrar Declan med knutna nävar vid sidorna. ”Ni vill ha en armé, eller hur? En paranormal armé som ni kan kontrollera, använda för att ta över världen eller vilket sjukt skit ni nu planerar.”

”Någonting i den stilen”, spinner hon. Innan jag exploderar av indignation ändras Dianas ton abrupt och en kyla ilar nerför ryggraden på mig. ”Men nog om mig för nu. Låt oss diskutera er två. Jag är säker på att ni vid det här laget har insett att Athina inte är där."

En kyla löper längs ryggraden när jag ser mig omkring i den fallfärdiga kåken, den salta havsluften sticker i näsborrarna. Det finns inga tecken på vår mentor, bara telefonen vi hittade i lådan – en fälla utlagd för oss att traska rakt in i. "Vad har ni gjort med henne?" kräver jag, med hjärtat bultande i bröstet.

"Artemis, Artemis", säger Diana förebrående och låtsas vara besviken. "Alltid så snabb med att dra förhastade slutsatser. Oroa dig inte, hon lever ... än så länge. Om hon förblir det eller inte beror på er."

"Släpp henne, din sjuka subba!" ryter Declan så att väggarna i kåken skakar. Men Diana bara skrattar, ljudet som naglar mot en griffeltavla.

"Det finns ett pris för hennes frihet, mina kära. Ni två. Ni är användbara för oss nu."

"Vad menar du med, *nu*?" Misstänksamhet får det att vända sig i magen.

"Åh, nämnde jag inte det?" Hon skrattar igen, ljust och sött, och jag bara vet att hon är på väg att säga något ännu mer monstruöst än det som redan avslöjats. "Har ni inte märkt något konstigt med er själva under det senaste dygnet?"

Declan stelnar till som en pinne bredvid mig, färgen rinner ur hans solbrända ansikte. Hans blick möter min och jag ser min egen fasa återspeglas där.

"Ni håller redan på att bli det ni fruktar." Dianas röst är ett stadigt dropp av gift genom den billiga telefonens burkiga högtalare. "Jag injicerade er båda när ni var nedsövda av sömngasen. Är ni inte nyfikna på vad för slags paranormala varelser ni kommer att förvandlas till?"

Kapitel trettiosex

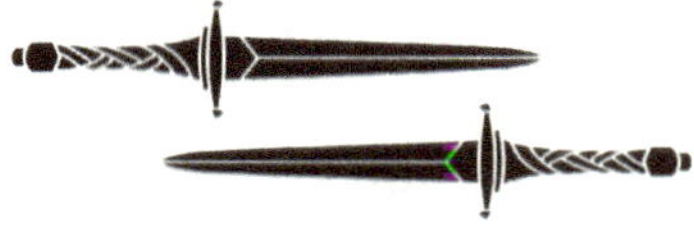

En våg av illamående sköljer över mig och gallan bränner i halsen. Jag stapplar bort från den fördömande telefonen mot den knarrande dörren och kippar efter andan i ett fåfängt försök att lugna min oroliga mage.

Bakom mig är jag vagt medveten om att Declan säger något, men hans röst låter dämpad och avlägsen genom blodet som dånar i mina öron.

Ute på verandan böjer jag mig dubbel och tömmer till slut maginnehållet på det murknande trädäcket. Skakningar far genom min kropp medan jag klamrar mig fast vid det slitna räcket och önskar att min värld ska sluta snurra så våldsamt runt sin axel.

Det här kan inte vara på riktigt. Det kan helt enkelt inte vara det.

Ändå vet jag innerst inne med en sjunkande visshet att Diana talar sanning. Att Declan fortsatte springa i skogen efter att ha blivit skjuten två gånger. Att vi båda läkte alldeles för fort, utan att ens lämna ärr. De märkliga känslorna av att vara obekväm i min egen kropp, att mina sinnen är för skarpa. Mina reflexer lite för snabba, vilket ledde till att jag nästan kraschade motorcykeln mer än en gång på vägen hit.

Allt pekar mot en enda hemsk slutsats som jag inte kan förneka, oavsett hur desperat jag vill.

"... förgöra alla misstagen", säger Dianas röst från telefonen bakom mig, och jag rätar på mig.

Jag står fortfarande upp.

Men det kommer inte hon att göra, när jag hinner ifatt henne.

Declan ställer sig tyst vid min sida, med bister min och telefonen fortfarande i handen medan Diana fortsätter att prata.

"Ring mig när ni är redo att samarbeta", säger Diana ljuvt, och sedan blir linjen tyst.

Jag möter Declans chockade blick och ser min egen vrede och rädsla återspeglas i den. Det finns inga ord som kan beskriva den här kränkningen.

Havsvinden piskar vilt mitt silverfärgade hår över ansiktet och skymmer för ett ögonblick de brusande vågorna längs stranden. Jag knyter nävarna hårt mot det spända lädret i min jacka och försöker tvinga mina kaotiska känslor till lydnad.

Bredvid mig bär Declan en mask av misstro och knappt återhållen vrede. "Snälla, säg mig att den där galna harpyan inte sa det jag tror att hon sa", pressar jag fram.

Declans uttryck hårdnar. "Tyvärr gjorde hon det. Hennes kära lilla pappa vill att alla bevis på hans misslyckade hybridexperiment ska raderas – 'misstagen' som Diana så känslokallt kallade dem. Och det verkar som att han har gett henne i uppdrag att använda oss som oanande bödlar för att uppnå det."

Jag drar efter andan, och mina knogar vitnar när jag knyter händerna. "Så vadå, ska vi bara ansluta oss till deras glada monstergäng nu? Inte en chans i helvete."

Jag tvingar fram en stadig röst trots malströmmen i mitt huvud. "Vi kommer inte att låta dem vinna. Vi ska hitta Athina och få ett slut på det här vansinnet för gott."

Declan skakar ivrigt på huvudet. "Artemis, lyssna – vi kan inte låta Byrån få tag på oss heller. De kommer att göra oss till laboratorieexperiment om de upptäcker vad vi håller på att bli."

Jag blottar tänderna, och vreden kokar inom mig. "Aldrig i livet. Jag tänker inte bli deras jävla försökskanin."

"Då måste vi försvinna, gå helt under jorden." Declan drar upprört fingrarna genom håret. "Och fort, innan de börjar jaga oss."

Jag nickar kort, även om mina tankar vandrar till Athina. Jag kan inte överge henne. "Först måste vi hitta Athina. Hon måste fortfarande vara fri."

Declan bara stirrar på mig. "Diana sa redan att hon har henne tillfångatagen."

"Ingen chans", invänder jag bestämt. "Hon är alldeles för listig för att de ska kunna övermanna henne så lätt." Mina ögon far över vår omgivning med ny förståelse. "Det här stället är motsatsen till Athinas stil – för oskyddat. Hon skulle aldrig välja ett så avlägset ställe."

Insikten gryr i Declans ansikte. "Koordinaterna, spåret hit – allt var iscensatt av Diana för att locka oss i hennes fälla."

Vi börjar springa i samma ögonblick, mot motorcyklarna. Diana kunde inte veta exakt när vi skulle komma hit, och kanske har hon inte tillräckligt med folk för att ha stället bevakat hela tiden. Att stanna vid mitt hus i går kväll kan ha varit det bästa draget vi kunde ha gjort, det rubbade hennes tidsplan precis tillräckligt för att ge oss tid att fly.

Jag varvar motorn, och pulsen dånar i mina öron. Vi måste försvinna som spöken innan hennes folk anländer. Jag vägrar absolut att bli ännu ett av hennes förvridna experiment.

Vi rusar fram på den öppna vägen, och vinden piskar våldsamt genom vårt hår. Mina tankar studsar vilt medan jag kämpar för att bestämma vårt nästa drag.

Declans spända röst knastrar i min hjälmkommunikation. "Var i helvete ska vi ens börja med den här röran?"

Jag biter mig i läppen och överväger noga innan jag svarar. "Vi går tillbaka i våra fotspår, tar reda på var allt gick fel från början."

Declan suckar tungt. "Lättare sagt än gjort. Vi kan inte veta nu vem vi faktiskt kan lita på där ute."

Mina händer dras åt hårdare om styret. "Håller med. Lita inte på någon annan än varandra." Jag tar ett djupt andetag innan jag motvilligt fortsätter. "Men vi måste försöka."

Declan verkar tveka innan han sätter ord på det vi båda fruktar att konfrontera. "Tror du verkligen att Diana ljög om att hon redan har fångat Athina på något sätt?"

Jag biter ihop käkarna mot oron som hotar att överväldiga mig. "Det är möjligt. Kanske de överrumplade henne för en gångs skull. Eller..." Jag tystnar, vill inte ge röst åt den mörkaste möjligheten – att Athina avsiktligt offrade sig för att köpa oss tid.

Nej, intalar jag mig med kraft – det är inte hennes stil. Athina skulle inte ge sig utan strid, något som skulle ha lämnat synliga tecken på skada.

Det var ju trots allt hon som lärde mig att använda sprängämnen.

"Diana har henne inte", säger jag så övertygande jag kan. "Hon skulle ha satt Athina på luren för att håna oss om hon hade det."

Declans röst blir lägre. "Kanske det. Men du tror att Diana talade sanning om... om vad hon gjorde med oss?"

"Ja", säger jag högt och tvingar mig själv att acceptera det jag innerst inne vet är sant. "Ja, jag tror att Diana talade sanning. Jag tror att hon injicerade oss med vad för mardrömsserum hennes far än uppfann."

I den tunga tystnaden fortsätter jag med skärpa: "Men vi kan inte låta det besegra oss. Vi är fortfarande vi – vi har våra färdigheter, vår träning. Och varandra. Om något så har Dianas idioti bara gjort oss farligare."

Declans röst återfår en del av sin styrka. "Du har helt rätt. Vi ska hitta ett sätt att kontrollera det här och få dem att ångra det."

Vinden och motorns dån hotar att dränka hans röst, men jag känner hur hans förnyade beslutsamhet matchar min egen. "Vi tänker inte bli de monster de vill att vi ska bli", svär jag med eftertryck.

Vi kanske är hybrider nu, men vi är fortfarande människor. Och människor kämpar för det de tror på, oavsett priset.

KAPITEL TRETTIOSJU

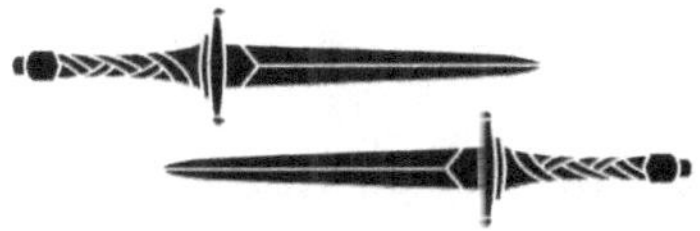

VI STANNAR I STADENS smutsiga utkanter för att snabbt tanka motorcyklarna och skyffla i oss smaklös snabbmat. Hopkurade tillsammans under det flimrande neonskenet från ett billigt nudelhak äter vi utan att egentligen känna någon smak. Kalorierna är det enda som betyder något nu.

Declan blir klar först och börjar gå fram och tillbaka i spända, rastlösa cirklar medan jag mekaniskt tvingar i mig de sista tuggorna. Jag kommer att behöva all energi jag kan få.

Som på en given signal börjar ett iskallt regn ösa ner precis när jag slänger min tomma behållare i en överfull soptunna i närheten. Vattendropparna rinner kalla nerför min nacke och droppar från min nästipp.

För såklart.

Regn var precis pricken över i:et på den här skitglassen.

När vi går tillbaka till motorcyklarna ställer sig Declan i vägen för mig, och hans min säger tyst att han behöver prata om något brådskande. En känsla av oro vrider sig i magen.

"Artemis." Han griper min hand hårt i sin, med låg och intensiv röst. "Oavsett hur illa det blir eller vad vi förvandlas till, så svär jag att jag ska stå vid din sida till det bittra slutet.”

Jag ryser till och ger röst åt min djupaste rädsla. ”Även om vi förvandlas till monster?”

Han klämmer min hand lugnande. ”Särskilt då. Vi vet inte vad som händer med oss än, men vi har varandra. Det räcker för idag.”

Jag söker tvivlande i hans ansikte. ”Men hur länge? Tänk om det inte räcker och vi förlorar oss själva helt och hållet?”

Declan möter min blick utan att vika undan. ”Då möter vi även det tillsammans. En dag i taget.”

Jag tvekar innan jag ställer frågan som skrämmer mig mest. ”Lova mig en sak då. Om jag tappar kontrollen, om jag blir ett hot ... lova att du stoppar mig. Med alla medel som krävs.”

Smärta flammar till i Declans ansikte, men han nickar långsamt. ”Jag lovar. Och du måste ge mig samma löfte.”

Det hugger till i hjärtat, men jag viskar: ”Du har mitt ord.” Åtminstone finns det en viss klen tröst i denna försäkran om att vi inte kommer att låta varandra bli viljelösa monster.

Declan drar in mig i en hård omfamning. ”Vad som än kommer står vi enade. Det svär jag dig.”

Jag klamrar mig fast vid honom och glömmer stormen för ett ögonblick. Men vi kan inte dröja kvar här mycket längre, utsatta och sårbara.

Motvilligt drar jag mig undan och skannar automatiskt vår omgivning efter potentiella hot. En obehaglig känsla av att vara iakttagen får huden att knottras, medan instinkterna skriker fara.

Men eftersom vi inte har någonstans att fly, och ingen att lita på förutom Declan, kan vi bara fortsätta framåt in i mörkret. Vilka förvridna varelser vi än håller på att bli, finns våra mänskliga själar fortfarande kvar.

Och vi kommer att slåss med vårt sista andetag för att hålla fast vid den strimman av mänsklighet, innan den utplånas för alltid.

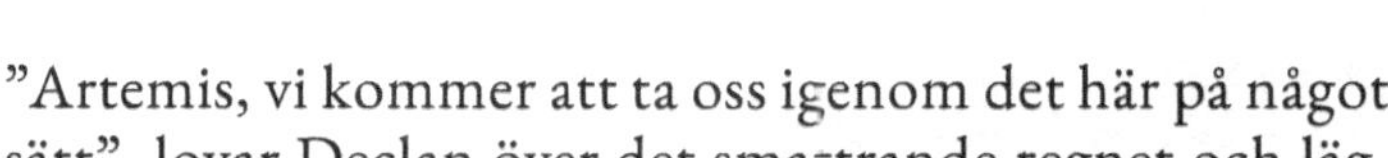

"Artemis, vi kommer att ta oss igenom det här på något sätt", lovar Declan över det smattrande regnet och lägger en hand på min axel.

Jag ryggar undan. "Jaså, tror du det? För där jag står ser det ut som att vi är fullständigt och totalt körda." Syra droppar från varje ord.

Declan griper tag i min arm innan jag kan dra mig undan längre. "Säg inte så. Vi har överlevt värre situationer än den här förut."

Värre situationer? Jag rycker loss armen och ställer mig tätt inpå honom. "Säg mig, Declan, vad skulle möjligen kunna vara värre än att få vår genetiska kod förvrängd mot vår vilja till gud vet vad?"

Han rycker till men förblir irriterande lugn. "Jag förstår att du är rädd-"

"Rädd?" avbryter jag honom hårt. "Snarare fullständigt rasande. Men du verkar fortfarande så säker på att allting bara kommer att lösa sig. Säg mig, kommer den där självsäkerheten från din plötsliga rikedom av kunskap om vilka förvridna monster vi nu muterar till?"

"Artemis ..." Smärta flimrar till i Declans ögon, men mina bittra ord slutar inte att forsa fram.

"Eller är det kanske bara grundlöst machomässigt övermod? Ett försök att bevisa att du kan 'skydda' stackars hjälplösa mig?" Jag gör citattecken i luften för att understryka mitt förakt.

Declans käke spänns. ”Jag lovade att jag skulle hålla dig säker oavsett vad som händer, och det menade jag.”

Jag utstöter ett frätande skratt. ”Stora ord från någon som omöjligt kan garantera det. Så säg mig, vad är din storslagna plan för att göra just det?”

”Genom att stå vid din sida genom allt som väntar”, säger han utan att tveka. ”Vi behöver bara varandra för att ta oss igenom det här.”

Jag skakar bittert på huvudet. ”Javisst, det gör allting magiskt bättre.”

Declan sträcker sig efter mig igen. ”Artemis, snälla, jag vet att du är rädd-”

Jag rycker undan från hans beröring. ”Jag är inte rädd, jag är förbannad! Över kränkningen, förlusten av kontroll. Jag känner mig fångad och sviken.”

”Säg mig då hur jag kan ställa det här till rätta!” Desperation smyger sig nu in i Declans röst.

Mitt skratt är vasst som krossat glas. ”Du kan inte 'ställa det här till rätta'. Inga vackra ord kan göra det som händer med oss ogjort. Så gör oss båda en tjänst och håll för helvete tyst med dina falska löften.”

Jag vänder honom beslutsamt ryggen. ”Kom så går vi. Vi är för utsatta här ute.”

Declan ser sårad ut men argumenterar inte vidare. När vi lunkar tillbaka till motorcyklarna i spänd tystnad ekar hans välmenande löfte fortfarande ihåligt i mina öron. Men just nu kan ord ensamma inte överbrygga den vidgade klyfta som sträcker sig mellan oss.

Kanske kan ingenting det.

Stadens grälla neonljus flyter samman genom det regnsjuka mörkret till ett desorienterande kalejdoskop medan vi tar oss fram genom tomma gator. Våra ensamma fotsteg ekar kusligt, understrukna av det obevekliga regnet. Två vilsna själar, nu sammanbundna inte av val, utan av den tunga bördan av hemligheter vi bär.

Vårt mål är en av Declans skyddade platser, en han svär att inte ens Diana känner till. Det är vårt enda kvarvarande alternativ för att försvinna ett tag och omgruppera.

Förlorad i grubblande tankar halkar jag nästan till på den glatta trottoaren innan Declans stadiga grepp om min arm räddar mig. Jag svär tyst, arg på mig själv för den tillfälliga bristen på medvetenhet.

"Se dig för", varnar han försenat. Hans beröring dröjer kvar ett ögonblick för länge och tänder en stormig blandning av känslor inom mig som jag vägrar att undersöka närmare.

Jag rycker hastigt tillbaka armen. "Jag behöver fan ingen barnvakt."

Declan förblir irriterande lugn. "Har aldrig sagt att du behövde det. Försökte bara hjälpa till."

Jag släpper ifrån mig ett hårt, bittert skratt. "Javisst, jag är säker på att din 'hjälp' kommer att göra all skillnad i vår situation."

Hans käke spänns, men hans röst förblir stadig. "Kanske inte, men jag kommer inte att sluta försöka."

Mitt slitna tålamod brister. "Din envishet är allvarligt irriterande. Det är farligt för oss att ens vara i närheten av varandra nu."

Declans ögon borrar sig in i mina. "Spelar ingen roll. Du kommer inte att möta det här ensam, Artemis. Vad som än händer så står vi tillsammans."

Rött skymmer min syn. "Sluta säg det där! Vi har inget val nu!"

"Nej, det har vi kanske inte", medger han tyst. "Men jag tänker inte ge upp om dig, vad som än händer."

Ilska och frustration kokar över i ett vårdslöst begär. Jag griper tag i hans jacka och pressar mina läppar mot hans i en brännande kyss.

Han smakar regn, desperation och förbjuden hunger – en explosiv cocktail som stjäl min andedräkt och mitt förnuft. Vi klamrar oss fast vid varandra som om våra splittrade själar kunde smälta samman enbart genom passion.

När våra munnar rör sig desperat mot varandra blir jag förskräckt när jag känner den mörka varelsen inom mig röra sig, klösa mot min bräckliga självkontroll. Något utsvultet vidunder som kräver att bli frisläppt.

Jag flämtar till och sliter mig loss, med bultande puls. "Jag kan inte ... jag tänker inte förlora kontrollen så här."

Declan sträcker sig trevande efter mig. "Artemis ..."

Jag ryggar tillbaka tvärt. "Vi måste fortsätta. Nu. Det är inte säkert här ute."

Det hårda ekot av våra kängor mot den våta trottoaren understryker mina ord. Mitt hjärta slår i en intensiv rytm som ekar mitt desperata behov av att skapa avstånd mellan oss innan jag ger efter för krafter jag inte förstår.

Declans nötbruna ögon brinner av undertryckt beslutsamhet och en annan, namnlös känsla som får mitt bröst att dra ihop sig.

"Lyssna", börjar han mjukt men bestämt. "Jag vet att allt känns omöjligt komplicerat just nu. Men vi måste lita på varandra om vi ska överleva den här mardrömmen."

Jag utstöter ett hånfullt skratt. "Förtroende? Det var ironiskt sagt av dig." Bitterhet smyger sig in i min röst.

"Med tanke på att vi har blivit ljugna för vid varje vändning på sistone."

Smärta flammar till i Declans ansikte, men han sträcker ut handen för att gripa min. "Artemis, jag ber dig, snälla …"

Jag drar inte undan handen, men kan inte heller förmå mig att besvara beröringen. Trots allt svek är han verkligen allt jag har kvar nu.

Jag drar en resignerad suck. "Okej. Men inget mer blindspringande in i uppenbara fällor. Vi måste vara smartare framöver."

Declan klämmer lätt min hand innan han låter den falla. "Du har helt rätt. Inga fler misstag."

Vi fortsätter ordlöst genom den mörka labyrinten av byggnader och gränder. I fjärran tjuter en siren sorgset och understryker vår isolering.

När vi försvinner djupare in i skuggorna hotar den fulla tyngden av vår situation att krossa mig. Mitt gamla liv känns redan oåterkalleligt – ingen återvändo till Byrån som förrådde oss, eller mentorn som övergav oss.

Nu flyr vi från just de människor som är menade att skydda mänskligheten, utan att veta om vi ens kommer att förbli mänskliga själva särskilt mycket längre. Tanken på att förlora min identitet, min innersta kärna, skrämmer mig mer än något annat.

Jag kastar en blick på Declans stoiska profil och undrar – känner han samma djupsittande rädsla gnaga på honom? Men den gapande klyftan mellan oss känns för bred att överbrygga.

Förenade enbart av omständigheterna, två främlingar på drift i mörkret. Den enda vissheten som återstår är att vi inte hör hemma någon annanstans än här.

KAPITEL TRETTIOÅTTA

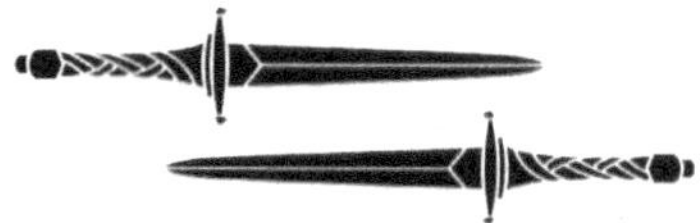

DEN BLEKA, SJUKLIGA MÅNEN hänger olycksbådande på den bläcksvarta natthimlen medan vi far fram längs den ödsliga landsvägen på våra motorcyklar. Mina handskbeklädda händer griper om styret med vitknogig intensitet och motorcykelns motor vrålar i protest när jag hänsynslöst pressar den för att få upp farten.

Någonstans bakom våra tonande baklyktor fortsätter Diana och vem vet vilka andra fiender den obevekliga jakten på oss. Varje surt förvärvad kilometer är dyrbar och ger oss lite mer tid att omgruppera och lista ut vårt nästa drag i denna dödliga katt-och-råtta-lek.

Declans enträgna röst sprakar plötsligt i min hjälmradio. ”Ta den kommande avfarten, Artemis.”

Jag tvekar, och misstänksamheten vrider sig i magen på mig. Våra planer har ändrats tvärt flera gånger den senaste tiden. Förtroende, särskilt för Declan, kommer inte lätt nuförtiden. ”Är du helt säker på att det är ett klokt drag?”

”Säker, lita bara på mig”, insisterar han. ”Det är en liten lantlig by som inte finns på kartan – perfekt för att försvinna och hålla sig undan ett tag. Jag har bott på motellet där tidigare. Föreståndaren bryr sig bara om kontanter i förskott, inga namn eller frågor.”

Jag svänger tvärt in på den smala avfartsrampen och däcken skriker i protest mot den plötsliga svängen. Den ensliga vägen smalnar omedelbart av ytterligare, på båda sidor instängd av en tät, olycksbådande skog som helt utplånar månskenet. Jag genomsöker vaksamt den mörka trädgränsen efter dolda tecken på rörelse eller förföljare som ligger i bakhåll, men hittills möts vi bara av tystnad och stillhet.

Längre fram dyker den bleka neonskylten för Pine Grove Motel upp och flimrar oberäkneligt. Hela det förfallna stället ser ut att vara en styv kuling från total kollaps.

Jag gör mig inte besvär med att dölja min skepsis. ”Är det här kackerlacksmotellet ditt geniala gömställe? Är du verkligen seriös just nu?”

Declans korthuggna röst avslöjar hans egna ansträngda nerver. ”Har du en bättre idé då? Jag är idel öra, Artemis.”

Tuktas av påminnelsen om att tiggare inte kan välja och vraka muttrar jag bara: ”Det är bra”, och svänger in på den ogrästäckta parkeringsplatsen med ett knastrande av grus. Ledigt-skylten blinkar hånfullt på och av, som om den sa: ”Visst har vi rum, men trodde ni verkligen att ni kunde gömma er här?”

”Jag går och hämtar en rumsnyckel. Vänta här och håll vakt”, beordrar Declan kort och svingar sig redan av sin motorcykel. Lika vaksam som ett jagat djur följer jag hans väg till den smutsiga lobbyn, med spända muskler redo att fly vid första tecken på att något är fel.

Mina tankar maler på utan uppehåll, hemsökta av minnen av Dianas kalla smaragdögon och all den djupa bitterhet som driver hennes obevekliga jakt på oss. Hon kommer inte att sluta förrän vi antingen är döda eller tillfångatagna verktyg, tvingade att främja hennes förvridna agenda. Blotta tanken får mitt blod att isa sig.

Declan dyker upp igen med ett repigt plastkort märkt med siffran 8. ”Skaffade oss ett rum i det bakre hörnet, bort från vägen och nyfikna blickar. Jag flyttar dit motorcyklarna också.”

Jag nickar bara, för utmattad för att orka säga något. Den numrerade dörren ger knapp tröst; det är det magra skyddet bakom den som betyder något nu.

Vi gömmer undan motorcyklarna innan vi närmar oss den uråldriga trädörren märkt med 8. Mitt hjärta sjunker ännu djupare när jag tar in den mörka, deprimerande interiören. Men det här trånga kyffet får duga som en tillfällig fristad.

Som om han kunde läsa mina tankar mumlar Declan: ”Det är bara för en natt. Vi är borta vid första ljuset.”

Jag sjunker ner på den klumpiga madrassen med en resignerad suck medan Declan snabbt låser dörren bakom oss. I fjärran genomborrar en sorgsen tågvissla den ensamma natten – hur många andra desperata själar har kort gömt sig på detta sjaskiga ställe, undrar jag.

”Vila lite. Jag tar första vakten”, uppmanar Declan försiktigt.

”Tack”, viskar jag tillbaka. Utmattningen drar snabbt ner mig i rastlösa drömmar hemsökta av Dianas skoningslösa smaragdgröna blick. Snälla, ge oss bara några timmars trygghet här.

I gryningen återupptas jakten igen. Men i natt har vi varandra. Det får lov att räcka.

Jag står inte ut med den kvävande, instängda luften och den obevekliga tickande klockan en sekund till. Sömnen förblir irriterande svårfångad. Jag kastar frustrerat det tunna överkastet åt sidan och går mot dörren, i desperat behov av frisk nattluft för att rensa mina malande tankar.

Den slitna dörren slår igen bakom mig hårdare än avsett, och den skarpa smällen ekar i min egen grimas. Men bettet från den kalla nattvinden mot min hud är en välkommen distraktion från stormen som virvlar inombords.

Jag lutar huvudet bakåt och söker tröst i det oändliga stjärnhavet ovanför oss. Deras avlägsna, eviga ljus erbjuder ett lugnande perspektiv på min egen obetydlighet. För ett flyktigt ögonblick undrar jag om de skrattar åt de dåraktiga människorna som vågar kämpa mot själva ödet.

"Hej." Declans låga röst krossar min tillfälliga frid. Jag förbannar mig själv för att jag lät honom närma sig ohörd. "Är allt okej?"

"Allt är bara toppen", svarar jag frätande och korsar armarna i en tydlig "backa"-signal. Om han tror att jag ska lätta mitt hjärta här under stjärnorna tar han gruvligt fel.

Men Declan fortsätter envist. "Artemis, prata med mig. Du behöver inte stänga mig ute."

"Tack, men jag har klarat mig alldeles utmärkt på egen hand hittills, tro det eller ej." Jag borrar in naglarna i armarna och klamrar mig fast vid min ilska som en sköld. "Allt gick bara rejält åt skogen efter att du dök upp."

Declan rycker synbart till, men jag dundrar på utan nåd. "Jag menar, se dig omkring! Vi är fångade i den här avkroken, jagade av Byrån och gud vet vilka andra fasor de har släppt lös."

Jag kvävs av mina nästa ord. "Och Diana ..." Att bara säga hennes namn skär i mitt hjärta som ett knivblad. "Vilken tänkbar framtid kan vi möta nu? Var finns det något hopp kvar?"

Declan möter min anklagande blick utan att vika undan. "Hopp är vad vi väljer att göra det till. Och jag har fortfarande tro på oss, på att vi kan hitta en väg ut ur denna mardröm tillsammans."

Jag släpper ifrån mig ett bittert skratt. "Nåväl, jag är glad att en av oss fortfarande har tro. Men det kommer inte att rädda oss."

"Kanske inte ensam", medger han tyst. "Men kärlek kanske kan det."

Kärlek? Jag försöker rycka bort min hand, men hans grepp hårdnar och vägrar släppa. "Vad pratar du om?"

Declans ögon borrar sig intensivt i mina. "Jag pratar om det faktum att jag älskar dig, Artemis. Jag tror att jag djupt inom mig har gjort det länge, även när jag inte ville erkänna det."

Häpen tystnar jag när han fortsätter uppriktigt. "Jag vet att du är rädd och har ont. Men tillsammans är vi starka nog att överleva det här. Vi kan hitta hopp igen och bygga en riktig framtid, om du låter mig stå vid din sida."

Under ett stillastående ögonblick tycks hans ord hänga kristallklara i den kalla nattluften mellan oss. En del av mig längtar efter att klamra sig fast vid dem som en livlina, men ändå håller rädslan mig tillbaka.

Declan känner min inre oro och stryker ömt med fingrarna över min kind. "Du behöver inte svara nu. Bara vet att jag finns här för dig, alltid."

Jag pressar ansiktet mot hans handflata, fortfarande ovillig att släppa alla mina murar. Men ett litet frö av hopp rör sig trevande inom mig vid värmen från Declans villkorslösa stöd. Kanske kan vi trots allt rida ut den här stormen tillsammans.

Framtiden förblir skrämmande osäker, men i detta ögonblick har vi varandra. Och Declans orubbliga närvaro vid min sida hjälper till att hålla demonerna i schack, åtminstone för i natt.

"Artemis ..." Declans mjuka röst bryter den tunga tystnaden som har lagt sig mellan oss.

"Håll bara tyst en minut", fräser jag, trots att han ännu inte har sagt något mer. När jag står här med hans bekännelse hängande kristallklar i luften, behöver jag tid att bearbeta denna oväntade uppenbarelse.

Att denna härdade, tillknäppta krigare som har kämpat och nästan dött vid min sida otaliga gånger faktiskt skulle kunna hysa djupare känslor för mig ... det är nästan obegripligt.

Declan ser ordentligt tillrättavisad ut. "Förlåt, det var inte meningen att pressa dig eller något."

"För sent för det", svarar jag torrt och höjer ett ögonbryn mot honom.

"Artemis, snälla, låt mig försöka förklara ...", börjar han uppriktigt, men jag håller upp en hand och avbryter honom.

"Declan, allvarligt, ge mig ett ögonblick här." Jag tar ett djupt andetag och försöker samla virvelvinden av tankar och känslor inom mig. Detta är absolut den sista komplikationen vi behöver. Kärlek är rörig, oförutsägbar. En svaghet jag inte har råd med.

Ändå får något i hans ivriga blick mig att stanna upp, och talar till en del av mig själv som jag har försökt begrava djupt så länge nu. En försummad del som fortfarande längtar efter äkta samhörighet, trots att jag alltid har hävdat att det gjorde mig svag.

Jag släpper ifrån mig en resignerad suck. "Okej, lyssna, du vill ha sanningen? Jag har ingen aning om hur jag känner mig just nu. Men jag vet att jag inte kan fortsätta låtsas som att det inte finns något mellan oss längre."

Declans ögon lyser upp av bräckligt hopp. "Artemis, jag förväntar mig inget du inte är redo att ge ..."

Jag håller upp en hand och stoppar hans försäkringar. "Jag ger inga löften här. Jag vet inte vad framtiden har i beredskap för någon av oss. Men just nu, i detta ögonblick ..." Jag tar ett steg närmare, våra ansikten bara centimeter från varandra. "Just nu behöver jag dig, Declan."

Han söker intensivt i mina ögon. "Är du helt säker?"

Mitt svar är att överbrygga det lilla avståndet mellan oss och dra in honom i en innerlig kyss. Jag känner hur han stelnar till av överraskning innan han svarar ivrigt och hans starka armar omsluter mig.

Vi klamrar oss fast vid varandra under de oändliga stjärnorna, förlorade i den råa intensiteten av denna nyfunna förbindelse. Det är lika delar uppiggande som skrämmande. Allt jag aldrig visste att jag behövde, och den sista komplikationen vi behöver.

Men konsekvenser existerar inte här. Det finns bara värmen från Declans omfamning, hans läppar som bränner mina, våra splittrade själar som förenas till en helhet.

Jag vet att den kalla verkligheten fortfarande väntar på oss när morgonen kommer. Men i natt är det bara detta som betyder något – trösten vi finner i varandras armar. En strimma av ljus som genomborrar mörkret framför oss.

Imorgon är tid nog att möta den osäkra framtiden. Ikväll har vi detta enda perfekta ögonblick tillsammans, och det är tillräckligt.

Vad som än kommer, kommer vi att stå starka och enade. Om det är jag åtminstone säker.

SLUT

(på bok 1)
Självklart fortsätter historien ... i bok 2 av Chimera-projektet-trilogin, Onaturligt urval.
Förbeställ nu för att vara säker på att du inte missar att få reda på exakt vad Artemis och Declan kommer att utvecklas till!

FLER BÖCKER AV CARYSSA COLE

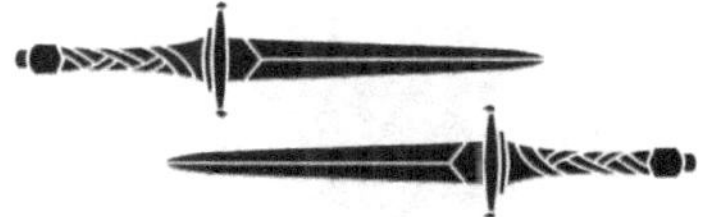

Chimera-projektet

Mörkt ursprung
  Onaturligt urval
  Laglös evolution

Den fallna ängeln

En fallen ängel
  Den trotsiga ängeln

Atlantis uppgång

En tron av korall och ben
  Ett hov av tidvatten och stormar

En krona av malströmmar och minnen

Fristående titlar

Svarta vingar i snön: En insnöad paranormal julromance

Alkemistens lärling: En romantasy om hovintriger, dödligt gift och förbjuden magi

En Önskan som Blev För Mycket (endast för nyhetsbrevsprenumeranter)

Upptäck alla Shenanigans Press-utgivningar på vår we bbplats(https://www.shenaniganspress.com/se)!

Eller följ oss på sociala medier – vi finns på Facebook och Instagram (@ShenanigansPressSvenska).

Och glöm inte att prenumerera på vårt nyhetsbrev för att få veta mer om nya släpp, erbjudanden, utlottningar och mycket mer!